IBRASA
LIVROS QUE CONSTROEM

Nova Mitologia Clássica

Biblioteca

HISTÓRIA

—10—

Volumes publicados:

1.	*História dos Povos da Língua Inglesa*	Winston Churchill
2.	*A Revolução Russa*	Alan Moorehead
3.	*História e Mistérios das Sociedades Secretas*	Herman e Georg Schreiber
4.	*Memórias de Montgomery*	Montgomery
5.	*Jornal do Mundo*	Vários autores
6.	*História das Orgias*	Burgo Partridge
7.	*Os Sonâmbulos*	Arthur Koestler
8.	*A Revolução Francesa*	Georges Lefebvre
9.	*As Grandes Guerras da História*	Lidell Hart
10.	*A Legenda Dourada*	Mario Meunier
11.	*A Bíblia Estava Certa*	H. J. Schonfield
12.	*História dos Gregos*	Indro Montanelli
13.	*História de Roma*	Indro Montanelli
14.	*Hernan Cortez*	Salvador de Madariaga
15.	*Pequena História da Ciência*	W. C. Dampier
16.	*Pequena História das Grandes Religiões*	F. Challaye
17.	*A Ciência Grega*	Benjamin Farrington
18.	*De Adão à ONU*	René Sedillot
19.	*Rendição Secreta*	Allen Dulles
20.	*A Angústia dos Judeus*	E. H. Flannery
21.	*Idade Média: Treva ou Luz?*	Indro Montanelli
22.	*Itália: Os Séculos Decisivos*	Indro Montanelli
23.	*Itália: Os Séculos de Ouro*	Indro Montanelli
24.	*Hitler e a Rússia*	Trumbull Higgins

MÁRIO MEUNIER

NOVA MITOLOGIA CLÁSSICA

A Legenda Dourada

História dos Deuses e Heróis da Antiguidade

Tradução de Alcântara Silveira

8ª EDIÇÃO

IBRASA
INSTITUIÇÃO BRASILEIRA DE DIFUSÃO CULTURAL LTDA.
SÃO PAULO

Direitos desta
edição reservados à
IBRASA
INSTITUIÇÃO BRASILEIRA DE DIFUSÃO CULTURAL LTDA.
Rua 13 de Maio, 361
01327-000 — São Paulo — SP
Tel.: (011) 607-4107 — Fax: (011) 606-4238

Capa de

CARLOS CESAR

Publicado em 1997

Título do original francês:

La Légende Dorée des Dieux et des Héros — Nouvelle Mithologie Classique, révue et augmentée.

IMPRESSO NO BRASIL – PRINTED IN BRAZIL

**Para CLAUDE, ÉLIANE, BENOITE,
OLIVIER e LAURENT**

PREÂMBULO

Revista e aumentada, a presente edição desta nova mitologia clássica reúne, em um volume, os dois tomos que formavam, até aqui, a matéria da obra. O primeiro tomo, com efeito, tinha como título: La légende dorée des Dieux et des Héros, *e o segundo:* Légendes épiques de la Grèce et de Rome.

Para esta nova edição, conservamos o título que escolhemos para o primeiro volume, mas dividimos em duas partes, sob um título comum, esta Légende dorée des Dieux et des Héros.

A primeira contém a história mitológica dos doze grandes deuses do Olimpo; ela enfeixa, numa narrativa seguida, todos os episódios da vida de cada um deles. Após a história dos Deuses, vem a dos principais Heróis da antiguidade grega. Com os léxicos e as mitologias que os modernos escreveram, os hinógrafos e os poetas antigos constituem a fonte de nossa informação.

A segunda parte é uma narração contínua de todos os acontecimentos memoráveis que, iniciando com o julgamento de Páris, terminaram com a queda de Tróia e a volta ao lar, após muitas aventuras, de ilustres guerreiros que tomaram parte nessa expedição. É, pois, em primeiro lugar, um resumo da Ilíada *de Homero. Mas, como este poema termina nos funerais de Heitor, valemo-nos, para encadear a* Ilíada *à* Odisséia *e encher, assim, o espaço que as separa, do longo poema épico que nos deixou Quinto de Esmirna. É deste poema, real-*

mente, que extraímos a história de Pentesiléia, de Mêmnon, a narrativa da morte de Aquiles e de seus funerais, do suicídio de Ájax, da intervenção do archeiro Filoctetes, do cavalo de pau, do incêndio, da ruína e do saque da santa Ílion.

O poema que Coluto escreveu sobre o Rapto de Helena *e o que Trifiodoro consagrou a cantar a* Tomada de Tróia *forneceram-nos também alguns dados importantes. Finalmente, um resumo da* Eneida *de Virgílio, prolonga, até a fundação da cidade de Roma, o ciclo épico das legendas inspiradas pela queda de Tróia.*

Escrita com o cuidado que exige a beleza de um tema que inspirou o gênio religioso das Musas da Grécia, documentada, não apenas com a lição dos museus e dos livros, mas com a do próprio solo desta Hélade, onde cada baía, cada cabo, cada cume, cada vale conserva a lembrança da presença de uma Divindade, esta nova mitologia clássica recebeu do público uma grande e benevolente acolhida. Permitam os Deuses que esta atual e mais cuidada edição contribua para dar ao leitor o respeito que se deve à piedade dos homens, o gosto das obras de arte e o amor esclarecido pela beleza do mundo!

M. M.

ÍNDICE GERAL

Primeira Parte

Os Deuses e os Heróis

Segunda Parte

Legendas Épicas da Grécia e de Roma

LISTA DAS ILUSTRAÇÕES

Primeira Parte

Os Deuses e os Heróis

I

O Olimpo

Os doze grandes Deuses da Grécia habitavam, no Olimpo, uma inacessível morada.

Montanha de aspecto imponente, de linhas sóbrias e puras, o Olimpo era o cimo mais alto de todos os que rendilhavam os horizontes recortados da Hélade. Uma neve espessa envolvia, no inverno, seu cume resplandecente; no verão, grandes e belas árvores sombreavam as depressões profundas, as ravinas contornadas. Quando o Sol nascia, seus primeiros raios tocavam, primeiramente, o ápice dessa montanha sagrada; e quando o astro do dia ia desaparecer, cedendo seu curso aos cavalos do carro prateado da Noite, era ainda sobre o cume glorioso do Olimpo que a luz da tarde deixava como que um sinal. Às vezes, também, grandes rebanhos de nuvens, acorrendo de todos os pontos do horizonte, cingiam as encostas. A escuridão enchia, então, seus vales, os ventos furiosos descabelavam suas árvores, o relâmpago ziguezagueava na chuva que caía em torrentes e o trovão ribombava em suas gargantas profundas.

Tal era a santa e terrível montanha que os Deuses escolheram para erguer seus palácios e dominar o mundo. Havia, bem por cima do oceano das nuvens, uma série seguida de pórticos abertos para jardins maravilhosos. Os ventos jamais vinham varrer esse bem-aventurado lugar e os tetos dourados das inabaláveis moradas nunca percebiam, sobre a cumeeira, a tempestade passar. Um ar puro e leve envolvia-os de calma e de serenidade, e a límpida doçura duma luz etérea irradiava, em qualquer tempo, a transparência dos dias que a primavera perfuma.

Naquele Olimpo radioso, cada Deus possuía seu palácio, sua morada. A mais brilhante e magnífica era a de Zeus, o supremo rei de todos os Deuses imortais. Todas as manhãs, quando a Aurora de dedos róseos abria o Céu para libertar os cavalos do Sol, todas as Divindades olímpicas reuniam-se na habitação de seu chefe. Sentado num trono dourado, Zeus, seu senhor soberano, acolhia-as na mais vasta sala de sua bela casa. Agrupados à sua volta, como uma família junto ao pai, os Deuses gozavam, em conjunto, de uma alegria eterna, de um júbilo infinito.

E para dar uma idéia da sua inconcebível felicidade, dizia-se que eles viviam num perpétuo festim. O luminoso Apolo, com seus belos cachos louros, encantava-os ao som de sua lira brilhante. As Cárites, virgens de olhos afáveis e mães da graça, vestidas de flores e coroadas de rosas, dançavam sobre a relva; e, no centro dos bosquezinhos, as Musas de braços brancos entoavam coros tão harmoniosos e cantos tão suaves, que todos os Deuses, enternecidos e extasiados, ouviam-nas num venturoso silêncio. Para repousá-los da dança e do canto, uma virgem resplandecente, Hebe de finos artelhos, servia, aos hóspedes de Zeus, ambrosia e néctar. Oferecia-os numa taça de ouro, e os doces licores, alegrando o coração dos Olímpicos, proporcionavam-lhes eterna juventude, dando-lhes força para velar, sem fadiga, no governo dos mundos e dos homens. Tal era a ocupação cotidiana dos Deuses. Viviam em família, como em torno de uma lareira, o dia todo. E quando a Noite acendia as estrelas, cada qual voltava para sua casa, e tudo mergulhava no silêncio no vasto Olimpo adormecido. Protetora constante do lar doméstico, somente Héstia, deusa acolhedora e virgem incorruptível, permanecia no palácio comum a todos os Imortais: vigiava o fogo que mantinha o clarão da luz nas augustas habitações do Olimpo.

Os Deuses, pois, não habitavam sozinhos em seus palácios magníficos. Mas, assim como os reis têm um séquito numeroso, os doze grandes Deuses celestes eram também rodeados de um luzido cortejo de servidores divinais. Uns eram incumbidos de executar suas ordens; outros, de preparar seus festins, de arrumar a mesa, de lhes dar de beber, e de deleitar, pela música e a dança, os bem-aventurados lazeres de sua imortalidade. Já dissemos que às Musas e às Cárites havia cabido, por sorte, o privilégio de cantar e de dançar na reunião dos Deuses, e a Hebe, o de lhes oferecer a deliciosa ambrosia. Quanto ao cuidado de abrir e fechar, com as portas do dia, as do brilhante Olimpo, estava confiado à atenciosa solicitude das Horas e das Estações. Virgens prudentes e delicadas, ornadas de colares de ouro, enfeitadas de flores e de frutos, as Horas, de pés delicados, uma vez abertas as portas de ouro da cidade dos Deuses, uniam-se às Musas e às Cárites para formar agradáveis coros dançantes, cantar juntas o aparecimento do dia e presidir, na Terra, à harmoniosa sucessão das Estações.

A mãe das Horas era a venerável Têmis ou a Justiça eterna. Constantemente sentada ao pé do trono de Zeus, a Deusa augusta aconselhava a juventude em todas as decisões do senhor inconteste do Céu e da Terra. Inspiradora das vontades divinas, Têmis, de belas faces, era a Divindade que fazia reinar a boa ordem, não apenas nos palácios olímpicos, mas em todo o Universo. Zeus, com efeito, não era somente o supremo rei do Olimpo; seu poder soberano estendia-se também sobre os homens. E quando, sob conselho de Têmis, tomava uma resolução a respeito deles, era Íris, a mensageira divina, a encarregada de lhes transmitir essa ordem. Deusa de asas brilhantes, de pés rápidos como o sopro dos ventos, ela descia tão depressa do Céu à Terra como a saraiva e o granizo que caem das nuvens; repetia, palavra por palavra, as decisões do seu senhor, e tornava a subir imediatamente, abrindo as asas com as cores do arco-íris, para ir sentar-se perto dele nos degraus do trono, a esperar, atenta como um bom cão de guarda e sem jamais desatar as sandálias, nem despojar-se dos véus, mesmo durante o sono, que uma nova ordem viesse a forçá-la a voar novamente para reaparecer cá embaixo.

Têmis, porém, não era o único apoio de Zeus, a secundá-lo no governo do mundo universal. Suas três outras filhas, as Parcas ou as Moiras, ajudavam também sua mãe a manter os homens no respeito da ordem e da lei divina. Moravam não longe das Horas, num palácio de bronze, em cujos muros elas se aplicavam a gravar os destinos humanos, a traçar o caminho que o movimento que arrasta os astros deve seguir. Nada conseguia apagar o que elas haviam escrito. Sentadas em tronos resplendentes de luz, vestidas de roupagens brancas recamadas de estrelas, coroadas de narcisos e de flocos de lã, as três Deusas fiavam também os dias dos mortais, fixando-lhes o destino. A mais jovem, Cloto, segurava a roca e fiava; Láquesis girava o fuso e enovelava a sorte que convém a todos os homens; Átropos, finalmente, cortava com tesouras o fio que media o comprimento da vida e que determinava, irrevogavelmente, o momento da morte. Para deter assim o destino e dispensar aos homens, segundo a ordem de Zeus e de acordo com seus méritos, os bens e os males que eles deveriam encontrar em sua vida terrestre, as Parcas fiavam, dizia-se, para indicar os dias felizes, lã branca misturada a um fio de ouro, e lã preta para designar os dias atrozes.

Tal era a vida dos habitantes do Olimpo. Vivendo no seio de uma beatitude constante, os Deuses raramente desciam à Terra. Quando acontecia irem até aos homens, apresentavam-se revestidos de figura humana ou em forma animal.

Entre as Divindades olímpicas, contavam-se seis Deusas e seis Deuses. Os Deuses eram: Zeus ou Júpiter, Apolo ou Febo, Ares ou Marte, Hefestos ou Vulcano, Hermes ou Mercúrio, Posídon ou Netuno. As seis Deusas se chamavam: Hera ou Juno, Atena ou Minerva, Afrodite ou Vênus, Héstia ou Vesta, Ártemis ou Diana, Deméter ou Ceres.

Dioniso ou *Baco* só tardiamente foi introduzido no Olimpo, e Hades ou Plutão, sendo irmão de Zeus e de Posídon, permaneceu sempre o Deus do mundo subterrâneo.

II

Zeus ou Júpiter

Zeus era, já dissemos, o supremo rei do Olimpo, o senhor do mundo e o pai comum dos homens e dos Deuses. O Céu e a Terra estavam submetidos ao seu cetro; e desde o raminho de relva até a águia rapace, tudo dependia de um aceno de sua cabeça. Reinando no Empíreo, ele dispunha como chefe do exército das nuvens, e manifestava no Céu radioso ou tempestuoso sua grandeza sucessivamente benfazeja ou terrível. É do Céu, com efeito, que parecem descer nossas esperanças e nossas apreensões. Também, todos os prodígios diversos, que o curso variável dos dias aí fazia aparecer, estavam na dependência do melhor e do mais justo dos Deuses. Quando o azul brilhante do céu da Grécia esplendia na claridade de uma manhã transparente, era o próprio Zeus, o augusto pai do esplendor celeste, que aí se mostrava em sua luz pura. Quando chovia, era o próprio Zeus que chovia; quando nevava, era ainda Zeus quem recobria a Terra de um branco manto de arminho. As noites, como os dias, obedeciam às suas ordens. Mas, se ele podia, a seu bel-prazer, apaziguar os Céus, aliviar a atmosfera, dissipar as nuvens, fazer brilhar o arco-íris, e enviar sobre o mar os ventos propícios aos navios, era sobretudo quando desencadeava a tempestade ou a borrasca que se supunha que Zeus manifestava seu supremo poder. Deus das nuvens sombrias, ele amontoava, então, nuvens opacas no éter escurecido, desencadeava o sopro dos furacões destruidores, erguia as vagas do mar e a areia dos caminhos, dardejava sobre os picos as flechas do relâmpago, transpassava as nuvens para abrir e esvaziar as bolsas de suas águas, e fazia ressoar, das alturas do Céu até o fundo dos vales, o barulho retumbante e prolongado do trovão. Eis por que Zeus era chamado o Deus que se compraz em fazer nascer o clarão do relâmpago, o Deus que vibra nas alturas do Céu, o ajuntador de nuvens que a torrente bramidora e temerosa de seus fogos rola nos Céus.

Mas o raio de que estava armada, como dardo inflamado, a mão potente de Zeus, para que lhe servia? Feria ele os cimos das montanhas ou as altas moradas simplesmente para amedrontar os mortais e manifestar-lhes seu tirânico poder? Não. Zeus, esse Deus de trono elevado, era, realmente, um monarca que guiava a Justiça. Se dispunha, como senhor, das tempestades, das chuvas e dos belos dias, reinava de maneira eqüitativa sobre os homens. Embora seus conselhos fossem impenetráveis e suas decisões, irrevogáveis, tudo quanto pensava e queria, era desejado e pensado por uma infalível e prudente sabedoria. Sua providência estendia-se dos mais poderosos aos mais humildes mortais e os que usavam cetro não valiam, para ele, mais que os mendigos. Os bens e os males de toda a vida humana eram a conseqüência de seus justos decretos. Quando os homens eram bons, a terra preta continha frumento e cevada, as árvores recobriam-se de frutos, as ovelhas multiplicavam-se, e o mar fornecia-lhes peixe em abundância. Eram eles maus, proferiam sentenças iníquas, extirpavam a justiça de seus corações e do seu espírito a sabedoria? Então, o furacão destruía seus campos sob furioso dilúvio, os rios transbordavam, o trovão e o relâmpago rasgavam as nuvens, as torrentes assolavam as encostas das montanhas e o funesto granizo devastava suas colheitas.

Zeus, supremo árbitro da justiça eterna, tinha, contudo, pai e mãe. Não era por ele ter nascido real e verdadeiramente, — pois Zeus era o eterno existente, o primeiro de todos os seres, começo e fim de todas as coisas — que os poetas narram o seu nascimento. Mas conceber esse Deus em todo o esplendor de sua glória, era-lhes tão impossível quanto fixar o disco ofuscante do Sol, e por isso os poetas emprestaram-lhe um corpo e imaginaram-no sob a aparência de um homem bastante poderoso e muito belo. Idealizaram a vida feliz de sua eternidade como uma imagem ampliada da vida sobre a Terra. E, para exprimir sua imperceptível natureza, explicar sua ação contínua no mundo, inventaram inúmeras legendas e o submeteram às vicissitudes das condições humanas. Assim, para fazer compreender que Zeus é eterno, os poetas nos diziam que o Deus do raio era filho de Crono, isto é, da potência criadora e destruidora do Tempo. Sua mãe, Réia, era uma Deusa que presidia também ao vagaroso escoamento que transforma os séculos. Réia, durante o longo curso das idades, punha no mundo inumeráveis filhos. Mas as crianças, apenas colocadas nos joelhos do pai, eram por este devoradas. O Tempo, com efeito, devora todas as coisas, não cessa de destruir tudo quanto acaba de criar. Essa fome de destruição, entretanto, devia ter um fim. De Réia, dissera um oráculo, devia nascer uma criança que reinaria como senhor sobre o mundo, manteria o Universo em sua integridade e destronaria seu pai destruidor. Por não ter mais o que chorar, sucumbida por uma dor sem limites, a devoração desse novo filho, Réia, desde que o sentiu estremecer em seu seio, desceu secretamente do Céu e dirigiu-se, primeiro, a um vale profundo. Aí, oculta no mais espesso de um cerrado, pôs no mundo o Deus que foi chamado Zeus. Depois, como procurasse uma água clara e corrente para lavar o recém-nascido e como por toda a parte, a seu redor, a Terra fosse árida e seca, a venerável Deusa, desesperada e morta de sede, ajoelhou-se e suplicou à Terra acolhedora:

— Ó Terra, mãe e amiga, dá à luz, tu também; teus partos são fáceis!

Assim orou; depois, levantando o braço, bateu na rocha com o cetro. A pedra fendeu-se e uma fonte límpida e fresca brotou. A soberana Deusa banhou o filho, purificou-o, envolveu-o em cueiros e confiou-o a uma Ninfa para levá-lo à grande ilha de Creta e aí o esconder numa gruta secreta.

Profunda e larga era essa caverna. Uma floresta compacta ocultava a sua entrada e uma hera cerrada atapetava-lhe as paredes. Assim que o gracioso recém-nascido entrou nesse antro sagrado, as Ninfas que o habitavam receberam-no em seus braços. Deitaram-no num berço dourado. Uma cabra, Amaltéia, deu-lhe leite puro e serviu-lhe de ama-de-leite. As abelhas destilaram para ele um doce mel. Às vezes, também as pombas, vindas das extremidades longínquas do Oceano, traziam-lhe a ambrosia, e uma grande águia, colhendo o néctar numa fonte divina, oferecia-lhe a beberagem da imortalidade. Para distrair o futuro soberano do Olimpo, uma jovem Ninfa, Adrastéia, presenteou-o com um maravilhoso brinquedo. Era uma bola furada, formada de círculos de ouro entre os quais uma hera cinzelada serpenteava. Quando a criança choramingava, Adrastéia lançava para o alto, como uma bala, o brinquedo luminoso, e a bola furada tornava a cair, traçando um longo sulco dourado. Zeus ria. Mas, quando seus gritos e seu pranto se tornavam mais agudos, então, a seu redor, as Coribantes ou as Curetas, servidoras de sua augusta mãe, dançavam. Colocavam por cima do berço seus broquéis de bronze; e para marcar a cadência rápida dos passos, batiam neles com suas curtas espadas. O ruído dos broquéis abafava os gritos do recém-nascido, e seu pai, Crono, não podia, assim, adivinhar o esconderijo em que se ocultava a criança que ele acreditara devorar, engolindo uma pedra.

Nesse meio tempo o jovem Deus crescia em inteligência e em força. Apenas começava a andar e seu pensamento não era mais da sua idade. Para encantar os jogos daquele cuja mão governaria o relâmpago, os Ciclopes forjaram-lhe setas de raio e Zeus, desde a tenra infância, comprazia-se em lançar os dardos ofuscantes que guiam o trovão.

Um dia, ele brincava com a cabra Amaltéia, sua mãe-de-leite, tentando jogá-la por terra, e aconteceu fazê-la bater contra uma árvore e partir-lhe um dos belos cornos. A Ninfa Melissa tratou dela e pensou a cabeça machucada da ama divina. Para recompensá-la, o filho de Crono apanhou do chão esse corno, conferiu-lhe virtudes maravilhosas e fez presente dele à Ninfa de coração compassivo. Desde aquele dia, o corno foi chamado de Corno da Abundância, porque, com um simples desejo, ele se enchia de toda espécie de bens.

Quando uma tênue penugem floriu, como um colar de ouro brunido, nas faces do filho de Réia, e a idade fez dele um belo adolescente, Zeus destronou o pai e reinou, em seu lugar, daí por diante, sobre o mundo. Alguns monstros orgulhosos, no entanto, acorrentados no seio da Terra, não queriam submeter-se ao novo rei do Olimpo. Zeus, pensando pôr um fim aos tremores com que eles agitavam a superfície do globo, aos transtornos que causavam abalando as montanhas e deslocando a crosta da Terra, libertou-os. Porém, mal saídos de suas prisões subterrâneas, os terríveis Titãs partiram contra ele, em guerra. Para atingir o Olimpo, amontoaram uma montanha sobre as outras, e lançaram rochedos contra Zeus. Alguns, caindo no mar, semearam-no de ilhas e outros, tombando sobre a Terra, aí formaram colinas. Durante mais de dez anos prosseguiu a monstruosa revolta. Finalmente, indignado com tantas audácias, Zeus desejou terminar com aquele ódio insensato. Para conseguir a vitória que deveria assegurar o triunfo da ordem, o filho de Crono primeiramente desceu às entranhas do globo, onde se estende o tenebroso Tártaro. Era, bem sob o fundo mais baixo do mar, uma região úmida e deserta, cheia de espessos vapores e rodeada de uma noite eterna. Aí estavam presos os Ciclopes. Essas ferozes criaturas, de tamanho colossal e força prodigiosa, tinham apenas um olho no meio da testa. Com seus robustos braços, forjavam, em bigornas de bronze, os raios que o soberano do Céu lançava. Lá estavam também aprisionados, para guardar os Ciclopes, três Gigantes de cem braços e cinqüenta cabeças.

— Preciso, — disse-lhes Zeus — para pôr fim aos maus que assolam a Terra, da ajuda de vossos braços e do auxílio que podem me forjar vossas bigornas. Emprestai-mos e eu vos libertarei. Segui-me.

— Nós to emprestaremos — responderam a uma voz os Gigantes de cem braços e os intrépidos Ciclopes.

Assim que atingiram a claridade do dia, Ciclopes e Gigantes viram-se diante dos Titãs revoltados. Os Ciclopes brandiam piques resplandecentes e os Gigantes de cem braços estavam armados de rochedos. Um brado de guerra medonho elevou-se de súbito e um horrível estrépito reboou sobre o mar: seu eco atroou dos palácios do Olimpo até os abismos tenebrosos do Tártaro. Os dois exércitos lançaram um sobre o outro mil dardos dolorosos; mil rochedos arrancados às montanhas caíam sobre ambos os campos. Grandes gritos ecoavam na confusão terrível e um clamor inumano e selvagem subia até as estrelas. Como a vitória estivesse ainda indecisa, Zeus, no auge da batalha, apareceu sobre um carro. Mensageiro ardente de mão vitoriosa, do alto do Céu desferiu sobre os Titãs o raio que de repente se abateu. O trovão fendeu as montanhas em duas partes e os dardos vingadores do relâmpago devorador incendiaram florestas. Uma fumaça espessa, abatida pelo vento sobre as linhas dos Titãs, sufocou-os e os paralisou. Aproveitando a tumultuada desordem, trezentos rochedos, lançados ao mesmo tempo pelas trezentas mãos dos três Gigantes de cem braços, abateram-se sobre as posições inimigas e as submergiram sob uma avalanche de rochas. Vencedores de seus poderosos adversários, Zeus tornou a precipitá-los no sombrio Tártaro, e o Céu e a Terra obedeceram, mais do que nunca, a um único chefe.

Uma vez fortemente estabelecido seu poder, Zeus associou Hera, como esposa, ao trono de ouro.

Os habitantes do Olimpo acolheram contentes a rainha de braços brancos, dotada de beleza radiosa e magnífica, e honraram-na tanto quanto ao senhor do trovão. Zeus, contudo, não conheceu somente uma mulher e os poetas freqüentemente o representam descendo à Terra para escolher e amar as Ninfas. As Ninfas que ele amou são apenas as imagens graciosas das forças diversas em jogo na Natureza; e, quando se diz que Zeus vinha desposá-las, é preciso entender que ele vinha uni-las por sua intervenção à lei que preside à harmonia do mundo. As mais célebres dessas Ninfas de pés brancos foram Europa, Dânae e Leda.

Europa, virgem de profundo olhar, era uma jovem Síria, cuja beleza aliava-se a uma tez tão resplandecente, que suspeitavam-na de haver furtado a pintura de que se servia a própria esposa de Zeus. Ao acordar, ela chamava as companheiras. Estas logo apareciam; e cada qual carregando uma corbelha, dirigiam-se para onde as esperavam o murmúrio das ondas e o encanto das rosas. Um dia, elas se encontravam, segundo seus hábitos, próximo à beira do mar, ocupadas, nos prados, em colher flores e tecer coroas, e Zeus percebeu Europa. A irradiante alvura da virgem de grandes olhos perturbou o coração do senhor do Olimpo. Desejando, então, ao mesmo tempo, evitar a cólera da ciumenta Hera e aproximar-

-se do objeto de seus desejos, sem afugentar a tímida síria, Zeus tomou a forma de um touro e foi, em seguida, rondar em torno do prado em que brincavam as companheiras de Europa. A presença daquele belo animal não espantou as virgens de compridas tranças. O touro, com efeito, não era igual ao que se prende, a fim de conter seu furor, num cercado sólido e bem fechado. Seu pelo era de um maravilhoso amarelo de ouro; um disco prateado brilhava ao centro de sua testa; os olhos refletiam a verde doçura do mar calmo, e os dois chifres, recurvados igualmente, erguiam-se sobre a fronte, como lua crescente. Todas queriam aproximar-se e tocar o inofensivo e magnífico animal.

Quando Europa estava próxima dele, o touro divino estacou. Dobrou os joelhos diante dela, mugiu com ternura e lambeu-lhe os pés. Europa, por sua vez, acariciou com as delicadas mãos os flancos dourados do animal, colocando guirlandas em seus chifres de marfim.

— Aproximai, aproximai, minhas queridas amigas — exclamou ela, então; — vinde todas sentar no grande dorso deste touro tranqüilo; aqui estaremos como num navio.

A estas palavras, ela saltou, sorrindo, para o dorso do animal e aí sentou-se. As companheiras não se dispunham a segui-la. Assim que o touro sentiu sobre os rins o peso leve de seus amores, lançou-se de um salto numa rápida corrida e parou logo à borda do mar. À sua aproximação, as ondas agitadas acalmaram-se e as companheiras de Europa viram, então, o touro internar-se pelas ondas, galopar sobre as vagas e correr sobre as águas como se fossem uma planura de areia. Sentada no dorso de seu fogoso raptor, Europa segurava com uma das mãos um dos chifres do divino touro e retinha, com a outra, as pregas esvoaçantes dos seus véus. As praias batidas pela tempestade, as altas montanhas logo desapareceram, e durante longas horas, a virgem síria somente viu, acima de sua cabeça, o infinito do azul e, sob os pés, respingados pela espuma salgada, a imensidade profunda do mar. Finalmente, no longínquo horizonte, os altos de uma ilha montanhosa apareceram. O touro redobrou a velocidade. Uma margem se ofereceu e o animal divino colocou seu fardo à sombra de um plátano. Zeus, então, retomando sua forma divina, deu-se a conhecer à Europa. Vigilantes e rápidas, as Horas, nesse instante, desceram do Olimpo a fim de prepararem para seu senhor o leito nupcial. Europa adormeceu entre os braços de Zeus e Minos, o primeiro e o melhor de todos os reis da Terra, nasceu de seu sono. Desde esse dia, para comemorar essas núpcias, o plátano, sob o qual elas se consumaram, jamais perdeu sua coroa de folhas.

A segunda virgem por quem Zeus se apaixonou, chamava-se Dânae. Era filha de um poderoso rei de Argos, das belas torres. Este príncipe não tinha sucessores. Para saber se um filho asseguraria a descendência direta de seu trono, procurou ele um oráculo. O Deus respondeu-lhe que Dânae, sua filha, daria ao mundo uma criança que reinaria em seu lugar e, com o tempo, para uma glória sem par, arrebataria o seu soberano poder. Aterrorizado, o rei dos Argivos imaginou poder contrariar os decretos do Destino. Desde que regressou à branca Argos, fez construir um quarto subterrâneo, cujas paredes foram revestidas de bronze. Depois, para impedir a filha de tornar-se mãe, ali prendeu Dânae, colocando, ao redor do sombrio calabouço, sentinelas armadas, para montar, dia e noite, guarda atenta. O Destino, porém, é uma força invisível e os homens nada podem contra sua decisão. Zeus, com efeito, para cumprir o oráculo que havia anunciado, transformou-se em chuva de ouro. Enquanto, sobre a Terra, a tempestade fazia estragos, a chuva de ouro penetrou nas entranhas do chão, atravessou as paredes de bronze do teto da prisão em que Dânae dormia e entrou, como uma onda refrescante numa gleba sedenta, no seio da virgem. A criança que nasceu dessa chuva celeste chamou-se Perseu.

Não foi, desta vez, sob a forma de um touro ou nas gotas de ouro de uma chuva maravilhosa que Zeus, para aproximar-se de Leda, desceu um dia sobre o cume do selvagem Taígeto. A noite era profunda e nenhum ruído perturbava o entorpecedor silêncio da alta montanha. Leda, filha de um rei da Etólia, dormia como uma rainha morta. Subitamente, grandes asas abertas e ruflantes vieram espargir sobre ela um perfume de ambrosia. Despertada em sobressalto, Leda viu, ao seu lado, um cisne resplandecente. Sua branca plumagem irradiava como a alva e o pescoço comprido da ave divina acariciava seu rosto.

— Mulher, — disse-lhe o cisne — nada temas. Eu sou o Deus da luz e quero que sejas a ilustre mãe de duas crianças semelhantes. Elas viverão como vivem, um de frente para o outro, o Sol e a Lua. Chamados, um, Castor e seu irmão, Pólux, tornar-se-ão Deuses, cuja benevolência suavizará a dor de morrer, serão o socorro dos marinheiros expostos à tormenta. Quando realmente as furiosas tempestades se precipitarem sobre o mar e os nautas, de pé à proa do navio em perigo lhes enviarem preces, logo, fendendo o ar com suas rápidas asas, teus dois filhos lhes aparecerão no meio das nuvens. Apaziguarão o sopro dos ventos desencadeados, tranqüilizarão o tumulto das vagas e conduzirão de maneira feliz a embarcação para o pôrto.

Assim falou o soberano ordenador do mundo universal. Nove meses após, Leda botou, no fundo dos bosques, um ovo miraculoso. Dele saíram duas crianças exatamente semelhantes. Desde seu nascimento, uma mesma estrela brilhou sobre as duas cabeças; e, mais tarde, cavalgaram ambos o mesmo corcel branco e suas mãos foram armadas com o mesmo virote.

Zeus, entretanto, na condição de criador de tudo quanto é belo, não amava apenas a beleza das mulheres. Foi-lhe dado descobrir, um dia, um adolescente muito atraente. Para conservar sempre perto aquele que considerava o mais belo dos mortais, resolveu arrebatá-lo da Terra e fazer dele, no Olimpo, seu gracioso escanção. Ora, um dia em que Ganimedes, ainda jovem pastor, enquanto apascentava seu rebanho nas encostas ervosas do monte Ida, tocava flauta, sentado sobre um rochedo, Zeus, transformado em águia de grande vôo, abateu-se rapidamente sobre ele. Fincou suas garras, tornadas inofensivas, nos flancos do jovem, picou o bico em seus cabelos, abriu as asas vigorosas e arrebatou o belo adolescente. Ganimedes, desde então, tornou-se habitante do Céu. Em lugar de queijo e de leite, nutria-se, como os Deuses, de néctar e ambrosia, e obteve, assim, para encantar o olhar feliz dos Imortais, o privilégio de uma juventude eterna.

Conta-se que certa vez Zeus desejou aproximar-se da filha de Nicteu. Aproveitando-se de que a jovem dos belos braços dormia, envolvida em seus véus, à sombra de um velho bosque, o soberano do Olimpo, transformado em sátiro de pés de cabra, aproximou-se de Antíope e dormiu com ela. A partir desse dia, Antíope sentiu estremecer dentro dela duas crianças. Mas Nicteu, seu pai, ignorando o esposo que a beleza da filha lhe conseguira, reprovou asperamente a conduta de Antíope. Para livrar-se das contínuas ameaças, a amante de Zeus abandonou o palácio paterno, refugiando-se em Sícion. Pouco depois, o rei dessa cidade, Epopeu, prisioneiro dos encantos da rainha exilada, desposou-a. A esta nova, Nicteu suicidou-se de desespero. Entretanto, o pai encolerizado, antes de morrer, havia feito seu irmão Lico jurar vingar-se de Antíope e de seu esposo. Lico marchou contra Sícion, matou Epopeu, amordaçou Antíope e levou-a prisioneira. No caminho, a divina cativa pôs no mundo dois belos gêmeos que precisou abandonar. Pastores recolheram Anfíon e Zeto, nutriram e educaram aqueles que deveriam ser, um dia, os fundadores de Tebas das belas muralhas. Conduzida a Sícion, severamente vigiada e várias vezes atormentada pela Rainha Dirce, esposa de Epopeu, Antíope levava uma vida miserável. Um dia, no entanto, as cadeias que martirizavam suas finas mãos caíram por si mesmas no chão. Miraculosamente libertada, ela foi para Citera onde reencontrou seus filhos. Estes, depois de a reconhecerem, apoderaram-se, um dia, da cruel Dirce, amarraram-na aos chifres de um touro selvagem e lançaram, em seguida, seu corpo numa fonte: a Fonte de Dirce.

Quase sempre, como convém ao soberano senhor dos homens e dos Deuses, Zeus era representado sentado num trono magnificamente trabalhado. Sua augusta cabeça exprimia a força que ordena as tempestades, mas conservava também a calma inalterável e a grandeza serena que presidia aos dias felizes. Uma cabeleira, espessa e abundante como a juba de um leão, ornava sua larga fronte e caía dos dois lados de seu rosto em cachos ondulados. A barba encaracolada alongava-lhe o rosto e os grandes olhos, que tudo viam, cruzavam-se, rasgados e profundos, sob o arco denso e repousado dos supercílios. Algumas vezes descoberta, a cabeça de Zeus era comumente envolvida por uma pequena faixa ou coroada de louro, de carvalho ou de oliveira. A mão direita detinha o raio alado. Sua mão esquerda segurava a estátua da Vitória, ou então um cetro encimado por uma águia. Às vezes também essa águia repousava a seus pés ou se colocava em uma de suas mãos. O belo torso era nu e um manto, caindo dos ombros, envolvia-lhe os joelhos, deixando descobertos artelhos e pés. Consagravam-lhe a águia, o carvalho, os cumes das montanhas. As cabras, as ovelhas, os touros brancos, cujos cornos douravam-se, eram os animais que, geralmente, se sacrificam em seu louvor.

III

Hera ou Juno

Filha mais velha de Crono e irmã de Zeus, Hera era a esposa do soberano do Céu.

Quando Zeus quis fazê-la sua companheira, ela era apenas uma virgem de feições suaves. Sua velha ama, Mácris, velava por ela e nunca a deixava. Ora, num dos dias mais frios do inverno, aconteceu que Hera viu-se sozinha num local deserto. De súbito, tiritando e enregelado, um cuco amedrontado veio pousar em seu frágil ombro. Movida pela compaixão, Hera segurou o pássaro friorento e, para aquecê-lo, colocou-o entre os seios. Esse cuco, porém, era o próprio Zeus, seu radiante noivo. Havendo retomado sua forma natural, disse ele:

— Ó Hera, quero que sejas minha legítima esposa! Segue-me, Deusa de grandes olhos, e eu te farei reinar à minha direita, sentada no Olimpo num trono resplandecente.

A virgem consentiu e Zeus, para celebrar seu casamento, transportou a esposa para o cume arborizado do Citéron. A Terra ofereceu-lhes um fofo leito de relva; feixes de flores abriram-se à frente de ambos; e, para saudá-los, as árvores, abrandadas, inclinaram sua ramagem, e as fontes espalharam o perfume da ambrosia. Todos os Deuses desceram para as bodas divinas. Depois, quando Hera aceitou a mão do senhor do trovão, uma nuvem dourada levou-os para as alegrias do Olimpo.

Ali, entre os Imortais, dos quais tornou-se, desde logo, a rainha dos belos cabelos, Hera compartilhou da autoridade divina de seu real esposo. Deusa do Céu, participou ela, mas em grau menor, como convém a uma mulher, de todas as prerrogativas e de todas as honras do monarca supremo. Como este, ela ribombava às vezes nas agitadas alturas do éter, desencadeava os ventos que encapelavam os mares, presidia ao renovar das estações do ano e estendia seu poder até as estrelas que brilhavam sob seus pés. De todas as Deusas que habitavam o Olimpo, era ela a mais bela, a mais augusta e a mais respeitada. Quando entrava no palácio divino, os Deuses levantavam-se diante de sua aparência nobilíssima, saudavam-na erguendo as taças e dirigiam-se ao encontro de seus passos. Sua cólera, como a de Zeus, era terrível; e quando se agitava no trono, fazia tremer o Olimpo inteiro. Em resumo, sua dignidade e seu poderio só cediam diante da incomparável majestade e da força invisível do organizador do mundo universal.

Entretanto, a união de Zeus com Hera, na intimidade do lar, era-nos descrita pelos poetas, ora como uma pura alegria, ora como um ruidoso desacordo conjugal. Essa dupla maneira de conceber suas relações era como que o reflexo das oposições em luta nos diversos aspectos que o Céu pode assumir. Zeus e Hera, com efeito, não eram somente considerados como os céus azulados e serenos dos belos dias: presidiam também às perturbações e aos tumultos que freqüentemente agitam a atmosfera. Assim, se o azul duma manhã luminosa de primavera acorda sentimentos de alegria, de concórdia e de ternura, o espetáculo dos furacões do outono e do Céu sombrio e nevoento do inverno pode sugerir, em oposição, o sentimento de uma discórdia aguda ou de um humor caprichoso e extravagante. Eis por que as ruidosas querelas e as freqüentes tempestades que diziam observar, e que punham em briga os dois esposos celestes, eram apenas figuras tentando explicar a causa insuspeita das variações e dos caprichos do Céu.

A maior parte do tempo era o ciúme de Hera, com relâmpagos retumbantes, que motivava esses desentendimentos. Com muita freqüência, na opinião dela, Zeus deixava o Olimpo para ir à Terra visitar as Ninfas. Hera, julgando-se abandonada, explodia de cólera. E quando o esposo voltava ao lar, fazia-lhe, diante de todos os Deuses, severas reprimendas.

Mais de uma vez, presa de grande furor, Hera abandonou o Olimpo. Um dia, mais irritada que de costume, desceu de lá, jurando jamais retornar. Dirigiu-se, então, para a grande Ilha de Eubéia, nos mesmos sítios em que, outrora, pela primeira vez, Zeus a havia encontrado. Mas seu real esposo, sucumbido com a partida e com a separação, não dormiu mais sob o teto constelado de seu quarto nupcial. Sua avisada prudência ditou-lhe, para reconciliar-se com a esposa e obter seu perdão, um estratagema espantoso. Imaginou atiçar e ainda mais exacerbar o ciúme de sua companheira de brancos braços. Desceu, por sua vez, nas montanhas abruptas do Eubéia. Fingiu casar-se, ali, com uma Ninfa de olhos claros. Tomando, em seguida, um boneco de pau, vestiu-o e o velou como uma noiva divinal. Depois, atrelando a um carro de várias cores grandes e chifrudos bois, nele colocou, sentado num trono brilhante, o suntuoso boneco. O carro percorreu todas as cidades de Eubéia, penetrou até o campo e por todos os lugares o cocheiro contava que levava a passeio a nova noiva do senhor do trovão.

Enraivecida com tal impudência, Hera, assim que soube da nova, foi ao encontro do carro triunfante. Ao vê-lo, precipitou-se contra a rival imaginária, retalhou-lhe os trajes e as coroas, arrebatando até o véu que lhe recobria o rosto. Para sua grande surpresa, encontrou apenas um boneco sem forma. Desarmada, pôs-se a sorrir e tornou a subir, com o esposo, para o alegre Olimpo.

Uma outra ocasião, foi a vez de Hera entristecer-se no trono em que se sentava no Céu. Zeus, com efeito, tendo descido no Ida, demorava-se longos dias ao pé das Ninfas habitantes das fontes que regavam suas encostas. Idealizando então um meio de trazer para perto seu volubilíssimo esposo, resolveu ela descer também naquela mesma montanha e aí mostrar-se como a mais bela das rainhas. Para tornar-se irresistível foi ao seu quarto de portas resplandecentes. Fechando-se à chave, banhou-se numa onda límpida e envolveu o corpo numa essência divina, cujo perfume se espalhou desde o céu até o ar que os homens respiravam. Sua mão de marfim penteou a longa cabeleira, trançou-lhe as mechas brilhantes que, caindo em cachos perfumados, enquadravam a brancura da tez que realçava o encanto matizado dos arrebiques mais preciosos. Vestiu uma roupagem azul, cingiu ao corpo um cinto franjado, constelou-se de jóias; depois, cobrindo a cabeça com um véu magnífico, desceu como um astro brilhante sobre o pico verdejante do Ida. Assim que Zeus, atônito, percebeu a esposa, seu coração abrasou-se de ternura e de ardor. Estendeu-lhe os braços e uma nuvem dourada, impenetrável ao sol, levou todos os dois para os céus.

Rainha augusta do Céu, ela era ainda o modelo sagrado da mulher perfeita, a protetora da santidade conjugal e a imagem da esposa fiel. Embora fosse, depois de Afrodite, a mais bela das Deusas, jamais cedeu a qualquer de seus numerosos e insistentes admiradores. Unida a Zeus pelos laços do matrimônio, não conheceu outro amor senão o seu. O mais célebre de todos quantos, deslumbrados pelos seus encantos, tiveram a insolência e a audácia de declarar-lhe amor, foi Ixião. Como devia casar-se, Ixião prometera ao pai da noiva magníficos presentes. O casamento realizou-se, mas o recém-casado não cumpriu a palavra. Seu sogro exprobrou-lhe o perjúrio e Ixião, sob pretexto de reconciliar-se com ele, convidou-o para um banquete; depois, no momento em que o infeliz menos esperava, atirou-o numa fossa em fogo. As chamas atrozes devoraram-no. A perversidade levantou a indignação dos homens e dos Deuses. Todos se recusaram a purificar Ixião do assassínio que cometera à traição. Repelido em todos os lugares, dirigiu-se finalmente a Zeus, que se lhe mostrou misericordioso. Não apenas concedeu-lhe perdão pelo seu crime, como chegou até a admiti-lo à mesa, em companhia dos Deuses. Esquecido do perdão, entretanto, o pérfido Ixião não soube conduzir-se, à mesa de Zeus, melhor que na vida terrestre. Cegado por furioso delírio, o assassino perdoado ousou sentir por Hera, a própria Deusa do Céu e a própria esposa de Zeus, desejos sacrílegos. Não contente em manter sempre os olhos fixos sobre ela, atreveu-se, um dia, a fazer-lhe indecorosas propostas. Hera, ofendida com a sua temeridade, nada respondeu-lhe. Deixando-o banhado em lágrimas e suspirando de joelhos, foi queixar-se ao real esposo. Para pô-lo à prova, Zeus deu a uma nuvem a semelhança da severa Hera. O presunçoso Ixião, embriagado de néctar, não temeu aproximar-se daquele fantasma e estreitá-lo em seus braços. Zeus, testemunha do ultraje, não podia deixar impune ingratidão tão negra. Lançou o culpado aos Infernos, atando-o a uma roda em chamas. Seus membros foram aí amarrados por nós infrangíveis e as torturas que sofreu sobre essa roda, que jamais parou de girar, proclamavam com justiça a vingança divina.

Já dissemos que Hera, a Deusa dos grandes olhos, era a pura imagem da esposa fiel e o apoio das mães de família. A seu lado reinava sobre o Olimpo uma outra Deusa. Héstia ou Vesta, cuja missão era proteger a chama do lar e de velar pela manutenção, entre os homens, das virtudes familiares. Filha de Crono e de Réia, irmã de Zeus e de Hera, Héstia recusou, para manter-se virgem e conservar-se sempre sozinha, a mão que lhe ofereceram o divino Apolo e Posidon, o agitador da Terra. Zeus respeitou seu desejo de isolamento e prometeu dar-lhe um trono em cada casa habitada pelos homens. Retraída, silenciosa, ela residia no Olimpo, permanecia confinada no fundo de sua morada, de onde protegia todas as habitações em que se guardava o fogo. Não contente de ser a sua protetora, Héstia era o próprio Lar, personificado e como que divinizado pela chama que atestava sua divina presença. Essa chama sagrada era a garantia da perpetuação da família, de sua firmeza, de sua concórdia, de sua prosperidade. O fogo que ardia, com efeito, no altar do Lar tinha sido acendido pelos antepassados, atiçado por eles; os descendentes tinham o dever de velar pela sua manutenção e salvaguarda, porque sua extinção marcaria o desaparecimento da raça. Como as moradas, as cidades possuíam seu altar, onde ardia o fogo do lar comum. Supunha-se que a alma da cidade vivia da vida desse fogo, e cada vez que seus habitantes se encarregavam de fundar uma colônia longe, o fogo sagrado, retirado do lar comum, acompanhava os corajosos que partiam.

Hera, a real Deusa, era freqüentemente representada sentada num elevado trono. Uma de suas mãos segurava uma romã, imagem da fecundidade, e a outra, um cetro encimado por um cuco. Sua nobre cabeça ornava-se de grandes olhos de olhar magnífico. A cabeleira abundante, sempre enfeitada do mais rico diadema, enquadrava com véus regulares e estriados o oval perfeito de seu rosto. Às vezes, na qualidade de esposa, usava um véu que lhe recobria a nuca. Tudo nela era casto, calmo, majestoso e grave. Protetora privilegiada da mulher, salvaguardava, nela, a adolescente, a noiva, a esposa, a mãe. O pavão era-lhe consagrado, pois acreditavam que a plumagem brilhante e constelada dessa ave orgulhosa era o símbolo da magnificência com que se cobre o Céu por uma noite estrelada e, o Céu, já o dissemos, era o rosto da divinal Hera.

IV

Atena ou Minerva

Filha poderosa de um pai onipotente, Atena era a filha privilegiada do grande senhor do mundo. Sua mãe, a mais prudente de todas as filhas dos homens e dos Deuses, era Métis ou a Prudência. Como Zeus era um Deus soberanamente perfeito, os poetas, para mostrarem que nele o poderio estava unido à prudência, contaram que após haver encerrado Métis em seu peito, assimilou-a, nascendo desta união a Deusa invencível.

Zeus, dos conselhos prudentes, trazia-a em sua cabeça robusta. Quando chegou a hora do parto, o majestoso soberano do Olimpo fez chamar Hefestos, o Deus do fogo que forjava na bigorna armas terríveis.

— Hefestos, — disse-lhe ele — um mal estranho me atormenta. Golpeia forte, golpeia minha fonte com uma pancada cortante de teu machado acerado; abre-a; não temas nada, pois sei o que vai acontecer-me, e grandes dores dilaceram-me a cabeça!

Sob a ordem imperiosa do soberano, a quem ninguém pode resistir, o machado abateu-se sobre sua augusta cabeça. Apenas aberta, dali saiu, soltando um grande grito de vitória, uma virgem resplandecente que se pôs a dançar. Um elmo de ouro cintilava em sua cabeça; uma armadura magnífica recobria todos os seus membros e sua mão valorosa brandia uma lança rutilante. Diante dessa visão, todos os Imortais foram tomados de espanto, de admiração e de respeito. O Sol, surpreso, estacou seus corcéis e seu carro, e o vasto Olimpo foi sacudido pelos movimentos vigorosos de sua dança guerreira.

Como seu pai fosse o mais poderoso dos Deuses e sua mãe a mais sábia das Deusas, Atena herdara as qualidades de um e as virtudes do outro; a prudência equilibrava a força. Mas que significava esse surpreendente nascimento? Vejamos. Zeus era considerado o próprio Céu e o pai das tempestades. Quando sua divina mão dardejava o raio, as nuvens que recobriam a imensa frente do Céu pareciam abrir-se e fender-se para dar passagem ao faiscar do relâmpago. Atena, de olhos resplandecentes, não seria mais que a luz terrível que, dissolvendo em água as nuvens, atravessava-as, iluminava sua nublada confusão e trazia a vitória, pelo ardor de sua lança, ao rei da luz. Deusa do relâmpago, virgem nascida por entre o reboar das tempestades, Atena permaneceu como Deusa guerreira. Sempre ardente, a excitar o tumulto das armas e os clamores das batalhas, era ela, para os gregos, a combatente invencível. Sua bravura era incomparável. Não obstante, por ser filha de Métis, a soberana Prudência, a força e a bravura que ela herdara do pai eram sempre marcadas pela bondade, pela prudente lealdade e pela magnanimidade. Repugnava-lhe qualquer crueldade e seu generoso coração continha, dentro de justos limites, a atividade guerreira de sua alma intrépida. Um dia em que Tideu, um de seus protegidos e guerreiro de muitas proezas, jazia estirado, gravemente ferido num longo combate, Atena, a Deusa indomável, implorou a Zeus em seu favor e obteve de sua onipotência um remédio que devia curar, salvar e tornar imortal o corajoso ferido. Desceu, então, ao campo de batalha, mas encontrou Tideu prestes a saciar, de modo desumano, a sua vingança. Haviam-lhe trazido a cabeça do inimigo e Tideu, no seu furor, após quebrar os ossos do crânio, devorava, como um bárbaro, o seu cérebro! Esse espetáculo hediondo causou horror à Deusa dos muitos conselhos. Desistindo de fazer o bem que tinha vindo realizar, virou as costas e, sem pensar mais em socorrer o selvagem soldado, dirigiu para longe as pegadas de seus passos.

Longe de se desinteressar, do alto do Céu, pelas querelas dos homens, Atena, armada dos pés à cabeça, descia por vezes ao combate sangrento e lutava ao lado dos Heróis. Tomou parte, com sua lança acerada, no combate entre Deuses e Titãs. E, para celebrar a vitória de Zeus, inventou uma dança guerreira, tocando clarim pela primeira vez. Deusa das armas e dos exércitos, se Atena fazia decidir a sorte indecisa das batalhas e assegurava o triunfo, era também a protetora das cidades, a guarda vigilante que, velando pela prosperidade dos lugares de que gostava, defendia-os do alto das cidadelas contra os atentados e assaltos do inimigo. Por uma conseqüência natural, a Deusà que ratificava o êxito dos combates tornava-se, também, aquela que concedia aos povos vitoriosos as benesses da paz e a prudência cívica. É a este título que protegia todos os trabalhos da Indústria e da Arte. O oleiro a invocava como sua protetora, pois fora ela, dizia-se, quem inventara o torno que ele usava para dar forma a seus vasos. O carpinteiro devia-lhe seu esquadro e sua régua; o marinheiro, a arte de colher as velas e de esculpir as proas; o agricultor, a charrua, o ancinho e a carroça que puxam os grandes bois, submissos ao jugo por sua força prudente.

Um dia, para imitar o assobiar e os gemidos que se ouviam na tempestade, a Deusa de coração infatigável abriu alguns furos num pedaço de osso de cervo. Dirigiu-se depois ao Olimpo e tocou, diante dos Deuses reunidos, o instrumento que acabara de inventar. Afrodite e Hera, porém, riram-se dela porque era obrigada, ao soprar a frauta, a inflar as bochechas, deformando os traços de seu divino rosto. Despeitada, a Deusa de elmo de ouro foi olhar-se numa fonte clara. Dando-se conta de que não a haviam ridicularizado injustamente, lançou para longe dela o instrumento do qual nenhum homem conseguiu arrancar sons sem alterar os traços da face.

Foi, outrossim, essa virgem temível, que se regozijava com o tumulto das guerras, que ensinou os homens a cultivar a oliveira e a plantar a figueira. Conta-se que dois Deuses disputaram, outrora, a posse do solo da Ática. Os Imortais, tomados como árbitros da contenda, decidiram atribuir a propriedade da terra a uma das Divindades que desse aos homens o presente mais útil. Aceita a parada, o Deus do mar, Posídon, fez nascer do rochedo, com uma batida de seu tridente, um árdego corcel. Atena, a seguir, batendo no chão com sua lança doirada, dele fez crescer uma oliveira de folhagem de prata. Os Deuses julgaram, então, que a árvore, cujos ramos deviam ser o símbolo da paz benfazeja, era, aos homens, um presente mais útil que o corcel destinado a conduzir os carros de assalto da guerra mortífera.

Entretanto, se Atena, a divina artesã, foi a inspiradora de todas as artes e a protetora de todos os ofícios que os homens exerciam, era, sobretudo, a Deusa que presidia aos trabalhos delicados dos delgados dedos das mulheres. Industriosa e ativa, tecera, com as próprias mãos, os seus véus, e bordara, para Hera, o vestido nupcial. E as mulheres gregas, tão hábeis para tecer e bordar seus tecidos, vangloriavam-se de haver aprendido a fiar vendo a Deusa trabalhar e ouvindo-lhe docilmente as lições. Todas, portanto, reconheciam-na e veneravam-na como artista incomparável e divina. Um só nome fez exceção: o de uma infeliz lídia, que ousou um dia competir, em habilidade, com a própria filha de Zeus. Diziam que essa jovem virgem, Aracne, excedia-se na arte de urdir as lãs em tecidos. Não devia essa fama ao seu nascimento, nem à sua pátria, mas unicamente ao seu talento. Para admirar-lhe os trabalhos, freqüentemente as Ninfas desciam dos outeiros verdejantes, tal era a finura da trama de seus tecidos e tão bem sua agulha sabia bordá-los.

Maravilhadas, as Ninfas perguntaram-lhe, um dia, se não fora a própria Atena quem lhe ensinara seu extraordinário ofício. Aracne negou, como se fosse uma vergonha, haver aprendido algo com a Deusa, e depois acrescentou:

— Que ela venha, pois, medir-se comigo! Vencida, submeter-me-ei a tudo.

Atena, que tudo tinha ouvido, serviu-se dos traços fanados de velha, cobriu a cabeça de cabelos brancos e, apoiando num cajado seus membros enfraquecidos, aproximou-se de Aracne e lhe disse:

— A velhice, minha filha, não traz, com ela, males apenas: a experiência é o fruto tardio da idade avançada. Não desdenhes meus conselhos. Podes pretender a glória de subrepujar todos os mortais, mas não poderás, como sustentas, suplantar os trabalhos de u'a mão imortal...

— Posso — exclamou Aracne. — Que a Deusa venha, então, competir comigo!

— Ela aqui está — respondeu Atena, despojando-se dos traços da velhice.

Colocando-se logo uma ao lado da outra, começaram a tecer, e o desejo de vencer tornava-as infatigáveis. Atena desenhava, em seu tecido, o vasto Olimpo e suas Divindades; a orgulhosa lídia, os principais episódios dos amores dos Deuses. Quando os dois bordados foram concluídos, Atena nada encontrou para criticar no trabalho de Aracne: estava magnífico, sem o menor defeito. Tomada de despeito, a Deusa do relâmpago agarrou, amarrotou e rasgou o bordado de Aracne. A infortunada lídia, não podendo suportar tão cruel afronta, tentou enforcar-se. Movida pela compaixão, porém, Atena de olhos garços abrandou-lhe o destino e arrancou-a da morte.

— Viverás, infeliz! — disse-lhe ela. — Mas tua vida, de hoje em diante, será eternamente suspensa a um fio.

Aracne foi imediatamente transformada em aranha; e desde esse dia, essa fiandeira de tecidos aéreos não cessou de se dependurar nos fios de sua delicada teia.

Virgem de casto olhar, Atena jamais se casou. Preocupada constantemente em organizar cidades e favorecer a atividade dos homens, seu coração permaneceu para sempre insensível ao himeneu. Seu virginal pudor era desconfiado e esquivo. Um dia, fatigada de uma luta obstinada, aconteceu-lhe banhar-se na água corrente de uma fonte. Era a hora do meio-dia e o silêncio abrasante reinava sobre as colinas, onde as cigarras cantavam. Só com seus cães, o jovem Tirésias errava pelos arredores daquela fonte sagrada. Impelido pela sede, aproximou-se das águas frescas e surpreendeu Atena repousando-se no banho. Indignada, a Deusa de coração puro, lançou-se contra o intruso, colocou as mãos nos olhos do indiscreto, e Tirésias, cego, tornou-se feiticeiro.

Deusa augusta do trabalho meditado do espírito e da atividade da inteligência inventiva, Atena era mais comumente representada com as armas que trazia ao nascer. Dela, Fídias fez uma estátua maravilhosa, toda de marfim e ouro. Esculpiu a Deusa em pé. Uma longa túnica plissada caía até os pés. Seu peito estava recoberto pela égide, ou pele de cabra franjada de ouro, no meio da qual suspendia-se, rodeada de serpentes, a cabeça de Medusa. No alto do elmo erguia-se uma esfinge. A mão direita sustentava uma vitória alada e a esquerda apoiava-se sobre um broquel oval. Essa estátua colossal ornava o Partenon, o mais belo dos templos que Atenas edificou à sua divina protetora. Os atenienses veneravam-na em solenidades magníficas. A fim de adornar a estátua de sua augusta rainha, as damas atenienses bordaram um maravilhoso peplo. No dia de sua comemoração, levavam-lhe esse véu num navio, em grande pompa. Um cortejo suntuoso estendia-se, então, pelas encostas sagradas da Acrópole, e concursos de poesia, de representações dramáticas aumentavam ainda mais o esplendor dessa festa, que atraía, para Atenas, todos os povos da Grécia e era denominada *Panatenéias.*

O mocho, cujo olho ofuscante brilha na noite, era, com o galo e a serpente, particularmente consagrado à Deusa de olhar resplandecente.

V

Apolo ou Febo

Para os gregos, Apolo, o Deus brilhante da claridade do dia, revelava-se no Sol. Zeus, seu pai, era o Céu de onde nos vem a luz, e sua mãe, Latona, personificava a Noite de onde nasce a Aurora, anunciadora do soberano senhor das horas douradas do dia.

Quando Latona estava a ponto de pôr no mundo o Deus do arco de prata, foi obrigada, perseguida pela ciumenta Hera, a percorrer vários países antes de encontrar algum que consentisse em oferecer um asilo seguro a seu filho. Muito tempo errou ela de um lugar para outro. Finalmente, transformada em codorniz, chegou, um dia, à margem de uma ilha flutuante que se chamava Astéria. Para acolher e abrigar Latona, Zeus imobilizou essa ilha errante e fê-la criar raízes nos rochedos profundos que as águas recobriam. Os marinheiros, daí por diante, viram essa ilha no mesmo local e chamaram-na Delos ou a Brilhante. Terra varrida pelos ventos, terra sem lavoura e sem vegetação, Delos foi plantada no mar como uma rocha estéril para atrair e dirigir o vôo sinuoso das gaivotas. Quando, moída de cansaço, a venerável Latona abordou às costas selvagens e desoladas, pronunciou estas palavras:

— Ó Delos, dá um abrigo a meu filho, e se o local bendito em que serei desembaraçada! Nenhum ser vivo, até hoje, aproximou-se de tuas margens e te fez promessas. És uma rocha árida onde não vegeta nenhuma árvore; teu solo não engorda nem ovelhas nem grandes bois. Entretanto, se receberes meu filho, e se edificares o templo que lhe convém, as riquezas que te oferecerão as multidões que virão sacrificar ao Deus que te trago, compensarão a pobreza de teu solo árido!

A voz do vento, que soprava sobre a ilha, respondeu-lhe, então:

— Consola-te, venerável Latona, receberei teu filho; jura-me somente que a criança que carregas concordará em residir sempre aqui.

— Juro-te — respondeu Latona.

Assim que a bela Deusa pronunciou esse juramento, surgiram cisnes, que se puseram a cantar. A Terra sorriu de alegria, o mar e as montanhas tornaram-se púrpura e ouro e o jovem Apolo, o Deus que lança ao longe os dardos, veio à luz. As Deusas do Céu soltaram um grito de alegria. Têmis desceu do Olimpo e, com suas mãos imortais, ofereceu ao recém-nascido o néctar e a ambrosia.

Mas, assim que o brilhante Apolo experimentou a celeste bebida, os cueiros vaporosos, nos quais sua mãe o havia embrulhado, não puderam mais conter sua impetuosidade. Os cintos de prata e as faixas doiradas desataram-se por si e o Deus de rosto brilhante imediatamente exclamou:

— Dá-me uma lira harmoniosa; arma minha mão com um arco recurvado e eu proferirei oráculos divinos!

Falando assim, o Deus de cachos intactos caminhava orgulhosamente no chão de sua ilha. O regozijo acompanhava seus passos; a terra recobria-se de flores e Delos inteira rebrilhava como u'a manhã doirada sobre as brancas colinas.

Com apenas quatro dias de vida o divino Apolo manifestou seu poder. Em uma caverna do Parnaso, vivia com efeito uma serpente monstruosa. Dragão temido, esse flagelo da região era o terror dos homens e dos rebanhos. Qualquer um que aparecesse à sua frente, morreria na certa. Apolo, Deus benfazejo e caritativo, resolveu livrar a Terra desse monstro. Armado de seu arco e de uma tocha acesa, penetrou, um dia, por um caminho oculto e a passos silenciosos, até em cima da gruta que servia de covil ao horroroso e espantoso réptil. Após haver brandido sua tocha resinosa, fazendo-a girar, Apolo atirou-a à entrada do antro. A fumaça negra obrigou o monstro a aparecer. Entesando então o arco, o Deus que ataca ao longe lançou um vôo de dardos irresistíveis. Dilacerado pela dor, o animal imundo, que nascera no limo superaquecido da Terra, soltou horríveis assobios, distendeu o corpo num espaço imenso e mergulhou na floresta. Depois, contraindo, espichando e torcendo sucessivamente os anéis, exalou, em fluxos de sangue, sua vida pestilenta.

O refulgente e vitorioso Apolo dirigiu-se então ao monstro:

— Que teu corpo, ó Píton, consumido pelos raios devoradores do Sol, apodreça aí onde está, sobre a Terra nutriente! Cessaste de ser o flagelo dos mortais!

Entretanto, ao derramar o sangue do monstro abominado, Apolo havia-se coberto de imundície. Precisava imediatamente, segundo as regras divinas e os usos sagrados, purificar-se. Para punir-se, condenou-se a um exílio voluntário. Como simples mortal, desprovido de qualquer prestígio e brilho, dirigiu-se a Tessália. Ali pôs-se a serviço de Admeto, rei do país; e durante nove anos fez pastar suas magníficas éguas e as inumeráveis manadas de bois. Durante esse desaparecimento, cantava e tocava a lira, velando pelo gado. Tão grande era o encanto que expandia a seu redor, e tão inúmeros eram os atrativos com que enfeitava a suave vida campestre, que os próprios Deuses tornaram-se ciumentos da sorte que o campo reservava aos pastores. Contudo, a estada de um Deus numa terra estrangeira foi sobretudo útil a Admeto, quando o rico e poderoso rei quis obter Alceste para esposa. O pai dessa jovem virgem, Pélias, havia jurado dá-la em casamento ao homem que viesse pedir-lhe a mão montado num carro puxado por leões. Ora, Admeto amava perdidamente Alceste. Para conseguir seu objetivo, pediu a intervenção de Apolo. Feliz com a ocasião que se apresentava para mostrar-se reconhecido à bondade de seu generoso patrão, o Deus de Delos subjugou, sem esforço, dois leões ferozes, tornando-os dóceis aos desejos de Admeto. Realizou-se o casamento. Mas nova provação ainda esperava Admeto. Ao penetrar no quarto nupcial, encontrou-o inteiramente tomado por serpentes. A boa vontade de Apolo não apenas conjurou o perigo, mas ainda obteve das inflexíveis Parcas que Admeto seria libertado da morte se seu pai, sua mãe ou sua mulher consentissem em morrer em seu lugar. Quando chegou a hora marcada pelo destino os pais de Admeto, malgrado a idade avançada, recusaram sacrificar-se pelo filho. Alceste, sua doce esposa, aceitou sem hesitação. Desceu voluntariamente ao túmulo. Os Deuses, porém, para recompensar o heroísmo de seu amor conjugal, trouxeram-na à luz e a restituíram ao real esposo.

Para bem explicar, durante os dias brumosos do inverno, o desaparecimento do Sol, os Gregos consideravam Apolo um Deus ambulante que, cada ano, gostava de deixar os santuários da Grécia e viajar para um longínquo e misterioso país. Voltava dali em época certa. Esse país, chamado *região hiperbo-real*, estendia-se para além dos países de onde provinham as geadas e as neves. Uma perpétua primavera reinava nessa região; as sombras da noite jamais envolviam seus habitantes e, sem interrupção, os raios dum sol prateado inundavam-nos de doçura e serenidade. Era nesse reino de luz permanente que Apolo ia passar os meses de inverno. Vivia ali entre os cisnes, no meio de um povo feliz, pacífico e permanentemente ocupado em fazer a sua apologia. Era no fim do outono que o augusto pai da santa luz deixava o solo da Grécia para seu recolhimento hibernal. Voltava na primavera, precisamente quando o Sol parecia aproximar-se da Terra para envolvê-la de um esplendor mais radioso e mais quente. Um carro de ouro, puxado por cisnes maravilhosos, conduzia-o, então, para sob as palmeiras de Delos; e quando o Deus surgia nas linhas das costas áticas e ouvia-se-lhe a lira de oiro e de marfim anunciar os belos dias, os rouxinóis, as andorinhas e as roufenhas cigarras saudavam seu retorno.

Um dia, Apolo de arco afamado atravessava a Tessália e percebeu, às margens do Peneu sombreado pelos loureiros, uma ágil e bela jovem, que atendia pelo suave nome de Dafne. Rival de Ártemis, contentava-se, casta e virgem que era, em divagar ao fundo dos bosques, freqüentar vastas solidões, acuar as feras que aí se divertiam sob o luar, e em cobrir-se com seus tosões mosqueados. Seus longos cabelos flutuavam sobre os ombros. Cheia de selvagem desdém pelos homens, não desejava submeter-se a um senhor. Freqüentemente seu pai lhe dizia:

— Filha minha, deves-me uma posteridade.

Mas Dafne, suspensa ao pescoço do velho progenitor que a enlaçava com braços carinhosos, respondia-lhe:

— Querido autor de meus dias, permite-me ser livre e tudo ignorar dos deveres do himeneu.

Contudo, os belos cabelos da Ninfa, seus olhos de fogo, seus braços majestosos, abrasaram de desejo o coração comovido de Apolo, que resolveu, um dia, abordar essa jovem solitária. Dafne, porém, assim que se viu à frente do lindo adolescente, deu-lhe as costas e pôs-se em fuga, rápida como o vento ou como as nuvens que velam, deslizando, o rosto redondo e dourado da Lua. O Deus, então, correu em sua perseguição e gritou:

— Ninfa, suplico-te, pára! Não é um inimigo que sobre teus passos se apressa. Pára, Ninfa, pára! É somente amor o que me impele ao teu encalço. Por Deus, modera tua rapidez! Pelos menos fica conhecendo quem te segue. Não é um selvagem habitante das montanhas, nem um grosseiro pastor encarregado da guarda de ovelhas e de bois. Eu sou o Deus da luz, meu pai é o próprio Zeus e minha boca inspirada desvenda aos homens o passado, o presente e os cobiçados segredos do futuro angustioso!

Assim falava ele, mas, levada pelo terror, Dafne precipitava a fuga. O sopro dos ventos esvoaçava as pregas vaporosas de seu traje, espalhava-lhe os cabelos perfumados sobre a nuca e sua graça de virgem embelezava-se com a ligeireza de sua corrida aérea. Com passos mais rápidos, Apolo, então, atirou-se às pegadas da Ninfa de pés lestos. Sustentado pelas asas do Amor, aguilhoado pelo desejo, o jovem Deus parecia voar. Já estava quase a alcançá-la e os compridos cabelos de Dafne roçavam o sopro de sua divina respiração. Traída, então, por suas forças, esgotada pela fadiga de uma corrida tão veloz, a bela Ninfa exclamou de repente, desabando sobre o chão:

— Ó Terra *mater,* abre-te; preserva-me, salva-me!

Mal acabava de pronunciar essa prece urgente e seus membros entorpecidos se congelaram; uma casca cinza recobriu-lhe o peito; os cabelos transformaram-se em folhagem; os braços em ramos se alongaram; os pés criaram raízes e sua cabeça passou a ser a copa de uma árvore imensa. Apolo, chegando pouco depois, pôde somente abraçar o tronco liso e gelado dum loureiro. Mas, envolvendo-o com seus braços, ele sentiu, sob a casca, palpitar ainda o coração vivo de Dafne.

— Ó Dafne, — disse ele — serás de agora em diante a árvore privilegiada do divino Apolo. Tua folhagem imortal coroará meus cabelos; tornar-se-á o ornamento dos guerreiros valorosos e cingirá a augusta fronte dos poetas e dos triunfadores.

Ditas essas palavras, o loureiro agitou mansamente os ramos e inclinou sua copa em sinal de gratidão. Julga-se ser Dafne a jovem e sorridente Aurora que foge sempre que a luz aparece e que, quando os primeiros raios da manhã triunfal a tocam, desmaia sob os olhos do Sol imortal.

O Sol, esse Deus do dia doirado, contudo, não percorre o Céu apenas para regular os meses e conduzir o carro normal das estações. O calor fecundo de seus raios primaveris faz também que a Terra se recubra de flores. Depois, quando esse mesmo Sol, nos dias mais compridos, torna-se o astro abrasador do verão, seus dardos de fogo consomem os prados e secam as flores que haviam feito germinar. É para explicar essa dupla ação solar que os poetas, segundo dizem, inventaram a fábula dos amores de Apolo e do belo Jacinto.

Filho do rei Amiclos, Jacinto era um adolescente de maravilhosa beleza. Apolo apaixonou-se por ele e soube fazer-se amar. Freqüentemente, às margens floridas do Eurotas, eles se exercitavam no lançamento do disco. Um dia em que, de acordo com o hábito, praticavam o rude exercício, quis o destino que o disco lançado por Apolo fosse cair sobre a cabeça do infeliz jovem. O sangue jorrou abundantemente e Jacinto, mortalmente ferido, curvou-se sobre o solo, tal como uma haste morta. O Deus empalideceu com esse golpe fulminante. Jogando-se ao chão, amparou com o braço esquerdo aquela cabeça pendida, estancou o sangue do ferimento e sobre ele aplicou, na qualidade de Deus da Medicina, plantas salutares. Mas a arte não tem virtude quando a ferida é sem remédio. Jacinto morreu. Desvairado de dor, o jovem Deus do verão gritou:

— Morres, ó criança bem-amada, e tua risonha juventude foi ceifada por minhas mãos! Pois que não posso acompanhar-te na morte, quero pelo menos tornar-te imortal como eu. Transformado em flor, viverás, renascerás e reflorirás toda a vez que a primavera destronar o inverno.

A estas palavras de Apolo, do sangue de Jacinto, espalhado pelo chão, nasceu uma flor que conservou seu nome.

Para dar outra imagem da ação funesta do Sol ardentíssimo do estio sobre a vegetação e sobre a Terra, os poetas inventaram outra bela legenda. De uma filha do Oceano, que se chamava Clímene, e de Apolo, nascera uma criança. Esse filho, de nome Faetonte, tendo um dia séria divergência com outro adolescente de sua idade, viu-se admoestado por este por chamar-se e acreditar-se erroneamente o filho do rei do dia. Faetonte queixou-se à mãe e Clímene, para convencê-lo de sua origem celeste, enviou-o a seu pai. Faetonte dirigiu-se, pois, ao palácio do Sol. Acolhido bondosamente, suplicou ao pai lhe desse uma prova que atestasse indiscutivelmente sua verdadeira origem. Sem esperar que o filho entrasse em detalhes, escutando apenas seu paternal amor, o Sol jurou pelo Estige nada recusar-lhe. O jovem temerário pediu-lhe então permissão de clarear o mundo durante um dia apenas e de dirigir o carro da luz puxado por quatro animais. Comprometido pelo seu juramento irrevogável, o Sol tentou, expondo-lhe todos os graves perigos, demover o jovem imprudente do louco empreendimento. Nada adiantou. Faetonte persistiu em seu pedido insensato e subiu ao carro resplandecente do Sol. Quando a Aurora estava prestes a dar o sinal de partida, disse-lhe o pai:

— Filho meu, mantém sempre a linha reta e usa mais vezes a rédea que o chicote.

Faetonte partiu, mas quando se viu, em pé, ao meio de tão grande turbilhão de fogo, e mergulhou o olhar no abismo escancarado, o terror o invadiu. Os cavalos, percebendo que não eram guiados pelo cocheiro habitual, afastaram-se do caminho. Ora subindo muito alto, ameaçavam o Céu de um vasto incêndio, ora descendo muito baixo, secavam os rios, ateavam fogo às florestas e queimavam as montanhas. Finalmente, as rédeas lhe escaparam e Faetonte, levado como um navio batido pela tempestade, semeava por toda a parte o incêndio e o fogo. Em sua confusão, a Terra, que não respirava senão um vapor ardente semelhante ao ar que sai de uma fornalha abrasante, elevou os braços a Zeus e implorou socorro. O rei do Céu, então, para salvar o mundo do fogo, lançou seu raio sobre o filho do Sol, precipitando Faetonte nas águas do Erídano. Enquanto os cavalos prosseguiam em sua corrida, dirigindo-se sozinhos para as estrebarias da Noite, as Helíades, irmãs de Faetonte, amortalharam-no. Choraram-no durante quatro meses inteiros. Comovidos com suas dores, os Deuses transformaram-nas em frementes chorões e fizeram nascer grãos de âmbar das lágrimas que elas haviam derramado.

Entretanto, se Apolo, o soberano da luz, era o Deus cujo raio fazia aparecer e desaparecer as flores, queimava ou aquecia a Terra, era considerado também como o pai do entusiasmo, da Música e da Poesia. Quando, com efeito, o astro do dia purpureia o Oriente e ascende ao Céu, enche o Universo de harmonia e de alegria. O fogo de seus raios parece vibrar e estender-se como as cordas vibrantes de uma cítara de ouro e toda a Natureza, através do canto das aves e da canção do vento, parece celebrar, louvar e saudar seu benfazejo retorno. Eis por que Apolo, presidindo à harmoniosa aparição do dia, foi também o Deus cujo esplendor inspira os cânticos de alegria que glorificam seu aparecimento. Com o arco, símbolo de seus raios, teve como atributos a cítara e a lira. Nenhum instrumento agradava-lhe mais. Conta-se que um dia o sátiro Mársias encontrou e apossou-se da flauta que Atena havia atirado fora, porque ao soprá-la os traços de seu rosto deformavam-se. Este insolente tocador de flauta pretendeu, então, rivalizar com Apolo, o Deus da cítara. O aedo dos Deuses aceitou o desafio, sob a condição, entretanto, de que o vencedor poderia fazer o que quisesse do vencido. Todo o coro das Musas, companheiras de Apolo, e o rei da Frígia, Midas, foram escolhidos como árbitros. A disputa realizou-se em Tmolo, de prados verdejantes. Apolo preludiou em sua divina cítara. Mársias, em seguida, não se mostrou, com a flauta, inferior ao Deus. Os árbitros hesitaram. Então, para terminar vitoriosamente a disputa, Apolo pôs-se a cantar acompanhando-se à lira. Mársias confessou-se incapaz de acompanhá-lo e as Musas declararam-no derrotado. Para punir sua impiedade, Apolo atou-o a uma árvore e escorchou o vivo. Midas, no entanto, havia se pronunciado por Mársias. Para castigar essa testemunha injusta, o Deus de Delos não quis que suas orelhas tão bárbaras continuassem com a forma humana; encompridou-as, encheu-as de longos pêlos e tornou-as balouçantes como as de um asno. Envergonhado, o rei da Frígia tentou dissimular o castigo de sua tolice sob um amplo gorro. Mas sua desventura não pôde escapar aos olhares do escravo que cuidava de seus cabelos. O real barbeiro, condenado sob pena de morte a guardar silêncio, mas obcecado pelo pesado segredo, imaginou livrar-se dele confiando-o à Terra. Cavou um buraco num local deserto e, debruçando-se, murmurou baixinho: "*Midas, o rei Midas tem orelhas de asno*". O coração do barbeiro ficou aliviado, mas logo que o buraco ficou coberto, ele viu imediatamente crescer, nesse lugar, um tufo de caniços que, balançados pelo vento, não cessavam de repetir as palavras imprudentemente confiadas à guarda do chão. Foi assim que, logo depois, ninguém mais ignorava o segredo de Midas.

Deus da Música e da Lira, Apolo tornou-se, como conseqüência natural, o Deus da Dança, da Poesia e da Inspiração. Poetas e profetas estavam submetidos à ação de sua onipotência; ele inspirava, a uns, cantos entusiastas, e servia-se da boca de outros para desvendar aos mortais os segredos do futuro. O Deus que ilumina o mundo, com efeito, é a grande testemunha a quem nada escapa. Os raios de sua divina luz penetram por todos os lugares, furam a obscuridade mais sombria, aclarando, também, quando lhe apraz, a inteligência humana e tornando-lhe todas as coisas visíveis e presentes. Era em Delfos, sobretudo, que se localizava o oráculo mais venerado de Apolo. Acorria gente de todos os cantos da Grécia para consultá-lo. O local em que se davam as respostas do Deus era um fosso profundo de onde exalava um vapor, que comunicava à sacerdotisa Pítia, encarregada de responder as perguntas dirigidas ao divino Citaredo, um entusiasmo profético e divino.

Na qualidade de Deus da Poesia, da Música e das Artes, o local preferido de Apolo era o Monte Parnaso. As encostas dessa augusta montanha eram recobertas de bosques, rodeadas de ravinas pitorescas e de gargantas sinuosas onde se abriam profundas cavernas. O mirto, a oliveira, o loureiro verdejavam a seus pés. Coberto de neve no inverno, seu alto pico tornava-se, no verão, como um novo Olimpo. Era aí que Apolo dirigia os coros dançantes das Musas e das Cárites. Tocava cítara nesse pináculo luminoso; e sobre a verde relva, onde serpenteavam as águas puras que nasciam dos rochedos sombreados, as Musas de braços brancos, filhas de Zeus, dotadas de acordes melodiosos, cantavam, alternando as vozes, em louvor dos Deuses.

Filhas da Memória, as Musas, companheiras de Apolo, eram as Divindades instruídas em todos os detalhes dos acontecimentos completos. Elas habitavam de preferência, quando desciam à Terra, próximos das fontes que cantavam nos vales sinuosos e frescos do Hélicon recoberto de mato. Nenhum canto, nenhuma ciência eram-lhes desconhecidos e a experiência sagaz que tinham do passado, lhes valia para sondar o presente e conjeturar os segredos do futuro. Eram elas em número de nove. Clio, Musa da História, cantava as gloriosas proezas dos homens de outrora; Euterpe tocava frauta e presidia à poesia lírica. Talia inspirava aos homens uma alegria expansiva, reinava nos banquetes e divertia-se a rir das extravagâncias dos humanos. Melpômene evocava as trágicas dores dos maiores heróis. Terpsícore animava os coros de dança acompanhados de cantos. Érato celebrava as doçuras do himeneu e a felicidade de amar. Polímnia repetia os mais antigos cânticos que celebravam os Deuses. Urânia ensinava os segredos dos espaços celestes e Calíope, finalmente, inspirava a eloqüência e ditava aos poetas legendas épicas.

Se graças à sua luz viva Apolo tinha, para os gregos, o privilégio de aliviar a alma, de apaziguá-la e de torná-la inspirada, era também por eles considerado o Deus da saúde, da pureza e da fecundidade. Grande curador e grande médico, teve a glória de dar nascimento ao divino Esculápio, que mereceu o título de Salvador dos humanos. Esse Deus, que nos ensinou a lutar contra as doenças, a recobrar e a zelar pela saúde, teve por mãe a filha de Flégias, Corônis. Apolo tomou-a por esposa e tornou-a mãe, contra a vontade de seu pai. Irritado contra o sedutor, Flégias vingou-se incendiando o templo oracular de Delfos. O Deus puniu esse crime trespassando seu autor com uma flecha de seu arco e precipitando-o ao fundo do Tártaro, onde Tisífone, uma das três Erínias, envenenava tudo quanto tocava a mão desse ímpio. Corônis morreu ao pôr seu recém-nascido no mundo. Apolo, então, confiou o filho que acabava de nascer ao centauro Quíron. Esse sábio educador acolheu com alegria o novo aluno e revelou-lhe, assim que atingiu a idade de compreender, as virtudes secretas das plantas selvagens. Na montanha próxima ao Epidauro, onde foi cuidadosamente educado, Esculápio foi sustentado por uma cabra e guardado por um cão. Um dia, um pastor descobriu o filho de Corônis e espantou-se ao ver brilhar em torno da fronte da criança uma brilhante e radiosa auréola. Pouco tempo depois, correu o boato de que um Salvador tinha nascido para curar todas as moléstias e até mesmo para ressuscitar os mortos. Foi como médico que Esculápio acompanhou Jasão quando este partiu para conquistar, na Cólquida, o Tosão de Ouro; salvou da morte e da doença grande número de Argonautas. Enfim, durante toda sua vida, curou tantos doentes, prolongou a existência de tantos felizes mortais e devolveu tantos mortos à vida, que Zeus se inquietou, temendo que os progressos da arte que Esculápio praticava, em breve impedissem os homens de morrer e fechassem as portas dos Infernos. Ordenou, pois, aos Ciclopes forjar-lhe um raio e com ele fulminou o audacioso curador, a quem mal algum podia resistir.

Deus da Medicina, adorado no fundo das florestas, nos píncaros e nas proximidades das fontes salutares, Esculápio era mais particularmente venerado na santa e salubre Epidauro, onde havia um templo, um bosque sagrado, uma fonte miraculosa, um magnífico teatro e uma estátua criselefantina. Operavam-se aí curas maravilhosas de numerosos doentes. Supunha-se que Esculápio aparecia-lhes em sonho para indicar-lhes, enquanto dormiam esperando a visita do Deus, os remédios que deviam curá-los. Símbolo de vitalidade e de regenerescência, a serpente era-lhe particularmente consagrada. Sua filha, a vigorosa e belíssima Higia, personificava a saúde prodigalizada por esse Salvador caritativo, esse pai de bondade.

Apolo era mais freqüentemente representado de pé, sempre jovem e imberbe. Semelhava-se a um homem cheio de seiva, em todo o esplendor de sua bela juventude. Uma cabeleira flutuante e perfumada caía-lhe sobre as espáduas. O rosto, de um oval alongado, fino e firme ao mesmo tempo, respirava nobreza serena e orgulho temperado por uma calma suave. A larga fronte era freqüentemente coroada por loureiro, mirto ou oliveira. Às vezes também esse Deus, suntuosamente vestido, a cabeça alta e os olhos para o Céu, parecia cantar acompanhando-se à cítara que trazia à frente. O entusiasmo de que era possuído animava, com um movimento de dança quase imperceptível, a graça soberana e o ágil vigor de sua adolescência. Davam-lhe como atributos: a lira, o arco, as flechas, o carcás, a trípode. Entre os animais: o cisne, o abutre, o gavião, o lobo, a corça e a cigarra eram-lhe consagrados. Finalmente, a palmeira, a oliveira, o lótus, o mirto e sobretudo o loureiro eram as árvores cujos ramos serviam para lhe tecerem as mais belas coroas.

VI

Ártemis ou Diana

Filha de Zeus e irmã mais velha de Apolo, Ártemis nasceu um dia antes do irmão. Mal chegada ao mundo, auxiliou a mãe, Latona, a dar à luz o Deus radioso de Delos. A visão, porém, das dores que então sofreu aquela mãe errante e enxotada de todas as partes, inspirou-lhe tão grande aversão pelo casamento que ela suplicou a Zeus o privilégio de conservar intacta, como Atena, sua irmã, a virgindade.

— Ó meu pai, — disse-lhe ela um dia em que estava sentada em seus augustos joelhos — permite que tua filha fique sempre virgem! Dá-me um arco e flechas velozes, um archote em fogo e reveste-me, para melhor caçar as feras, de uma curta túnica. Destina-me um coro de sessenta Oréades; elas escoltarão minhas corridas pelos bosques. Atribui-me vinte Ninfas, filhas da água límpida, que cuidarão de minhas sandálias e de minhas armas de caça e que se ocuparão de bem tratar de meus cães, quando eles estiverem em repouso.

Zeus consentiu a tudo. Desde esse dia Ártemis foi armada de uma aljava e de um arco. Rainha das florestas e das áridas montanhas, a impetuosa Deusa caçadora só sentia prazer em perseguir e matar feras. Precedida de uma fogosa matilha, acompanhada por um grupo de Ninfas galopantes, sempre transportada num carro puxado por duas corças, a Deusa das rédeas de ouro percorria montes e velados, perseguindo os gamos e os cervos velozes, despistando os terríveis javalis e trespassando-os com suas flechas mortíferas. Quando a caçada inebriante tivesse alegrado sua alma e fatigado seu corpo, Ártemis dirigia-se para perto de seu irmão Apolo. Suspendia a uma árvore o arco e a aljava e, revestida de refulgentes atavios, repousava tomando parte nos coros que deliciavam os lazeres das Cárites harmoniosas e das Musas de braços brancos.

Irmã mais velha de Apolo, do Deus solar que dá aos dias radiosos o suave bem-estar da luz, Ártemis era a Deusa lunar que resplandecia ao pôr do Sol. Rainha dos bosques e soberana da noite, suplantava as companheiras em porte e beleza, como o astro das noites eclipsa as estrelas que formam seu cortejo. Investida de função semelhante à de Apolo, iluminando o mundo na parte que lhe cabia, Ártemis, ou a Lua, era com justiça olhada como a irmã do Sol.

Mas por que a Lua, que chamam de Febe, isto é, a Radiosa, foi considerada caçadora? Será porque sua luz fraca ilumina e revela os esconderijos secretos em que, durante o dia, se escondem as feras? Será porque, nas clareiras, lebres e gamos refocilam-se no silêncio prateado de seus raios plácidos? Ou será porque a Lua, tal caçador infatigável e ardente, percorre, sonda e esquadrinha todos os espaços do Céu? Qualquer que seja a razão, a caça e todas as suas peripécias foram sempre as mais constantes prerrogativas de Ártemis. Rainha iluminadora dos caminhos e pálida protetora das evocações do Inferno, era ela também a Deusa que, sob o nome de Hécate, protegia os passos dos homens nos atalhos escarpados, nos desfiladeiros das montanhas, nas encruzilhadas indecisas e enganadoras e que, às vezes, o amedrontava com sua luz propícia às aparições de espectros e aos encantamentos das bruxas maléficas. Mais ainda, era graças à sua límpida presença e sob o suave entornar de seus úmidos raios, que a vegetação, arruinada pelo Sol, respirava o frescor e se saciava com o rocio da noite.

Bela com o esplendor das horas e embelezada pelo crescente dourado que brilhava em sua cabeça, Ártemis sentia-se, como Apolo, orgulhosa e ciumenta de seu supremo brilho. Contam que, um dia, a filha de Tântalo, Níobe, mãe de doze admiráveis crianças, ousou levar o orgulho de sua maternidade a ponto de vangloriar-se de haver dado à luz crianças mais belas que os gêmeos de Latona.

— Sou feliz, — exclamava ela — serei sempre, e malgrado tudo, feliz. Tenho vários filhos e jamais o destino poderá privar-me de todos, porque a minha posteridade é mais forte, mais numerosa e mais linda que aquela de que Latona se orgulha desmesuradamente. Estou armada contra os ataques da adversidade e minha sorte está acima de todos os reveses.

Assim falou ela, e Latona a ouviu. Indignada com essa impiedade, a venerável Deusa chamou os dois filhos e ordenou-lhes vingassem o ultraje que acabara de sofrer. Pronta foi a vingança. Os seis filhos de Níobe, que caçavam nas escarpas rochosas do Cíteron, foram abatidos por Apolo a golpes de flechas. Aos gritos de seu apelo, as seis irmãs dos infortunados correram para o lugar da atrocidade. Mal tinham chegado e caíram sob os dardos da invisível Ártemis. Durante nove dias, por ninguém querer encarregar-se de enterrá-los, os corpos dos filhos e das seis filhas solteiras de Níobe permaneceram insepultos. Sentado no meio dos cadáveres de seus filhos muito amados, a mãe, após haver exaurido todos os soluços de seu coração e todas as lágrimas de seus olhos, fechou-se num horrível mutismo e congelou-se como a estátua da dor. Para pôr um termo a esse sofrimento intolerável, pediu a Zeus que a transformasse em rochedo. Caminhou, então, para o Sípilo, e o rochedo da montanha abrupta, crescendo ao redor dela como uma hera rija, ocultou-a num invólucro de pedra. Como recordação de suas terríveis desgraças, a parte rochosa que a ela se assemelha mantém-se, dia e noite, úmida de lágrimas.

A beleza ciumenta e feroz de Ártemis causou também a desgraça de Actéon. Uma noite de estio, aconteceu que a Deusa de aljava prateada passava num perfumado vale. No mais denso dos bosques que lhe cobria as encostas, descobriu uma gruta onde uma fonte murmurava. Esgotada pelas fadigas da caça e pela opressão ardente do dia, Ártemis quis, com todo seu séquito, refrescar-se naquelas águas claras. Confiou seu virote, a aljava e o arco a uma das suas companheiras. Outra encarregou-se de despojá-la das vestes; duas outras desataram-lhe as sandálias douradas e, a quinta, enfim, soergueu e atou os cabelos à cabeça divinal. Ártemis mergulhou, então, na fonte, e as companheiras, com urnas profundas, derramavam água límpida sobre seus castos atrativos. Nesse mesmo instante, levado por um terrível destino, o caçador Actéon passava por aquelas paragens. Acabava de interromper a caçada e passeava ao azar naqueles bosques desconhecidos. Percebendo a gruta de onde fluía um riacho claro e fresco, ali entrou para se desalterar. Envergonhadas ao serem surpreendidas, as Ninfas encheram logo a floresta dos mais sinistros gritos. Ártemis ruborizou-se ao se ver exposta aos olhares dum mortal. Lastimando não ter seu arco e suas flechas mortíferas, ela mergulhou as mãos na onda cristalina e atirou um punhado de água fresca sobre o rosto do indiscreto Actéon. Imediatamente, na testa do caçador apareceram galhos ramalhudos de um cervo, seu pescoço encompridou-se, as orelhas alongaram-se, os braços e as pernas transformaram-se, em patas peludas e seu corpo cobriu-se de um tosão mosqueado. Desde que a matilha o viu sob essa nova forma, precipitou-se ladrando. De todos os lados, seus próprios cães abocanharam-no, cravaram os dentes ávidos de carniça nas carnes do seu dono, deixando-as logo em tiras. Os desgraçados restos, retalhados e espalhados, ficaram insepultos por muito tempo. Nas capoeiras sagradas em que fora esquartejado, os habitantes do lugar viam, de tempo em tempo, aparecer um fantasma erguido sobre o rochedo. Aterrorizados, foram consultar um oráculo.

— Precisais, — respondeu-lhes o Deus — se quiserdes conjurar esse espectro, buscar os restos de Actéon, dar-lhe sepultura e erigir sobre o rochedo em que ele vos aparece uma figura de bronze reproduzindo seus traços.

A casta filha de Zeus, entretanto, se se conservava sempre pura, não foi sempre insensível. Conta-se que um dia foi tomada de virginal ternura por um jovem caçador de corpo magnífico e de uma beleza sem mácula. Estava a ponto de se decidir a desposá-lo, quando Apolo interveio. Como lhe parecesse não conseguir demover a irmã daquele projeto, e tornando-se cada vez mais ciumento da afeição que Ártemis votava a Oríon, recorreu a um pérfido estratagema para se desembaraçar do rival. Um dia em que Oríon nadava tão longe, que sua cabeça parecia apenas um imperceptível ponto preto, Apolo fingiu pôr em dúvida a destreza da irmã, desafiando-a a acertar no alvo que ele indicava. Espicaçada, Ártemis mirou, soltou o arco, atingiu o alvo e, sem querer, matou seu belo amigo. Desesperada por essa morte, Ártemis suplicou a Zeus e conseguiu que Oríon fosse transformado em constelação. Em sua brilhante vida celeste, Oríon jamais renunciou ao prazer da caça; e muitas vezes, pelas noites claras, ouve-se sua matilha ladrar nos Céus. Ártemis o segue com sua tocha e as estrelas se escondem quando eles passam.

Para explicar todos os sonhos de ardente ternura que a beleza de uma noite iluminada pela Lua sugere, contava-se também que Ártemis, sob o nome de Selene, apaixonara-se por um jovem e belo pastor, chamado Endimião. Recebendo do senhor dos Deuses o dom de escolher o gênero de vida que preferisse, Endimião pediu para ser imortal, jamais envelhecer e permanecer mergulhado num sono sem fim. Desde esse dia, sempre jovem e sem jamais experimentar os danos da idade, o belo pastor dormia numa gruta. Mas esse dorminhoco foi descoberto um dia pela alva Ártemis. Prisioneira de seus encantos, a Deusa, todas as noites, descia para junto dele. Aproximava-se na ponta dos pés, respirava o odor de ambrosia que exalava seu hálito, admirava em silêncio a graça de suas faces e de seus olhos fechados, baixava a fronte e deixava-se vencer, ao seu lado, por um sono delicioso.

Atribuindo-lhe, na qualidade de Deusa lunar, influência sobre o orvalho das noites e sobre as chuvas que acompanham sempre a renovação das fases da Lua, algumas vezes os poetas fizeram, da brilhante Ártemis, uma Deusa do elemento úmido que faz germinar as plantas e mantém a vida. Benfazeja ou funesta, sua ação estendia-se sobre os campos cultivados, sobre os sulcos recobertos de espigas e até sobre os rebanhos que pastam a erva verde. Distribuidora da umidade fecunda, fazia amadurecer as searas e os frutos. Em troca, porém, desses benefícios, exigia que lhe consagrassem as primícias das colheitas. Na hipótese de esquecimento, sua cólera não tardava a manifestar-se; enviava, então, geadas que destruíam as colheitas, e excitava animais selvagens que levavam e semeavam a destruição nos campos. Outrora, no risonho prado de Cálidon, vivia um rico rei que se chamava

Peneu. Sua esposa, Altéia, havia lhe dado um filho que respondia pelo nome de Meleagro. A criança tinha apenas sete dias quando as Parcas apareceram no palácio de sua mãe. Mostrando um tição que ardia na lareira, disseram-lhe:

— Meleagro viverá tanto tempo quanto for preciso para consumir-se esse tição.

A estas palavras, a mãe amedrontada salta do leito, tira o tição do fogo, apaga-o e guarda-o, para salvar a vida do filho, num cofre de segredo. Aconteceu que num ano, Peneu, o pai de Meleagro, esqueceu-se de oferecer a Ártemis as primícias de uma abundante colheita. Encolerizada, a temível Deusa fez nascer imediatamente um javali feroz, de presas terríveis, que assolava os campos e as vinhas do rei e derrubava as árvores com as raízes, os ramos e os frutos. Meleagro, no esplendor de toda a força de sua invencível juventude, ofereceu-se para combater o perigoso animal. Uma grande batida, com ilustres e hábeis caçadores, foi organizada para livrar a região do terrível flagelo. Entre eles distinguia-se a jovem virgem Atalanta, pela rapidez de sua corrida e a destreza de suas mãos. Foi ela quem teve a honra de ser a primeira a ferir o javali, que foi, depois, abatido por Meleagro. Esse heróico caçador, apaixonado pela beleza de Atalanta, ofereceu-lhe, cortesmente, a cabeça e o couro do animal bravio. No entanto, alguns companheiros de Meleagro, alguns dos quais eram seus próprios tios, indignando-se por ver atribuído a uma mulher o troféu da vitória, arrebataram à intrépida caçadora o glorioso presente que acabava de lhe ser feito. Exasperado e ardendo de amor, Meleagro matou-os a golpes de chuço. Alteia, sua mãe, vendo-se, assim, privada de todos os irmãos, lembrou-se do vaticínio da Parca. Abriu o cofre ciumentamente guardado, retirou o tição ao qual a vida do filho estava ligada e lançou-o às chamas. O apagado tição reacendeu bem depressa e Meleagro expirou logo que ele foi consumido.

Após a morte do javali de Cálidon, a bela e veloz Atalanta retirou-se para a casa do pai. Conhecia-o pouco, pois quando veio ao mundo, seu pai, que desejava um filho, havia-a abandonado numa montanha longínqua. Foi aí amamentada por uma ursa e recolhida por caçadores. Depois de grande,

Prancha I | Foto Anderson

AS TRÊS PARCAS
(Miguel Ângelo)
Galeria Pitti, Florença

Prancha II — Foto Anderson

ZEUS

Cabeça de Zeus Otricoli

Museu do Vaticano

Prancha III Foto Anderson

HERA

Cabeça de Hera Ludovisi

Museu Boncompagni Ludovisi, Roma

Prancha IV Foto Anderson

ATENA
Atena Políade
Museu do Vaticano

comprazia-se, como Ártemis, em perseguir as feras nas gargantas profundas. Quando, após sua façanha, voltou ao lar, o pai projetou casá-la, mas, rebelde ao casamento, Atalanta submetia seus pretendentes a uma prova que terminava, inevitavelmente, pela sua morte. Sabendo-se a mais veloz dos mortais, compelia-os a vencê-la numa corrida. A virgem dos pés alados dava-lhes alguns côvados de distância; depois, saindo em sua perseguição, alcançava-os e trespassava-os com sua lança. Já mais de um herói fora vencido e abandonado à morte. Malgrado isso, um novo concorrente, Melânio, pediu-lhe a mão. Favorecido por Afrodite, protetora do casamento, recebeu dela três maçãs de oiro, do jardim das Hespérides. A competição começou. Quando Melânio via-se quase alcançado, deixava cair uma das maçãs de oiro. Três vezes recorreu ao mesmo ardil. A beleza das frutas seduzia Atalanta que, abaixando-se três vezes para erguê-las, perdia tempo, permitindo, assim, a Melânio chegar primeiro ao final da corrida. O jovem herói vencedor recebeu-a por esposa.

Ártemis, a casta amante dos bosques e dos sítios selvagens, era sempre representada sob os traços duma virgem de aljava ao ombro, duma caçadora de orgulhosa e pura fisionomia, freqüentemente acompanhada de uma corça ou de um cachorro. Seu caráter de Deusa lunar era às vezes representado por um archote que ela sustentava na mão, por estrelas que lhe rodeavam a cabeça de cabelos levantados ou por um crescente que brilhava sobre a fronte. Seu corpo, jovem e esbelto, era modelado pela corrida veloz. As vestes, para não entravar-lhe a caminhada, iam até os joelhos, deixando aparecer a esguia delicadeza de suas pernas ágeis e de seus pés elegantes. Muitas vezes ela aparecia num carro puxado por corças de grandes olhos. Entre os animais que lhe eram consagrados, citemos a corça, o cervo, o cão, o galo, a codorniz, o urso, o javali e o lobo. O loureiro, o mirto, o cipreste, o cedro e a oliveira contavam-se entre suas árvores preferidas.

VII

Hermes ou Mercúrio

Hermes de sandálias aladas tinha por pai a Zeus, o espaço celeste de onde provêem os ventos e, por mãe, a Maia, uma Ninfa das chuvas. As águas do Céu, com efeito, escapando do seio cavernoso das nuvens, parecem dar nascimento e empurrar à sua frente o Deus do vento, Hermes.

Dizem que esse divino mensageiro nasceu na Arcádia, em uma gruta sombreada, que se abria, vasta e profunda, nas altas encostas do Monte Cilene. Mal nasceu, livrou-se dos cueiros, saiu da caverna e partiu para a montanha. Não longe da gruta em que nascera, encontrou, por acaso, uma tartaruga que se arrastava, lentamente, enquanto pastava as flores do prado. Hermes agarrou-a e voltou para a caverna. Com um ferro resplandecente, esvaziou o corpo do animal, recobriu-o com um flexível couro de boi; depois, cortando hastes de cana, passou-as através da concha mosqueada, adaptou a essa carapaça dois braços atados por um belo cavalete, distendeu sete cordas sobre fortes cravelhas e assim construiu o instrumento melodioso que, sob o nome de lira, deveria acompanhar a dança e aumentar a alegria ruidosa dos festins. Hermes acariciou as cordas bem tesas e delas tirou um som maravilhoso e encantador. Entusiasmado, o Deus pôs-se a cantar. Celebrou em versos harmoniosos, acompanhados pelos acordes da lira, os amores de Zeus e de Maia, a beleza das Ninfas de cabelos perfumados que habitavam a gruta em que nascera. Mas, enquanto essa criança prodigiosa cantava, outros pensamentos, de repente, assaltaram-lhe o espírito. Depôs o instrumento musical sobre seu berço sagrado e, lançando-se novamente para fora da caverna, o jovem Deus, que sentia desejos de saborear o perfume de uma carne assada, encaminhou-se para os fortes bois da manada de Apolo.

O Sol acabava de desaparecer no purpúreo Oceano quando Hermes atingiu, com rápida corrida, as montanhas sombreadas da aprazível Piéria. Próximo ao estábulo, os bois divinos pastavam a erva folhuda de um prado ainda não ceifado. Rapidamente, o filho de Maia escolheu, nessa rica manada, cinqüenta cabeças chifrudas e mugidoras e levou-as consigo. Para despistar suas pegadas, conduziu os bois furtados através das sinuosidades de um caminho saibroso, tendo, às vezes, cuidado de obrigá-los a caminhar recuando. No meio da caminhada e quase ao romper da alvorada, encontrou ele um velho cultivando um pomar.

— Ó ancião, — disse-lhe ele — se quiseres uma colheita vantajosa e abundante, olha tudo sem nada ver, se surdo a tudo quanto puderes ouvir e guarda silêncio a respeito de tudo que não possa prejudicar os teus interesses.

Acabando de proferir estas palavras, o Deus do Monte Cilene aguilhoou os bois e os conduziu através de montanhas, valados e bosques.

Entretanto a noite tenebrosa, propícia ao seu furto, dissipou-se e já, conduzindo os trabalhos, a augusta Aurora anunciava a volta do Sol. Chegado, então, às margens do Alfeu, Hermes reuniu e contou os bois do brilhante Apolo. Deixou, em seguida, que pastassem a erva tenra do campo úmido de orvalho, depois fechou-os numa gruta secreta. A fome, contudo, torturava as entranhas desse Deus ladrão. Para regalar seu apetite, reuniu mato seco, acendeu uma grande fogueira e retirou do estábulo dois novilhos bem nutridos. Abateu-os perto do fogo, retalhou suas carnes, untou-as de gordura, espetou-as num comprido chuço e as assou ao fogo forte. Um odor agradável espalhou-se pelos ares onde a lua declinava, e Hermes como o Deus que sustenta o vapor da carne que se queima em seu louvor, respirou, a longos haustos, o perfume nutritivo.

Pouco depois, quando o Sol brilhava no horizonte, o filho de Maia, deixando o fruto de seu furto às margens do Alfeu, voltou ao Monte Cilene. Como um sopro de outono, entrou ele em sua gruta pelo buraco da fechadura. Sem despertar ninguém, nem mesmo os cães de ouvidos atentos, deitou-se em seu berço sagrado, envolveu-se nos cueiros e adormeceu segurando a lira harmoniosa.

No mesmo instante, porém, em que a Aurora, filha da intrépida Manhã, saiu do Oceano, Apolo percebeu que parte de seu gado havia sido furtada. Guiado e aconselhado pela sua ciência da adivinhação, dirigiu-se para o Cilene e penetrou na caverna onde nascera Hermes. Quando o filho de Maia vislumbrou Apolo e percebeu que ele estava irritado pelo furto de seus grandes bois, enrodilhou-se todo, fingiu dormir e escondeu-se ao fundo do berço, como um tição sob um monte de cinzas.

— Criança que dormes neste berço, — disse, então Apolo — indica-me agora mesmo onde se encontram meus bois: senão, precipito-te, imediatamente, no sombrio Tártaro.

— Filho glorioso de Latona, — respondeu logo o esperto filho de Maia — por que vens junto a mim indagar de teus bois? Não os vi. Sou capaz de juntar e de conduzir gado? Não sou mais que uma criança ainda no seio da mãe, e não deixo o berço senão para ser mergulhado na doçura de um banho morno.

Indignado com tamanha impudência, Apolo apossou-se do menino mentiroso e levou-o ao Olimpo, ao pé do trono de Zeus, que fala a verdade. Assim que o viu entrar:

— Por que, ó brilhante Apolo, — disse-lhe, então, o soberano dos Deuses — trazes-me aqui esta criança recém-nascida?

— Trago-te um ladrão, ó meu pai — respondeu Apolo. — Esta criança de berço furtou meus bois. Sei ser ele culpado. Um ancião de olhos claros viu-o passar à frente do gado. Ele, porém, nega haver visitado meus estábulos e desfalcado meu gado.

— Não, pai, — falou, então, o filho malicioso de Maia — não sou culpado. Nasci ontem, sabes bem, e jamais saí de meu berço. Vê minhas mãozinhas e minhas pernas frágeis, têm elas realmente força para furtar e conduzir bois?

Zeus, vendo seu filho negar com tanta certeza e astúcia o furto flagrante do gado, sorriu, a princípio, diante de tanta malícia. Depois, porém, ordenou ao finório ladrão que guiasse Apolo e o conduzisse ao local em que havia escondido, à hora da noite, o fruto de seu roubo. Os dois filhos de Zeus dirigiram-se, então, às margens do Alfeu e em breve chegaram próximo ao alto estábulo. Hermes, penetrando na gruta rochosa, dela fez sair os bois e os devolveu.

Contudo, embora tivesse reavido a manada, Apolo não estava desarmado. Para apaziguar sua cólera legítima, Hermes pegou a lira e tocou-lhe as cordas, arrancando do instrumento sonoridades maravilhosas, e Apolo, o Deus do Canto, da Música e da Poesia, extasiado, esqueceu sua indignação.

— Ó filho ilustre de Zeus e de Maia, — disse-lhe — de onde te vem esta arte soberana? Que Musa te ensinou o segredo de tal fascinação? Acabas de me fazer ouvir acordes tão novos que jamais algum homem, algum habitante do Olimpo ouviu semelhantes. Sinto reunidas aí todas as voluptuosidades e todos os encantamentos.

Hermes, então, respondeu imediatamente:

— Ó brilhante Apolo, uma vez que ambicionas minha lira, recebe-a de minhas mãos; canta com ela, modula tua voz com seus sonoros acordes, e confia teu coração à alegria. Toma e guarda para ti esta melodiosa companheira. Levá-la-ás aos alegres festins e dirigirás com ela os coros e as danças das Cárites felizes.

Assim falando, Hermes apresentou a lira ao chefe divino das Musas. Apolo aceitou-a e, por sua vez, assim se expressou:

— Sejamos amigos, Hermes. Se me tornas o augusto Deus da lira calmante, serás o Deus protetor dos rebanhos. Confio-te o cuidado dos bois infatigáveis e das lanudas ovelhas. Aqui tens para conduzi-los um azorrague esplendente e um cajado de ouro. Daqui em diante os pastores deverão a ti a multiplicação de seus ricos rebanhos.

Assim acabou a querela e, desde então, nenhum dos Imortais foi mais grato ao coração afetuoso de Apolo que o filho de Maia das sandálias velozes. Mas, que são os bois de Apolo? Na imaginação poética dos Gregos, designam as nuvens que, aos grupos, galopam no Céu e que, ao derramarem suas águas, tornam fecundas as glebas ressequidas e asseguram para o gado sadia alimentação. Hermes é o vento de crescimento veloz que, varrendo o Céu, reúne as nuvens num local desconhecido. Mas o Sol, que tudo vê, sabe descobrir o esconderijo dos bois e, com o auxílio do Vento, que às vezes reúne o que seu sopro espalhou, torna a conduzi-los aos prados celestiais.

Uma vez que era o Deus do vento e que os ventos, atravessando os ares, cantam nos caniços e assobiam nos ramos, Hermes devia, naturalmente, tornar-se um Deus músico e cantor. Pela mesma razão, foi ele escolhido para ser o mensageiro do soberano dos Deuses. Parece que é realmente do Céu, residência de Zeus, que os ventos, quando sopram, são enviados. Tão rápido quanto eles, Hermes, quando precisava descer à Terra, deslizava pelo éter como uma brisa sobre a água, caía cá embaixo como uma flecha veloz, e tornava a partir ligeiro como o vento nas árvores.

Sempre dócil às vontades do rei dos homens e dos Deuses, aconteceu-lhe um dia, para favorecer os amores de seu senhor, tornar-se culpado do assassínio de um vaqueiro. A esse tempo, Zeus, com efeito, apaixonara-se pela filha de olhos azulados de Ínaco. Constantemente descia ele do Céu para fazer corte assídua a essa virgem, chamada Io. Ora, um dia em que havia se atrasado junto dela mais tempo que de costume, Hera, ciumenta e raivosa, lançou-se à Terra. Zeus, porém, que havia previsto a chegada da esposa, transformou a filha de Ínaco em uma branca novilha. Hera admirou a beleza do raro animal. Depois, suspeitando ser ele outra coisa, pediu a novilha ao seu real esposo. Não podendo recusar-se a satisfazer a companheira sem tornar-se suspeito, Zeus consentiu em oferecer-lhe o presente. Dona do animal, Hera confiou-o à guarda de Argo. Este vaqueiro, que nunca dormia e que jamais, mesmo quando a novilha se postava atrás dele, a perdia de vista, tinha cem olhos dispostos em coroa em torno da testa. Dizia-se que uns se abriam com o levantar dos astros, enquanto os outros se fechavam com o declínio do Sol. De dia, prendia a novilha a uma árvore do campo e, quando a noite caía, fechava-a num estábulo profundo, vigiando-lhe a porta. Entretanto, o senhor dos Deuses não pôde suportar por muito tempo os males cruéis que afligiam a filha de Ínaco. Chamou seu mensageiro e ordenou-lhe subtraísse o animal à vigilância do terrível guarda. Imediatamente Hermes colocou asas em seus pés, pegou o caduceu, o elmo e, do alto do Céu lançou-se à Terra. Aqui, pondo de lado o elmo e as asas, disfarçou-se em pastor e serviu-se do caduceu, como um zagal do cajado, para conduzir um rebanho que havia roubado. Percebendo perto da novilha e sentado sob uma árvore, Argo, o monstro de testa estrelada de olhos, que vasculha todos os lados com seus olhares vigilantes, o filho de Maia pôs-se a tocar flauta. Encantado com a música, Argo sentiu-se invadido pela doçura de um sono delicioso. Pouco a pouco todos os seus olhos fecharam. Quando o Deus do Cilene teve-o assim adormecido, aproximou-se e cortou, com golpe de gládio, a cabeça do guardião. Io estava livre. Mas a ciumenta Hera, sem fazer esperar sua vingança, excitou imediatamente, para atormentar as ilhargas da novilha, um moscardo de cruel ferrão. Desesperada pela dor da picada ardente, Io pôs-se a fugir sem trégua nem descanso. Atravessou o Bósforo, passou pela Fenícia e somente parou no Egito. Aí, às margens do Nilo, Zeus apareceu em seu socorro; livrou-a do moscardo que a obsedava e tornou a dar-lhe a forma que ela tinha outrora. Quanto a Argo, Hera, para puni-lo, recolheu seus cem olhos e com eles enfeitou a cauda vistosa do pavão.

Deus viajante, predestinado a estar sempre de partida para levar a todos os lugares as mensagens de Zeus, Hermes tornou-se, em conseqüência, o Deus que servia de guia aos homens em viagem e que protegia a segurança das vias de comunicação. Sua estátua erguia-se nos lugares em que os caminhos se bifurcam, e os marcos que balizam as estradas eram-lhe consagrados. De protetor de viagens, Hermes, em seguida, passou a ser considerado como o Deus do tráfego, do negócio e do lucro. Era ele, com efeito, que, dirigindo os ventos que inflavam os velames e impeliam as querenas, conduzia os comerciantes de um balcão para outro, prodigalizando-lhes grandes negócios. Entretanto, malgrado suas numerosas e diversas atribuições, era sobretudo o papel de mensageiro dos Deuses que constituía o apanágio essencial de Hermes. Mas, por ser o intérprete cujo dever era transmitir e explicar os desejos divinos, o filho de Maia devia possuir, para bem desempenhar-se das funções a seu cargo, a elocução clara, a palavra exata e o dom soberano da persuasão. Tornou-se, pois, a esse título, o Deus da eloqüência e da arte oratória.

Como Hermes tivesse também necessidade, para levar as ordens que lhe eram confiadas, de um corpo ágil, dotado de elasticidade e de rapidez, esse Deus de formas esguias tornou-se o ideal que a mocidade ateniense, nos exercícios que tornavam flexíveis os membros, unindo a força à graça, jamais cessou de tomar como modelo. Não satisfeito de tratar dos negócios dos homens quando em vida, Hermes, após a morte, ocupava-se ainda deles. Os antigos, com efeito, comparavam a alma humana a um sopro. No momento do desenlace, esse sopro evolava-se. Hermes, então, recolhia-o nos ares, e o levava com sua varinha de ouro até os supremos juízes, que tinham assento nos Infernos.

Esse Deus poderoso teve numerosos filhos. O menos ilustre foi um jovem pastor que se chamava Dáfnis. Filho de uma Ninfa montanhesa, foi, desde o nascimento, abandonado sob os ramos de loureiros. Zagais sicilianos encontraram-no e o confiaram a mãos vigilantes. Quando cresceu, viu-se, por sua vez, encarregado de guardar um magnífico rebanho. O próprio Deus Pã ensinou-lhe a música. Sua grande beleza e sua habilidade em tocar a flauta tornaram-no requestado e seguido por numerosas Ninfas. Uma dentre elas, Liquê, a luminosa, conseguiu dominá-lo. Ciumenta daquele que amava, arrancou-lhe um dia a promessa de jamais amar outra mulher senão ela, ameaçando-o, caso faltasse ao juramento, privá-lo imediatamente da visão. Um dia, durante uma caçada longínqua, Dáfnis chegou à frente de um soberbo palácio. A própria filha do rei veio acolher o reputado caçador e oferecer-lhe o favor da hospitalidade. Mas os grandes olhos do hóspede divino impressionaram a jovem virgem. Um dia enfeitou-se com todos os seus atavios e ousou apresentar-se diante dele. Dáfnis, lembrando-se de Liquê, tentou, a princípio, resistir àquela feiticeira. Sua fidelidade teve curta duração, porque a filha do rei, fazendo-o sorver, contra a vontade, um filtro, não tardou a obrigá-lo a ceder. Informada da traição de Dáfnis, a inexorável Liquê cumpriu sua promessa e tornou-o cego. Privado da suave luz, Dáfnis tentou, mas em vão, consolar-se, fazendo ressoar as montanhas com os cantos de sua siringe. Pouco sobreviveu à terrível desgraça, pois, uma noite, como errasse ao acaso e sem guia, Dáfnis caiu do alto de um rochedo escarpado e morreu imediatamente. As Ninfas, suas companheiras de jogos, choraram sobre seu corpo e levaram-no ao sepulcro. E Hermes, em recordação desse filho, fez jorrar uma fonte no próprio local em que ele tombara.

O mais legendário, porém, de todos os filhos que teve Hermes foi Pã, Deus dos pastores e dos rebanhos. Nasceu na montanhosa Arcádia. Desejoso de unir-se, segundo contam, a uma jovem Ninfa, o Deus do vento, Hermes, pôs-se a serviço do pai dessa virgem e encarregou-se de fazer pastar, nas encostas arborizadas do Monte Cilene, um rebanho de ovelhas. O doce himeneu realizou-se e a filha de Dríope gerou o grande Pã. Ele veio ao mundo com pés e cauda de cabra. Sua cabeça, armada de dois cornos de carneiro, era coroada por uma cabeleira hirsuta, e uma barba de bode encompridava-lhe o rosto de orelhas pontudas. Mal nasceu, pôs-se a pular como um cabritinho novo e a dançar aos gritos ressoantes. Os montes recobertos de neve, os atalhos pedregosos, os cumes solitários e os declives selvagens couberam-lhe em partilha. Ora corria pelos cerrados espessos. Ora, vagueando nos cumes das montanhas rochosas, contemplava os brancos rebanhos que pastavam nos vales perfumados. Muitas vezes também mergulhava nas florestas e abatia as feras que seu agudo olhar descobria. Ao cair da noite repousava às margens dos regatos ou das fontes e cantava em sua siringe. Criatura alguma sobrepujava-o em melodia, nem mesmo o pássaro que, na florida primavera, espalha sob a folhagem seu gorjeio dorido. As Ninfas das montanhas, num andar furtivo e vaporoso, acorriam para ele, à voz do Deus misturando suas vozes sonoras, e esmagavam, em cadência, a relva dos prados semeados de árvores.

Habitante dos bosques, dos rochedos e das grutas, Pã, todavia, não se comprazia sempre em vigiar os rebanhos, em fazer as Ninfas dançar, ou a alegrar os pegureiros com os acordes melodiosos de sua agreste gaita. Como um gênio malicioso, divertia-se às vezes em fazer tremer de espanto e medo as criaturas perdidas em lugares silvestres. Atribuíam-lhe todos os terrores e todos os êxtases que surgiam no seio das gargantas e das regiões desertas. Se o vento murmurava na folhagem dos carvalhos, assobiava nas ramagens balouçantes dos pinheiros, era a música de Pã que se acreditava ouvir. À boca da noite, se um zéfiro agitava o choupo ou o olmeiro, se se ouvia um estalido no mato, ou se se percebia a queda de uma pedra na relva, era o próprio Pã que revelava a sua presença. Bois e cabras, subitamente enlouquecidos por esses ruídos, precipitavam-se em fuga desordenada e os próprios pastores, presas desse terror irrefletido e repentino, que chamavam terror *pânico,* fugiam desabaladamente.

Vivendo quase sempre em companhia das Ninfas, o Deus Pã sentiu-se muitas vezes apaixonado por algumas delas. As mais conhecidas dentre as que ele amou são Pítis, Siringe e Eco.

Leve e saltitante, a jovem Ninfa Pítis era amada e perseguida, ao mesmo tempo, por Pã e por Bóreas, o fogoso vento do norte. Preferiu o primeiro, mas Bóreas, em seu ciumento furor, lançou-se sobre a jovem, golpeou-a e atirou-a do alto de um grande rochedo. A Terra, todavia, sentiu piedade da infeliz e transformou em pinheiro o corpo de Pítis; desde esse tempo, dizem, essa árvore é animada dos sentimentos que a Ninfa votava ao seu amante; coroa Pã com sua folhagem em forma de agulhas e geme quando sopra o rude vento norte.

Siringe, Ninfa montanhesa, era consagrada ao serviço de Ártemis. Como essa Deusa, ela caçava nas matas sombreadas, levava um arco de marfim e vivia casta e pura. Um dia, ao voltar do Monte Liceu, o Deus Pã percebeu-a e falou-lhe:

– Se minha, bela Ninfa e, em lugar de caçar, só terás, folhas, sem expô-lo aos raios do Sol. Vem à minha gruta; lá para bem viver, que repousar teu corpo sobre uma juncada de a sombra é perfumada e a fonte exala uma frescura deliciosa.

Assim falou ele, mas, insensível a tal prece, Siringe pôs-se a fugir por atalhos pouco trilhados. Pã saiu ao seu encalço. Durante muito tempo a Ninfa de pés ligeiros correu sem ser alcançada. Assim chegou às margens do Ládon. Obstada pelas águas e a ponto de ser agarrada, implorou às Náiades, suas irmãs, que a salvassem por meio de uma metamorfose.

— Náiades! — gritou ela — salvai-me, pois é em vossos domínios que me precipito!

Assim tendo falado, lançou-se de um salto ao rio. A água engoliu-a e, no local em que ela caiu, surgiu imediatamente um tufo de canas. Desesperado, Pã pôs-se a gemer e as canas, agitadas pelo vento, responderam ao seu queixume. Para ter, então, meios de ouvir ainda a voz de sua amante, o Deus dos chifres de carneiro cortou algumas canas de diversos tamanhos, uniu-as com cera, dispô-las em forma de asa de pássaro e deu à gaita que acabava de inventar o próprio nome da Ninfa Siringe.

De outra feita, como o Deus Pã percorresse um valo, ouviu uma Ninfa cantar. Amiga da solidão, instruída pelas Musas na arte do canto e da frauta, a jovem virgem, respondendo pelo nome de Eco, evitava a sociedade dos homens e dos Deuses e recusava-se a agradar o Amor. Pã, ao escutar aquela voz harmoniosa e clara, sentiu por ela uma paixão bravia. Enciumado pelo seu talento e irritado por não poder gozar de sua orgulhosa beleza, o Caprípede fez cair em desvario todos os pastores da região que ela encantava. Em sua demência, precipitaram-se um dia sobre a Ninfa, deixaram-na em pedaços e espalharam os despojos de seu corpo. Desde esse dia Eco, dispersada por diversos lugares, não tem mais residência fixa; está por toda a parte em que percebe o barulho. Sobrevivendo à morte, conserva ainda a memória musical e possui o dom de duplicar os sons que tocam seus ouvidos.

Segundo outra legenda, não foi de Pã que Eco foi vítima. Dizem que quando Zeus descia à Terra para visitar algumas Ninfas, e sua esposa, a divina mas ciumenta Hera, procurava surpreendê-lo, Eco desviava a atenção da rainha do Céu e, retendo-a por meio de longas conversas, propiciava às Ninfas tempo para desaparecerem. Mas Hera descobriu o ardil.

— Pois que tua língua enganou-me, — disse-lhe ela — restringir-te-ei o uso da palavra.

A execução seguiu imediatamente a ameaça. Desde então, a Ninfa Eco jamais conseguiu ser a primeira a falar, nem chegar a calar-se quando queriam falar-lhe; somente repetia, sem cessar, os últimos sons da voz que acabava de ouvir.

Algum tempo depois, a tagarela Eco vislumbrou um caçador perseguindo cervos. Chamava-se Narciso e nenhum adolescente era mais belo que ele. Assim que o viu, sentiu-se inflamada do mais ardente amor. Furtivamente, seguiu suas pegadas, porém, quanto mais o seguia, mais seu coração se abrasava. Muitas vezes desejou recorrer às poderosas preces, mas não conseguiu jamais explicar-se claramente. Em vão tentou, então, lançar-se sobre Narciso, e apertá-lo em seus braços! O adolescente esquivou-se em rápida corrida e desapareceu numa cerrada mata.

Desesperada, a vagamundo Eco foi ocultar sua derrota num antro profundo. Nunca mais a viram nas montanhas. O amor que ela alimentava, consumiu-a pouco a pouco. Todo o seu corpo esgotou-se; o sangue evaporou-se, e somente lhe restavam a voz e os ossos. Estes tomaram a forma de um rochedo e a voz, errante desde então, respondia sempre aos que a chamavam.

Quanto a Narciso, os Deuses, para punir-lhe o orgulho inflexível e o coração empedernido, despertaram-lhe uma paixão estranha. Conta-se que uma vez, para descansar das fadigas do dia e dos tórridos calores do verão, Narciso foi sentar-se próximo a uma fonte, tão transparente e tão calma, que suas águas eram polidas como um espelho. As árvores que, defendendo seu frescor do fogo do Sol, nela refletiam suas folhas, e os delicados ramos de relva que engrinaldavam as margens trançavam sobre a água prateada uma dupla coroa. Nesse ínterim, como sentisse sede, Narciso deitou-se na relva, debruçou-se sobre a fonte e vislumbrou sua imagem refletida nas límpidas águas. Alucinado por essa visão, imobilizou-se diante dela e contemplou, como em êxtase amoroso, os encantos que o haviam feito tantas vezes admirado. Nada conseguia arrancá-lo ao seu próprio olhar. Pouco a pouco, porém, como gota de orvalho ao Sol, viu apagar-se e fundir-se as rosas de sua cútis. Quando o fogo secreto, que o crestava por um fantasma inconsistente, tinha-o consumido, as Náiades, suas irmãs, choraram-no e cortaram os cabelos para colocá-los sobre seu túmulo. Depois, tendo preparado uma fogueira, quiseram levar o cadáver, mas encontraram em seu lugar apenas uma flor amarela e branca, que ainda conserva o seu nome.

Em sua forma mais antiga, Hermes era representado como um homem vigoroso, na resistente maturidade de sua idade. O majestoso rosto ornava-se de uma barba espessa e longa e os cabelos cacheados flutuavam sobre os vastos ombros, cobertos por comprido manto. Mais tarde, não foi mais o homem maduro, mas um soberbo adolescente. Robusto e flexível ao mesmo tempo, seu corpo era uma mistura de graça ágil e de sadio vigor. Sob cabelos curtos e crespos, o rosto denotava a calma feliz da saúde, e os olhos, vigilantes, irradiavam a excelência de uma inteligência ativa e perspicaz. Mais comumente, Hermes, com asas no elmo e nos calcanhares, tinha em mãos o caduceu: bastão alado em torno do qual se enroscavam duas serpentes, cujas cabeças, frente a frente, se tocavam. Símbolo da paz e insígnia de seu ofício de mensageiro dos Deuses, esse caduceu mágico tinha, ainda, o dom de despertar ou adormecer os mortais, à sua vontade. Como Deus dos rebanhos, todos os animais domésticos eram-lhe consagrados. O mirto, a oliveira, a papoula, eram as plantas cujas propriedades se conciliavam com a diversidade de suas prerrogativas.

VIII

Ares ou Marte

Acredita-se que Ares era, nas épocas remotas, um dos Deuses da tempestade. Com o tempo, os terríveis efeitos das borrascas súbitas foram assimilados ao furor dos combates, e a Divindade que transtornava o Céu, dilacerava e esmagava as nuvens, tornou-se o Deus tumultuário da guerra de carnificinas sangrentas.

Filho legítimo de Zeus e de Hera, Ares nasceu nos espaços celestes. Outra legenda, contudo, conta-nos que o Deus dos selvagens combates não conheceu o pai. Sua mãe, Hera, ciumenta e raivosa por Zeus haver, sem sua colaboração, concebido Atena, desejou também ter um filho sem o concurso de seu divino esposo. Deixou, pois, sua morada e desceu à Terra; enquanto passeava, para aplacar a cólera e o ressentimento, nas planícies de risonhas campinas de Oleno, em Acaia, tocou com a mão numa flor maravilhosa. Desse simples contato, gerou ela seu intratável filho.

Herdeiro de uma mãe que manifestava seu humor briguento e caprichoso, comprazendo-se em perturbar a paz da atmosfera, Ares só se sentia bem em pleno massacre, do qual fazia nascer todos os horrores sublimes. Dotado de cega coragem, de um furioso vigor, precipitava-se aos combates fazendo terrível barulho e soltando gritos terríveis. Amando a luta por si mesma, pela alegria feroz de destruir, seu entusiasmo não conhecia nem amigos nem inimigos, e seu furor não obedecia senão à brutalidade do seu instinto destruidor. Ávido de carnificina, mortífero e sanguinário, semeava a morte por todos os lugares em que passava. Ora armado de comprido chuço, com o qual trespassava os mais duros broquéis, avançava como um gigante de grandes passadas, levantando um clamor semelhante ao que poderiam produzir nove ou dez mil terríveis guerreiros. Ora guiando um carro de rédeas de ouro, puxado por corcéis fogosos como o vento das tempestades, desbaratava as linhas compactas dos combatentes, fazia voar em estilhaços os carros sonoros da guerra e abatia as muralhas que protegiam as cidades. A sanguinária Éris ou Discórdia acendia, então, com seu archote ardente, o furor no coração dos soldados. Os *Queres* ou *Gênios vorazes da carnificina* abatiam-se sobre o campo de batalha como abutres sedentos. Vampiros alados, de roupagens manchadas de sangue, disputavam os bravos que tombavam e, quando se apossavam de um ferido, mergulhavam as garras compridas em sua carne, saciando-se com o sangue e enviando sua alma infortunada para o sombrio Tártaro. Para atrelar seu carro de rodas devastadoras, Ares tinha dois serviçais, o Terror e o Pavor. Servidores fiéis desse Deus tão funesto aos mortais, seguiam-no por todas as partes e espalhavam sobre seus passos o espanto e o medo.

A imperdoável crueldade de seu caráter bárbaro havia tornado Ares odioso aos outros habitantes do Olimpo.

— Divindade violenta, — disse-lhe um dia Zeus — és o mais odiado de todos os Imortais, pois não cessas de te deleitar em semear a discórdia, fomentar guerras e travar combates.

Ares tinha como inimiga sobretudo a valorosa Atena. A Deusa da justa prudência não podia deixar, com efeito, embora fosse também uma virgem guerreira, de combater o Deus cujo furor, brutal e indomado, não conhecia comedimento nem limites. Protetora de todos os guerreiros que lutavam por uma causa eqüitativa, Atena sempre vivia às turras com Ares.

De todos os filhos concebidos por esse Deus sequioso de massacres, um dos mais cruéis foi, sem contestação, o que se chamou Cicnos. Jovem malvado, postava-se ele nos caminhos, obrigava a parar, despojava e degolava sem piedade todos os viajantes que o acaso colocava à sua frente. Tão numerosas tinham sido suas vítimas que, segundo diziam, com os crânios

Prancha V

Foto Anderson

APOLO

Apolo de Cítara

Museu do Vaticano

Prancha VI Foto Anderson

ÁRTEMIS
Diana de Versailles (Ártemis Caçadora)
Louvre, Paris

Prancha VII

Foto Anderson

HERMES
Torso de Hermes, de Praxíteles
Olímpia

Prancha VIII Foto Anderson

ARES

Ares em repouso (Ares Ludovisi)

Roma

empilhados teria podido edificar um templo a seu pai. Um dia, Cicnos saiu à procura de pilhagem, sendo conduzido por um sólido carro e recoberto por brilhante armadura; seguia por um caminho que atravessava um bosque, quando encontrou Héracles. O herói magnífico, em pé, também, num carro cujas rodas levantavam turbilhão de poeira, percorria o mundo para perseguir ladrões. Quando viu Héracles, Cicnos, invejoso do broquel maravilhoso que resplandecia no braço do herói, não hesitou em atacá-lo. Defrontando-se, os cavalos empinaram e soltaram relinchos agudos e repetidos. Os carros, com estrondo, chocaram-se em seguida e a vasta Terra gemeu profundamente. Dir-se-ia a atroada de uma avalanche de rochedos que, despencando com suas árvores, iam abater-se na planície. Ecoaram terríveis clamores. Cicnos atingiu, primeiro, com um golpe de azagaia de bronze, o cobiçado broquel de Héracles. Com o golpe, o herói cambaleou, mas, retesando-se imediatamente, lançou seu comprido dardo que feriu o ilustre perverso abaixo do queixo. A ponta assassina atravessou-lhe a garganta de um lado ao outro e Cicnos, como um carvalho fendido pelo raio, caiu por terra.

Vendo seu filho morto, o fogoso Ares, flagelo dos humanos, acorreu para vingá-lo. O carro de rodas rápidas vergou sob a grande massa do seu corpo, e seus olhos negros lançavam flamas de furor. Como um leão sobre uma corça, atirou-se contra Héracles. Brandindo, aos gritos, suas armas temíveis, visou com a lança o escudo maravilhoso. Mas Atena, aparecendo subitamente, desviou o golpe. A lança mortífera foi fincar-se, sibilando, no tronco de um pinheiro e Héracles, enquanto Ares desvencilhava sua curta espada, atingiu, com violento golpe, a coxa do Deus e estendeu sobre a areia o terrível adversário. Gravemente ferido, Ares, antes de subir ao Olimpo, para curar-se, chorou sobre seu filho, transformando-o num cisne branco como a neve.

Nas costas selvagens da Líbia, vivia então, não menos cruel que Cicnos, um outro filho de Ares. Chamava-se Licasto. Quando um estranho abordava aquelas costas, esse impiedoso descendente do Deus cruel da guerra sequestrava-o, imolando-o em honra de seu pai. Ora, quando o valoroso Diomedes, de regresso da guerra de Tróia, quis voltar à pátria, uma violenta tempestade fez encalhar seu navio às margens temidas da requeimante Líbia. Então, Licasto, filho terrível do mais terrível dos Deuses, apoderou-se do herói magnânimo, prendeu-o numa profunda prisão, reservando-o para um brilhante sacrifício. Diomedes, porém, era belo. O jovem coração da filha de Licasto, a bela Calírroe, apaixonou-se pelo infeliz náufrago. Visitava-o constantemente na prisão, levando-lhe víveres às escondidas. Diomedes, que só pensava na volta ao país de seus pais, fingiu corresponder ao amor que lhe era oferecido.

— Se me livrares desta prisão subterrânea, — disse ele um dia à filha do rei — prometo-te tornar-me teu esposo e levar-te para a minha bela morada.

Confiando em tal promessa, Calírroe, por uma noite escura, libertou Diomedes; mas o herói, desde que sentiu os pés em liberdade sobre a terra, fugiu desabaladamente. A escuridão favorecia-lhe a fuga e ele alcançou seu navio, alçou as velas e, sem ser perturbado, tornou a ganhar o mar. Abandonada e só, Calírroe enforcou-se de desespero.

A esse Deus, ávido de carnificina, associava-se, por companheira, a divina Afrodite. Mãe de toda a produção, se esta bem-amada Deusa uniu-se a Ares, o terrível pai da mais selvagem devastação, é porque a vida parece ser, na aparência de sua continuidade, um perpétuo encadeamento de criação e de destruição. Entretanto, Afrodite, se foi associada a Ares, não era, crê-se, sua legítima esposa. Seu marido era o Deus do fogo, Hefestos. Para conseguir seduzir a mais encantadora de todas as Deusas, o tumultuoso Ares fez-lhe, primeiramente, suntuosos presentes. Crescendo a amizade, enquanto o Deus do fogo trabalhava em sua forja, o Deus da guerra, às ocultas, sempre à noite, ia fazer visitas à bela Afrodite.

E como temesse ser percebido, ao nascer do dia, pelo Sol que tudo vê e que não deixaria de avisar Hefestos, Ares levava consigo um jovem que se tornou seu companheiro de mesa e confidente de seus amores. Quando entrava em casa da amiga, deixava o efebo, que respondia pelo nome de Aléctrion ou de Galo, como sentinela à porta, com a missão de avisá-lo assim que o Sol surgisse. Ora, aconteceu que uma manhã Aléctrion adormeceu. Sem o querer, esqueceu a senha e assim, apenas surgiu, o olho brilhante do Sol vislumbrou Ares nos braços de Afrodite. Despreocupados, ambos dormiam calmamente, pois tinham confiança na vigilância do prudente guardião. Indignado com esse infame comércio, o Sol, no mesmo instante, foi revelar ao ferreiro divino a vergonha do seu leito. Diante desta dolorosa e pungente notícia, Hefestos, consternado, deixou cair o ferro que sua mão trabalhava. Pensando, então, numa pronta vingança, pôs-se, numa forte bigorna, a forjar correntes de bronze. Sua lima mordente reduziu os anéis a um fio e as tenazes modelaram uma rede cujas malhas finas não perdiam, em delicadeza, nem para o tecido mais leve, nem para a teia que a aranha suspende às vigas dos velhos tetos. Terminada a rede, dirigiu-se ao quarto nupcial. Com mãos ativas e hábeis, enquanto Afrodite estava no banho, fixou aos pés do leito e aos enfeites do forro a invisível malha, simulando uma saída. Logo que Hefestos partiu, Ares, que estava à espreita, tornou a ir ver Afrodite. Sem nada suspeitar, ambos sentaram-se para conversar no pérfido leito. De súbito, assim que se sentaram, a rede maravilhosa fechou-se sobre eles, mantendo-os presos. Caídos na armadilha, encadeados, sem poder se libertar nem mover-se compreenderam, então, a vergonha que os esperava. Realmente, logo depois, Hefestos chegou. Furioso por sua desgraça, mas satisfeito com a vingança, abriu de par em par as portas de marfim de seu palácio dourado, convocou todos os Deuses com voz potente e fê-los entrar no quarto nupcial. Somente as Deusas, por pudor, permaneceram no Olimpo. Quando os Imortais viram Ares e Afrodite encadeados um ao outro, foram tomados e sacudidos por uma grande risada. Uns cumprimentaram o divino ferreiro por sua habilidade; outros invejaram a sorte feliz de Ares e juraram que consentiriam, de bom grado, em ser encadeados, àquele preço e aos olhos de todos, desde que fosse com a bela Deusa. Finalmente, apaziguada sua cólera, e diante da insistência dos Deuses, Hefestos libertou o casal. Afrodite, envergonhada, partiu para a Ilha de Chipre. Quanto a Ares, após haver transformado Aléctrion em galo, para puni-lo, e tê-lo condenado a perpetuamente anunciar aos homens o nascer do Sol, retirou-se para a agreste Trácia.

Que significa, porém, pode-se perguntar, essa famosa *legenda*? Talvez, escrevem, "Ares, nos braços de Afrodite, represente o Deus da tempestade despojado de sua força e de sua selvagem violência que, nas horas primaveris, acalma-se e aplaca-se, deixa-se prender pelas seduções da bela Natureza e cai, então, como todos os seres animados, sob o encanto irresistível da poderosa Divindade do Amor (1)".

As mais antigas imagens de Ares no-lo mostram sob os traços fortes de um guerreiro armado e barbudo. Mais tarde, foi ele representado sob os traços de um homem imberbe, jovem ainda, mas em todo seu vigor. Sua musculatura, como é natural num Deus da guerra, permaneceu sempre poderosa; a nuca, forte e carnuda; a fronte, baixa e preocupada, e os cabelos, despenteados e curtos. Tinha como insígnias: a lança, o gládio, o broquel ou um bastão de comando. Seu elmo era quase sempre ornado por um leão acocorado ou por um grifo alado.

Os abutres que a carnificina atrai, os lobos agressivos, os galos belicosos, os cães, cujo ladrar lembra os bramidos dos combates, eram-lhe principalmente consagrados.

---

(1) P. DECHARME, **Mythologie de la Grèce Antique**, p. 188. (N. do A.).

IX

Afrodite ou Vênus

Acredita-se que Afrodite ou Vênus, a mais bela das Deusas, era primitivamente venerada como uma Deusa da luz, considerada não somente na magnificência variada de suas manifestações no Céu, mas também em sua ação fecunda na superfície da Terra. Não é então na serenidade da luz que as rosas parecem desabrochar, e que a seiva renova, na primavera, a basta cabeleira das florestas? Com o tempo, a Deusa que surgia na estação que é para o ano o que a aurora é para o dia, tornou-se a rainha da beleza do mundo, a eterna soberana por quem tudo quanto respira chega à existência. Ora, se tudo que é belo inspira o amor, a Deusa, que criava e propagava a beleza em tudo quanto tem vida, devia também naturalmente tornar-se a Divindade da sedução, que nos leva a amar tudo o que nos parece belo.

Deusa de suave sorriso, Afrodite nasceu da espuma das vagas. Branca e pura como a alva num mar prateado, dizem que ela apareceu, pela primeira vez, nas costas brilhantes de Chipre. O sopro úmido de Zéfiro havia impelido, durante muito tempo, sobre as ondas murmurantes, a concha nacarada que continha a Divina. Quando aquela chegou à praia, suas duas valvas abriram-se e Afrodite saltou desse berço marinho. À medida que caminhava pela areia, as flores brotavam-lhe sob os pés delicados. As Horas, com pequenas tiras de ouro circundando a testa, acolheram-na, enxugaram-lhe o corpo gotejante de água salgada, torceram-lhe a loura cabeleira e ataviaram-na com vestimentas perfumadas. Sobre sua cabeça colocaram uma coroa de ouro, fixaram-lhe às orelhas pendentes de flores em metal precioso e enlaçaram ao redor de seu pescoço e no argênteo colo, colares resplendentes. Terminado o ataviamento, as Horas bondosas fizeram avançar um carro puxado por duas pombas. Afrodite nele subiu e abalou para junto dos Imortais. Diante do espetáculo de sua radiante beleza, a assembléia dos Deuses pôs-se toda em pé. Todos saudaram-na como uma nova rainha, fazendo-a sentar-se num alto trono. Desde então Afrodite reina sobre os Felizes do Olimpo. A graça luminosa que brilhava em seus olhos, o encanto impressionante de seu divino sorriso, a harmonia dos gestos, a nobreza real do andar augusto e dos suntuosos adornos tornaram-na, para todos os Imortais, um espetáculo duradouro de enlevo e alegria.

Contudo, a entronização no Céu de uma nova Deusa não se realizava sem excitar o ciúme das outras. Hera e Atena julgavam-se tão belas quanto Afrodite o podia ser. Um dia, enquanto os Deuses celebravam um festim, a Discórdia, sem ser vista, penetrou no Olimpo. Aproveitando-se de que uns bebiam, enquanto outros ouviam Apolo acompanhar os coros harmoniosos das Musas, jogou ela, ao meio da mesa, magnífica maçã onde escreveu: *À mais bela.* Hera pegou-a, mas Atena e Afrodite reclamaram-na em grandes gritos, pedindo a arbitragem de Zeus. O caso era delicado. O soberano dos Deuses safou-se, dizendo:

— Vamos! Deusas, é preciso resolver sem tardança a desavença que vos separa e que nos incomoda. Não podendo eu mesmo julgar-vos, pois amo igualmente a todas as três, descereis imediatamente sobre o Ida. Ali, um belo pastor, Páris, faz pescar um grande rebanho. Escolhi-o para vosso juiz e entrego o caso ao seu discernimento. Vós, Hermes, tomai esta maçã, descei sobre o Ida com as três Deusas e dizei ao belo pegureiro: "Páris, Zeus te ordena dizer qual é a mais bela das três soberanas e dar esta maçã àquela cuja beleza te parecer sobressair".

Hermes, acompanhado por Afrodite, Hera e Atena, desceram todos juntos sobre os cumes cultivados da montanha santa. Encontraram Páris que, com um cajado na mão, guardava um rebanho.

— Salve Páris! — disse-lhe, então, Hermes. — Toma esta maçã e dá-a a uma destas três Deusas que julgares a mais bela; é Zeus quem ordena.

Páris, então, examinou as três rainhas uma após a outra. Hesitante e confuso diante de tanto esplendor, não sabia a qual conceder o prêmio glorioso da beleza. Finalmente, após haver longamente refletido, decidiu apresentar a maçã à divina Afrodite. Reconciliadas, as três Deusas tornaram a subir ao Olimpo e desde então Afrodite imperou como rainha inconteste.

Não satisfeita, no entanto, em submeter ao suave império de sua irresistível sedução todos os celestes habitantes do Olimpo, Afrodite reinou também como senhora absoluta sobre o coração de todos os homens. Pelos doces desejos com que os inflamava, podia, à sua vontade, fazer nascer neles o amor, cumulá-los de felicidade ou fazê-los experimentar males intoleráveis. O amor, com efeito, não é sempre correspondido e se os amorosos, que Afrodite protegia, conheciam a paz e a felicidade, os infelizes que ela perseguia, debatiam-se no meio das mais cruéis inquietudes, pois nada é mais atroz que amar sem ser amado.

Todavia, o poder de Afrodite não se limitava exclusivamente a reinar sobre os corações dos homens e dos Deuses. Seu império estendia-se sobre a Natureza inteira. No mar, dominava como senhora luminosa: bastava seu aparecimento para que as vagas em tumulto se acalmassem, os ventos de repente se apaziguassem e o Céu radioso sorrisse nas ondas. Na Terra, sua fecundidade mantinha por todos os lugares a vida inesgotável, e o renascimento da vegetação devia-lhe a riqueza de sua floração. Como em nenhum momento a atividade fecunda dessa Deusa, adorada nos jardins floridos e nos frescos bosques, manifestava-se com tanta opulência como no brilho luxuriante da primavera, era principalmente na estação das flores que se celebrava o aparecimento de Afrodite.

Entretanto, os homens não deixaram de observar quanto eram curtas as festas da primavera. Com efeito, apenas desabrochadas, as flores murchavam. Assim, para explicar ao mesmo tempo seu crescimento precoce e sua morte tão rápida, os Gregos criaram uma maravilhosa legenda. Imaginando

Afrodite a mãe da vegetação, deram-lhe um filho, Adônis, que passava por ser a imagem da radiosa mas tão breve eclosão da primavera. Era, pois, no retorno dos belos dias, no primeiro brilho do desabrochar primaveril, que Adônis nascia, fazendo estalar a casca da árvore onde estava contido. Rápido era o seu crescimento. Sua vida, entretanto, como a das rosas, conhecia apenas uma efêmera existência, pois sua beleza estava na flor ceifada pela morte. Efetivamente, era ao fim do verão, quando as plantas requeimadas pelo fogo do Sol inclinavam suas hastes e morriam, que o belo Adônis devia descer ao mundo invisível. Como a essa época ele perseguisse um javali, o animal selvagem voltou-se contra ele e, com um golpe da tromba, mortalmente o feriu. Aos gritos do filho, Afrodite acorreu. Na pressa de levar-lhe socorro, esqueceu de calçar-se e pisou, inadvertidamente, numa roseira e um espinho mergulhou-lhe no pé. O sangue correu e o arbusto, que até então dava rosas brancas, cobriu-se dali por diante só de rosas escarlates. Quando a Deusa de cabelos dourados de seu filho aproximou-se, encontrou-o morto e gelado. Das lágrimas que derramou, nasceu a anemôna.

A vida esplêndida de Adônis e seu fim prematuro eram objeto, na Grécia, de um verdadeiro culto. No dia marcado para comemorar sua dolorosa morte, as mulheres choravam, soluçando e soltando longos e agudos gritos. Sobre um leito de prata recoberto de púrpura, deitava-se um simulacro do corpo de Adônis morto. Uma abóbada de verdura, onde choravam os Amores, protegia esse leito mortuário. Próximo ao pálido defunto, viam-se mil oferendas: frutos variados, archotes, vasos de perfume e, sobretudo, corbelhas de prata de onde surgiam plantas que, após haverem prematuramente brotado, fanaram-se com rapidez, lembrando, assim, a curta aparição daquele a quem choravam. Em torno da *capela ardente,* durante um dia e uma noite, desfilavam, batendo no peito e gemendo como em funerais autênticos, as adoradoras desoladas de Adônis. No dia seguinte, ao desabrochar da Aurora, as mesmas mulheres, os cabelos despenteados, o seio descoberto e sempre soltando longos gritos de dor, iam, em grande pompa, amortalhar nas ondas o simulacro adorado. Assim que este submergia nas vagas e o mar tomava-o sob sua guarda, ecoavam alegres cânticos, pois Adônis, com as chuvas da próxima estação, devia ressuscitar na vegetação.

A jovial Afrodite, a rainha de tudo quanto a vida contém de alegre e belo, foi, também, a mãe de uma linda criança de asas de ouro, que se chamava Eros ou Amor. Como sua mãe, Eros espalhava sobre a Terra a vida, a alegria e a fecundidade. Levado ao sopro perfumado de Zéfiro, ia por todos os lugares, na primàvera, fazer brotar flores à sua passagem. Também como Afrodite, era principalmente sobre o coração dos homens e dos Deuses que exercia seu encanto e seu império. As próprias feras eram-lhe submissas e às vezes atrelava ao seu carro leões ou tigres. Graças a ele, os homens conheciam as alegrias da amizade, as doçuras da ternura, os prazeres e as dores que acompanham o amor verdadeiro. Sempre armado de flechas ou de um archote em fogo, Eros, com efeito, deleitava-se em misturar a lágrima ao sorriso e a amargura à felicidade. Eis por que ninguém podia conhecer realmente o Amor, enquanto não houvesse, como nos contam na história de Psiquê, sentindo, alternativamente, as alegrias e as dores.

Psiquê era a mais belas das três filhas de um rei. Era tão encantadora que a adoravam como se fosse a própria Afrodite. Ciumenta de ser igualada, a rainha dos Amores resolveu um dia vingar-se da rival. Chamou seu filho e disse-lhe:

— Eros, meu filho, suplico-te com toda a minha ternura, é preciso que secundes os desejos de tua mãe. Alguns homens têm a insolente impiedade de comparar minha beleza à de uma mortal. Vai, meu filho, e faze que minha rival torne-se perdidamente amorosa do mais miserável e do mais feio dos homens.

Eros desceu, pois, do Olimpo à Terra. Mas quando viu a maravilha de graça e beleza que era Psiquê, apaixonou-se, ele próprio, e perdidamente, por essa outra Afrodite. Transportou-a para um palácio encantado e, nessa linda e solitária morada, escondida no coração de uma floresta adormecida, Eros, invisível mas solícito e encantador, ia visitá-la. Tudo que ela desejava era-lhe proporcionado. Jamais, entretanto, Psiquê viu na luz a suave fisionomia daquele a quem amava. Um dia, ela pediu a Eros para lhe revelar a beleza delicada que suas mãos adivinhavam, ao acariciar aquela face desconhecida, e o filho de Afrodite respondeu-lhe:

— Serás feliz, ó Psiquê, enquanto guardares o segredo do nosso amor! Não procures ver-me, nem saber quem sou. Ama-me simplesmente e não rompas o encanto, buscando saber o que é preciso ignorar.

As duas irmãs de Psiquê, porém, invejosas da felicidade que lhe coubera, tramaram arruiná-la. Foram procurá-la e persuadiram-na de que o esposo, a quem pertenciam os tesouros que guarneciam o suntuoso palácio em que ela vivia como reclusa, era um monstro horroroso e repugnante.

— Se desejares ter a certeza disso, — acrescentaram — esconde sob algum vaso um candeeiro. Depois, quando esse que acreditas ser teu esposo estiver mergulhado em profundo sono, levanta-te devagar, toma o candeeiro, aproxima-te do leito e verás, então, que monstro está perto de ti.

Interdita, ansiosa e atormentada, Psiquê ocultou àquela mesma noite o candeeiro aceso sob um vaso, deitou-se e esperou, acordada, que seu esposo estivesse mergulhado no sono. Sem fazer ruído, levantou-se então, tomou da luz e aproximou-se do leito. Mas, ó surpresa! em lugar de um monstro temido, vislumbrou uma cabeça loira de cabelos perfumados, uma boca exalando o perfume da ambrosia, ombros de marfim onde se ligavam braços redondos e flexíveis, um dos quais segurava o arco, enquanto o outro, recurvado sobre a cabeça, enquadrava com graça o oval perfeito dum rosto de lírio. Cada vez mais inflamada de amor, Psiquê desejou, então, beijar a fronte de seu maravilhoso esposo. Mas, ao debruçar-se, inclinou o candeeiro e uma gota de azeite fervendo pingou sobre a espádua nua de Eros. Acordado pela dor, Eros percebeu logo que a amante havia falhado. Voou imediatamente, desencantou Psiquê, deixando-a inteiramente em lágrimas. Na sua dor, a jovem imprudente quis, então, atirar-se a um rio, mas a água indócil devolveu-a para a margem. Desvairada e ardendo ainda do desejo de reencontrar o que perdera, Psiquê pôs-se, desde então, a percorrer o mundo. Vagando por cem lugares diferentes, visitava os templos, suplicando aos Deuses lhe devolvessem o esposo. Nenhum deles, porém, quis consentir em indicar-lhe o local de seu retiro. Finalmente, exausta de vagar, resolveu apresentar-se às portas do palácio de Afrodite. Assim agindo, esperava que a visão da sua dor aplacasse a bela Deusa e que a mãe de Eros, mitigando a cólera do filho, lhe facilitasse o encontro desejado. Mas Afrodite de tranças loiras, assim que percebeu a infeliz Psiquê, abanou a cabeça com um riso escarninho, atirou-se sobre ela, rasgou-lhe os trajes, arrancou-lhe os cabelos e magoou, golpeando-o, seu rosto banhado em pranto. Depois, dando-lhe por companheiras a Inquietude e a Tristeza, tornou-a sua escrava, impondo-lhe os mais rudes e humilhantes serviços. Psiquê, sem nada dizer, e continuando fiel ao seu amor, obedecia. Eros, curada a ferida, desejou enfim recompensar a constância de tão vivo amor. Dirigiu-se ao Olimpo, foi lançar-se aos próprios pés de Zeus, implorando-lhe libertasse Psiquê, dando-lha por esposa. Zeus consentiu a tudo. Encarregou Hermes de introduzir Psiquê na casa dos Deuses e de oferecer-lhe, para torná-la imortal, a agradável ambrosia. Depois, enquanto os Deuses saciavam-se do néctar, as Musas cantavam, dirigidas por Apolo, as Cárites espalhavam perfumes e a própria Afrodite dançava com seus coros, Eros ficou para sempre, pelos laços do matrimônio, unido a Psiquê.

Saída nua do seio das ondas, Afrodite era mais freqüentemente representada com o pé sobre uma tartaruga ou uma concha marinha, na simples beleza que tinha ao nascer. Outras vezes, seu corpo formoso estava nu até a cintura. O claro e branco rosto possuía um encanto infinito; os olhos, grandes e úmidos, espelhavam a doçura de uma ternura envolvente, e sempre, em sua cabeça de cabelos bem cuidados, pousava e brilhava uma alta coroa. Quando vestida, envolviam-na magníficos trajes; os véus leves, de vistosas cores, exalavam perfumes; braceletes, brincos, múltiplos colares e um cinto magicamente bordado, completavam-lhe o ataviamento. Em torno da Deusa, flores e Amores agrupavam-se em cortejo: as Horas carregadoras de espelho; as Cárites, peritas nos cuidados exigidos pelo bem trajar; a Persuasão, que cativa a própria alma do prudente; o doce Desejo, a Ternura atraente, a Glória e a Felicidade. Como Ártemis e Hera, Afrodite dirigia um carro rápido puxado por pombas ou cisnes. No reino vegetal, o mirto, a papoula, a maçã, a romã e a rosa eram-lhe destinados. Como animais, ofertavam-lhe o bode, o carneiro e a lebre. Entre as aves, o pardal, o cisne e, especialmente, as amorosas pombas que surgiam, em chusma, nos santuários que lhe eram consagrados, tinham, entre todos, a glória de agradá-la.

X

Hefestos ou Vulcano

Hefestos era o Deus do fogo. Filho de Zeus e de Hera, nasceu coxo e, durante toda a vida, andou como reluz o relâmpago, em ziguezague. Sua mãe, vendo-o tão feio e tão mal dotado, teve-lhe raiva e, para furtá-lo aos risos dos Imortais, que caçoavam de sua conformação, precipitou-o das alturas do Olimpo. Ele caiu durante um dia inteiro e foi somente ao deitar do Sol que se abateu, como um bólido, sobre a ilha de Lemnos. Aí, com a ajuda de um anão que lhe ensinou a arte de trabalhar o ferro, o bronze e os metais preciosos, instalou uma ferraria no fogo de um vulcão e, durante nove anos de laboriosa vida, ocupou-se em forjar obras maravilhosas, em tornear brincos, broches, braceletes e anéis. Mas, sempre fiel à lembrança da mãe, resolveu um dia, a fim de se fazer chamado para junto dela, tentar um engenhoso expediente. Sumido no fundo de sua ferraria, o divino coxo aí fabricou e enviou a Hera um presente magnífico. Tratava-se de um trono de ouro com delicadas cinzeladuras, mas combinado com ligações invisíveis. Mal a soberana do Olimpo, tomada de admiração, havia nele se sentado, sentiu-se inteiramente presa. Nenhum dos Imortais conseguiu libertá-la. Zeus mandou Hermes chamar Hefestos, mas o Deus do fogo permaneceu primeiramente surdo às suplicantes preces do mensageiro de seu pai. Depois, por ser um filho dócil e submisso, concordou em libertar Hera, sob a condição de permanecer no Olimpo e obter como esposa a lindíssima Afrodite.

Uma vez de volta ao palácio dos Deuses, o divino ferreiro construiu para si uma residência imortal, espelhante, toda de bronze e constelada de estrelas. Numa das dependências instalou sua ferraria. Vinte cadinhos, onde ferviam o estanho, o bronze, o ouro e a prata, estavam dispostos sobre vinte forjas diversas, ativadas por vinte foles. De todas as partes a chama brilhava e rugia e o eco dos martelos enchia todo o Olimpo. Hefestos ia para o trabalho ao raiar de cada dia. Após haver firmado em sua base uma vasta e alta bigorna, pegava o martelo, manobrava as tenazes e forjava obras cuja excelente matéria, habilmente trabalhada, era a admiração dos homens e dos Deuses. Para Zeus, modelou um cetro e construiu um trono de ouro. Para Deméter, arqueou uma ofuscante foice e temperou, para Apolo e Ártemis, as pontas das flechas de sua fornida aljava. Ainda mais, esse divino trabalhador dedicou-se, sozinho, após haver forjado a morada do Sol, a embelezar o Olimpo; consolidou, com placas de bronze que saíam de sua forja, os muros dos grandes palácios; fabricou cadeiras que se transportavam por si mesmas à vontade dos Deuses e cinzelou as taças nas quais estes sorviam a divina ambrosia. Favorável aos homens e bondoso com eles, cinzelou para Ariana um incomparável diadema, para Harmonia um colar resplandecente, para Héracles e Diomedes uma couraça de ouro e para Aquiles, finalmente, uma armadura completa e um refulgente broquel. Terminado o dia, Hefestos retirava os foles dos fogões e repunha a ferramenta num cofre de prata; em seguida, após haver enxugado o rosto gotejante, as mãos enegrecidas pela fuligem, o pescoço nervoso e o peito veloso, coberto de limalha, tornava a revestir-se de uma túnica de ouro, pegava um cetro sólido que lhe servia de cajado e voltava, coxeante, para seu lugar junto dos Deuses.

Divindade do fogo do Céu e da Terra, Hefestos não foi apenas o ferreiro celeste. Igualmente na Terra, o fogo que escapava das crateras vulcânicas ou das fendas do solo provinham também, segundo se dizia, de forjas subterrâneas que lhe pertenciam, e os surdos bramidos, que acompanham os tremores de terra e a erupção dos vulcões, eram tidos como o barulho dos seus vastos estaleiros.

Era sobretudo em Lemnos, onde o fogo, segundo diziam, havia caído de sua fonte etérea, que Hefestos possuía a sua principal oficina. Com ele, nessa ilha, trabalhavam os Ciclopes. Gigantes monstruosos, os Ciclopes somente possuíam, sob as sobrancelhas espessas e revoltas, um único e terrível olho. Enterrados sob o Etna, cujo cume testemunhava sua atividade vomitando torrentes de fumaça, habitavam cavidades imensas onde, sem parar, ouviam-se as bigornas gemer, o ferro em brasa sibilar nos tanques de água e os foles das forjas misturar-se ao sopro poderoso dos ferreiros. Carregando pesados martelos, seus braços musculosos e terríveis levantavam-se alternadamente e retombavam em cadência. Faúlhas voavam de todas as partes, e as tenazes mordentes viravam e reviravam, em todos os sentidos, a massa incandescente de onde deviam sair os terríveis raios de Zeus.

Todavia, nos vulcões que lhe serviam de ferrarias, Hefestos não se contentava em transformar os metais em obras de arte inanimadas. Modelava também estátuas magníficas, que sabia dotar de movimento e de vida. Cachorros de ouro, touros de bronze, que vomitavam chamas, esplêndidas virgens, em tudo semelhantes a moças vivas e possuindo, como elas, inteligência, voz e movimento, saíram de suas mãos e tornaram-se suas escravas.

Ainda mais: foi a esse divino coxo que Zeus confiou o cuidado de fabricar a primeira mulher. Para obedecer à ordem de seu pai, Hefestos destemperou a argila, amassou-a e modelou-a sob as formas de uma virgem radiosa, parecida com as Deusas que habitavam o Olimpo. Terminada essa estátua, deu-lhe, como alma, uma faísca de fogo. Seus olhos, então, abriram-se, os membros se desataram e a boca falou. Para enfeitá-la, Atena, de olhos garços, ornou-a com um cinto e ricas roupagens, as Cárites colocaram, em seu alvo colo, colares de ouro brilhantes. Afrodite, de sorriso tentador, espalhou sobre sua cabeça a graça feiticeira; as Horas, de belas tranças, coroaram-na com flores primaveris, e o próprio Zeus, dizem, fez-lhe presente de uma caixa maravilhosa.

— Toma esta caixa, — disse-lhe — mas não a abras jamais, pois os bens que ela contém para longe de ti fugiriam e todos os males viriam oprimir-te em seu lugar!

Pandora, este era o nome da primeira mulher, não tardou, movida pela curiosidade, a suspender a tampa da caixa encantada. Todos os bens imediatamente saíram. Somente a Esperança ficou, pois Pandora, recolocando em tempo a tampa da caixa, interceptou-lhe o vôo.

Se a criação da primeira mulher foi obra do divino ferreiro, foi também a um Gênio do fogo, Prometeu, que coube a tarefa de criar o primeiro homem. Como Hefestos, Prometeu serviu-se do limo e da terra para modelar o corpo do primeiro ser humano; mas, em lugar de molhar a argila com água, dizem que foi com lágrimas que a destemperou. O homem saiu de suas mãos nu, indefeso e sem armas. Condenados, desde seu nascimento, aos tormentos e aos cuidados, os primeiros homens não tinham, para nutrir-se, senão frutas cruas e carnes sangrentas. Para vestir-se, cobriam-se de folhagens. Ignorando o bem-estar que proporciona o fogo que arde no fundo dos átrios, tinham como abrigo apenas buracos sem sol, grutas profundas para as quais, semelhantes a formigas, de corpo comprido e franzino, eles se arrastavam para passar a noite. Tomado de piedade por sua miséria, Prometeu, para colocar os homens em situação de viver melhor, de defender-se com armas eficazes contra as feras, de cultivar com instrumentos adequados a nutriente Terra, resolveu dar-lhes o fogo e ensinar-lhes, com a arte de trabalhar os metais, os meios de escapar à sua deplorável e lamentável sorte.

Carregando o nártex, caule oco enchido com a medula de uma alta planta, chamada férula, Prometeu dirigiu-se a Lemnos. Aproximando-se das forjas abrasadoras de Hefestos, roubou uma centelha do fogo que fundia os metais, colocou-a no oco da férula e levou-a, como oferenda, aos homens. A humanidade desde então conheceu, com o fogo, a felicidade de viver melhor, de comer um alimento menos selvagem, de aquecer-se, de receber a luz. Mas, em sua alegria imoderada, ela julgou-se igual aos poderes divinos, esquecendo seus deveres para com os mesmos. Zeus, então, que não quer que os homens saiam dos justos limites, colocando seus desejos mais altos que seus destinos, resolveu castigar aquele cujo roubo havia ocasionado esta presunção sacrílega. Transportou Prometeu para o mais alto cume do Cáucaso e mandou Hefestos pregar o Titã a um rochedo escarpado. Contra a vontade, o divino ferreiro obedeceu.

— Vê, ó Prometeu, — disse-lhe ele — estes martelos, estes anéis de ferro, estas correntes! Para a tua infelicidade e para a minha, vou pregar-te neste cume selvagem. Não ouvirás mais nenhuma voz humana e aqui jamais verás passar o rosto da piedade e da consolação. Ressequido pelos raios abrasadores do Sol, verás murchar a flor do teu corpo. Muito tarde para ti, a Noite virá esconder o dia sob seu manto de estrelas, e muito tarde também o Sol virá derreter o orvalho da manhã. Sentinela inquieta e dolorosa, ficarás neste medonho rochedo, sem repouso, sem sono, sem dobrar os joelhos e sem cessar de soltar mil gemidos inaudíveis e vãos.

Hefestos, então, passou os anéis de uma inquebrável corrente aos pés e aos braços do infeliz Prometeu e fixou-os solidamente ao rochedo. Para cúmulo do infortúnio, todas as manhãs, uma águia de asas abertas ia pastar em seu fígado imortal, e esse monstro de garras recurvas devorava, durante o dia, tudo quanto, à noite, aí podia renascer. Esse suplício deveria durar mil anos, mas ao fim de trinta anos, Zeus, apaziguado, perdoou o culpado, consentindo então em introduzi-lo entre os Bem-aventurados. Quanto aos homens, para castigar seu enorme descomedimento no uso do fogo, Zeus os engoliu sob as vagas do dilúvio. Não se distinguia mais a Terra do Oceano e um mar sem praia espalhou-se por todas as partes. Só Deucalião e Pirra escaparam. Chegaram, sobre uma barca, após nove dias e nove noites de lutas e de angústias, ao cume do Parnaso. Quando as águas baixaram, o virtuoso casal pediu a Zeus repovoasse o mundo. A conselho de um oráculo, eles velam o rosto e jogam para trás, por cima dos ombros, os *ossos de sua mãe,* isto é, os rochedos da Terra. À medida que tocavam o solo, as pedras jogadas por Deucalião transformavam-se em homens e as de Pirra faziam nascer mulheres.

Mais freqüentemente, Hefestos, esse divino fundador das artes metalúrgicas, era representado sob os traços de um ferreiro robusto, de braços musculosos e de peito veloso. Seus compridos cabelos eram desalinhados e uma barba em ponta terminava o rosto marcado de bonomia e malignidade. Usava, para cobrir a cabeça, um gorro de couro arredondado e pontudo. Sua túnica de operário era curta e sem mangas; aberta ao lado direito, mostrava, nus, o ombro, o braço e a metade do tórax saliente. Na mão direita segurava um martelo e, na esquerda, tenazes. Embora fosse coxo, os artistas supri-miam esse defeito ou tornavam-no quase imperceptível.

XI

Posídon ou Netuno

"Ouve-me, Posídon", canta um antigo hino em louvor deste Deus, "ouve-me, ó tu que agitas a Terra e que tens uma negra cabeleira! Conduzido por cavalos velozes, brandes em tuas mãos um longo tridente de bronze e diriges, através da água salgada, tuas quatro parelhas de cavalos! Ó tu, a quem a sorte concedeu o império sobre as águas profundas e extensas do mar, protege os alicerces da Terra, dá um bom sopro aos navios, e concede-me a paz, a saúde e as mercês de uma riqueza perfeita!"

Posídon, com efeito, era o Deus do mar. Irmão de Zeus, rei do vasto Céu, ele tinha recebido, como partilha, quando a herança do mundo foi dividida em três quinhões, o poder de reinar como senhor sobre o Oceano, as ilhas e as praias. O soberano das águas habitava as glaucas profundidades. Bem abaixo das vagas e como no seio profundo de uma ametista líquida, estendiam-se seus domínios. Todas as mais transparentes irisações do nácar ornavam-lhe as paredes, e toda a variedade de plantas marítimas decorava-lhe os jardins. Este soberano senhor do reino das águas, quando deixava sua habitação, recobria-se primeiramente com uma couraça brilhante; segurando, a seguir, o tridente com u'a mão e, com a outra, as guias, subia a um carro puxado por dois ou por quatro corcéis. O mar, sorrindo, abria-se à sua passagem; os Golfinhos saltitantes e os monstros marinhos, reconhecendo seu senhor, saíam de seus refúgios e agrupavam-se para segui-lo ou para escoltá-lo. A cólera das vagas acalmava-se instantaneamente; a alegria tornava o mar tranqüilo e luminoso, e o sopro de uma brisa perfumada e rápida ondeava levemente a imensidão da planície líquida, acima da qual flutuavam, como branca espuma, as crinas de pêlo comprido dos cavalos que faziam rodar, sem molhar-lhe o eixo, a quadriga sagrada.

Outras vezes, Posídon, sujeito, como o irmão, a cóleras bruscas, turvava a superfície das águas e erguia, com barulho terrível, vagalhões formidáveis. Então, do fundo do horizonte, viam-se acorrer, furibundos e trágicos, brancos de espuma e gotejantes de água salgada, os cavalos do Deus das tempestades marítimas. Nuvens lúgubres entristeciam o espaço, ventos terríveis desencadeavam-se no céu e o selvagem tumulto das vagas enfurecidas agitava violentamente as querenas, partia os mastros, rompia as velas e forçava as naus a soçobrarem na areia ou a encalharem nos bancos de desconhecidos rochedos.

Posídon, encapelando as ondas, não somente perturbava a calma dos mares, mas, provocando as rugidoras vagas e os torvelinhos que iam chocar-se aos pés dos altos penhascos, corroendo-os, sacudindo-os e derrubando-os, era suposto de ter, em sua cólera, o poder de aluir as praias e de convulsionar o solo dos continentes. Viam-se ilhas e ilhotas semeadas pelo mar, vastos rasgões nas encostas dum litoral abrupto, era o tridente desse Deus que tinha fendido os rochedos, desmantelado as montanhas e feito rolar, ao largo, para formar outras tantas ilhas, os formidáveis blocos que ele havia desprendido.

Por outro lado, para explicar o aparecimento de mananciais que os tremores de terra, deslocando o solo, fazem nascer, dizia-se, ainda, ser batendo com seu tridente que Posídon fazia-os surgir. Mas, se estava no poder desse Deus fazer brotar as águas nos terrenos mais áridos, podia ele também, por um efeito inverso, exaurir uma região, secando-lhe os poços e as cisternas. Conta-se que um dia, para vingar-se de Ínaco que, na disputa do solo da Argólida, havia tomado partido por Hera, contra Posídon, este Deus bateu no chão e fez, de um golpe, estancar os mananciais que fertilizavam a vicejante região. Ínaco, sem água em seu palácio, enviou todas as filhas, em diferentes direções, à procura de uma água nutritiva. Uma delas, Amimone, após muitas andanças fatigantes e vãs, adormeceu sob uma árvore. Acordada por um cervo que passava próximo, a jovem ergueu-se instantaneamente, entesou o arco e soltou um dardo. Mas a flecha, em lugar de atingir o cervo, foi ferir um Sátiro que dormia num bosque vizinho. Sangrando e furioso, o Sátiro, então, gritando vingança, pôs-se a perseguir a Ninfa que fugira logo que percebeu o erro. A ponto de ser alcançada, Amimone implorou o socorro do Deus que abala a Terra. No mesmo instante, Posídon surgiu e lançou seu tridente contra o perseguidor. O golpe foi tão violento que a arma terrível, após haver atravessado, de um lado a outro, o corpo do odioso Sátiro, foi plantar-se, sibilando, no coração de um rochedo.

— Que procuras, jovem de cabelos azuis-escuros? — perguntou, então, o Deus.

— Uma nascente onde possa estancar a sede que me devora e que queima a Terra.

— Retira, então, o tridente do rochedo em que meu braço o encravou.

Amimone, dócil, arrancou o tridente e imediatamente três filetes de água límpida escorreram dos três buracos que o forcado de três dentes havia aberto na pedra.

A esposa de Posídon chamava-se Anfitrite. Antes de tornar-se a augusta rainha dos mares, Anfitrite era uma simples Ninfa, filha do Oceano. Conta-se que um dia em que dançava na Ilha de Naxos, no meio de outras Oceânides que ela sobrepujou por sua beleza, Posídou vislumbrou-a, apaixonou-se por ela e desejou arrebatá-la. Mas a Ninfa, sobressaltada, mergulhando nas águas profundas, desapareceu num instante. Para persegui-la, Posídon, então, enviou um Golfinho. O peixe seguiu-a por todas as partes a que ela ia. E quando a fadiga a venceu, apossou-se dela, carregou-a sobre o dorso e levou-a para os braços do Deus. Seu casamento realizou-se no palácio que a imensidade das vagas oculta e encobre. De sua união nasceu um rebento, cujo busto era semelhante ao dos homens e dos Deuses; mas, a partir da cintura, coberta de algas, o corpo alongava-se em comprida cauda de peixe. Apenas nascida, essa criança que se chamava Trìtão, tornou-se o servidor e o mensageiro de seus augustos pais. Seu atributo comum era uma concha marinha. Quando a enchia com seu poderoso sopro, dela extraía sons que pareciam o bramido do mar em fúria. O filho único de Posídon e de Anfitrite não tardou, unindo-se às filhas do Mar, a multiplicar-se. Procriou uma multidão de monstros que, como o pai, tinham, ao mesmo tempo, um pouco de homem e um pouco de peixe. Então, quando o soberano e a soberana das ondas saíam de seu esconderijo e arriscavam-se a percorrer a vasta planície do reino das águas, todos os Tritões, tocando trompa e soprando nas conchas marinhas, apaziguavam as ondas movediças, precedendo o carro de brancos corcéis do divino casal. As filhas do mar, as Nereidas de seios nus, acompanhavam-nos, debatendo-se nas ondas prateadas. Seu pai, Nereu, o ancião dos mares, que lhes conhecia todas as estradas, conduzia o cortejo, guiando-o ao sopro de uma brisa salina. Proteu, outro ancião encarregado de cuidar dos rebanhos do soberano que reinava sobre os úmidos campos, fazia subir à superfície mil formas fugitivas, mil fantasmas cambiantes. Centauros marinhos levantavam vagas de espuma e empinavam-se como ondas antes de se desmanchar. Hipocampos de ondulantes e bruscas sinuosidades, levavam nas garupas as Ninfas resplendentes que tocavam lira, e Amores inumeráveis brincavam e riam sobre o dorso escamado dos Golfinhos azulados. Às vezes, também, as Sereias, as Musas do mar, de corpo de ave e cabeça de mulher, deixando seus rochedos escarpados, juntavam-se aos Tritões, acompanhando, com sua voz melodiosa, o canto das conchas recurvas.

Os Tritões, contudo, não foram os únicos filhos de Posidon. O mar, com efeito, não tinha somente bandos de peixes agitando-se ao sol e cardumes de atum; conta-se que às vezes ele vomitava, do seio de suas vagas encolerizadas, espantosos monstros que devastavam as costas. Os mais célebres desses monstruosos filhos do rei poderoso dos mares foram Polifemo e Anteu.

Polifemo, gigante terrível e temido, habitava as costas da Sicília. Uma cabeleira espessa dominava sua testa curta e, como uma floresta, sombreava-lhe as espáduas. Os membros formidáveis eram eriçados de longos pêlos, e, entre a testa enrugada e o nariz achatado, sob um supercílio que estendia de uma orelha a outra um arco de urzes, abria-se um único olho, vasto como um escudo.

Desde a manhã, apoiado num pinheiro à guisa de cajado, ele percorria as costas em grandes passadas, fazia parar, roubava e massacrava os viajantes que se perdiam na tempestade e só voltava, à noite, para repousar em seu antro. Por vezes também, durante o dia, sentava-se ao meio das ovelhas que o seguiam por si sós, tocava uma frauta formada por cem canas, fazendo vibrar as montanhas e o mar com seus sibilos agudos. Ora, não longe das paragens devastadas por este gigante, vivia uma cândida Ninfa que se chamava Galatéia. Sua cútis, dizia-se, era mais alva que o lírio, a pele, mais macia que a penugem de cisne novo, e seu corpo, flexível como o vime. Indo um dia, em companhia da mãe, colher flores na montanha, onde pastava o rebanho de Polifemo, o Ciclope a viu e apaixonou-se. Galatéia, porém, amava Ácis. Esse jovem pegureiro, que ela queria de todo o coração, tinha dezesseis anos; era belo como Adônis e o rosto gracioso, ao invés de ser encoberto por uma barba descuidada e em tufos, tinha o brilho dourado do trigo ao sol. Em vão, para agradar a Galatéia, Polifemo penteava com um ancinho sua dura cabeleira; inutilmente lutava para cortar com uma foice a barba eriçada, e tentar suavizar, compondo-se um belo rosto, o aspecto selvagem e repelente de seus traços. Nada conseguia domar o coração, aliás comprometido, daquela Ninfa rebelde. Um dia, entretanto, Polifemo percebeu a virgem que amava banhando-se nas ondas.

— Ó Galatéia, — exclamou — Ninfa cujo corpo é mais liso que a concha roçada lentamente pela vaga, deixa o glauco mar oprimir as praias e vem junto a mim. Possuo nas encostas da montanha uma caverna profunda, cavada no rochedo. Ali, loureiros, soberbos ciprestes, hera sombria, uma vinha de doces frutos, uma água fresca que o Etna me envia de suas neves sem mácula, defender-te-ão dos ardores do verão. Vem, Galatéia, tem piedade de mim, suplico-te, deixa de amar Ácis; não sejas para mim como a serpente que as patas de minhas ovelhas pisam, e cura-me, arrancando do meu coração a flecha acerada que o trespassa!

Apelos tão prementes não enterneceram o coração de Galatéia, pois assim que Polifemo acabou de falar, a Ninfa, mais ágil que o cervo acuado pela matilha uivante, desapareceu nas ondas. Só e cada vez mais torturado pela ferida ardente de Kipris, o Ciclope vagava, rugindo, através de montes e bosques. Um dia, tristonho e intratável, Polifemo caminhava, em grandes passadas, sobre a extremidade de uma planura que dominava o mar, e vislumbrou, na parte inferior da praia, Ácis e Galatéia. Arrebatado por feroz ciúme, o gigante estacou, observou o par e gritou com voz arrebatada:

— Eu vos vejo, desgraçados! Mas essas serão vossas últimas carícias!

Ouvindo a ameaça, Galatéia compreendeu tudo imediatamente e mergulhou no mar. Ácis dispunha-se a desaparecer no interior da terra, mas Polifemo, agarrando, como uma bola, um enorme bloco de rochedo, lançou-o sobre o infeliz fujão. O jovem pegureiro foi sepultado sob uma avalanche de pedras e do sangue que escorria de seu corpo esmagado uma nascente brotou.

Às costas áridas da Líbia, Posídon, tendo se unido à Terra, fez nascer Anteu. A violência deste outro formidável gigante igualava a das vagas mais encapeladas. Sua força não conhecia nenhum descanso, pois desde que seu corpo fatigado tocava a terra, Anteu recobrava novo vigor e tornava a ganhar, para o ataque, nova vivacidade. Ele tinha, por morada, um antro elevado. Os leõezinhos que caçava serviam-lhe de pasto e ele dormia, à noite, para alimentar e renovar seu poder, não sobre o couro das feras que abatera, nem sobre um leito de folhas, mas no seio duro e nu de sua mãe. Homens e animais, tudo perecia no reino arbitrário que ele arrogara a si próprio. Quando, por terra ou por mar, um estrangeiro aí penetrava, Anteu desafiava-o à luta, dominava-o, matava-o e servia-se do crânio da vítima para decorar o templo que, à margem da praia, erguera ao pai. Por fim, a fama de tal crueldade atraiu à Líbia o magnânimo Héracles. Esse herói, com efeito, recebera dos Deuses a missão de livrar as costas e os caminhos de seus monstros. Quando Héracles e o gigante defrontaram-se, em vão as mãos potentes atracaram, primeiro, seus pescoços robustos. As cabeças continuaram inabaláveis, e suas frontes enraivecidas não se inclinaram. Cada qual espantava-se de haver encontrado seu semelhante. Héracles, poupando as forças no princípio da luta, sentiu logo dobrar as do rival. Vendo-o ofegante e gotejando de suor, sacudiu-lhe violentamente a cabeça e depois, rodeando os flancos de Anteu com seus braços nervosos, soergueu, estendeu e jogou o gigante ao chão. A Terra, porém, sorvendo o suor do filho, rejuvenesceu-o com sangue de vigor novo. Distendendo, então, os músculos para um novo assalto, arqueando corpo e pernas, livrou-se de uma violenta pancada de nós de bronze que, para ele, eram os braços do poderoso Héracles. A luta, nesse instante, tornou-se mais acirrada. Anteu mantinha-se de pé e toda vez que o filho de Zeus ia esmagá-lo em seus braços, o gigante propositadamente caía ao chão. Tudo quanto a Terra, sua mãe, tinha de força e de vida, transmitia, então, para o corpo do filho e Anteu erguia-se mais vigoroso que nunca. Héracles, finalmente, percebendo a maravilhosa ajuda que Anteu hauria, quando jazia estendido na areia, gritou:

— De pé, Anteu! Não te deixarei mais renovar teu vigor: morrerás esmagado pelo meu peito!

E com estas palavras, Héracles agarrou o terrível gigante, arrancou-o do chão e conservou-o preso por tanto tempo ao seu vasto peito, que o sufocou.

Conta-se também, a respeito de Procusto, outro filho do divino Posídon, uma legenda que se tornou das mais populares da Mitologia.

Salteador famoso e temido, postado entre as colinas do Elêusis e de Atenas, Procusto parava os viajantes que encontrava pelos caminhos, despojava-os e submetia-os a um estranho suplício: estendia-os sobre uma cama jamais adaptada ao seu tamanho. Quando as pernas ultrapassavam seu comprimento, o salteador decepava-as na medida do leito; fossem elas mais curtas e Procusto as esticava por meio de cordas e marteladas, até que atingissem o tamanho desejado. Os Deuses, porém, não quiseram mais deixar impunes tão odiosos crimes; enviaram Teseu para fazer Procusto sofrer o mesmo suplício que infligira a tantos infelizes.

Posídon é comumente representado sob os traços de um homem de corpo potente e de largo tórax. Sua atitude e sua fisionomia, embora às vezes um pouco preocupadas e sombrias, têm real e calma majestade. Possui compridos cabelos de grandes cachos que caem à frente dos ombros. Nu ou vestido, é reconhecível sempre pelo tridente sobre o qual se apóia. Entre os peixes, o atum, o golfinho, o hipocampo eram-lhe particularmente consagrados. O cavalo e o touro — um, simbolizando as vagas que espumam, galopam e empinam, e o outro, a selvagem energia do mar bramante — eram, entre todos os animais terrestres, as vítimas que seus altares preferiam.

XII

Hades ou Plutão

Quando os três filhos de Crono partilharam a herança paterna, o mar escumante, diz Homero, coube a Posídon, o Céu imenso, com todas as nuvens, foi o apanágio de Zeus, e Hades ou Plutão obteve, como domínio próprio, o mundo subterrâneo. Vivendo constantemente no seio de noite espessa e profunda, confinado para sempre num império de insondável tristeza, Hades, coberto por um elmo que o tornava invisível, era o sombrio rei do reino dos Mortos. Seu nóme sozinho inspirava o terror e chamavam-no o invencível, o terrível, o intratável, o inexorável, o abominável Hades. Sempre ocupado, como um grande hoteleiro, a recepcionar todos aqueles que o bordão de Hermes conduzia às suas portas e acumulava, como lívido rebanho, no caminho fundo da morte, esse triste chefe de um inumerável exército só saía uma vez, e por um curto instante, de seu reino sem luz.

Conta-se que um dia o rei do mundo invisível desejou unir-se a uma rainha, mas como sabia que nenhuma mulher desejava, por seu gosto, consentir em descer viva ao seu palácio tenebroso, Hades resolveu raptar a filha de Deméter, a casta e jovem Cora.

Bela como uma primavera da Ática, quando chegavam os belos dias, a jovem virgem tinha por hábito ir, com as amigas comuns de divertimentos, as filhas do Oceano, colher flores nas verdejantes campinas. Ora, esse grupo de virgens de pés nus e de amplas túnicas chegou, um dia, a um lugar em que as águas, caindo do alto dos rochedos, conservavam um frescor delicioso. Embelezada por mil flores, a terra estendia-se à frente delas como um tapete real. Alegre, Cora exclamou:

— Vamos, ó minhas radiosas companheiras; vinde e enchei de flores vossos claros trajes e coroai vossas frontes!

Uma, a estas palavras, apressou-se em trazer delicadas corbelhas; outra, em desatar seu cinto e alargar o corpo de sua roupa de longas pregas. Esta esforçou-se em colher malmequeres, aquela, preferiu carregar violetas ou destacar, com a unha, as papoulas de seu caule. O jacinto atraía umas, o amaranto, outras. Mas a rosa, sobretudo, era colhida em profusão e, com ela, as mil flores sem nome, das orvalhadas campinas. Quanto a Cora, preferia o lírio e o açafrão. Entretanto, indo de flor em flor, como um enxame de borboletas, as jovens se afastaram umas das outras, pelo campo. Cora em breve viu-se sozinha. De súbito, a virgem cobiçável viu brotar da terra e surgir sob seus pés uma flor maravilhosa. Era um narciso admiravelmente desabrochado, de cor atraente e de raro perfume. Interdita, a princípio, a filha de Deméter não resistiu ao prazer de colher o magnífico exemplar mas, apenas havia nele tocado com os dedos, a terra entreabriu-se e, puxado por quatro corcéis negros, o carro do sombrio rei das Sombras surgiu de um buraco escancarado. Sem largar as rédeas, Hades agarrou a virgem pelo meio do corpo, raptou-a e seguiu o caminho dos Infernos. Tremendo e amedrontada, a virginal Deusa inutilmente soltava gritos pungentes; nenhum Imortal, nenhum homem ouviu sua deplorável voz. Enquanto podia ver a Terra e o Sol, esperou que sua venerável mãe ou que o olho de um dos Deuses pudesse descobri-la, e essa esperança suavizava sua imensa aflição. Como os negros corcéis avançassem com dificuldade, cegos pela luz por demais viva para seus olhos, o Deus dos Mortos subitamente bateu na Terra com seu tridente. O chão abalado abriu-lhe um caminho e o carro, rolando, mergulhou no abismo. Cora, então, antes de desaparecer, soltou um grito tão forte que, do alto das montanhas às profundezas do mar, ouviu-se o seu apelo. Sua augusta mãe, a própria irmã de Zeus, estremeceu e compreendeu. Uma dor aguda trespassou-lhe o coração. Rasgou as tiras que sustinham sua longa cabeleira, jogou sobre as espáduas um comprido véu de luto, deixou o Olimpo e lançou-se, como ave ferida, sobre a Terra nutridora e sobre as ondas salgadas, à procura da filha desaparecida. Mas nenhum Deus, nenhum mortal que ela encontrou no caminho quis indicar-lhe o nome do raptor, nem consolá-la da sorte da filha.

Durante nove dias e nove noites, a venerável e santa De méter percorreu montes e vales, empunhando archotes acesos. Na décima aurora, conseguiu aproximar-se de Hécate, que lhe disse:

— Augusta Deméter, bem ouvi uma voz que gritava, mas não posso dizer-te quem é esse que se tornou culpado do rapto de tua filha, nem indicar-te o lugar em que retêm o objeto de tua ternura.

Mortificada de dores, Deméter ouviu sem responder e prosseguiu, em companhia de Hécate, suas ardentes buscas. Enquanto caminhavam, as duas Deusas chegaram aos muros do palácio do Sol e atravessaram as portas de ouro. Esperavam elas que o rapto de Cora não houvesse escapado aos olhares perspicazes dessa divina testemunha de todas as coisas. Efetivamente, diante das pungentes perguntas da mãe lagrimosa, o Sol respondeu:

— Poderosa Deméter, sinto pena das dores que sofres. O único Imortal causador de tuas desgraças é o grande Zeus, que permitiu a Hades chamar tua filha de esposa. Foi Hades, com efeito, o irmão do rei do Céu, que arrebatou Cora, levando-a no carro infernal, malgrado seus gritos, e que a conduziu e fixou, ele próprio, no reino das trevas impenetráveis. Ela permanecerá ali, de agora em diante, sob o nome de Perséfona, a rainha dos Infernos, pois esta é a ordem do alto.

Diante dessa terrível e desastrosa notícia, o tormento da divina mãe não conheceu limites. Irritada contra o senhor dos Deuses, abandonou imediatamente seu trono no Olimpo, trocou traços de Deusa pela fisionomia de uma mulher envelhecida e decrépita e, sob esta forma, recoberta de andrajos, pôs-se a percorrer as cidades e os campos. Após mil andanças vagamundas, chegou, finalmente, ao território venerado de Elêusis. Extenuada de fadiga, sentou-se à margem de um atalho pedregoso e começou a chorar. Carregando glandes num saco e lenha às costas, um ancião, seguido por sua filha e duas cabras, assim a encontrou.

— Mãe, — disse-lhe a menina, e este nome de mãe fez estremecer o coração de Deméter — que fazeis aqui? Não choreis longe de um lar; vinde à casa de meu pai; e, se entrardes sob o humilde teto de sua cabana, não levareis muito tempo para encontrar refúgio mais hospitaleiro.

O próprio ancião juntou seu pedido ao da filha, mas Deméter, em lágrimas, contentou-se em responder:

— Oxalá, ancião, possas gozar bastante tempo de tua vida e do doce nome de pai! Por mim, perdi toda a alegria de viver e nada no mundo pode consolar-me.

Dizendo isso, uma onda quente de lágrimas deslizou-lhe pelas faces encovadas pelo sofrimento. Comovidos, a menina e o ancião derramaram também lágrimas de comiseração e tornaram a falar, ao mesmo tempo:

— Oxalá não esteja perdida para ti aquela que choras. Ergue-te, consola-te e não desdenhes o bom repouso de nossa pobre cabana.

— Pois bem! Conduzi-me — replicou Deméter, levantando-se da pedra em que se sentara. — Soubestes encontrar as palavras que faltavam para persuadir-me.

Mas apenas a santa Deméter havia transposto a soleira de terra batida daquela humilde choupana, percebeu, por toda a parte, a imagem da dor. O recém-nascido da dona daquela pobre casa, Triptolemo, estava às portas da morte. O mal agudo de que sofria não lhe dava repouso algum; seus gritos eram contínuos e ninguém alimentava esperança de salvá-lo. A grande Deusa tomou o pequeno ser em seus braços e beijou-lhe a fronte. Para adormecê-lo, fê-lo sorver leite morno misturado a um cozimento de grãos de papoula. Por três vezes acariciou-o com suas mãos e por três vezes repetiu sobre ele palavras mágicas. Finalmente, observando sua palidez desaparecer e o sorriso reflorir em sua boca, aproximou do fogo o corpo febril e esquelético. A mãe, receando, pelo que via, que seu filho fosse queimado, gritou subitamente:

— Que fazeis, miserável? — e assim falando, arrancou às chamas e aos cuidados de Deméter a flor definhada de seu seio materno.

Mudando, então, de forma, a Deusa retomou a fisionomia augusta. A beleza do Céu respirava a seu redor; um odor agradável escapava de seus véus e a luz que emanava de seu corpo iluminava os mais profundos recantos da humilde cabana.

— Eu queria, mulher, — respondeu com calma a insigne Deméter, — tornar teu filho imortal. Não o quiseste. Ele morrerá, pois, como um simples mortal. Contudo, para ser reconhecida à tua hospitalidade, teu filho se salvará. Tornar-se-á grande e reputado entre os homens, pois será ele o primeiro que lhes ensinará a cultivar a terra, a semear o trigo, a armazenar as colheitas e a usar, em lugar de frutos selvagens, pão para se alimentar. Mais ainda, quero que ele erga aqui um templo magnífico para mim. Ele será o seu grande sacerdote e os mortais, vindo para junto dele iniciar-se nos *Mistérios* que lhe confiarei, não temerão mais morrer daí por diante, pois conhecerão os segredos que podem tornar a imortalidade bem-aventurada.

Havendo assim falado, a venerável Deméter deixou a pobre cabana e foi refugiar-se, sempre consumida de desgosto e cada vez mais desejosa de encontrar a filha, no local do templo que iam levantar-lhe.

Antigos poetas, no entanto, transmitiram-nos com ligeira variante essa parte da legenda de Deméter, que acabamos de contar. Quando à santa Deusa, narram eles, chegou ao território do perfumado Elêusis, sentou-se, esgotada de fadiga, à sombra de uma oliveira copada, próximo ao poço de Partênio. Foi aí que as filhas de Céleos, que acabavam de encher vasos de bronze com água, para levá-los ao palácio de seu pai, encontraram a infeliz errante.

— De onde vens, anciã? — perguntaram-lhe. — Por que, em lugar de te afastares da cidade, não te aproximaste de nossa morada? Nos nossos palácios sombreados, há, para servir-te, mulheres da tua idade; elas te acolherão com deferência e ternura.

Deméter, que não queria fazer-se reconhecida, respondeu-lhes assim:

— Trazida sobre o vasto dorso do Mar, venho da Ilha de Creta. Piratas odiosos haviam me raptado, mas enquanto faziam a refeição da noite, libertei-me de suas mãos, ladeando a costa e mergulhando nas terras imersas em sombra. Em minhas caminhadas exaustivas, cheguei a estes lugares, ignorando ao mesmo tempo em que região me encontro e quais são os nomes dos homens que a habitam. Tende piedade de mim, jovens! Acolhei-me, socorrei-me. Para não ser uma carga, aceito de bom grado, na morada que quiser abrigar-me, um emprego de ama ou mesmo de mulher idosa.

Assim falou Deméter. Levando os vasos brilhantes que haviam enchido de água, as filhas de Céleos voltaram às suas queridas moradas e narraram à mãe tudo quanto tinham visto.

— Ide, minhas filhas, — disse-lhes então Metanira, de grande coração — ide ter com essa infeliz mulher. Rogai-lhe seguir-vos. Recebo-a em minha casa e prometo-lhe um bom salário.

A estas palavras, tais corças novas, as filhas de Céleos lançaram-se ao caminho que leva ao manancial. Aproximaram-se novamente de Deméter e pediram-lhe fosse à casa de sua mãe. A grande Deusa ergueu-se; e, com a cabeça recoberta por um véu, caminhou gravemente com elas. Logo chegaram ao palácio de Céleos e nele penetraram sob o pórtico em que estava sentada, perto da sólida porta, Metanira, a mãe das moças, que tinha nos braços o seu último recém-nascido. Assim que Deméter atravessou a soleira daquela hospitaleira morada, um fulgor divino iluminou o palácio e os véus azuis, que a cobriam até os pés, transformaram-se, num instante, em uma celeste luz. Metanira, tomada de medo e de respeito, levantou-se, cedeu sua cadeira e convidou a Deusa a sentar-se. Mas a mãe aflita não quis sentar-se naquele trono resplendente. Permaneceu silenciosa, imóvel e de pé, até que Iambe, a mais moça das filhas, apresentou-lhe, após havê-la recoberto com uma pele de ovelha, uma cadeira comum. Havendo, então, sentado, Deméter continuou retendo, com as duas mãos, seu véu sobre os olhos. Muda de dor, recusou bebida e comida até que a prudente e boa

Iambe fez, finalmente, desabrochar, a poder de amáveis brincadeiras, um sorriso no divino mas doloroso rosto. Deméter aceitou, então, uma bebida composta de água, farinha e menta moída.

— Salve, estrangeira! — disse-lhe, nesse momento, Metanira. — Uma vez que os Deuses te enviaram às nossas ricas moradas, tudo o que é meu será também teu. Se a ama desta criancinha que tive tardiamente, e se ele vingar, graças aos teus cuidados, ao termo feliz de uma bela adolescência, serás recompensada e invejada.

— Salve! — respondeu Deméter, de bela coroa. — Encarrego-me de teu filho e conduzi-lo-ei, fica segura, pelo caminho dos teus desejos.

Apenas acabara de falar, Deméter acolheu em seu seio perfumado e em suas mãos maternais o filho de Metanira. Depois desse dia, maravilhoso prodígio! — a criança crescia como um Deus, sem comer pão nem mamar. A divina ama de leite untava-o com ambrosia, animava-o com seu sopro e embalava-o em seus braços. Durante a noite, à revelia dos pais, escondia-o, como um tição, ao calor do fogo. Um dia, porém, Metanira percebeu quando Deméter punha a criança nas chamas. Espantada e imaginando que o filho ia morrer, soltou um grande grito. Diante desse apelo funesto, a Deusa, irritada, retirou a criança do fogo e abandonou-a, daí em diante, aos cuidados da mãe.

— Eu queria — disse-lhe ela — livrar teu filho da velhice e da morte. Não o desejaste. Ele morrerá, pois, mas como esta criança repousou em meus joelhos e dormiu em meus braços, terá uma glória inalterável, pois sou a gloriosa Deméter, a honra e o encanto dos homens e dos Deuses. É preciso, pois, que todo o povo eleusiano levante para mim, não longe da cidade e de seus muros altos, um templo com um grande altar; quero que teu filho seja o seu primeiro sacerdote.

Dizendo estas palavras, a humilde serviçal fez-se conhecer como Deusa. Um odor perfumado exalou de seus véus; os cachos loiros flutuaram sobre suas brancas espáduas, e uma luz brilhante e dourada, como a do relâmpago, inundou o palácio. Deméter, então, deixou o palácio de Céleos. Quando o templo desejado foi construído sobre a colina escolhida, ela, sempre consumida de tristeza e levada pela necessidade que tinha da filha de ampla túnica, foi ali residir, esperar e chorar. Como a mãe aflita era a loira Deusa que faz germinar o trigo e crescer os frutos, preparou ela, movida pela raiva e pelo ressentimento, um ano de terrível penúria. A terra não fez germinar nenhuma semente. Em vão os grandes bois lavraram e inutilmente o arado mergulhou os grãos no solo. Nada crescia. Um sol de fogo, à falta de umidade, devorou todos os gérmens.

Toda a raça dos mortais teria perecido se Zeus não se mostrasse inquieto. Tocado pela fraqueza dos homens e pelas suas súplicas, enviou seu mensageiro Íris para junto de Deméter. Mas a Deusa, obstinadamente, rejeitou as súplicas do enviado celeste, e permaneceu surda às próprias ordens de Zeus. — A Terra não terá mais trigo — respondeu ela — e Deméter não tornará a subir ao Olimpo enquanto não encontrar e rever sua filha de doce olhar!

Zeus, então, delegou Hermes junto a Hades a fim de obter dele, em favor dos humanos, que Perséfona voltasse à luz. O rei de cabelos negros e de supercílios sombrios do império dos Mortos consentiu, sob a condição, todavia, de sua esposa tornar a juntar-se a ele sem tardança; depois, para constrangê-la a não esquecer a promessa, Hades fê-la comer pevides de romã. Perséfona em seguida subiu ao carro de seu divino esposo e sob a direção de Hermes logo chegou diante do templo perfumado no qual Deméter abrigava sua dor. Quando a mãe viu aproximar-se a filha, atirou-se a ela. Perséfona, por sua vez, deixando o carro, correu para os braços de sua mãe, beijou-a longamente e secou-lhe as lágrimas que há tanto tempo deslizavam e fluíam nas faces maternas. Tendo assim encontrado e revisto a filha, amainou-se a viva cólera de Deméter. A Terra toda voltou a cobrir-se de flores, de searas e de frutos. E, sob a promessa de que veria a filha durante dois terços do ano, a Deusa consentiu em tornar a subir ao Olimpo. A partir desse dia, com efeito, Cora passava com a mãe e os outros Deuses olímpicos os dois terços de sua vida e, o outro terço, sob o nome de Perséfona, ao lado de seu esposo, nas profundezas sombrias da Terra. Reinava com ele sobre o povo descolorido das Sombras que giram no seio de uma noite eterna. O trono de ouro em que ela estava assentada ocupava o meio do abismo insondável que se chamava Tártaro.

O abismo tenebroso sobre o qual Hades reinava era como uma prisão imensa com múltiplas e profundas ramificações. Largas portas, constantemente abertas para a multidão inumerável que aí se comprimia, e sempre fechadas para todos quantos haviam por elas passado, indicavam o inevitável acesso. Os umbrais de bronze eram defendidos por um terrível cão de guarda: Cérbero. Sempre à espreita, o monstro de três cabeças e de cauda de serpente parecia adular e acariciar as Sombras que entravam. Mas, uma vez transposta a soleira inexorável das portas, ele se opunha, com ladridos coléricos e medonhos, a qualquer tentativa de recuo, triturando, com sua tríplice mandíbula de dentes negros e cortantes os que se arriscassem a isso. Tudo quanto a morte ceifava na terra caía sob o cetro de Hades, aumentava sua riqueza e tornava-se sua presa. Conduzidas por Hermes, as almas chegavam em rebanhos. Encontravam, desde a entrada nesse triste lugar, deslizando entre rochedos escarpados e atravessando tanques gelados, lagos de pimenta fervendo e mares violentamente agitados por ventos terríveis, um rio turvo e lamacento que se chamava Aqueronte, ou o rio das dores. Mais longe, viam as chamas que carreavam em torrentes o Piriflegetonte; ouviam, horrorizadas, o barulho gemente do Cocito, que rolava as lágrimas dos malvados, e o tumulto selvagem e execrado do Estige de águas nauseabundas. Para atravessar esses rios, as almas subiam a uma barca negra conduzida por Caronte. Nenhuma, porém, chegava a atravessar as águas lodosas dos pauis abrasados do Inferno. O velho barqueiro, de barba limosa, com efeito, recusava impiedosamente, com grandes golpes de remo, as sombras dos que haviam sido privados de sepultura ou que não podiam pagar-lhe a passagem. Deixava-as errar durante cem anos às bordas dos rios onde, inutilmente, de uma margem para outra, estendiam, gritando, as mãos desesperadas. Era para pagar a passagem da barca infernal que se colocava, na boca dos mortos, antes de serem colocados no túmulo, a pequena moeda, que ainda hoje ali se encontra. Quando as almas haviam, finalmente, transposto os quatro rios infernais, chegavam, em seguida, a uma morna região, onde somente se viam, por todos os lados, campinas de asfódelos. Nessa planície uniforme e sempre varrida pelo Noroeste selvagem, abriam-se três caminhos. Um, era a estrada que haviam percorrido para chegar até ali; outra, levava às Ilhas Bem-aventuradas ou aos Campos Elísios; e a terceira, finalmente, terminava nas profundezas mais afastadas do Tártaro. A encruzilhada onde se reuniam os três caminhos, denominava-se Campo da Verdade. Aí, ao pé do trono majestoso de Hades, sob o olhar de Deus, cuja memória nada pode esquecer e cujo espírito sonda todos os pensamentos, as almas dos mortos deviam ser julgadas. Três assessores, Minos, Éaco e Radamanto, sentados em cadeiras elevadas e empunhando uma vara de ouro, auxiliavam o supremo juiz a proceder a um julgamento justo e a proporcionar o castigo à falta. Minuciosamente, uma por uma, as almas eram pesadas. Nenhum criminoso podia escapar, pois as Erínias, virgens caçadoras de asas velozes e de cabelos de serpentes, perseguiam os culpados por todos os lugares em que se ocultavam, descobrindo-os até nas trevas, com a ajuda de suas tochas acesas, e obrigavam-nos sempre, um dia ou outro, a poder de chicotadas vingadoras, a comparecer perante o tribunal. Os humanos que haviam vivido santamente eram enviados para os Campos Elísios. Os que, ao contrário, tinham se manchado com crimes, eram condenados a vários castigos; para sofrê-los, dirigiam-se às últimas ramificações do Tártaro, onde iam fazer companhia aos grandes culpados que haviam, antes deles, pecado contra os Deuses. Lá encontravam Títio, o gigante cujo corpo cobria nove *arpents*(*), acorrentado a um rochedo ardente, com o fígado roído, sem descanso, por um abutre. Ousara, como mortal que era, insultar e desafiar a divina Ártemis. Mais ao longe, por haver roubado o néctar e a ambrosia da mesa de Zeus, e por não haver sabido guardar os segredos que a sua participação à mesa dos Deuses havia-o feito conhecer, Tântalo,

(*) **Arpent** — antiga medida agrária francesa que valia 50 a 51 ares, conforme as regiões. (N. do T.).

sob a eterna ameaça de um rochedo suspenso sobre a cabeça, estava mergulhado até o queixo num curso de água fresca e limpa. Morria de sede, sem jamais poder desalterar-se. Aproximava os lábios do refrescante líquido e a água se afastava, furtando-se aos seus lábios ressequidos. Árvores, carregadas de frutos deliciosos, deixavam pender os ramos por sobre sua cabeça. Estendia as mãos para apanhá-los e aplacar a fome, e um vento zeloso logo os arrebatava. Mais longe ainda, Sísifo, por haver querido fazer-se passar por um Deus e imitar o barulho do trovão empurrando um carro sobre placas de bronze, rolava sem cessar um rochedo, tentando fazê-lo galgar abrupta montanha. Assim que julgava haver atingido seu objetivo, o rochedo, precipitando-se para a planície, condenava-o a começar, de novo e sem fim, o seu inútil labor. Bem próximo a ele, Ixião, por ter-se mostrado ingrato para com o pai dos Deuses e haver atentado contra a honra de sua esposa, estava pregado, pelos quatro membros, a uma roda em fogo e uma das Erínias, fazendo-a girar, atiçava sem cessar o fogo que o queimava. A um canto do Tártaro via-se também a tribo extenuada das pálidas Danaides. As cinqüenta filhas do Rei Dânao tinham tido a coragem de estrangular, na própria noite de núpcias, os cinqüenta filhos que o Rei Egito, irmão de Dânao, propunha dar-lhes por esposos. Para castigar esse crime contra o amor, Zeus tinha condenado as virgens terríveis a encher, nos Infernos, um tonel sem fundo, que se esvaziava à medida que elas despejavam nele o conteúdo de suas ânforas.

Quanto às almas dos justos, eram, já dissemos, enviadas aos Campos Elísios. Era uma vasta e calma campina, onde cresciam, em abundância, álamos prateados. Aí, em deliciosos vergéis, todas as espécies de frutos amadureciam. Em meio de prados adornados de mil flores, mil riachos de prata deslizavam à sombra de bosques aromáticos, de muitas roseiras e mirtos animados pelo gorjeio das aves. Um ar mais puro, um céu sempre leve, uma doce e risonha claridade enchiam de paz esses campos deliciosos. Jamais o gelo ou o calor excessivo matava a eterna primavera das flores e da folhagem. Os Bem-aventurados, deitados em leitos de relva, desfrutavam uma felicidade sem temores e experimentavam os encantos da própria vida dos Deuses. Os heróis narravam, mutuamente, suas aventuras; os poetas, coroados por uma cinta de alvura resplendente, declamavam lindos versos e cantavam, ao som da lira, os louvores divinos. Segundo seus gostos, enfim, outras almas felizes formavam coros dançantes, lutavam na areia dourada ou sentavam-se, livres para sempre de inquietações, a uma mesa provida de todas as iguarias que são a alegria dos Deuses.

Hades, o Deus dos Mortos, era mais freqüentemente representado sobre um trono, com Perséfona, sua esposa, ao lado. O rosto coberto de longos cabelos e de barba hirsuta, respirava o ar trágico e sombrio que ficava bem no inflexível árbitro da justiça eterna. Sustentava, à direita, o cetro que servia para comandar a inumerável falange dos mortos. A fronte apresentava-se sempre cingida de uma coroa de ébano, de avenca ou de narciso. Às vezes, também, apresentava-se com chaves nas mãos, para fazer compreender que as portas da vida estavam fechadas, sem remissão, a todos os que chegavam ao seu fúnebre império. Mas, como esse justiceiro divino habitava o seio da terra, de onde provêm as messes e as sementes que alimentam os homens, supunha-se que Hades regulava a fecundidade nutriente da Terra. Tudo quanto crescia sobre as glebas eram seus dons; todos os tesouros que as entranhas da Terra ocultavam, eram seus bens. Eis por que, para significar que esse Deus, sob este aspecto, era um manancial de riquezas, colocavam-lhe nas mãos uma cornucópia. Deixando o fogo consumir inteiramente as vítimas, imolavam-se-lhe ovelhas e touros negros, cujas cabeças eram enfeitadas com faixas negras.

XIII

Dioniso ou Baco

Antes de tornar-se o inventor do purpúreo licor que escorre da uva, Dioniso foi, primeiramente, considerado, segundo se acredita, o Deus da seiva que floresce nas árvores e nos vegetais.

Como Deus do vinho, Dioniso era o filho da união de Zeus ou do Céu com Sêmele, personificação da Terra em todo o esplendor primaveril da sua magnificência. Filha de Cadmo, rei de Tebas, dizia-se que Sêmele era de uma beleza tão perfeita que atraiu os olhares do senhor dos Deuses. Sempre ciumenta, Hera resolveu fazer morrer, ao mesmo tempo, a rival e a criança que esta tivera com seu divino esposo. Para servir-se dos traços de Béroe, ama de leite de Sêmele, a augusta rainha do céu cobriu as têmporas de cabelos brancos, sulcou o rosto de rugas e, curvada sobre nodoso cajado, foi um dia encontrar a filha de Cadmo. Com voz trêmula e entrecortada, aconselhou-a a pedir a Zeus mostrar-se a ela em todo seu esplendor e aparecer-lhe, como aparecia à sua celeste esposa, com todo o aparato fulgurante de sua glória. Sêmele, jovem virgem sem malícia, seguiu o pérfido conselho. Primeiro, fez Zeus jurar que cumpriria todos os seus desejos. Por amor a ela, o soberano dos Deuses a isso consentiu de bom grado. Mas, quando soube o que Sêmele exigia de sua onipotência, Zeus preveniu a filha de Cadmo do perigo que acarretaria, para ela, o cumprimento daquele desejo imprudente.

Sêmele insistiu e Zeus, preso à sua promessa, cedeu finalmente. Sobre um carro de rodas de ouro, surgiu diante dela em todo o esplendor de sua resplendente grandeza. Os fogos de seus raios, porém, incendiaram o palácio de Cadmo e Sêmele, não podendo suportar a magnificência terrível do relâmpago, foi consumida pela própria presença daquele a quem amava. Ao morrer, deixou escapar o fruto inacabado de suas entranhas. Zeus, então, recolheu o embrião, fechou-o em sua coxa, conservou-o até que ele chegasse a termo e o colocou no mundo pela segunda vez. Quando reviu o dia, a criança foi chamada Dioniso, e Hermes de sandálias aladas encarregou-se de levá-la às Ninfas do Nisa, para que a alimentassem e a criassem.

Nisa era uma alta montanha cujo cume estava sempre banhado de uma luz pura. Poderosas florestas recobriam-lhe as encostas; mil mananciais fecundos murmuravam em seus leitos, espalhando, por todos os lugares, perfumado frescor. As Ninfas dessa maravilhosa e bem-aventurada montanha habitavam uma gruta profunda; ramos de videira atapetavam-lhe as rochosas paredes e uma hera copada sombreava-lhe a entrada. Quando trazido por Hermes, Dioniso chegou, por uma noite escura, ao umbral daquele abrigo secreto, uma estrela de repente surgiu no Céu. A Terra resplandeceu, como aclarada pelo disco argênteo da Lua, e os recantos tenebrosos da vasta caverna foram iluminados. Graças a essa luz viva que acordara as Ninfas, Hermes penetrou em sua habitação. Assim que reconheceram o mensageiro dos Deuses, todas acorreram, acolhendo, em suas delicadas mãos, a criança que ele vinha confiar-lhes. Deitaram-na num berço de ouro, rodeando-a de cuidados e ternura. À medida que o filho de Sêmele crescia, a vinha que recobria a gruta alongava, ao mesmo tempo, seus ramos vigorosos. Para diverti-lo, uma Ninfa ensinou-lhe a bater os címbalos; outra, a coroar com hera e enfeitar com folhagem o pequeno bastão que lhe servia de brinquedo. Mais tarde, foi a caça que ocupou os lazeres do divino adolescente. Mais ágil que a lebre, Dioniso gostava de perseguir os cervos, trespassá-los com as flechas e recobrir-se com seu couro marchetado. Um dia, em agrestes montanhas, chegou ele a furtar, a uma leoa terrível, dois bonitos leõezinhos; levou-os, sem dificuldade, para a casa das Ninfas e domesticou-os. Ora cavalgava-os, conduzia-os pela juba, deles se servindo como montaria. Outras vezes divertia-se em acariciar-lhes o corpo, a enfiar a mão em suas goelas; e os leõezinhos, muito longe de assustar-se, agradavam-no sacudindo a cauda e lambendo-lhe os dedos. Foram esses mesmos animais que, mais tarde, conduziriam seu carro resplandecente à conquista do mundo.

Aconteceu, entretanto, que um dia Dioniso colheu, na vinha que decorava com parra as paredes da gruta, pesados cachos maduros. Espremeu-lhes o suco numa taça de ouro e fez, assim, escorrer, pela primeira vez, a majestade líquida do púrpuro vinho. Desde que experimentou o divino néctar que espanta a fadiga, convidou as Ninfas, suas amas, e todos os Gênios das florestas, das fontes e das montanhas a compartilharem de sua alegria. Todos, então, uns após outros, depois de haverem esvaziado a taça que devia reinar nos festins, conheceram uma fonte insuspeita de encantamento. O vinho acabava de nascer. E, para saudar a nova alegria que ele trazia ao mundo, bandos de Ninfas, de Náiades, de Dríades e de Hamadríades coroaram-se com folhas de parreira; o coro dos Sátiros reunidos aos Silenos pôs-se a dançar ao som de tamborins de surdas vibrações. Toda a montanha, comovida e transportada, ficou como em delírio, e o eco das florestas repetia os longos gritos que entoavam glória ao Deus que acabava de descobrir a única beberagem capaz de dissipar os aborrecimentos e as penas dos mortais aflitos.

Quando o Deus do vinho descobriu assim a bebida úmida e aveludada da uva, quis dar a conhecer aos homens seus consoladores benefícios. Pôs-se, com seu grupo delirante, a percorrer o mundo. Sua força era irresistível. Aos amigos, ele ensinava a cultura da vinha, a arte de fabricar o vinho e de encontrar, bebendo-o comedidamente, o segredo da alegria; aos inimigos, ao contrário, ele inspirava um furor selvagem, infligindo espantosos castigos. Um dia, durante o curso de uma de suas numerosas viagens, Dioniso parou na mansão de Ícaro, onde recebeu boa acolhida. À despedida, para recompensá-lo pela hospitalidade que havia recebido, ensinou-lhe a arte de plantar a vinha, de podar os sarmentos e multiplicar os cachos de uva. Quando chegou o tempo das vindimas, Ícaro, então generoso em conseqüência de uma doce bebedeira, não quis conhecer sozinho as alegrias da beberagem. Pôs-se, com odres cheios de vinho novo, a explorar os campos e a dançar, entoando louvores a Baco. Dava de beber a todos quantos encontrava. Mas, alguns agricultores, malgrado sábios e prudentes avisos, beberam demais e ficaram bêbados. Sentindo o andar vacilar e a razão fugir, e vendo um deles desabar ao chão e ceder ao sono, julgaram-se envenenados pelo vinho. Furiosos e enlouquecidos, caíram sobre Ícaro, quebraram e esvaziaram seus odres e, a golpes de foices, de enxadas, de porretes e de pedras, mataram-no. Após esse covarde assassínio, os cultivadores, tomados de súbito sono, adormeceram sobre o corpo de sua própria vítima. No dia seguinte, havendo recuperado o sentido, deploraram a morte prematura do seu generosíssimo companheiro, escondendo seu corpo, sem o sepultarem, num bosque cerrado. Ícaro, porém, tinha uma filha, Erígone que, não vendo o pai voltar e ignorando o que lhe havia acontecido, lamentava-se amargamente. Como estivesse, uma noite, presa de insônia, o espectro de seu pai apareceu-lhe e disse, mostrando os ferimentos:

— Acorda, minha filha e levanta-te depressa. Sou teu pai, que camponeses, enlouquecidos por Baco, mataram na floresta. Vai, filha, procurar meu corpo oculto numa capoeira e enterra-o.

Tendo assim falado, a sombra desapareceu. Erígone, então, levantou-se e derramou abundantes lágrimas; cortando os cabelos e cobrindo-se com longo véu de luto, partiu, assim que o dia apontou, à procura do corpo insepulto do pai. Durante muito tempo vagou sem nada encontrar na vasta floresta. Uma pequena cadela, Maíra, acompanhava-a e somente os consternados latidos desse fiel animal acordavam o eco adormecido dos vales. Finalmente, na encruzilhada de dois caminhos, Erígone encontrou um camponês que se prontificou a levá-la onde jazia, sem sepultura, o infeliz cadáver de seu pai assassinado. Caindo de joelhos, ela enxarcou o chão com suas lágrimas. Mas, que pode o choro contra uma grande dor? Desesperada, a inconsolável Erígone enforcou-se em uma árvore. Sua cadela, Maíra, foi a única companheira que chorou por ela. Não abandonando a dona, mesmo depois que esta morreu, Maíra permaneceu aos pés da árvore em que Erígone se enforcara e uivava sem cessar. Passando próximo dali, alguns guardas de rebanho ouviram seus apelos e acorreram. Desceram a vítima infortunada, amortalharam-na próximo ao pai e Maíra, em vez de abandonar a filha morta de Ícaro, deixou-se morrer de inanição sobre a terra que recobria os despojos de sua lamentável dona.

Durante as longínquas viagens para propagar, com seu culto, a cultura da vinha, Dioniso, como já dissemos, não encontrava apenas amigos, mas também inimigos. No grupo das legendas que nos mostram o Deus do vinho e seu séquito barulhento em luta contra os mortais que tentavam combatê-los, as mais importantes, ou pelo menos as mais terríveis pelo rigor do castigo que atingiu os culpados, são as que têm Licurgo e Penteu por heróis.

Conta-se que um dia Dioniso se entregava, com seu cortejo sagrado, às danças acompanhadas por cânticos que constituíam uma parte do culto que se rendia a esse Deus, quando um poderoso rei da Trácia, Licurgo, foi secretamente às montanhas surpreender as Bacantes, cercá-las e trespassá-las com dardos. Somente Dionisio escapou, atirando-se ao mar; os Sátiros porém e todo o coro das Bacantes foram feitos prisioneiros. O castigo por essa crueldade não se fez esperar. Licurgo tornou-se louco de repente; e enquanto empregava seu furor a devastar as vinhas, matou, com um golpe de machado, tomando-o por um cepo, o próprio filho, além de ter decepado o pé. Aos seus gritos de dor, as Bacantes responderam com gritos de júbilo. Os laços que as conservavam cativas desfizeram-se sozinhos e todo o bando das carregadoras de tirso, chuço enguirlandado de hera, precipitou-se sobre Licurgo, agarrou-o e o lançou, do alto de um grande rochedo, como pasto às panteras que conduziam os carros das seguidoras do Deus.

Penteu não foi mais feliz que Licurgo. Quando, com efeito, Dioniso, de longos cachos loiros, chegou a Tebas, para iniciar a cidade em seus felizes Mistérios, a gloriosa cidade era, então, governada por Penteu, filho de Agave, que era a irmã de Sêmele, mãe do Deus do vinho. Esse rei, raivoso por ver os tebanos abandonarem a fiação de lã para misturarem-se aos coros dançantes que festejavam Dioniso, celebrarem as orgias noturnas desse Deus, pularem com tochas e correr, em delírio, pelas montanhas agrestes, fez acorrentar e prender Dioniso. O Deus que dissipa a preocupação, porém, livrou-se sozinho, fazendo descer o fogo sagrado do raio e desmoronar, nas chamas, o palácio de Penteu. Por si mesmas, sem que fossem quebradas, as cadeias caíram de suas augustas mãos. Penteu, contudo, malgrado esses prodígios, persistia em seu furor cego. Resolveu, pois, ir em pessoa observar os delitos das Bacantes e foi o próprio Dioniso que, após havê-lo revestido com trajes femininos, ofereceu-se para conduzi-lo aos declives arborizados onde elas estavam reunidas. Para melhor espiar os Mistérios que deviam estar ocultos, Penteu subiu ao mais alto galho de um grande pinheiro. As Mênades, de olhos perfurantes, porém, logo o teriam descoberto. Assim que viram o rei demente sentado próximo ao alto da elevada árvore, atiraram-lhe pedras violentamente. Umas, quebrando grossos ramos, lançavam-nos ao ar; outras jogavam contra esse sacrílego o tirso que lhes servia de lança. Mas, sentado mais alto do que elas poderiam desejar, seus projéteis não conseguiam atingi-lo.

Tentaram então derrubar, desenraizando-a, a árvore sobre a qual Penteu estava trepado. Agarrando o pinheiro pelos ramos inferiores, puxando todas juntas, arrancaram do solo o tronco e as raízes. Penteu abateu-se pesadamente sobre a Terra, soltando mil gemidos. Sua própria mãe, Agave, segurando o braço direito do filho e apoiando o pé sobre os flancos do desgraçado, arrancou-lhe o ombro. Uma outra levou-lhe o outro braço. Todas, enfim, como aves de rapina, dedicaram-se a esquartejar seu corpo, e as folhas varridas pelo vento frio de outono e que estão apenas presas ao alto das árvores, não são mais depressa levadas pelo noroeste que o foram, transformados em pedaços pelas mil mãos das Bacantes, as carnes e os membros do infeliz rei de Tebas. Despojos ensangüentados voavam de todas as partes, grudavam-se aos rochedos ou permaneciam suspensos aos ramos dos pinheiros. Quanto à cabeça de Penteu, sua própria mãe arrancou-a, fixando-a, como a de um leão de montanha, na ponta de seu tirso, e foi apresentá-la, celebrando Baco e cantando vitória, ao palácio paterno. Quando ela recobrou o entendimento, percebeu, mas muito tarde, que havia tomado o filho por um animal feroz.

Conta-se que uma outra ocasião, Dioniso, para descansar olhando o mar, sentou-se na extremidade saliente de um alto promontório. Suas vestes de púrpura bordada de ouro e enriquecidas de pedraria, a longa cabeleira flutuando sobre os ombros, a cútis rosada e delicada chamaram a atenção de um navio ocupado por piratas. Mal perceberam aquele adolescente indefeso, e imaginando tratar-se do filho de algum rei, os piratas aproximaram-se da praia, rapidamente desembarcaram e lançaram-se sobre Diniso, carregando-o para bordo do navio. Ali, quiseram apoderar-se bem de sua presa e amarraram-na fortemente; o filho de Sêmele, a princípio, deixou-se calmamente prender. Mas, logo que acabaram de apertar os nós em torno de suas mãos, as cordas de que tinham se servido desataram-se imediatamente, caindo na coberta da nave. Livre e sorridente, Dioniso sentou-se no banco dos remadores e fez virar a querena a bombordo. Estupefato, o piloto pôs-se a exclamar:

— Desgraçado! Quem é este que raptastes e que desejais levar? Nosso navio não pode contê-lo, pois arria sob seu peso. Não é um mortal, mas um Deus do Olimpo. Vamos! desembarquemo-lo sem tardar no negro continente. Sobretudo, não ponhais sobre ele mãos profanadoras, pois receio que sua cólera provoque violentas tempestades sobre o mar!

Assim falou o piloto. Mas o chefe dos piratas replicou-lhe asperamente:

— Não vês, ao contrário, que o vento nos ajuda? Um sopro perfumado enfuna nossas velas vermelhas e nunca navegamos sobre as ondas carregando presa mais bela. Não a deixaremos enquanto ela não nos disser onde está sua família e em que lugar se ocultam suas riquezas!

A estas palavras, o vento, de repente, parou e a nave imobilizou-se sobre o mar. Em vão os remadores puseram-se a agitar as ondas com os remos poderosos. A nau estava tão fixa como uma ilha. Dioniso, então, soltou um longo grito e imediatamente responderam-lhe assobios do cordame, que havia se transformado em serpente. O mastro converteu-se num cepo de vinha, de cujos ramos pendiam, recobrindo as velas, cachos de uvas, gavinhas e folhas. Uma hera de escura folhagem envolveu a querena, enrolando-se em torno aos remos. Uma fonte de vinho brotou próximo à popa. Diante do que viam, o estupor apossou-se dos marinheiros, mas Dioniso, para espantá-los mais ainda, transformou-se, de repente, num leão furioso. Após haver soltado terríveis rugidos e muitas vezes pular da popa à proa, atirou-se ao dono do navio e o devorou. No mesmo instante apareceram uma ursa de pescoço peludo que se erguia furiosa e panteras ágeis e marchetadas, girando os olhos terrificantes. O terror enlouqueceu os piratas. O mar parecia-lhes uma terra plana e coberta de flores; e imaginando saltar numa verde campina, todos, ao mesmo tempo, precipitaram-se no abismo das ondas. A vaga engoliu-os e quando voltaram à superfície das águas, tinham-se metamorfoseado em Golfinhos. Dioniso, entretanto, teve piedade do piloto. Salvou-o e disse-lhe:

— Acalma-te, bom piloto, pois és caro ao meu coração. Eu sou o Deus Dioniso; afasta o medo, e dirige-te para Naxos.

Por si mesmo, então, o navio pôs-se a sulcar as ondas. Na praia retumbante de Naxos, uma amante em lágrimas, Ariadne, lamentava-se por ter sido abandonada por Teseu. Às vezes, deitada sobre a areia da praia, ela a molhava, silenciosamente, com suas lágrimas; outras vezes, subindo a um rochedo de onde a vista se estendia sobre a campina líquida, Ariadne, recordando o dia em que tinha visto o navio azul, que carregara Teseu, pouco a pouco desaparecer e deixar o horizonte, exclamava:

– Ó Teseu, que leoa te deu à luz, para teres o coração tão duro? Feliz junto de ti, teria cumprido todos os deveres de uma escrava submissa e espalhado a onda pura sobre teus pés fatigados, e estendido, sobre teu leito, suntuosos tecidos de púrpura. Por que, em lugar de abandonar-me nestas costas desertas, não me levaste para casa de meu pai? Que tentar agora? Que esperança sustentará minha angústia, pois que um mar selvagem, por seus imensos abismos, para sempre me separa do lar paterno? Devo morrer à flor da idade, abandonada pelos homens e pelos Deuses sobre esta rocha desconhecida?

Ora, um dia, após haver exalado tais queixas de sua alma mortificada, Ariadne de belos cabelos adormeceu. Entrementes, Dioniso desembarcou na Ilha de Naxos. Desde seus primeiros passos no novo litoral, percebeu aquela jovem virgem nos braços do sono. Seu coração de Deus consolador enterneceu-se e seus grandes olhos puseram-se a contemplar o espetáculo que oferecia Ariadne adormecida. Seu belo corpo, de ombros arredondados e semidescobertos, estava deitado sobre o rochedo; a cabeça de longos cabelos repousava sobre o braço esquerdo, enquanto o braço direito enquadrava, com sua graça, a harmonia suave e clara do rosto divinal. Quando acordou, Dioniso aproximou-se e lhe disse:

— Bela e divina Ninfa, por muito tempo foste a amante desesperada de Teseu para merecer tornar-te a amante exaltada do glorioso Dioniso. Por muito tempo foste como que entorpecida pelo inverno, para ressuscitares na alegria da primavera.

Dizendo estas palavras, Dioniso retirou a coroa que trazia à cabeça e colocou-a sobre os cabelos soltos e esvoaçantes de sua feliz eleita. Mas, logo que esse esplendente diadema tocou a cabeça bendita de Ariadne, elevou-se nos ares e subiu ao Céu. As pedrarias que o ornavam, tornaram-se estrelas e a coroa de astros, para conservar a lembrança dos divinos esponsais, fixou-se para sempre na abóbada celeste. Nesse momento, para celebrar o casamento, o cortejo sagrado de Baco apareceu. Tontas de santo delírio, as Bacantes sacudiam as cabeças coroadas de folhagem, e, cabeleiras ao vento, gritavam *Evoé*! Umas agitavam seus tirsos enfeitados ou brandiam parreiras carregadas de cachos maduros; outras, coroadas de serpentes, dançavam de alegria, empunhando taças cheias, e fazendo, ao bater o solo com os pés, brotar flores do chão. Estas cantavam em coro um melodioso epitalâmio; aquelas, faziam retumbar, batendo com suas mãos vigorosas, o ensurdecedor tamboril. Pã tocava em sua flauta a canção dos caniços. Os Sátiros, de pés de bode, tiravam roucos acordes de uma concha sonora e os Silenos barrigudos dançavam, segurando, para firmar o passo, seu burro pelas rédeas. Finalmente, após longas e barulhentas festas, surgiu um carro dourado, puxado por panteras. Dioniso e Ariadne nele subiram e foram abrigar e ocultar seus amores divinos numa longínqua e secreta mansão.

Não satisfeito de percorrer todos os cantões da Hélade e da Asia Menor, Dioniso, um dia, reuniu todos os povos da Grécia, da Lídia e da Frígia. Juntou a esse exército humano o cortejo barulhento dos Sátiros de belos cornos, dos Silenos de cabeça calva, dos Egipãs de orelhas pontudas, das Mênades de cabelos coroados de serpentes, das Bacantes coroadas de folhagem, das Bassárides, condutoras de tigres e carregadoras de tambores, dos Centauros de cascos de cavalos e mãos em forma de lira, e partiu à conquista das Índias. Lançou uma ponte sobre o Eufrates e chegou, com seu séquito em delírio, até as margens afastadas do Hidaspe. Os indianos, de pele escura, caçoaram, a princípio, daquele exército turbulento. Mas foram, no entanto, após longa e dura guerra, obrigados a confessar-se vencidos e reconhecer o Deus de quem haviam zombado. Sua volta das Índias foi uma marcha triunfal. Finalmente, tendo conduzido, por toda a terra habitada e até então conhecida, seus coros e estabelecido seus ritos, o filho de Sêmele subiu ao Céu e sentou-se para sempre à mesa dos Deuses.

Mas quais seriam, pois, esses ritos misteriosos que Dioniso havia instituído? Numa série de cerimônias noturnas e secretas, representava-se aos iniciados de Baco a seguinte lenda. O Dioniso que se celebrava nesses Mistérios não nascera de Sêmele, mas de Deméter, a grande Deusa que presidia, nas entranhas da terra, ao aparecimento e ao desaparecimento da vida aparente. Apenas nascido, esse Dioniso, que chamavam de Zagreus, tinha sido, como o filho de Sêmele, levado para uma gruta. Aí crescera entre as Ninfas. Mas a vigilância das guardiãs fora, um dia, burlada pelos Titãs. Valendo-se de um disfarce, os filhos insubmissos da Terra conseguiram aproximar-se de Zagreu. Fingindo dar-lhe um brinquedo, precipitaram-se sobre ele e deixaram seu corpo em frangalhos. Depois, tendo jogado numa caldeira fervente os pedaços da carne divina, fizeram-nos ferver e comeram-nos. Uma única parte da vítima escapou-lhes. Atena, no momento do crime, subtraíra aos Titãs o coração de Dioniso, confiando-o ao soberano do Olimpo. Esse coração sagrado tornou-se, para Zagreu, o centro de uma outra vida, e a substância do Deus, modificada mas não destruída, formou-se de novo, imediatamente. Dioniso tinha ressuscitado. Quanto aos Titãs, para castigá-los, Zeus os fulminou. O homem, acrescentam, nasceu das cinzas dos Titãs consumidos. Porque se tinham nutrido das carnes de Dioniso, a cinza desses filhos da Terra deveriam, portanto, conter uma parcela divina. Eles no-la transmitiram, dando-nos a vida. Para ser digno de unir esta parcela ao corpo transfigurado de Baco, de ressuscitar como ele, era preciso, através de ritos que comemorassem os sofrimentos suportados por esse Deus, manter o fogo da celeste centelha, livrá-la das paixões, fortificá-la pelo amor, e torná-la pura como a fonte límpida de onde ela saíra.

Primitivamente adorado sob a forma de uma árvore recoberta de hera, Dioniso foi, mais tarde, representado como um homem barbudo. Uma comprida túnica plissada, de mangas curtas, descia-lhe até os pés e um ramo de folhagens cingia-lhe os longos cabelos. Numa das mãos sustentava uma taça; na outra, um sarmento ou um tirso. Geralmente representado de pé, figuravam-no, às vezes, sentado ou deitado sob uma latada, em companhia de um escanção que lhe dava vinho. Com o tempo, o tipo arcaico de Dioniso transformou-se. Sua longa túnica tornou-se semelhante a um traje feminino; os loiros cabelos flutuavam em cachos perfumados; o rosto imberbe, de olhos langorosos, claro e pintado como o de Afrodite, respirava uma mistura singular de embriaguez feliz e infinita melancolia e seu belo corpo, enfim, unia à graça delicada das virgens o flexível vigor dos mais jovens efebos. O touro, o bode, o burro, o cabrito, o pavão, a corsa, o tigre, o lince, a pega e a fênix eram-lhe consagrados. Na ordem vegetal, a vinha continuou seu principal atributo; mas a hera, o carvalho, o mirto, a figueira e o pinheiro serviam também para as Bacantes tecerem suas coroas. A frauta, a siringe, os tamboris e os címbalos desempenhavam grande papel na celebração de seu culto orgiástico. Atenas instituiu, em honra de Baco, magníficas festas e foram elas que levaram a comédia e a tragédia gregas ao ponto mais alto da sua perfeição.

XIV

Héracles ou Hércules

Um dia, tomado de piedade pelos males que os infelizes mortais suportam, Zeus, o pai todo poderoso, refletiu intimamente e disse a si mesmo:

— Quero procriar, para a salvação dos homens e dos Deuses, um herói magnífico. Ele afastará deles todos os perigos que os ameaçam, e sua virtude e sua força heróicas serão a salvaguarda do mundo.

Tendo assim falado, Zeus desceu, uma noite, à cidade de Tebas. Num palácio magnífico habitava uma rainha, Alcmena, que sobrepujava todas as mulheres de seio fecundo, pela beleza do olhar e a nobre grandeza de sua elevada estatura. Seu real esposo, Anfitrião, estava, então, na guerra. Para conseguir aproximar-se de Alcmena, sem despertar suspeita alguma, o rei dos Imortais tomou de empréstimo os traços do próprio Anfitrião e apresentou-se, como o senhor, ao porteiro do palácio. Acreditando rever seu chefe, os servidores acotovelaram-se a seu redor, conduzindo-o para próximo da esposa. Sem reconhecer Zeus, enquanto uma chuva de ouro caía sobre a cidade, Alcmena concebeu do senhor do Olimpo o possante Héracles. Mas, desde que o menino nasceu, o novo filho de Zeus atraiu sobre si o ciúme de Hera. Apenas, com efeito, tinha ele saído do seio fecundo da mãe, e a rainha dos Deuses, durante uma noite sombria, mandou duas serpentes para o palácio, onde tudo estava mergulhado, como Héracles, em profundo sono. Penetrando pela porta entreaberta, os dois horríveis répteis deslizaram, com o olho em fogo, até o escudo que servia de berço ao divino recém-nascido. Já os dois monstros, sibilando, picavam como agulha, sua língua envenenada, sobre o rosto da criança e se aprestavam a sufocá-la, quando Héracles, acordando de repente, agarrou em cada mão, como em uma tenaz, as duas horrendas serpentes e apertou com tanto vigor sua garganta cheia de veneno, que estrangulou ambas ao mesmo tempo. Tal foi a primeira proeza desse herói de coragem invencível.

Considerado filho de Anfitrião, a criança de Zeus e de Alcmena crescia, graças aos cuidados da mãe, como uma árvore nova num risonho vergel. Zeus, porém, do alto do Olimpo sagrado, velava também por ele, como pai atento. Quis, um dia, fazendo com que ele fosse amamentado por uma grande Deusa, conferir-lhe o dom da imortalidade e o vigor indefectível dos Deuses. Com esse objetivo, enviou Hermes à procura do lactente. Quando o divino mensageiro retornou, Zeus tomou a criança, aproximando-a do seio de Hera, que dormia. O recém-nascido mamou bastante. Uma vez saciado, virou-se e sorriu ao pai. Mas ele havia aspirado e sugado tão fortemente, que o leite da Deusa continuou a correr. As brancas gotas que caíram no céu formaram a Via-Láctea, e as que chegaram ao chão da terra fizeram nascer as grandes flores-de-lis.

Quando atingiu a idade apropriada, sua mãe deu-lhe uma educação notável. Lino, filho do belo Apolo, ensinou-lhe a ciência das Letras. Eumolpo instruiu-o a bem educar a voz e a cantar dedilhando as cordas sonoras de uma lira harmoniosa. Êurito, enfim, ensinou-lhe a arte de distender habilmente um arco e dirigir para o alvo uma flecha certeira. Foi durante essa formação magnífica que o potente Héracles, de índole violenta e generosa, tornou-se culpado, pela primeira vez, de um assassínio involuntário. Conta-se que um dia seu professor de Letras, Lino, para experimentar a sabedoria de seu jovem discípulo, pediu-lhe escolhesse, em um monte de volumes, seu livro preferido. Héracles, que havia nascido guloso, grande comedor, de vasto apetite, e que, mais tarde, deveria engolir, sozinho e sem dificuldade, um boi inteiro, escolheu um tratado intitulado *O Perfeito Cozinheiro*. Irritado com tal escolha, Lino, então, explodiu em veementes reprimendas contra o gosto desenfreado pelo alimento que atormentava seu aluno, chegando a ameaçá-lo. Julgando-se em estado de legítima defesa, e subitamente presa de violenta cólera, Héracles pegou o primeiro objeto que caiu sob suas mãos, uma cítara,. e matou o mestre, quebrando o instrumento em sua cabeça. Para puni-lo desse crime, Anfitrião mandou que Héracles fosse viver no meio dos pastores que guardavam, nas altas montanhas, seus ricos e grandes rebanhos. Ali, os exercícios da caça desenvolveram-lhe o corpo adolescente e insuflaram em seus membros flexíveis uma força prodigiosa. Aos dezoito anos, matou um leão que devastava a região. Ao voltar de sua gloriosa caçada, Héracles encontrou arautos que, vindo de Orcômeno, iam reclamar dos Tebanos, por um antigo delito, o tributo de cem bois. Sem hesitar, o filho de Alcmena atacou-os. Cortou-lhes o nariz e as orelhas, amarrou-lhes as mãos às costas e os enviou para seu país, dizendo ser esse o pagamento do tributo. Diante da notícia, o rei de Orcômeno, Ergino, levantou um exército e marchou contra Tebas. Mas Héracles, revestido de uma armadura que recebera de Atena, pôs-se à frente de um grupo ardente de guerreiros. Mudando o curso de um rio, ele afogou, numa planície, a cavalaria inimiga, perseguiu Ergino, abatendo-o a flechadas. Para recompensar o construtor desta grande vitória, o rei de Tebas concedeu ao Herói a mão de Mégara, sua própria filha.

Desta união várias crianças nasceram. Morriam todas e prematuramente dos golpes que lhe davam as próprias mãos paternas. Num acesso de raiva, com efeito, Héracles matou-as com a mãe, trespassando-as com flechas. Após manchar-se com o sangue dos filhos, Héracles arrependeu-se; dirigiu-se a Delfos, para consultar Apolo e pedir-lhe fosse o que fosse para conseguir purificar-se do seu crime. O oráculo ordenou-lhe dirigir-se a Tirinto e aí colocar-se, durante doze anos, a serviço do rei Euristeu. Héracles obedeceu. Mas quando Euristeu, príncipe fraco e medroso, viu chegar à sua casa aquele herói magnífico, tremeu diante da idéia de ser, um dia, desapossado do poder por esse valente semideus. Para desfazer-se do importuno recém-chegado, e com a esperança de que ele sucumbisse, Euristeu impôs, sucessivamente, ao corajoso filho de Alcmena as mais difíceis missões que podia imaginar. **Héra-**

cles saiu vencedor de todas as provas e os altos feitos que ele então realizou são chamados *os doze trabalhos de Héracles.*

1 — Euristeu pediu, primeiro, ao herói, trazer-lhe o couro do *leão da Neméia.* Essa terrível fera era o espantalho de um vale arborizado da Argólida. Seus rugidos eram tamanhos que, quando os agricultores e pastores os ouviam, pálido medo mantinha-os fechados e encolhidos no fundo de suas cabanas. Héracles, levando numa das mãos o arco e a aljava e, na outra, a nodosa clava, partiu ao encontro do perigoso destruidor de rebanhos. Uma a uma, desferiu contra ele todas as suas flechas mortais, mas o enorme animal era invulnerável; seu couro era tão duro que o agudo ferro não podia penetrá-lo, e os dardos, inúteis, caíam sobre a relva ou ricocheteavam na areia. Indignado com o fracasso desse primeiro ataque, Héracles empunhou a pesada clava e se pôs, aos gritos, em perseguição da fera. O leão, amedrontado, fugiu para um antro que possuía duas entradas. O filho de Alcmena tapou uma e penetrou pela outra. O monstro, então, eriçou a juba, e, rugindo de goela escancarada armou o salto. Envolto em seu manto vermelho, Héracles defendeu-se, mantendo numa das mãos uma flecha acerada e, com a outra, levantando sua terrível clava, fê-la cair sobre o crânio de bronze da terrível e indomável fera. O golpe foi tão violento que a maça em dois pedaços arrebentou-se. Meio derreado, o leão cambaleou. Desfazendo-se, então, de suas armas, Héracles meteu-se num perigoso corpo-a-corpo. Com o braço vigoroso abraçou a fera e a estreitou tão fortemente sobre seu vasto tórax que conseguiu arrancar-lhe a alma. Quando o viu sufocado, Héracles escorchou o animal e cobriu-se com o seu couro como se fosse uma couraça impenetrável ao ferro.

2 — O segundo trabalho confiado a Héracles foi o de matar a *hidra de Lerna.* Dragão enorme cujo corpo de réptil era encimado por nove cabeças, a hidra morava nos pântanos lamacentos e mefíticos de Lerna. Quando saía de seu esconderijo, devastava os campos e devorava os rebanhos. Seu sopro era envenenado e qualquer que respirasse seu hálito não tardava a morrer. Em sua luta contra esse flagelo dos campos de Argos, Héracles foi auxiliado pelo fiel companheiro, Iolau. Foi este quem dirigiu, nessa expedição, o carro do herói. Quan-

do ambos chegaram às margens do paul, Héracles, para forçar a hidra a mostrar-se, lançou sobre os caniços uma saraivada de flechas. Depois, como o monstro aparecesse, levantando todas as suas cabeças, ele aproximou-se, tentando abatê-las com grandes golpes de clava. Do sangue de uma cabeça abatida, porém, renasciam duas, e a luta, assim, parecia interminável. Héracles chamou Iolau. O zeloso servidor imediatamente pôs fogo a uma floresta vizinha e, com achas acesas, queimava as cabeças que renasciam, impedindo-as de se desenvolverem. Quando a hidra ficou com uma cabeça apenas, Héracles decepou-a e enfiou-a na terra, sob uma grande pedra. O monstro não passava de um imenso cadáver. Antes de ir-se, o filho de Alcmena temperou suas flechas no veneno do terrível animal, tornando-as assim envenenadas.

3 — Euristeu ordenou, em seguida, a Héracles, trazer-lhe viva a *corça do Monte Cerineu.* Essa maravilhosa corça, consagrada a Ártemis, possuía cornos de ouro e pés de bronze. Infatigável na corrida, jamais alguém havia podido alcançá-la. Por isso, quando Héracles se pôs em sua perseguição, a caça que lhe moveu não durou menos de um ano. Arrastando com ela seu caçador, a corça correu de um jato até as regiões dos Hiperbóreos. Ali, o animal, fatigado, deu meia volta e refez, em sentido inverso, o trajeto que já havia percorrido. Num momento da corrida, como a corça hesitasse em atravessar um rio que as chuvas haviam engrossado, Héracles ganhou terreno, caiu sobre ela, agarrou-a pelos cornos, carregou-a viva nos largos ombros, indo entregá-la às mãos de Euristeu.

4 — Mal chegado ao palácio de seu patrão, Héracles recebeu ordem de partir à procura do *javali de Erimanto.* Deveria capturar e trazer vivo esse animal terrível, que só deixava seu covil para espalhar a ruína nos belos campos da idílica Arcádia. O Herói partiu armado, como era seu hábito, da clava e das flechas. Após haver batido todos os cerrados e vasculhado muitas matas, Héracles conseguiu descobrir o selvagem animal. Moveu-lhe uma caçada imperdoável, perseguiu-o sem descanso nas altas montanhas cobertas de neve, cansou-o e obrigou-o, enfim, a esconder-se, exausto, numa garganta estreita e sem saída. O javali estava preso e Héracles voltou trazendo-o em seus ombros robustos.

5 — No meio de um paul coberto de espinhos e de urzes, e próximo a um lago que se chamava Estinfalo, viviam, pastando carne humana e ao abrigo dos próprios lobos, alguns pássaros monstruosos. Esses lactentes de Ares, do Deus temível da guerra, tinham o bico, as garras e as asas de bronze. Serviam-se das penas como de dardos acerados para matar os caminhantes e deles tirar seu alimento. Héracles foi encarregado de afastar de seus pauis as aves vorazes que, não satisfeitas de devorar os rebanhos e os homens, devastavam os jardins e contaminavam as colheitas. Para fazê-las sair de seu inabordável esconderijo, o Herói magnífico serviu-se de címbalos. Postado sobre uma montanha vizinha, fez tanto barulho com os instrumentos, que os pássaros voaram em bandos, o que permitiu ao valente archeiro abatê-los e exterminá-los.

6 — A sexta tarefa que Euristeu confiou ao valoroso filho de Alcmena foi a luta contra o *touro de Creta*. Héracles não deveria matá-lo, mas persegui-lo, agarrá-lo e levá-lo vivo a Micenas. Minos, rei de Creta, prometeu, um dia, oferecer ao Deus dos mares o que este Deus fizesse sair das ondas, e Posídon fez emergir das vagas um soberbo touro. Tão belo, com efeito, era o animal, que Minos, não podendo decidir-se a sacrificá-lo, julgou cumprir seu voto substituindo-o por uma vítima menor. Irritado por essa deslealdade, Posídon enfureceu o animal, tornando-se, o touro, o terror do país. Héracles, conformando-se com as ordens do seu senhor, partiu para Creta. Assim que enxergou o animal, partiu contra ele, agarrou-o pelos chifres, obrigando-o a dobrar as pernas; depois, subjugando-o numa forte rede, carregou-o em suas grandes espáduas e conduziu-o, atravessando o mar, até os pés de Euristeu.

7 — Euristeu impôs, em seguida, a Héracles a repugnante tarefa de limpar, em um dia, as *estrebarias de Augias,* rei da Élida. Este príncipe possuía inumeráveis rebanhos. Seus estábulos, onde estavam fechados mais de três mil bois, não tendo sido limpados havia trinta anos, estavam obstruídos por tanto esterco, que não se conseguia acabar com o cheiro nauseabundo que dele se espalhava pelos arredores. Para vencer o trabalho, Héracles fez uma abertura num dos muros do estábulo, desviou o curso do Alfeu e fez extravasar, através da estrebaria, a torrente de suas águas purificantes e velozes.

8 — Filho do cruel Ares, Diomedes era o rei de um povo de selvagens. Possuía *éguas* que vomitavam fogo e chama e às quais ele dava, como pasto, os estrangeiros que a tempestade arrojava às suas costas. Encarregado por Euristeu de levar essas éguas a Micenas, Héracles embarcou com alguns amigos, aportou a Trácia e chegou às estrebarias de Diomedes. Após haver abatido os cavalariços que tratavam das éguas, o filho de Alcmena apoderou-se de Diomedes e fê-lo sofrer, dando-o a comer, em seus cochos de bronze, aos seus próprios jumentos, o mesmo suplício que ele fizera tantos e tão numerosos náufragos suportar. Logo que as éguas acabaram de devorar as carnes de seu dono, Héracles soltou-as e conduziu-as ao palácio de Euristeu.

9 — Outra vez, como a filha de Euristeu, Admeto, desejasse o magnífico e soberbo cinturão que Hipólita, rainha das Amazonas, possuía, o príncipe, para ser agradável à sua filha, encarregou Héracles de ir buscá-lo. Quando o Herói, com numerosos companheiros, chegou ao país das Amazonas, mulheres guerreiras que combatiam a cavalo, atirando ao arco ou manejando a machadinha, e que, segundo diziam, viviam às margens longínquas do Mar Negro, constituindo uma nação sem homens, sua bela rainha, Hipólita, recebeu-o, a princípio, com grande bondade, prometendo dar-lhe seu cinturão. Mas a inimiga de Héracles, Hera do trono de ouro, disforçada em Amazona, excitou a indignação das virgens guerreiras, dizendo-lhes que Héracles tinha vindo raptar-lhes a rainha. Uma luta terrível começou contra ele. Grande número de terríveis cavaleiras sucumbiu no combate. A própria rainha foi morta por Héracles, e o Herói pôde assim facilmente levar o precioso cinturão e oferece-lo a Admeto, a filha de seu senhor.

10 — Como décima prova, Euristeu exigiu que Héracles lhe trouxesse os *bois ruços de Gérion.* O gigante colossal, cujos enormes flancos se ramificavam por três corpos, habitava uma ilha ao fundo do Ocidente e possuía uma manada de bois vermelhos, guardados por um monstruoso carreiro e por um cão de três cabeças. Para obedecer à nova ordem, Héracles partiu para a região em que o Sol se deita, margeando a costa africana. Chegado ao estreito que separa a Europa da África, er-

gueu duas colunas, uma sobre cada continente, para comemorar sua passagem. Foram chamadas, mais tarde, as *Colunas de Hércules.* Como o Sol muito forte incomodasse Héracles, o herói distendeu seu arco para soltar flechas contra ele. Assombrado com essa audácia, o Sol, para acalmar o valente filho de Alcmena, e permitir-lhe continuar sua caminhada, emprestou-lhe a grande taça de ouro que, quando ele desce do Céu, transporta-o, através do Oceano e da noite, até a praia de onde deve tornar a subir ao Céu e recomeçar a iluminar o mundo. Héracles embarcou nessa taça e chegou, sem embaraço, ao termo da viagem. Tendo posto pé em terra, o filho de Alcmena passou a noite sobre alta montanha, esperando a manada. Mas o cão vigilante que guardava os bois vermelhos farejou-o, ladrou e para devorá-lo, precipitou-se contra ele. Com um golpe de clava o Herói o matou. O vaqueiro, que havia acorrido, teve a mesma sorte. Finalmente, após ter matado a flechadas o formidável Gérion, Héracles embarcou novamente, com toda a manada, na imensa taça que servia de navio ao Sol. Para voltar ao ponto de partida, Héracles atravessou várias regiões. Quando chegou às margens do Ródano, foi atacado pelos habitantes que enchiam as praias e que invejavam a beleza dos bois. Seus adversários eram tão resolutos e numerosos que, após haver esgotado a aljava, e haver ele próprio recebido ferimentos, viu-se reduzido a nada. Implorou, então, o auxílio de seu pai e Zeus fez cair sobre os assaltantes do filho uma saraivada de pedras. Desde esse dia, a vasta campina ficou inteiramente coberta de pedras e é esta a origem, diz-se, dos seixos da Crau. Deixando a Gália, Héracles atravessou a Itália, a Ilíria, e a Trácia. Mas no momento em que se julgava no fim de seus sofrimentos, um moscardo, enviado por Hera, enlouqueceu a manada, dispersando-a pelas altas montanhas. O filho de Alcmena reuniu com esforço a maior parte; o que não pôde juntar e levar a Micenas permaneceu nas florestas, onde tornou-se selvagem.

11 — Apenas de volta dessa longínqua expedição, Héracles recebeu de novo a missão de partir para perto do lugar em que o Sol desaparece. Deveria colher ali e levar a Micenas os *pomos de ouro do jardim das Hespérides.* Filhas da estrela da Noite, as Hespérides habitavam, com efeito, um

parque maravilhoso, cujas árvores eram, em todas as estações, carregadas de frutos dourados. Dócil às ordens recebidas, Héracles retomou o caminho do Ocidente, mas não sabia onde encontrar o misterioso lugar das filhas da Noite. Após haver longo tempo errado, chegou um dia às margens do Erídano. Ninfas graciosas aconselharam-no a dirigir-se a Nereu, o ancião profético dos mares, que lhe conhecia todos os segredos. Héracles ouviu o conselho. Tendo encontrado Nereu adormecido na praia o Herói o amarrou e intimou-o a revelar o esconderijo em que se ocultavam as belas Hespérides. Para amedrontar Héracles, Nereu transformou-se, sucessivamente, em leão, em serpente e em chamas. Mas nada conseguiu. O filho de Alcmena não largou sua presa antes de haver obtido ganho de causa. Quando soube para onde precisava dirigir-se, foi para a África, alcançou os confins do mundo ocidental e atingiu as portas de ouro do jardim feliz. Ali, não longe das harmoniosas Hespérides, relegado por lei inflexível às extremidades da Terra, um gigante formidável, Atlas, sustentava com a cabeça e as mãos infatigáveis a abóbada imensa do Céu. Como um dragão cor de fogo guardasse a entrada do parque, não deixando quem quer que fosse atravessar suas portas temidas, Héracles perguntou a Atlas qual o meio de apoderar-se dos pomos. O carregador do Céu ofereceu-se para ir colhê-las, desde que o Herói se dispusesse, durante esse tempo, a segurar o firmamento sobre seus sólidos ombros. O filho de Alcmena aceitou e, enquanto Atlas estava ocupado em despojar as macieiras de seus frutos, ele suportava o peso da abóbada celeste. Quando o gigante voltou, declarou querer levar, pessoalmente, seu saque a Micenas. Héracles fingiu estar de acordo com o desleal Atlas:

— Concordo — disse-lhe — em que leves a Euristeu os pomos que ele reclama, mas antes de partir, torna a sustentar um pouco o Céu sobre tua espádua até que eu faça uma rodilha para aliviar a cabeça e amortecer o peso desta pesada carga.

Sem desconfiar, Atlas deixou-se embair e tornou a carregar o Céu sobre os ombros. Héracles, uma vez livre, apoderou-se dos pomos e correu para levá-los ao seu senhor, Euristeu.

12 — Finalmente, como última provação, Euristeu prescreveu a Héracles descer aos Infernos e trazer Cérbero, o cão de guarda das portas subterrâneas. Desceu, pois, acompanhado de Hermes, ao abismo dos Mortos. Atravessou grandes rios de fogo e torrentes de lama. Depois, quando chegou ao trono do inflexível Hades, expôs ao soberano dos Infernos o objetivo de sua viagem. Hades permitiu-lhe levar Cérbero à claridade do dia, sob condição de tornar-se dono desse terrível guarda sem o auxílio de qualquer arma. Cérbero era um cão de três cabeças cujo corpo esguio terminava por uma cauda de dragão. Seu latido de bronze sonoro fazia tremer todos que dele se aproximassem. Sem armas, pois, revestido apenas, à guisa de couraça, de seu couro de leão, Héracles enfrentou o monstro de ladridos terríveis, agarrou-o pelo pescoço, precisamente onde se reuniam as três cabeças e, embora mordido, apertou-o tão fortemente que o cão, sentindo-se esganado, resignou-se a segui-lo. Héracles, então, amarrou o intratável animal, tirou-o para fora do abismo e foi mostrá-lo ao seu senhor, Euristeu. Aterrorizado, o príncipe deu imediatamente ordem de devolver o monstro de latidos medonhos ao sombrio Tártaro.

Após haver, segundo dizem, levado oito anos e um mês para executar os doze trabalhos que Euristeu lhe impusera, Héracles foi libertado da servidão à qual havia se condenado. O ilustre guerreiro pôs-se novamente a percorrer o mundo, não mais, desta vez, para combater monstros, mas para lutar contra a injustiça dos homens. Por toda parte a que ia, castigava os ladrões e dava o apoio generoso e sempre vitorioso de seu braço aos povos oprimidos por iníquos vizinhos. Dirigiu-se um dia à casa de um ilustre archeiro, Êurito, que, segundo diziam, havia oferecido a filha, Íole, como prêmio de vitória a quem fosse mais hábil que ele na arte de distender um arco e de dirigir a flecha para um alvo. Héracles aceitou o desafio e saiu triunfante, mas quando reclamou o prêmio de sua habilidade foi-lhe ele recusado. O Herói, enraivecido, foi-se embora. Algum tempo depois, um dos filhos desse hábil, mas desleal archeiro, Ífito, foi suplicar ao filho de Alcmena que o auxiliasse na recuperação de uma manada de bois que lhe haviam roubado. Tomado, de súbito, de um acesso de furor, e recordando-se da injúria que Êurito lhe havia feito, Héracles agarrou o infortunado suplicante e jogou-o do alto dos muros de Tirinto. Após esse crime, Héracles retomou o caminho de Delfos para fazer-se purificar. O Deus condenou-o a sofrer novamente a escravidão por um ano e a dar a Êurito, como preço do sangue derramado, o montante do salário que pudesse ganhar. Héracles, então, embarcou para a Ásia. Hermes encarregou-se de vendê-lo e o Herói foi comprado por Ônfale.

Um dos primeiros trabalhos que a suntuosa rainha da Lídia impôs ao seu novo escravo, foi livrar o país, sobre o qual reinava, dos ladrões que o infestavam. O filho de Alcmena exterminou todos. Maravilhada com a coragem e a audácia do vigoroso servidor, Ônfale apaixonou-se perdidamente por ele. O próprio Héracles deixou-se prender na rede do Amor e, desde então, o herói e a rainha abandonaram-se a uma vida de delícias. Renunciando a qualquer nova façanha e decaído do seu heroísmo nativo, Héracles chegou a se enfeitar como uma mulher da Lídia. Colares de ouro brilharam em torno do pescoço daquele para quem o Céu havia sido um leve fardo; pedrarias cintilavam nos dedos nervosos que haviam estrangulado o leão de Neméia. Ainda mais: viu-se, um dia, Ônfale, revestida dos gloriosos despojos do terrível animal, empunhar a clava de Héracles e mandar que o Herói sentasse aos seus pés e fiasse a lã! Finalmente, cansado de perder tanta autoridade, o filho de Alcmena, um dia, pediu a Ônfale e obteve de seu amor a restituição à verdadeira liberdade. O Herói retirou-se, então, para a montanhosa Etólia. Esse país era, naquele tempo, governado por um rei, Eneu, que tinha uma filha chamada Dejanira. Impressionado com seu ar intrépido, com a sua habilidade em usar o arco e em conduzir os carros retumbantes da guerra, Héracles pediu a virgem em casamento. Mas, um perigoso rival, Aquelôo, há muito tempo pretendia também sua mão. Dejanira, no entanto, tremia só em pensar receber por esposo um pretendente que a aterrorizava pelo dom que possuía de transformar-se ora em touro ora em serpente e ora em homem, cuja cabeça, encimada por dois cornos, derramava pela boca uma fonte de água clara. Assim, quando a filha de Eneu soube que Héracles a pedira por esposa, acolheu a escolha como um desafogo. Aquelôo, porém, não cedeu seu lugar de boa vontade, e uma luta começou entre os dois pretendentes. Para amedrontar Héracles, Aquelôo metamorfoseou-se num bramidor touro. Habituado a combater e a matar feras, o filho de Alcmena lançou-se sobre o monstro e quebrou-lhe, de um golpe, um de seus longos chifres. Aquelôo confessou-se vencido e Dejanira desposou Héracles. Após seu casamento, os dois esposos partiram para uma cidade longínqua. No meio da viagem, chegaram às margens de um largo rio cuja correnteza, engrossada pelo derretimento da neve, tornava perigosa a passagem. Ali, mediante pagamento, o Centauro Nesso carregava em seus ombros e transportava para a outra margem os viajantes que necessitassem atravessar as águas. O corajoso Héracles resolveu passar a nado e só Dejanira acavalou-se às costas do Centauro. Enquanto galopava, deixando para trás um sulco de espuma, Nesso, lembrando-se de uma injúria que, outrora, Héracles havia feito aos Centauros, decidiu vingar-se. Em lugar de aportar à margem oposta, o Centauro pôs-se a subir o rio, levando Dejanira a toda pressa. Héracles puxou o arco e, no momento em que Nesso dispunha-se a ganhar a margem e a safar-se pela terra, trespassou-o com uma flecha envenenada. Sentindo-se morrer e desejando, não obstante, satisfazer sua vingança, aconselhou Dejanira a recolher seu sangue, que possuía, dizia ele, uma virtude mágica.

— Se teu esposo cessar um dia de amar-te, bastar-te-á, para reconquistar o seu amor, fazê-lo usar uma túnica que deverás, antes, molhar no sangue que brota de meu ferimento.

Algum tempo depois, quando Héracles voltava de uma gloriosa expedição, mandou pedir à esposa uma túnica de festa, pois desejava oferecer a Zeus um brilhante sacrifício. Dejanira, imaginando que o esposo amasse outra mulher, tomada de ciúme e pensando, assim, libertar-se da rival, molhou uma branca túnica no sangue do Centauro, enviando-a, pelo mensageiro que viera buscá-la. Héracles, sentindo-se intimado a oferecer seu sacrifício, vestiu-a. Mas logo que a colocou aos ombros, o veneno da Hidra, que as flechas do herói haviam inoculado no sangue de Nesso, penetrou em sua carne, fazendo correr como que um fogo devorador através de todo o corpo. Enlouquecido de dor, quis arrancar aquela túnica abrasadora.

mas ela continuava colada aos seus membros, e os pedaços que ele tirava levavam, junto, tiras de sua carne. Sentindo, com o fogo que roía a medula dos ossos, sua última hora chegar, o filho de Alcmena, semelhante ao tigre que tem uma lança enfiada no corpo, subiu, urrando, as encostas do Eta. Com sua mão possante, desenraizou carvalhos e pinheiros e os amontoou no alto da montanha. Terminado o trabalho, Héra cles trepou sobre a enorme fogueira. Logo mais, ondas de fumaça e de fogo iluminaram, no Céu, um imenso incêndio. O corpo do Herói ia ser consumido quando viu-se, rodeada de trovões e relâmpagos, uma nuvem dourada pairar sobre a Terra e dela sair um carro com quatro corcéis brancos. Héracles, purificado pelo fogo, nele subiu, e a nuvem luminosa, envolvendo o carro, desapareceu no Olimpo. Introduzido no seio das alegrias perfeitas e do calmo repouso, Héracles habitou, daí em diante, a morada dos Deuses; e para recompensar sua laboriosa vida, Hera ofereceu-lhe, em casamento, sua própria filha Hebe, ou a Juventude eterna.

Héracles que, tantas vezes havia atacado e matado tantos monstros, devia ser representado, como tem sido, com um corpo de atleta no mais alto ponto do seu desenvolvimento muscular. Freqüentemente era representado de pé, trazendo no braço o couro do leão de Neméia e apoiando a axila na nodosa clava. Sua pesada cabeça inclinada tinha uma expressão de tristeza resignada e de pensativos remorsos, contrastando, estranhamente, com a penetrante exibição de vigor e de força que era a poderosa e saliente musculatura do seu torso. Muitas vezes, também, pintores e escultores comprazeram-se em mostrar o maior dos heróis na realização de suas numerosas façanhas, ou a imaginá-lo fiando aos pés de Ônfale, ou girando o torno de fiar.

O branco choupo era-lhe consagrado.

Prancha IX

Foto Anderson

AFRODITE
Vênus de Milo
Louvre, Paris

Prancha X

Foto Anderson

HEFESTO
Vulcano e os Ciclopes
Conservadores, Roma

Prancha XI

Foto Anderson

POSIDON
Netuno de Latrão
Roma

Prancha XII

Foto Anderson

HADES
Rapto de Prosérpina
Vaticano

XV

Teseu

Se Héracles foi, para toda a Grécia, um herói nacional, Teseu foi, para Atenas, um segundo Héracles, e o Herói particular da Ática. Filho de Egeu, rei de Atenas, e de Etra, filha do rei de Trezena, Teseu deveria ter, como o Herói de quem parecia ser a imagem, uma extraordinária carreira de aventuras e de gloriosas conquistas. Nasceu em Trezena. Diz-se que seu pai, infeliz com o fato da esposa não lhe dar filhos, dirigiu-se a Delfos, a fim de consultar Apolo. Voltando a Atenas, parou alguns dias em Trezena, e consultou o rei da cidade, seu amigo, sobre a maneira pela qual devia interpretar o oráculo que a Pítia acabara de lhe transmitir. O rei respondeu-lhe que ele deveria unir-se, secretamente, à sua filha e que nasceria, dessa união com Etra, um filho maravilhoso. Realizou-se o casamento. Mas no momento de deixar a corte de Trezena para voltar a Atenas, onde o chamava a administração do seu reino, Egeu disse a Etra:

– Adeus, Etra! Os Deuses nos uniram por um vínculo que êles nos obrigam a conservar absolutamente secreto. Não fales a ninguém da criança que carregas. Sob enorme rocha enterrei minha espada e escondi minhas sandálias. Se deres à luz a um filho, conserva-o perto de ti até o momento em que ele se torne bastante forte para soerguer essa pedra e encontrar o depósito que sob ela enterrei; cinge-lhe, então, a minha espada, calça-o com minhas sandálias e envia-o a juntar-se a mim em Atenas!

Alguns meses após a partida de Egeu, Etra pôs no mundo um filho que se chamou Teseu. Educado na casa em que habitava a mãe, a criança, desde a mais tenra idade afeita à luta e à caça, não cessava de desenvolver sua força e sua coragem. Tinha sete anos quando Héracles, no curso das freqüentes viagens, apareceu um dia em Trezena. Havendo o filho de Alcmena deixado na área da casa do rei o couro de leão que lhe servia de manto, todas as crianças do palácio fugiram espavoridas. Somente Teseu teve a audácia de aproximar-se do espantalho. Tirando o machado das mãos de um criado, precipitou-se sobre o que julgava fosse um leão vivo e depois pôs-se a rir de sua desdita.

Quando Teseu, entrado na adolescência, mostrou que ao vigor do corpo unia a prudência, Etra, sua mãe, levou-o para onde seu pai havia enterrado os sinais distintivos, graças aos quais ele deveria reconhecê-lo. Para o jovem herói foi uma brincadeira soerguer a pedra e encontrar a espada de bronze e as sandálias paternas. Para chegar a Atenas, Etra aconselhou-o a ir por mar, porque o caminho por terra, infestado de ladrões, era pouco seguro, mas Teseu a isso recusou-se e, em lugar de embarcar, preferiu ir ao encontro dos perigos que não poderiam, dizia ele, espantar sua bravura.

No território de Epidauro encontrou seu primeiro adversário. Um gigante, Perifetes, armado de enorme clava, tinha por hábito, em um vale deserto, assaltar e matar os viandantes. Esse gigante temerário apoderou-se do filho de Egeu, mas o valente adolescente defendeu-se, lutou e matou Perifetes. Quando o salteador não era mais que um cadáver, Teseu apoderou-se de sua pesada clava, tornando-se, a arma, seu principal atributo. Mais adiante, às próprias margens do istmo de Corinto, outro gigante, Sínis, submetia os viajantes a um suplício singular. Dotado de força prodigiosa vergava até a terra o alto de um pinheiro, obrigando suas vítimas a manterem curva a árvore gigantesca. Os que não eram suficientemente fortes para impedi-la de endireitar a copa, eram levados pelo ar e, ao cair, arrebentavam-se no solo. Outras vezes, unindo o alto de dois pinheiros, amarrava à copa de um a cabeça do viajante, e à de outro, os pés, soltando as árvores em seguida. O desgraçado era esquartejado. Preso e submetido à provação, Teseu curvou o pinheiro até que o tronco se quebrasse; depois, atacando e agarrando Sínis, esquartejou-o, fazendo-o sofrer o segundo suplício. Mais longe ainda, na Megárida, num estreito caminho dominado por vertiginosos penhascos a pique, matou também Círon, que obrigava a parar, despojava e afogava os estrangeiros. Num refinamento de crueldade, obrigava-os, na extrema ponta da costa escarpada, a lavarem-lhe os pés. Terminada a tarefa, precipitava-os nas ondas, onde eram devorados por uma colossal tartaruga. Finalmente, após haver matado o arcadiano Cércion, que devastava o território de Elêusis, submeteu Procusto ao suplício que relatamos ao tratarmos de Posídon. Teseu fez sua entrada na cidade de Atenas, onde apresentou-se em suntuosos trajes. Sua bela roupa de púrpura, os cabelos louros bem penteados, a resplendente juventude valeram-lhe, a princípio, ter que suportar a zombaria de um grupo de trabalhadores ocupados no templo de Apolo Délfico. Sem nada responder, o jovem Herói apossou-se de uma carroça de transportar pedras e lançou o pesado veículo bem acima da cumeada do edifício. Sempre desconhecido, Teseu dirigiu-se, então, para o palácio de Egeu. Aí fez-se anunciar como um hóspede estrangeiro. O rei de Atenas recebeu-o e acolheu-o à sua mesa. Egeu tinha por esposa, àquele momento, Medéia. Logo que percebeu o mancebo, a rainha mágica adivinhou todos os seus secretos desejos. Ciumenta de Teseu, persuadiu o esposo a envenenar o recém-chegado. Egeu, ignorando ainda que se tratava de seu filho, consentiu. Medéia preparou, então, uma taça maléfica e fê-la colocar no lugar que o convidado deveria ocupar à mesa. Quando haviam começado a refeição, Teseu, levantando-se para tirar seu punhal e trinchar as carnes, deixou ver sua espada. Egeu reconheceu a arma. Entornando, imediatamente, a taça envenenada, beijou-o, expulsou Medéia e deu ao filho, que acabava de reaver, sua parte de realeza; Teseu, desde então, ocupou-se em consolidar, em Atenas, o poder vacilante do pai.

Pouco depois, o mesmo touro, que outrora devastara Creta e que Héracles havia levado vivo para a Argólida, onde fora, por Euristeu, posto em liberdade, apareceu na fértil campina de Maratona, e assolou-a por terríveis devastações.

Ao mesmo tempo, Androgeu, um dos filhos de Minos, rei de Creta, chegou a Atenas para assistir às festas que a cidade celebrava em honra de Palas. O jovem e valente príncipe teve a honra de vencer, nos vários jogos realizados nessa solenidade, todos os numerosos concorrentes. Ciumento de seu triunfo, Egeu pediu a Androgeu combater o touro. O filho de Minos corajosamente aceitou a perigosa missão; mas foi morto lutando contra o fogoso animal. A triste nova chegou ao rei de Creta, seu pai, precisamente no momento em que estava ocupado, na Ilha de Paros, a fazer um sacrifício às brilhantes Cárites. Minos acabou, entretanto, o sacrifício, mas arrancou a coroa de flores que trazia à cabeça, impondo silêncio aos belos tocadores de frauta. Para vingar a morte prematura do filho, equipou uma frota, desembarcou na Grécia e foi assediar a cidade de Atenas. Como a guerra se arrastasse, o rei de Creta suplicou a Zeus castigasse seus inimigos. A peste e a fome vieram, então, dizimar a cidade de Palas. Reduzidos à extrema penúria, os atenienses consultaram um oráculo para descobrir a maneira de remediar os seus males. O Deus aconselhou-os a dar a Minos, em expiação pelo assassínio de seu filho, a satisfação que ele quisesse pedir. O rei de Creta exigiu que cada nove anos, sete rapazes e sete moças fossem enviados de Atenas a Creta para aí servirem de pasto ao cruel Minotauro. Monstro, cujo corpo de homem era encimado por uma enorme cabeça de touro, o Minotauro morava numa inextricável mansão, construída por Dédalo e que se chamava Labirinto. Impenetrável ao dia, mil voltas infinitas e mil pérfidos atalhos, emaranhados e tortuosos, tornavam impossível a quem aí se aventurasse, encontrar o caminho de volta. Ao centro, numa prisão subterrânea, estava preso o terrível Minotauro. Jogavam-lhe, para nutri-lo, vítimas humanas, particularmente crianças ou criminosos condenados à morte.

Quis o Céu que, pouco tempo após a chegada de Teseu, enviados cretenses viessem, pela terceira vez, exigir de Atenas o fúnebre tributo. Sete rapazes e sete moças, designados pela sorte, iam ser enviados a Creta, fechados no Labirinto e devorados pelo monstro intratável! Comovido pelos gemidos e pelas lágrimas que sua cidade bem-amada espalhava, Teseu, ouvindo apenas sua coragem, ofereceu-se para juntar-se às vítimas escolhidas, para pôr um fim, matando o Minotauro, àquela exigência atroz. Os atenienses aplaudiram o entusiasmo generoso, mas Egeu, o pai, usou as mais fortes preces e súplicas para demover o filho daquele projeto perigoso. Vendo-o inabalável, deu-lhe duas velas para usar em seu navio, dizendo:

— Aqui tens, meu filho, duas velas de cores diferentes: uma branca e outra preta. Se voltares vencedor, manda teu piloto içar, assim que estiveres à vista da costa da Ática, a vela branca. A preta, ao contrário, assinalar-me-á, antecipadamente, tua desgraça e tua triste derrota.

Assim falou Egeu. Após haver, na qualidade de suplicantes, oferecido a Apolo um ramo de oliveira rodeado de fitas, Teseu e seus companheiros embarcaram. Viajando numa nau rápida, que o sopro de ventos propícios empurrava, logo apareceram à vista das montanhas de Creta, chegaram à casa de Minos e foram introduzidos em sua soberba mansão. No palácio magnífico habitava, filha de Minos e de Pasífaa, uma jovem que crescia, sob os olhos maternos, como uma tenra flor sob os olhos do Sol. Assim que essa virgem real, Ariadne, percebeu o claro e loiro Teseu, o fogo de um amor devorador penetrou-a inteiramente, queimando-a até o coração. Quando soube que Teseu tinha chegado para combater, em sua prisão subterrânea, o fogoso Minotauro, Ariadne foi tomada de terror, apreensão e medo. Uma palidez mortal subia ao seu rosto quando Teseu, ansioso para matar o monstro, explicava-lhe que sua viagem a Creta não tinha outro objetivo senão obter uma vitória ilustre ou um fim infeliz. Maravilhada com tanta e firme audácia, Ariadne resolveu salvar o Herói. Ensinou-lhe o modo de aproximar-se do Minotauro e de matá-lo no momento propício e, para sair do Labirinto, presenteou-o com um fio condutor. Armado com a clava numa das mãos e tendo na outra um grande novelo de fio, Teseu aventurou-se, seguido pelas moças e rapazes, à prisão escura e subterrânea. Quando chegou, após mil voltas, diante do monstro que aí estava fechado, o Minotauro de chifres acerados avançou contra ele, rugindo. Teseu não lhe deu tempo de esperá-lo, pois sua clava abateu-o com um só golpe, derrubando-o pesadamente ao solo. Após haver vencido o terrível adversário, o Herói ateniense, conduzido e guiado pelo *fio de Ariadne,* meteu-se, sem se perder, no dédalo de caminhos tortuosos que era o Labirinto, encontrando, felizmente, a saída. Terminada a façanha, Teseu, com os jovens que havia levado e que salvara, salvando-se a si próprio, tornou a embarcar para Atenas. Com eles, levou também Ariadne de belos cabelos. A infeliz, porém, no meio da viagem, foi abandonada próximo a Naxos. Uma terrível tempestade havia, segundo dizem, jogado o navio de Teseu sobre os rochedos daquela ilha. Como Ariadne estivesse enjoada pelo mar, o jovem desembarcou-a na praia. Depois, precisando voltar a bordo, para a segurança da embarcação, Teseu foi, então, com sua equipagem, levado pelos ventos e obrigado a abandonar a filha de Minos. O abandono de Ariadne, todavia, não foi de longa duração, pois, como já dissemos, falando sobre Dioniso, este Deus não tardou a vir consolar a amante em lágrimas. Teseu, entretanto, quando alcançou as costas da Ática, contente com a volta, esqueceu a recomendação que o pai lhe fizera na partida. O piloto esqueceu, por falta de ordem, de mudar a vela da nau, e de içar aos mastros aquela cuja brancura devia anunciar um triunfante regresso. Egeu, desde a partida do filho, ia, todos os dias, perscrutar o horizonte do alto da Acrópole. Viu, ao longe, uma noite, chegar um navio com a vela preta. Julgando, diante disso, que o filho houvesse morrido, o infeliz ancião, desesperado, atirou-se às ondas do mar, que recebeu o seu nome.

Acostando a Falero, o primeiro cuidado de Teseu, após haver enviado um arauto a seu pai, para anunciar-lhe a gloriosa chegada, foi oferecer aos Deuses dignos sacrifícios. O arauto partiu, mas encontrando em caminho cidadãos que choravam a morte do rei, voltou às pressas para o navio. Teseu não havia ainda terminado o sacrifício. Para não perturbá-lo, o arauto esperou fora do templo. Depois, quando as libações terminaram, anunciou a funesta nova. Teseu explodiu em soluços e lágrimas e sua entrada em Atenas, se foi um triunfo, não foi menos um cortejo fúnebre.

Proclamado rei de Atenas, Teseu preocupou-se, primeiramente, em administrar sabiamente os Estados de seu pai. Estabelecida a ordem, o jovem rei quis, como Héracles, guerrear as Amazonas, mulheres guerreiras que se faziam, dizem, desde crianças, extrair o seio direito, a fim de poder puxar o arco com mais força e segurança. Quando Teseu desceu em suas terras, as Amazonas, em vez de combatê-lo, foram ao seu encontro, levando-lhe presentes. O jovem herói, sob pretexto de mostrar-se reconhecido às suas oferendas, convidou as carregadoras de dádivas a subir ao tombadilho de seu navio azulado. Assim que elas chegaram a bordo, Teseu levantou âncora, içou a vela e zarpou. Entre as cativas encontrava-se Antíope, cuja beleza eclipsava, como a Lua eclipsa as estrelas, a risonha juventude de todas as belas companheiras. Teseu fê-la sua esposa. Mas as Amazonas, para vingar o covarde rapto de suas irmãs, abandonaram o país em cavalos velozes e partiram para a guerra. Penetrando até o coração da Grécia, foram fixar seu acampamento às próprias portas de Atenas. Teseu, para expulsá-las, precisou sustentar contra elas uma luta sangrenta que durou longos meses e no curso da qual Antíope foi morta combatendo ao lado de seu valente esposo. Finalmente, as Amazonas e Teseu fizeram um pacto e as mulheres guerreiras tornaram a voltar, a cavalo, ao seu longínquo país.

De sua união com Antíope, um filho nascera de Teseu. Chamava-se Hipólito. Desde sua infância, o belo e casto adolescente tinha-se consagrado inteiramente ao culto da Deusa virgem que se chamava Ártemis. Como ela, dedicava-se à caça, sem se preocupar, absolutamente com Afrodite. Entretanto, após a morte de Antíope, Teseu tomou por esposa uma filha de Minos, Fedra, cujo trágico destino devia ser célebre. A rainha de coração ardente, tendo visto em Trezena o belo adolescente que era, então, Hipólito, enamorou-se dele tão violentamente, que a repreensível paixão que ela logo sentiu perdeu-a completamente. Em vão tentou todos os meios possíveis para conseguir fazer que sua chama criminosa fosse partilhada pelo enteado. Vendo-se constantemente recusada, Fedra acusou Hipólito de ter por ela os sentimentos que por ele nutria. Convencido, pelo testemunho da rainha, da culpabilidade de Hipólito, Teseu amaldiçoou o filho da Amazona, pedindo a Posídon fazer-se o instrumento de rápida vingança. Efetivamente, pouco depois, como Hipólito conduzisse seu carro ao longo da praia sonora, o soberano do mar fez sair das águas um monstro espantoso. Os cavalos, assustados, empinaram, viraram o carro, fazendo-o voar em pedaços e atirando-o contra o tronco de uma oliveira. Hipólito, embaraçado nas rédeas, foi arrastado pelos próprios, cavalos até que seu corpo, estraçalhado pelos rochedos, ficou sendo um irreconhecível cadáver. Tomando conhecimento da notícia da morte de Hipólito, Fedra foi atacada por súbita demência. Depois, atormentada de remorsos, após haver ela mesma revelado a Teseu a inocência de seu filho, terminou sua trágica carreira, suicidando-se.

Depois da morte de sua segunda mulher, Teseu continuou a assinalar seu valor através de numerosas façanhas. Essa fama de força e de coragem espalhou-se tão longe, que o rei dos Lápitas, Pirítoo, quis um dia certificar-se dela e descobrir um pretexto para medir-se com o famoso adversário. Invadindo a Ática, foi a Maratona roubar, à mão armada, uma manada de bois que pertencia ao valente rei de Atenas. Para castigar o culpado, Teseu, assim que soube da novidade, pôs-se em sua perseguição. Mas Pirítoo, nem bem teve notícia de que Teseu ia ao seu encalço, deu meia volta. Os dois adversários defrontaram-se com tanto arrojo e tanta lealdade, que logo se admiraram mutuamente e, em lugar de combater, estenderam-se as mãos, jurando inviolável amizade. Essa amizade fraternal deveria ser-lhes útil em muitas circunstâncias. Uma vez, entre outras, o rei Pirítoo quis desposar a bela Hipodâmia. Muitos convidados tinham tomado parte no festim, entre os quais Teseu e o Centauro Eurítion. Este, porém, tendo se entregado desmedidamente aos prazeres da mesa, foi logo vencido pelo vinho. Sua cabeça girou e, na bebedeira, insultou a esposa do rei dos Lápitas e quis arrebatá-la. Revoltado com semelhante insolência, Pirítoo, secundado por Teseu, cortou o nariz e as orelhas desse Centauro licencioso, expulsando-o da mansão. Pouco depois, porém, para vingar o ultraje que o irmão havia sofrido, os outros Centauros acorreram em multidão. A galope e armados de enormes rochas e de troncos de pinheiros gigantescos, que manejavam como lanças, invadiram, em tumulto medonho, a sala do festim, precipitaram-se sobre os rapazes e moças que serviam de guarda de honra da recém-casada e tentaram arrebatá-los, carregando-os à garupa dos cavalos. Inúteis esforços. Graças à bravura de Pirítoo e ao sangue frio de Teseu, os Centauros foram logo postos em fuga e perseguidos até Pindo. Mais de um, trespassado por espada cortante, tingiu de sangue o caminho de sua rápida e completa derrota.

Entretanto, após múltiplas e maravilhosas aventuras, quando Teseu voltou à cidade de Atenas, encontrou-a entregue ao furor das facções. Desesperado por não restabelecer a ordem, embarcou para a Ilha de Ciros, contando aí encontrar, em propriedades paternas, um repouso para a sua demorada velhice. Deu-se o contrário, pois o rei da ilha, Licômedes, ou por recear que a chegada do hóspede iria criar-lhe dificuldades com os súditos, ou reclamar a herança de seus antepassados, conduziu-o a uma grande montanha, dizendo-lhe que dali veria melhor toda a extensão das terras que lhe pertenciam. Uma vez no cume, Licômedes jogou Teseu sobre as rochas pontiagudas que guarneciam as encostas da alta montanha, matando-o instantaneamente.

Enterrado em Ciros, olvidado por seus compatriotas, Teseu teve que esperar, durante vários séculos, a trasladação de suas cinzas. Contudo, quando os Atenienses viram seu Herói nacional aparecer e combater nas fileiras dos guerreiros que venceram os Persas, em Maratona, o oráculo de Delfos aconselhou-os a recolher os ossos de Teseu, e enterrá-los no lugar mais honroso de Atenas. Mas onde encontrar, numa ilha selvagem, a sepultura do Herói? Conta-se que, enquanto a procuravam, viram uma águia imensa que atacava um outeiro a bicadas. Vendo nisso um sinal enviado pelo Céu, fizeram escavar o lugar e nele acharam o esquife de um homem de grande tamanho, junto ao ferro de um chuço e a uma espada de bronze. Esses despojos preciosos foram transportados a Atenas. Esfuziantes de alegria, os Atenienses receberam-nos com tanta pompa como se o próprio Teseu tivesse voltado para dentro dos muros de sua cidade. E, para conservá-los, construíram um templo magnífico.

XVI

Cadmo e Édipo

Desde os tempos heróicos, a cidade de Tebas das sete portas foi um foco de legendas, cujos dramáticos incidentes forneceram à tragédia grega incomparável material. A própria fundação da cidade era objeto de tradições surpreendentes e de narrativas maravilhosas.

Dizem que o Herói que ergueu sua primeira acrópole chamava-se Cadmo. Era de origem estrangeira. Seu pai, Agenor, rei da Fenícia, tinha, além desse filho, uma filha, Europa, tão bela que foi amada por Zeus. Já contamos, ao falar do soberano do Olimpo, como, para raptá-la e conduzi-la a Creta, Zeus havia tomado a forma de touro. Desolado com o rapto da filha e ignorando o que ela se tornara, Agenor resolveu enviar Cadmo à sua procura.

— Vai, meu filho, — disse-lhe, ao despedir-se — vai informar-te de tua irmã e não te apresentes a mim sem trazeres notícias de Europa.

Cadmo, após haver muito tempo e inutilmente vagado, chegou, finalmente, à Grécia e dirigiu-se a Delfos para consultar o oráculo. Com voz suplicante, perguntou-lhe onde era preciso ir para que encontrasse a irmã. A Pítia, então, respondeu-lhe com estas palavras:

— Cessa, de ora em diante, de perguntar por Europa, pois jamais saberás descobrir o lugar em que Zeus guardou seus segredos. Continua teu caminho, entretanto. E quando uma vitela, tendo sobre o pêlo como que uma Lua crescente, surgir a teus olhos, num vale herboso e solitário, segue-a e, no mesmo lugar em que vires deitar-se esse animal, constrói e funda uma cidade.

Assim que o filho de Agenor saiu da cidade santa de Delfos, encontrou a vitela anunciada. Ela caminhava à sua frente e a lua crescente destacava-se, branca, sobre o pêlo fulvo. A passos apressados o Herói seguiu-a. Ela o levou até a Beócia. Quando parou, ergueu ao Céu a larga fronte chifruda e soltou longos e profundos mugidos; depois que ouviu o eco dos bosques por muito tempo responder-lhe, deitou-se, alongando sobre a relva os membros lassos. Cadmo por sua vez parou, deu graças aos Deuses, beijou com respeito a terra estrangeira e saudou os vales e os montes desconhecidos que deveriam acolhê-lo.

Como quisesse, ao imolar a vitela, oferecer às Divindades olímpicas o sacrifício exigido pela fundação de uma cidade, enviou seus companheiros a procurarem, numa floresta vizinha, a água necessária para fazer libações. A fonte de água viva brotava numa caverna que era o esconderijo de um monstruoso dragão. Sua crista tinha, diziam, o brilho violeta e dourado do metal, a goela era armada por tripla fileira de dentes, os olhos expeliam fogo e sua língua dardejava, como flamas negras, três aguilhões alongados e vibrantes. Assim que os zelosos servidores de Cadmo, após haverem atravessado a espessa muralha de urzes que protegia o manancial, aprestavam-se a encher as urnas, o dragão, fora do antro, avançou a longa cabeça azulada, fazendo ouvir terríveis silvos. Vendo-o, as urnas escaparam-lhes das mãos e seus membros gelaram-se de estupor e medo. O réptil, então, dobrando e enroscando em mil anéis movediços a cauda recoberta de escamas, ergueu, de súbito, no ar, a metade do corpo e abateu-se sobre os companheiros aterrados de Cadmo. Uns expiraram em seus dentes mortíferos; outros foram sufocados pelas dobras dos anéis de bronze ou morreram com o sopro de seu hálito pestilento.

O Sol, no mais alto ponto de sua trajetória, já havia estreitado a sombra projetada pelas árvores. Espantado com o atraso de seus bons companheiros, o filho de Agenor partiu à sua procura. Tendo por couraça um couro de leão e por armas um virote e uma lança, avançou pela floresta seguindo as pegadas de sua passagem. À vista dos cadáveres de seus infelizes servidores e do espetáculo do vencedor que, estendido sobre eles, lambia, com a língua movediça, as horríveis feridas, Cadmo soergueu uma rocha enorme e lançou-a sobre o réptil com todo o vigor de seu robusto braço. O choque teria aluído as torres das mais sólidas muralhas, mas a serpente, protegida pelas escamas, recebeu-o sem se mover. Entretanto, malgrado toda sua dureza, a pele do monstro não pôde impedir que o virote do Herói penetrasse no corpo do dragão e se plantasse nos anéis de sua espinha flexível e tortuosa. Exasperada de dor, a terrível serpente retorceu a cabeça sobre o dorso, olhou a ferida e mordeu o dardo que aí mantinha-se imóvel. Após grandes esforços, foi a custo que ela conseguiu retirar do seu flanco a madeira do virote: o ferro permaneceu enfiado no osso. Espumando de raiva e de furor, esmagando a terra sob suas grossas escamas, ora enrolava-se em espirais imensas, ora erguia-se e alongava-se com mais rigeza que o tronco do pinheiro. Finalmente, com grande salto, avançou contra Cadmo, derrubando as árvores que atrapalhavam seu impulso. O filho de Agenor recuou alguns passos. Com a ponta da lança fixou a goela ameaçadora do monstro, depois, pouco a pouco, enquanto o réptil atacava o aço com impotentes mordidas, mergulhou-lhe o ferro na garganta inchada, cravando o dragão ao tronco rugoso de um carvalho. Enquanto o vencedor, Cadmo, contemplava o inimigo vencido, a Deusa Palas, descida das planícies etéreas, surgiu ao seu olhar:

— Cadmo, — disse-lhe ela — arranca os dentes do dragão, traça um sulco sobre este chão que a charrua jamais cavou e semeia-os na Terra, para que sejam a semente de um novo povo ilustre.

Assim que os dentes foram semeados, a gleba pôs-se a mover-se e dela surgiu primeiramente uma floresta de lanças; elmos, em seguida, agitaram seus penachos, depois, espáduas, tórax, braços carregados de dardos apareceram e toda uma messe de homens e de escudos estremeceu na campina. Amedrontado com a visão desse novo inimigo, Cadmo apossou-se de um rochedo e lançou-o ao meio das suas linhas. Os guerreiros, então, julgando-se ameaçados, puseram-se, raivosamente, a matar-se mutuamente. Todos morreram, salvo cinco, sob os golpes mortíferos que trocaram encarniçadamente. A conselho da Deusa de olhos garços, os cinco sobreviventes tornaram-se os companheiros de trabalho de Cadmo e foi com eles que o herói fundou a cidadela de Tebas.

Após haver cumprido o oráculo de Apolo, Cadmo, dali em diante rei de Tebas, recebeu por esposa Harmonia. Todos os Deuses assistiram ao casamento da filha da brilhante Afrodite. Sob a direção de Apolo, as Musas e as Cárites cantaram no festim e Harmonia, como presente de núpcias, recebeu de Hefesto um colar magnífico, de Atena, um peplo bordado.

Dessa união nasceram a Cadmo quatro filhas e um filho. Este, Polidoro, pai de Lábaco, foi o avô de Édipo. Das quatro filhas, uma, Sêmele, morreu incendiada pelo raio, pondo no mundo Dioniso. A outra, Ino, após haver servido de ama ao filho de Sêmele, foi outra vítima do ciúme de Hera. Atacada de loucura pela irritada Deusa, jogou-se, com o filho nos braços, às vagas do mar. A terceira, Autônoe, foi a infeliz mãe do infortunado Actéon, que a cólera de Ártemis transformou em cervo e condenou a ser devorado pelos cães. A quarta, enfim, Agave, decapitou e esquartejou seu filho Penteu, por ela tomado, num acesso de loucura, por um animal.

Essa sucessão de calamidades que se abateu sobre a família inspirou a Cadmo horror profundo pela cidade que acabara de fundar. Resolveu exilar-se. Depois de haverem vagado por muito tempo, Cadmo e Harmonia, carregados de males e de anos, foram transformados em serpentes.

Após a partida do primeiro rei de Tebas, a realeza da cidade coube, por direito de conquista, a dois valentes efebos que respondiam pelos nomes de Anfíon e Zeto. Filhos de Zeus e de Antíope, eram eles de caráter completamente diferente. Dedicado exclusivamente à criação de animais e à caça, Zeto, de força prodigiosa, tinha conservado, da infância transcorrida entre os pastores, uma aspereza grosseira e um pouco selvagem. Anfíon, ao contrário, ocupado sobretudo em cantar e tocar a lira, era, por natureza, todo moderação e delicadeza. Diziam que por haver erguido o primeiro altar a Apolo, recebera do Deus a lira de ouro de sete cordas. Como este, arrastava atrás de si, aos acordes do maravilhoso instrumento, os animais selvagens, os rochedos e as árvores. Quando a cidade de Tebas havia se desenvolvido o suficiente em torno da cidadela fundada por Cadmo, para ter necessidade de ser rodeada de muralhas, foram Zeto e Anfíon que se encarregaram dessa tarefa. Ambos trabalharam, mas enquanto Zeto, mais vigoroso que o irmão, carregava blocos de rochas arrancados às montanhas vizinhas, empilhando-os para erguer altos muros, Anfíon conseguia, sem esforço, o mesmo resultado porque as pedras, diziam, moviam-se aos acordes de sua lira, indo, como atraídas por uma prece suave, colocar-se no lugar em que ele queria e arrumar-se sozinhas, sobre as largas muralhas. Sete portas, em honra das sete cordas da lira de Anfíon, foram abertas nos muros que fortes e possantes torres protegiam. Tal foi a história da fundação de Tebas.

De todas as legendas, porém, que envolvem, como auréola, a história primitiva da cidade de Tebas, nenhuma deveria ter renome mais famoso que aquela da qual Édipo iria ser o desgraçado Herói. Já dissemos que além de quatro filhas, Cadmo teve um filho que se chamava Polidoro. Este, tendo se unido a Nicteis, gerou Lábaco, o fundador da dinastia tebana dos famosos labdácidas. De Lábdaco nasceu Laio, que primeiro ocupou o trono do pai. Em seguida foi exilado, quando os usurpadores, Anfíon e Zeto, apoderaram-se do cetro de Cadmo; mas voltou, após a morte deles, à cidade natal e reouve o poder. Casou-se pouco depois com Jocasta, a irmã de Creonte. Como dessa união nenhuma criança nascia, os dois esposos dirigiram-se a Delfos para perguntar a Apolo se o seu casamento seria fecundo. A Pítia respondeu que lhes nasceria um filho, que mataria o pai, casaria com a mãe e mergulharia a família no luto e no sangue. Efetivamente, algum tempo depois, Jocasta pôs no mundo um filho. Laio, temendo desde logo o cumprimento do oráculo, mandou expor o recém-nascido numa montanha, após haver ordenado que lhe furassem os pés e o suspendessem a uma árvore. Quis o azar que alguns pastores, que guardavam, naqueles lugares, os rebanhos do rei de Corinto, acorressem aos gritos do rebento e o desatassem. Levaram a criança achada ao seu senhor. A rainha desejou vê-la, e como a jovem princesa não tinha posteridade, adotou o lactente, chamando-o Édipo, isto é, Pé-Inchado, uma vez que as cordas que atavam seus pés haviam-lhe inchado os pequenos tornozelos. Criado por aqueles que julgava seus pais, a criança cresceu no palácio real de

Pólibo. Quando se tornou um vigoroso adolescente, os companheiros, um dia, zombaram dele e insultaram-no, dizendo não ter ele direito algum de pretender ser de família real. Para esclarecer o mistério que envolvia seu nascimento, Édipo tomou o caminho sagrado que levava a Delfos. Sem revelar o segredo de sua verdadeira origem, o oráculo anunciou-lhe que ele mataria o pai e casar-se-ia com a mãe. Julgando-se realmente o filho do rei de Corinto, Édipo não quis mais, para evitar aquelas desgraças, voltar para perto daqueles que o haviam criado. Mas os destinos, que são irrevogáveis, deveriam fatalmente, malgrado ele, cumprir-se. Abandonando Tebas, Édipo dirigiu-se à Fócida. Em meio à viagem, no cruzamento de dois caminhos, cruzou com um carro em que estava Laio, seu verdadeiro pai. O cocheiro passou tão perto que uma das rodas do carro esmagou-lhe o pé. Louco de raiva, Édipo feriu mortalmente o cocheiro, e como o rei de Tebas se aprestasse a vingar o luto que o atingira, Édipo, sem o conhecer, matou o próprio pai. Após o assassínio de Laio, o trono de Cadmo passou para as mãos de Creonte, irmão de Jocasta, a própria mãe de Édipo. Nesse ínterim, surgiu no país um monstro terrível, a Esfinge, que devastava a região. Conta-se que tinha a cara e o peito de mulher, o corpo de leão e asas de águia. Postada nas proximidades de Tebas, sobre um rochedo que dominava a estrada, ela parava os caminhantes, propunha-lhes um enigma, devorando todos quantos não soubessem resolvê-lo. Já numerosas vítimas tinham sido a presa do terrível animal, e jamais alguém havia podido descobrir a palavra do enigma que ele não cessava de propor. Desejando pôr um fim a tão trágico flagelo, Creonte fez saber que prometia sua coroa e a mão de sua irmã ao homem que conseguisse livrar o país do animal. Por esse tempo Édipo passava pela cidade de Tebas. Ofereceu-se para tentar a empresa e, armado de lança e recoberto por seu manto de viagem, foi colocar-se à frente da Esfinge. O monstro, então, do alto do rochedo, propôs-lhe este enigma:

— Qual é o animal que de manhã anda sobre quatro pés, de dia sobre dois e à noite sobre três?

Édipo, encontrando a palavra secreta, respondeu imediatamente:

Prancha XIII — Foto Anderson

DIONISO

Baco menino — Leucotéia e Baco

Latrão, Roma

Prancha XIV

Foto Anderson

HÉRACLES

Hércules no Jardim das Hespérides

Villa Albani, Roma

Prancha XV — Foto Anderson

SÍSIFO
Belerofonte e Pégaso
Palácio Spada, Roma

Prancha XVI Foto Anderson

PERSEU

Perseu mata Medusa

Métope de Sélinonte, Palermo

— É o homem. Em criança ele se arrasta de cócoras. Homem, caminha com dois pés e, nos seus últimos dias, serve-se de um cajado como de um terceiro apoio.

Vendo o enigma resolvido, a Esfinge lançou-se do cume do seu posto, quebrando a cabeça. Creonte cumpriu a palavra. Com o trono de Tebas, Édipo recebeu Jocasta em casamento e o vencedor da Esfinge tornou-se, assim, sem que o soubesse, o esposo de sua mãe. Dessa união nasceram Etéocles e Polinice, Antígona e Ismênia. Entretanto, a união criminosa não tardou a atrair a vingança dos Deuses. Tebas foi, então, inteiramente assolada por um flagelo misterioso. Os frutos da terra, consumidos quando sementes, secavam e nada produziam; os filhotes dos animais e as crianças morriam antes de nascer. Consultado sobre a causa desse mal terrível, o oráculo respondeu que o flagelo era conseqüencia do assassínio de Laio e que o único meio de remediá-lo era procurar e punir o culpado. Édipo, tomando conhecimento da decisão do oráculo, pronunciou contra o assassino do filho de Lábdaco as mais funestas imprecações. Para descobri-lo, foi ele consultar o adivinho Tirésias, forçando o ancião, cego e venerado, a revelar-lhe dois horríveis segredos. Édipo soube, então, que havia matado o pai e que, cumprindo a predição feita a Laio, havia também, sem o saber, desposado sua própria mãe. Diante dessa notícia, Jocasta, desesperada, enforcou-se numa viga e Édipo, renunciando a ver a luz, arrancou os próprios olhos. Expulso de Tebas por Creonte, repelido como objeto de horror por todos os cidadãos, Édipo, partindo, amaldiçoou os próprios filhos, pois eles não haviam absolutamente tentado aliviar sua desgraça; depois, acompanhado pela filha, a fiel Antígona, dirigiu-se para a Ática, na região de Colone, e aí, num bosque que lhes era consagrado, as Eumênides, as fúrias vingadoras do crime, fizeram-no misteriosamente desaparecer.

Os efeitos das maldições pronunciadas por Édipo, porém, não se fizeram esperar. Após a morte trágica de seu pai, os dois filhos, Etéocles e Polinice, combinaram, por uma convenção, reinar, cada um por sua vez, durante um ano sobre Tebas. Etéocles, o primeiro a usar a coroa, não quis mais devolvê-la ao fim de um ano. Obrigado a deixar Tebas, Polinice foi para Argos pedir ao rei dessa cidade auxílio e socorro contra um injusto irmão. Um exército formidável, conduzido por sete comandantes, reuniu-se em Argos e foi acampar à vista de Tebas. Antes de investir contra a cidade das sete portas, os argivos enviaram um arauto para reclamar, em nome de Polinice, pela última vez, a herança de Édipo. O arauto voltou sem nada haver obtido de Etéocles. O sítio, então, começou. Cada um dos sete chefes postou-se diante de uma das sete portas da poderosa Tebas e a cidade inteira foi rodeada de ondas de broquéis resplendentes, de elmos de penachos, no seio das quais agitava-se um mar fremente de lanças ávidas de carnificina. Os sitiados defenderam-se valorosamente. Mas como o sítio, embora terrível, prosseguisse sem resultado decisivo, os cidadãos de Tebas e os guerreiros de Argos resolveram substituí-lo por um combate singular entre Etéocles e Polinice. Uma luta fratricida e encarniçada começou e terminou com a morte dos dois adversários, que sucumbiram no mesmo dia, um sob os golpes do outro. Depois da morte trágica dos dois filhos de Édipo, os argivos retiraram-se. Tebas estava libertada e Creonte, tornado rei pela morte de Etéocles, fez enterrar, com todas as honras devidas aos manes dos Heróis, o corpo de Etéocles, que morrera, dizia-se, defendendo bravamente seu país. Quanto ao seu irmão, Polinice, Creonte fez proclamar um edito que proibia a todos os cidadãos, sob as mais severas penas, inumá-lo e chorá-lo. O corpo do banido, que tinha voltado do exílio somente para entregar às chamas o solo de sua pátria e os Deuses de seus antepassados, deveria ser deixado, como pasto imundo, aos cães vorazes e às aves carniceiras. Mas Antígona, a irmã de Polinice, não quis absolutamente submeter-se a esse cruel decreto. Preferindo antes obedecer às leis imprescritíveis dos Deuses que aos decretos do homem que era Creonte, recobriu com terra o infeliz cadáver de seu bem-amado irmão. Surpreendida pelos guardas no instante em que cumpria esse piedoso dever, foi condenada a ser enterrada viva numa prisão subterrânea; e, para livrar-se da morte medonha que recompensava sua dedicação aos Mortos, estrangulou-se na prisão escura.

XVII

Sísifo, Glauco e Belerofonte

Sísifo, o mais astuto dos homens, como o chama Homero, passa por ter sido o fundador de Corinto. Tornado rei dessa cidade marítima em que foram construídas as primeiras trirremes, favoreceu a navegação, o comércio e fez dessa cidade de dois portos, erguida entre dois mares, o mais florescente entreposto de todas as riquezas que pudessem, tanto da Ásia como da Europa, aportar-lhe por belas e brilhantes embarcações.

Fecundo em recursos e de espírito rico em artifícios, Sísifo, apenas subiu ao trono, não tardou a dar, de sua habilidade, uma prova brilhante. Aconteceu, com efeito, que um de seus vizinhos, o rei de Ítaca, via seus grandes rebanhos desaparecerem dia a dia. Como não conseguisse reaver os bois, nem descobrir o ladrão do gado, Laerte, o sábio rei de Ítaca, teve que recorrer ao engenho afamado de Sísifo. O rei de Corinto foi, então, a Ítaca, tomou de um ferro em brasa e imprimiu um sinal sob os cascos dos grandes bois de Laerte. Os animais assim marcados, entretanto, desapareciam. Investigando os estábulos e inspecionando os cascos de manadas, acabaram por descobri-los nas profundas estrebarias de Autólico. O esperto filho de Hermes aumentava seus rebanhos roubando, durante a noite, os dos outros. E para tornar irreconhecíveis os animais que furtava, modificava-lhes a aparência, tornando chifrudas as cabeças mochas e mudando, à vontade, a cor dos pêlos. Como, porém, esquecera-se de fazer desaparecer o sinal que Sísifo fizera sob os cascos dos últimos bois furtados, Autólico, confessando a pilhagem, devolveu todo o gado que havia roubado.

Sísifo, entretanto, pela sua conduta desleal, deveria atrair sobre si, em seguida, um castigo pouco comum. Um dia, conta-se, Zeus raptou Egina, a desejável filha do Deus-rio Asopo. Desolado com o rapto, o Deus fluvial procurou por toda a parte a filha desaparecida. Foi até Corinto indagar dela ao rei da cidade e pedir conselho ao príncipe atilado. Enquanto o rei dos Olímpicos, levando sua presa, atravessava o território de Corinto, Sísifo percebera o divino raptor. Disse, então, a Asopo:

— Eu sei o nome, Asopo, do ladrão de tua filha. Não o saberás, no entanto, enquanto não fizeres brotar, na cidadela que está desprovida de água, um manancial de água pura.

— Dize, — respondeu Asopo — e logo que esse nome fatal sair de tua boca, do próprio rochedo brotará uma fonte límpida.

Sísifo, então, pronunciou o nome do culpado. Mas Zeus não tardou a punir a impudente maledicência e encarregou o Deus da Morte, Tanatos, de apoderar-se de Sísifo. O Herói coríntio, porém, estava de sobreaviso, bem longe de se deixar prender, apossou-se de Tanatos. Por causa disto, ninguém mais morria. Hades, o rei das Sombras, queixou-se a Zeus e este mandou Ares, o Deus temível da guerra, libertar Tanatos. Uma vez quebrados seus grilhões, a Morte, secundada por Ares, conduziu Sísifo para as sombrias moradas. O mais astuto dos homens, porém, deveria ainda escapar-lhe, conseguindo evadir-se dos Infernos. Antes de morrer, com efeito, havia ordenado à esposa não lhe prestar nenhuma das honras reservadas aos defuntos. Chegando entre os Mortos, Sísifo queixou-se amargamente da negligência de que era objeto, enganou Hades e Perséfone, obtendo deles a autorização de subir à luz para punir a esposa e reconciliá-la com o respeito devido aos manes dos Mortos, prometendo, outrossim, voltar a descer às regiões subterrâneas logo que sua missão estivesse cumprida. Uma vez sob o Sol, Sísifo recusou-se a tornar a partir para o mundo das profundezas, continuando a viver e a reinar em Corinto. Quando, finalmente, após longos anos, Hermes reconduziu-o para a mansão de Hades, o astuto rei foi condenado a rolar penosamente, com a ajuda dos ombros e das mãos, um enorme rochedo até o cume de uma abrupta montanha. Quando estava prestes a alcançá-lo, o rochedo tornava a cair sozinho na planície e Sísifo devia, e para a eternidade; recomeçar o inútil trabalho.

O filho de Sísifo, Glauco, teve, ao lado da de seu pai, uma legenda bem apagada. Conta-se ter sido ele grande apaixonado por cavalos, possuindo uma manada de numerosas e magníficas éguas que eram o seu orgulho e sua suprema alegria. Pensando aumentar seu vigor e torná-las mais belicosas, teve um dia a loucura de alimentá-las com carne humana. Esse crime horrível excitou a cólera divina. Glauco foi primeiramente vencido numa corrida de carros. Depois, tomando parte novamente numa competição de quadrigas, seus corcéis, subitamente enlouquecidos, dispararam. O suntuoso carro que puxavam arrebentou-se e voou em estilhaços e Glauco, após haver sido pisado e triturado, foi, finalmente, devorado pelos próprios animais.

A maior glória de Glauco, filho de Sísifo, foi a de haver sido pai do maior Herói que Corinto viu nascer, Belerofonte. Apenas entrado na adolescência, o jovem Herói, gracioso e leal, percebeu, um dia, um cavalo alado que voava no ar. Depois de haver sulcado o Céu em todos os sentidos, foi, como um rápido relâmpago, pousar sobre a alta montanha que dominava Corinto e desalterar-se nas fontes de um fresco manancial. Desde que viu o maravilhoso cavalo, Belerofonte quis apossar-se dele. Aproximando-se, tentou surpreendê-lo, agradá-lo e montá-lo. Todos os esforços foram vãos e Pégaso, pois este era o nome do divino corcel, não lhe permitiu nem mesmo tocá-lo. A conselho de um adivinho, Belerofonte, cada vez mais desejoso de fazer a nobre conquista, dirigiu-se para o templo de Atena para aí passar a noite e suplicar à Deusa que ajudasse a sua empresa. Adormeceu sobre o altar da Divindade. Nesse ínterim, no mais profundo de seu sono, Atena apareceu-lhe e disse:

— Acorda, Belerofonte. Toma, para domar Pégaso, o freio que te trago, pois é somente com ele que conseguirás tornar dócil ao teu desejo esse indomável corcel. Vai, mas lembra-te, antes de começares o trabalho, de imolar, antes de mais nada, um touro ao Deus que conhece a arte de domar os cavalos.

Belerofonte, a estas palavras, levantou-se, pegou o freio que apresentou à Deusa dos olhos garços e aprestou-se para executar, sem demora, a recomendação de Atena. Quando Pégaso percebeu o freio de ouro, sua fuga impetuosa acalmou-se e ele veio sozinho oferecer-se ao freio que lhe apresentava seu vencedor. Estremecendo de alegria, Belerofonte, então, atirou-se ao dorso do divino cavalo e foi uma brincadeira prepará-lo para o combate. Desde esse dia, Pégaso, o corcel do Trovão, foi o companheiro fiel e o zeloso servidor do filho de Glauco.

Entretanto, malgrado a glória com que acabara de cobrir-se, duras provações esperavam Belerofonte. Manchado pelo assassínio involuntário de seu irmão, o belo herói coríntio precisou, para purificar-se, deixar a cidade natal e dirigir-se a Tirinte. O rei que imperava a esse tempo nessa cidade de ciclópicas muralhas, chamava-se Preto. A rainha, sua esposa, chamava-se Antéia. Vendo o herói, a quem os Deuses tinham dado o encanto da coragem e o atrativo da beleza, o coração de Antéia inflamou-se de um culpado e violento amor. Não tendo podido chegar a seduzir o príncipe virtuoso, a rainha frustrada recorreu, para desgraçá-lo, à mais pérfida calúnia. Foi procurar o rei e, com o mais fingido tom de indignação, disse ao esposo:

— Morre, ó Preto, ou faze que Belerofonte morra, pois o impudico quis forçar-me a te trair!

O rei de Tirinte, ouvindo estas palavras, foi tomado de furor. Entretanto, teve escrúpulo em violar os direitos da hospitalidade, imolando o homem que acolhera. Para desfazer-se dele traçou numa tabuinha (*) os sinais de morte e encarregou o próprio Belerofonte de entregar a mensagem ao rei da Lícia, seu sogro. Belerofonte partiu acompanhado dos Deuses. Quando chegou às margens do Xanto, que

(*) Tabuinhas enceradas em que, antigamente, traçavam-se as mensagens. (N. do T.).

rega as planícies da Lícia, o rei desse país recebeu-o com magnificência. Nove dias foram passados em festins e foi somente a décima aurora que o rei da Lícia, Iobates, interrogou seu hóspede, perguntando-lhe qual era a mensagem que tinha ido levar-lhe. Apenas teve dela conhecimento, resolveu imediatamente, como as tabuinhas lhe ordenavam, vingar-se daquele que ousara atentar contra a honra de sua filha. Mas, como tinha certa repugnância em matar pessoalmente quem acabara de homenagear como o mais brilhante dos hóspedes, encarregou-o de uma missão, julgando que, no seu curso, ele encontraria a morte. Iobates ordenou-lhe combater a Quimera. Esse monstro enorme e até então invencível arrasava a Lícia. Sua cabeça de leão era unida ao corpo de um cavalo, que terminava por uma cauda de serpente. Vomitava, com seu sopro, torrentes de chamas fervendo que incendiavam as colheitas, reduzindo a cinzas tudo que dele se aproximava. Montado em seu cavalo alado, Belerofonte elevou-se ao ar, atacou a Quimera e matou-a, mergulhando em sua goela em chamas um longo chuço, cujo chumbo fundiu-se.

Saindo triunfante desse primeiro perigo, Belerofonte recebeu ordem de tentar outras tarefas não menos perigosas. Iobates, que não se dava por vencido, mandou-o combater os Solimas, horda selvagem e temível que foi, entretanto, vencida. Iobates mandou-o, a seguir, contra as Amazonas. O filho de Glauco triunfou facilmente, mas no caminho de volta a suprema provação esperava-o. Iobates havia escolhido em toda a Lícia os mais válidos guerreiros e os havia colocado em emboscadas, com a missão de cair de improviso sobre Belerofonte e massacrá-lo. Mas nenhum lício reviu seu lar, pois o Herói a todos exterminou. Maravilhado, então, com seu valor e sua jovem audácia, Iobates reconheceu, finalmente, que Belerofonte era de raça divina. Conservou-o na Lícia, deu-lhe a filha em casamento e admitiu-o a partilhar consigo as honras do poder.

Até aí favorecido pelos Deuses, Belerofonte deveria, ao fim de seus dias, atrair sua cólera. Orgulhoso de suas façanhas, teve a audácia, um dia, de querer elevar-se, montado em seu cavalo alado, até as moradas do Olimpo. Mas, enquanto cavalgava, alegríssimo, no Céu, um moscardo, enviado por Zeus, picou Pégaso. O cavalo, terrivelmente aguilhoado, tomou o freio nos dentes, empinou e jogou o cavaleiro no vácuo. Assim que se sentiu livre de sua carga, Pégaso das asas de ouro continuou a subir, alcançou a região das estrelas e transformou-se em constelação. Quanto a Belerofonte, caiu pesadamente ao chão. Magoado, coxo e atacado de cegueira, o vencedor da Quimera, lamentável vítima de um orgulho insensato, foi condenado a uma vida de misérias e a morrer de uma morte sem glória.

XVIII

Perseu

Havia, outrora, em Argos, um rei que só tinha uma filha, chamada Dânae. Ao falar sobre Zeus já dissemos como o rei Acrísio, para impedir Dânae de ser mãe, tinha-a encarcerado numa prisão de bronze, e como Zeus, frustrando os desejos de Acrísio, havia se transformado em chuva de ouro, para penetrar no presídio subterrâneo e tornar-se pai de Perseu.

Assim que soube, pelos vagidos do recém-nascido, do secreto nascimento da criança de sua filha, Acrísio ficou aterrorizado, lembrando-se do oráculo, que predissera seu assassínio por um neto, que reinaria em seu lugar. Ordenou retirassem Dânae da prisão e fez abrir um grande cofre onde fechou, em companhia da criança que acabara de pôr no mundo, sua infeliz filha. Quando o cofre ficou hermeticamente fechado, Acrísio fê-lo conduzir à praia para ser jogado ao mar. Muito tempo, como um destroço, as ondas o balouçaram, mas os Deuses que velavam sobre Perseu, fizeram que a frágil embarcação aportasse às áridas costas da Ilha de Serifos. Nessa ilha afastada reinava, segundo dizem, um rei chamado Polidectes. Quando os pescadores trouxeram-lhe o cofre que haviam encontrado encalhado na costa, mandou-os abri-lo incontinenti. E, tomado de piedade pela mãe e pela criança que ali viu, fechadas mas vivas, acolheu-as em seu próprio palácio. Criado como filho do rei de Serifos, Perseu não tardou a crescer, a tornar-se um príncipe encantador. Mas, como Dânae, sua jovem mãe, era de beleza tão rara que o próprio grande Zeus não a julgara indigna de seu olhar, Polidectes, por seu turno, sentiu por ela o mais violento amor. Receando, porém, que a proximidade de Perseu pudesse prejudicar seus fins, o rei de Serifos resolveu desfazer-se dessa testemunha desagradável.

Anunciou, um dia, sua determinação em desposar a bela Hipodâmia. Por ocasião do casamento, organizou um suntuoso festim, convidando para ele os principais chefes que tinha sob suas ordens, e Perseu. De acordo com o uso daqueles tempos longínquos, cada convidado deveria, na ocasião, honrar seu senhor, oferecendo-lhe um presente. Para estar certos de serem agradáveis ao rei, os convidados perguntaram-lhe, por intermédio de Perseu, qual o presente que gostaria de receber.

— Quero cavalos — respondeu Polidectes.

— Pois não — respondeu Perseu. — Dar-te cavalos é coisa fácil. Por mim, gostaria que me pedisses trazer-te a cabeça de Medusa.

Polidectes nada respondeu, mas no dia seguinte, quando os convivas levaram-lhe cavalos e Perseu apresentou-lhe o seu, Polidectes recusou o presente do filho de Dânae.

— Prometeste-me — disse-lhe ele — a cabeça de Medusa, a mais terrível das três horrorosas Górgonas. Um príncipe deve sempre cumprir o que promete. Não te considero dispensado do teu presente. Vai, pois, e o mais depressa possível, buscar-me essa temível cabeça, pois de hoje até o dia em que trouxeres o que me prometeste, conservo tua mãe como refém.

Impondo a Perseu a perigosa missão, o rei Polidectes esperava, certamente, enviá-lo à morte. Medusa, com efeito, era um monstro prodigiosamente temido. Em sua enorme e horrorosa cara, de nariz achatado e de largas orelhas, abria-se uma boca repugnante, cheia de dentes tão compridos e brancos como presas de javali. Os dois grandes olhos soltavam chamas tão mortíferas como as do relâmpago e sobre a testa de tez queimada, à guisa de cabelos, eriçava-se e movia-se um emaranhado de silvadoras serpentes. Dotada de braços de bronze, possuía longas asas de oiro. Sua voz de animal, quando rugia, espalhava o terror e os olhos petrificavam todos aqueles cujo olhar fixasse o seu.

Perseu, logo que se viu obrigado a manter a promessa, arrependeu-se, primeiro, de sua temeridade. Presa do mais profundo desencorajamento, meditava sobre os recifes da Ilha de Serifos. Um dia, Hermes apareceu-lhe e perguntou-lhe a causa de seu abatimento e de sua inquietude. O filho de Dânae explicou, então, ao mensageiro dos Deuses como, por um excesso de juvenil audácia, tinha se deixado levar a uma imprudente promessa, e como o rei de Serifos o intimara a cumprir o que prometera. Hermes consolou-o e prometeu-lhe, com a sua assistência, o apoio de Atena. Reconfortado, Perseu pôs-se a caminho do longínquo lugar em que morava Medusa. Era, com efeito, muito além do oceano ocidental, nos limites extremos do mundo, nos confins da Noite, a morada das vorazes Górgonas. Mas, antes de se chegar a essa inculta e selvagem região, era preciso atravessar um secreto território em que residiam três velhas, as Gréias, que, desde o nascimento, já tinham, para sombrear-lhes a testa, cabelos tão brancos como a plumagem dos cisnes. Tinham, para as três, somente um olho e um só dente. Quando uma dessas virgens monstruosas entregava à outra seu olho e seu dente, Hermes, substituindo pela sua, a mão daquela que devia recebê-los, apoderou-se deles, passando-os às mãos do filho de Dânae. Como as Gréias reclamassem o que acabavam de lhes tomar, Perseu, a conselho de Hermes e de Atena, só concordou em restituir o olho e o dente sob a condição de elas indicarem o caminho que conduzia ao país de Medusa e de lhe darem os três objetos indispensáveis à sua vitória: sandálias aladas, uma profunda sacola de mendigo e uma escura cabeleira.

As Gréias concordaram e Perseu, após haver calçado as sandálias aladas, amarrado às costas uma larga sacola, ajustado à cabeça o toucado que o tornava invisível, e recebido de Hermes, além de tudo, uma espada de bronze, alçou vôo acima das vagas do Oceano. Logo chegou além do mar rugidor, próximo ao país dos Mortos, numa região medonha em que apareciam somente, como monte de espectros, as figuras torturadas dos animais e dos homens que o olhar de Medusa havia transformado em rochedos. No fundo de uma caverna, Perseu encontrou as Górgonas adormecidas. Aproveitando a circunstância de estar, a mais jovem, entorpecida pelo sono, o herói aproximou-se dela mansamente, voltando a cabeça para não encontrar, se ela acordasse, o olhar assassino. Depois, deixando que Atena guiasse o seu braço e servindo-se, como de um espelho, do escudo em bronze polido da Deusa, para dirigir seu gládio, cortou, com um único golpe, a cabeça de Medusa. Nesse mesmo momento, do sangue que vertia do tronco decapitado da Górgona, um cavalo alado nasceu e voou pelos ares. O corcel do Trovão tinha o nome de Pégaso e Belerofonte deveria um dia domá-lo na montanha que pende sobre Corinto. Conquistada a vitória, Perseu colocou, imediatamente, na sacola, a cabeça de Medusa e iniciou uma fuga rápida. Na verdade ele estava sendo perseguido pelas duas outras Górgonas que haviam acordado e que, para vingar o assassínio da irmã, tinham levantado vôo. Graças, porém, à cabeleira maravilhosa que o tornara invisível, elas não conseguiram alcançá-lo. Perseu voou até a metade do dia. À sua passagem, as gotas que caíam da cabeça sangrenta transformavam-se, ao atingir a Terra, em outras tantas serpentes. Temendo, finalmente, confiar-se à noite, ele diminuiu a corrida no reino de Atlas, próximo ao jardim florido das Hespérides.

— Atlas, — disse-lhe ele — tu que ultrapassas todos os mortais pelo tamanho enorme de teu corpo, que deténs sob tuas leis a extremidade do mundo e sustentas o Céu sobre tuas vastas espáduas, acolhe-me em tua mansão e dá-me, somente por esta noite, o doce favor da hospitalidade.

Muito longe de acolhê-lo, Atlas ameaçou-o e quis feri-lo. Bastante fraco para resistir pela força a esse formidável gigante, Perseu, então, afastando os olhos, mostrou-lhe a horrível cabeça de Medusa. O colosso imediatamente transformou-se em montanha; a barba e os cabelos tornaram-se florestas; os ossos, rochedos e, daí por diante, em lugar de pesar sobre os ombros de Atlas, o peso do Céu e dos astros repousou inteiramente sobre essa alta montanha.

No dia seguinte, quando a Aurora abriu o Céu aos corcéis do Sol, Perseu retomou o vôo. À caída da noite, chegou a um país mais próximo do Oriente, onde o esperava uma nova aventura.

Nessa região reinava o Rei Cefeu, cuja mulher, Cassiopéia, havia excitado a cólera das Nereidas ao vangloriar-se de ser mais bela que uma de suas mais graciosas companheiras. Posídon, o Deus poderoso das vagas espumantes, havia se erigido em executor do ressentimento das filhas do Mar. Para vingá-las, inundara o país e enviara às suas praias um monstro marinho que devorava os homens e os rebanhos. O oráculo de Zeus, consultado por Cefeu, havia respondido que esse flagelo só poderia desaparecer se a filha do rei, Andrômeda, fosse dada como pasto a esse monstro. Quando Perseu chegou à Etiópia, encontrou Andrômeda acorrentada a um enorme rochedo, exposta ao furor do temível animal e abandonada à borda do mar. Se o sopro da brisa do largo não houvesse agitado seus longos e soltos cabelos e se as lágrimas não houvessem caído de suas trêmulas pálpebras, o filho de Dânae teria tomado a filha de Cefeu pela estátua da Dor. Arrebatado pelos encantos da jovem, Perseu permaneceu longamente à sua frente, sentindo o coração docemente comover-se. Finalmente, decidiu-se; e, aproximando-se mais, informou-se de seu nome e perguntou-lhe o motivo pelo qual seus braços estavam acorrentados àquele rochedo selvagem. A princípio, Andrômeda guardou um silêncio prudente, limitando-se a chorar, mas instada, novamente, a falar e temendo que o jovem Herói imputasse seu silêncio à vergonha de um crime, deu seu nome a Perseu e narrou como tinha sido vítima inocente do insensato orgulho de uma mãe sacrílega. Não havia ainda dito tudo, quando o monstro apareceu à superfície fervente das vagas. Avançava como um navio, abrindo as ondas, e sua goela escancarada já se aprestava a devorar Andrômeda. Para salvar aquela que seu coração já queria com grande amor, Perseu alçou vôo, elevou-se como uma flecha por cima das águas, caiu impetuosamente como uma águia sobre o dorso do monstro e mergulhou-lhe no flanco uma longa lança acerada. Ferida de morte, a gigantesca serpente vomitou ondas de sangue, retorceu durante algum tempo seus horríveis anéis e depois mergulhou no abismo salgado. Saindo vencedor dessa perigosa empresa, Perseu desacorrentou Andrômeda e, levando-a a seu pai, pediu essa virgem em casamento. Para recompensar tão gloriosa façanha, o rei consentiu. Archotes, então, foram iluminados por todas as partes, perfumes, a mancheias, foram lançados sobre braseiros e, aos pórticos dos templos, suspenderam-se guirlandas variadas. A elite do reino foi convidada para um festim magnífico; ao som das flautas e das liras, uniram-se, intérpretes do júbilo e do reconhecimento público, os hinos alegres das jovens da Etiópia. Terminadas as bodas, Perseu, acompanhado por Andrômeda, voltou para a Ilha de Serifos, carregando, no fundo da sacola, os horríveis despojos que havia prometido a seu pai adotivo. Mas, durante sua ausência, Polidectes, para obrigar Dânae a desposá-lo, havia-a perseguido com sua insistência. A mãe de Perseu permanecera inabalável e, para livrar-se das ameaças e escapar às violências, refugiara-se num templo. Quando Perseu soube desta nova, esperou que o rei lhe fosse grato por haver exterminado Medusa. Imaginando abrandá-lo, pediu-lhe audiência, mas Polidectes, que nutria em sua alma inflexível um ódio mortal, não somente pôs em dúvida as façanhas de Perseu, como tachou de impostura a morte da Górgona. Irritado, Perseu disse-lhe, então:

— Vou incontinenti dar-te a prova da verdade do que te anuncio.

Empunhando, então, pelos cabelos de serpente, a cabeça de Medusa, retirou-a da sacola e mostrou-a ao rei. Polidectes, olhando-a, transformou-se, em seu trono, numa estátua de pedra.

Após a morte do rei de Serifos, Perseu, tendo terminado suas façanhas, devolveu a Hermes a cabeleira que o tornara invisível, a sacola e as sandálias aladas de que havia se servido. Quanto à cabeça de Medusa, presenteou-a a Atena, que a colocou ao centro do seu resplendente broquel. Depois, deixando a ilha, acompanhado de Dânae e de Andrômeda, dirigiu-se para os muros da poderosa Argos. Aí, assim que soube do regresso de sua filha e do seu neto, o rei Acrísio, temendo ver, enfim, o oráculo cumprir-se e ser matado, abandonou Argos e refugiou-se em Larissa. Mas o Destino, detido pelos Deuses, realizou-se assim mesmo. Perseu, com efeito, apenas chegado a Argos, disfarçou-se e foi também para Larissa. Desejava persuadir o avô de voltar à pátria e tomar posse do trono. Nesse ínterim, o rei de Larissa fez realizar jogos. Perseu, sem o saber, estava no combate diante do avô. E ao lançar o disco, a massa de chumbo foi, por azar, cair sobre a cabeça do rei da cidade de Argos. Mortalmente ferido, Acrísio expirou no mesmo instante. Desolado com esse assassínio, Perseu não quis mais receber a herança daquele que acabava de enviar para os domínios do Hades. Recusou voltar à sua cidade natal, foi para Tirinte e trocou, com a de Argos, a soberania dessa cidade poderosa.

Após sua morte, esse Herói foi transformado, junto com Andrômeda, em uma das mais brilhantes constelações do Céu.

XIX

Os Argonautas

Outrora, um príncipe usurpador reinava, na Tessália, sobre a cidade de Iolco. Chamava-se Pélias e conservava odiosamente afastado do trono e do poder o irmão mais velho Éson, único herdeiro legítimo. Aconteceu que a esposa de Éson pôs no mundo uma criança que se chamou Jasão. Pélias, temendo que ao ódio do irmão viessem acrescentar-se, em seguida, os ressentimentos do sobrinho, resolveu matar o recém-nascido. Avisados a tempo da desgraça que ia cair sobre eles, os pais de Jasão fizeram-no passar por doente. Pouco depois, simularam um luto profundo e espalharam o boato de que o filho havia morrido. Mas, aproveitando a noite e enquanto as mulheres faziam ressoar as paredes do palácio com seus gemidos, envolveram Jasão em cueiros de púrpura e sua mãe foi confiá-lo ao centauro Quíron. Embora metade homem e metade cavalo, Quíron, que habitava o Pélion de declives cobertos de florestas, era de bons costumes, e sua prudência e sabedoria haviam-lhe conferido grande celebridade. Ensinou a Jasão o respeito aos Deuses, a Justiça, a arte militar, a Medicina, a Música e, para formá-lo, conservou-o junto a si durante vinte anos.

Entretanto, Pélias, transtornado pelo remorso, havia interrogado o oráculo sobre a duração que teria seu reino ilegítimo. O Deus respondera-lhe que ele estava arriscado a ver-se deposto do trono por um homem que viria apresentar-se a ele com uma única sandália nos pés. Um dia em que Pélias organizou, à margem do mar, festas em honra do Deus Posídon, para elas convidou, sem conhecê-lo, o belo adolescente que era, então, Jasão.

O filho de Éson prontificou-se a ir, mas, em meio da caminhada, como precisasse atravessar um curso de água, tirou as sandálias e passou o vau, conservando as nas mãos. Quando chegou à outra margem, percebeu haver perdido uma delas. Vendo aquele jovem que se apresentava à sua frente com um pé descalço, Pélias lembrou-se da predição do oráculo. Aproximando-se, então, de Jasão, falou-lhe assim:

— Que farias, Jasão, se, detendo o poder, houvessem predito que deverias morrer pelas mãos de um de teus convidados?

— Eu mandaria esse hóspede — respondeu-lhe Jasão — procurar o Tosão de Ouro.

— Pois bem! — replicou Pélias — uma vez que és esse designado pelo oráculo, vai buscar-me o Tosão do carneiro. Se mo trouxeres, devolver-te-ei no teu regresso teu trono e teus bens.

Sem hesitar, pois estava na idade em que se ama a glória, Jasão aceitou a perigosa missão e apressou-se em enviar arautos em todas as direções, para convocar e reunir a elite dos guerreiros e dos príncipes que quisessem arriscar-se àquela empresa, em sua companhia. Com Héracles e Orfeu, cinqüenta bravos ofereceram-se para tomar parte na perigosa mas tentadora aventura. Contando com tão numerosos e tão valentes auxiliares, Jasão viu-se, imediatamente, na obrigação de preparar a magnífica viagem. Fez, primeiro, construir um célebre navio que chamou de Argo, seja por causa de sua rapidez, pois a palavra grega *argos* significa *rápido*, seja por causa do arquiteto Argos que lhe desenhou a planta. Atena, a Deusa de olhos garços, dirigiu a sua montagem, teceu-lhe as velas e deu-lhe por mastro um dos carvalhos sagrados da floresta de Dodona.

Quando a nave Argo ficou inteiramente equipada, Jasão convidou os cinqüenta e dois Argonautas a escolher, entre eles, um chefe. Unanimemente designaram Jasão; depois, tendo feito, para atrair seus favores, um sacrifício aos Deuses, subiram a bordo, levantaram âncora e fizeram-se à vela, sulcando o mar imenso, na direção do Oriente.

Longa e movimentada foi a navegação, pois antes de atingir o fim longínquo da viagem, deveriam encontrar numerosos obstáculos e sobrepujar terríveis provações.

Lemnos foi a primeira escala. Nessa ilha habitada apenas por mulheres, os valorosos Argonautas perderam dois anos. Jasão, com efeito, ficou perdido pelos encantos da bela Hipsípile e desprezou seus interesses nos braços da sedutora rainha. Héracles, vendo os Argonautas, a exemplo de seu chefe, atrasarem-se naquela vida de delícias, reprovou-os duramente, dizendo-lhes:

— Viemos a este lugar encantador para trair nossas esposas e aqui fixar nossa casa? Será permanecendo como escravos ociosos destas estrangeiras que alcançaremos a glória que nos fez abandonar a terra de nossas pátrias para ir à conquista do Tosão do carneiro?

Estas palavras enérgicas decidiram os Argonautas a reembarcar. Sua segunda escala foi na Ilha de Cizico. Aí colocaram o navio numa baía, ao abrigo do sopro das tempestades, ergueram tendas na praia sombreada e repousaram. Após o repasto, os reis infatigáveis desejaram aproveitar a passagem próxima a uma montanha, consagrada à Mãe dos Deuses, para oferecer-lhe brilhantes sacrifícios. Mas, enquanto a maioria fazia a santa peregrinação, os que guardavam a sólida nau ficaram expostos a um inesperado perigo. Gigantes de seis braços, descidos da montanha, começaram a entupir, com enormes pedras, a entrada do porto em que estava ancorada a nau Argo. Esperavam capturar o vaso e todas as suas riquezas, como se prende, num fosso, um animal feroz. Mas Héracles, que tinha permanecido a bordo, esticou seu arco, trespassou com flechas vários gigantes e dispersou os demais.

Vencedores dessa prova, os Argonautas, pouco depois, chegaram às costas da Trácia. Em Salmidessos, encontraram-se em presença do infeliz Fineu. Adivinho ilustre e imprudente, fora atacado de cegueira por Zeus por haver revelado aos homens os segredos do futuro. Para melhor punir esse cego ancião, o rei do Olimpo havia-o, além disso, entregue à fúria das Harpias. Esses monstros de cara de mulher e de corpo de abutre encarniçavam-se contra ele, tirando as carnes e as iguarias que punha em sua mesa, e espalhavam, sobre as que lhe deixavam, uma sânie tão infecta, que Fineu não conseguia comer à vontade. O infortunado adivinho, tendo conseguido ser livrado das Harpias, testemunhou seu reconhecimento, aos valentes Argonautas, ensinando-lhes o caminho que levava ao Tosão do carneiro, ministrando-lhes precauções a tomar, a fim de atravessarem, antes de chegar à Cólquida, uma passagem difícil.

— Não longe daqui — disse-lhes ele — erguem-se rochedos mortíferos dos dois lados de um longo e estreito canal, sempre escurecidos por brumas eternas. O vento aí é tão selvagem e tão forte que faz chocarem-se os rochedos das duas margens, fechando, assim, vez ou outra, a passagem aos navios. Para atravessar esse corredor, sem que vossa nave seja esmagada ou triturada, será preciso, logo que sejais avisados, pelo barulho espantoso das vagas que aí se quebram, da aproximação dessas rochas movediças chamadas *Simplegadas,* soltar um pombo no estreito desfiladeiro. Se ele atravessar, podereis passar; se ele voltar, renunciai a tentar, no momento, a trágica passagem.

Munidos das preciosas instruções, os Argonautas deixaram Salmidessos e aventuraram-se novamente ao mar espumante. Quando aproximaram-se daquelas rochas trágicas, os Argonautas soltaram um pombo da proa. Este desapareceu e os dois rochedos, juntando-se, só pegaram a extremidade da cauda. Aproveitando, pois, o momento em que os blocos monstruosos se afastavam de novo, os Argonautas, com violentas remadas, forçaram a terrível passagem. Assim que a proa do navio ficou salva, os dois rochedos entrechocaram-se novamente, não conseguindo senão esborcinar, ligeiramente, a extremidade da popa. A partir desse supremo instante, os rochedos movediços tornaram-se imóveis, pois um oráculo declarara que cessariam de mover-se logo que um vaso houvesse passado entre eles, evitando o seu choque.

Finalmente, após haver costeado a Ásia, os Argonautas chegaram à Cólquida onde se encontrava o Tosão de Ouro. Lá, aos largos pés do formidável Cáucaso, reinava um rei que se chamava Eeto. Seu palácio era rodeado de colunas de bronze, de balcões de pedra, a cujos balaústres se agarravam as guirlandas de uma vinha carregada. Quatro fontes decoravam o pátio interno. Das duas primeiras vertiam vinho e leite; a terceira fornecia um óleo perfumado e da última jorrava uma água maravilhosa que, sempre quente em pleno inverno, tornava-se gelada no verão. Assim que desembarcou, Jasão foi procurar Eeto, pondo-o a par do objetivo de sua viagem. A esta notícia, o rei da Cólquida teve violento acesso de cólera. Por nada no mundo queria consentir em deixar levar o Tosão que servia de salvaguarda ao seu distante país. Finalmente, como Jasão insistisse, Eeto, julgando enviar esse Herói à morte tão certa quanto rápida, disse-lhe:

— Permitirei que leves o Tosão se saíres vencedor da seguinte prova: tenho dois touros, cujos cascos são de bronze e cuja boca vomita turbilhões de chamas. É preciso que os domes, que os atreles e que, com uma charrua de aço de um único bloco, arroteies primeiro quatro geiras de terra selvagem e inculta. Terminado esse trabalho, em lugar de trigo, semearás os dentes que te darei. Deles nascerão gigantes. Logo que saídos da terra, deverás atacá-los e matá-los e se conseguires realizar esta tarefa em um só dia, poderás levar o Tosão do carneiro.

O comandante dos Argonautas concordou em tentar a suprema prova. Teria certamente sucumbido aos perigos da empresa, se a filha de Eeto, Medéia, não sentisse por Jasão, assim que o viu, uma ardente paixão. Pondo, a serviço do belo rapaz que amava, todos os recursos de sua arte de mágica avisada, deu-lhe ela um bálsamo cuja virtude era tal que, se alguém untasse com ele todos os seus membros, se tornava imediatamente e por um dia inteiro invulnerável ao ferro e insensível ao fogo. Entregando a Jasão esse bálsamo protetor, disse-lhe Medéia:

— Ao nascer da aurora, antes que atreles os temíveis touros, esfregarás este bálsamo não só sobre teu corpo, como também sobre tua espada, tua lança e teu escudo. Uma força sobre-humana se espalhará logo pelos teus membros. A espada dos gigantes embotar-se-á contra ti e a chama que os touros expelirem não te fará mal algum. Este filtro poderoso durará apenas um dia. Mas nada temas, pois eis um meio de terminares rapidamente o combate a que te deves entregar. Quando vires os filhos da Terra sair em grande quantidade dos dentes que semeares, lança uma pedra no meio deles. Tornados parecidos com cães que disputam uma presa, eles se matarão entre si. Aproveita o momento, cai sobre eles e extermina-os.

Jasão, que havia prometido a Medéia, se conquistasse o Tosão, levá-la para a Grécia, observou escrupulosamente as recomendações da filha de Eeto. Tornado invulnerável, facilmente submeteu os touros, cultivou a terra, semeando-a. Depois, quando viu uma seara de gigantes recobrir os sulcos, lançou a pedra e aqueles, com as próprias armas, mataram-se uns aos outros.

Se bem que Jasão, graças a Medéia, haja saído vitorioso dessa terrível prova, restava-lhe, ainda, uma tarefa mais difícil: matar o monstro que velava, dia e noite, aos pés do Tosão e apoderar-se do precioso talismã. Jamais o jovem herói, sem o auxílio da célebre mágica, conseguiria chegar ao fim de seus esforços. Um dragão terrível, com efeito, enrolado aos pés da árvore a que estava suspenso o brilhante Tosão, vigiava-o sem cessar, não permitindo quem quer que fosse aproximar-se daquela faia copada. Foi, pois, Medéia quem conduziu Jasão. À medida que ela caminhava com ele para perto da árvore, onde o vento balançava o resplendente Tosão, a mágica suplicava, ao serviçal Sono, adormecesse o vigilante guardião. Logo, domado pela força que emanava de Medéia, o monstro escamado de ouro baixou a cabeça de múltiplos penachos, fechou os olhos terríficos e congelou-se num montão de anéis. Jasão, então, sob a ordem de Medéia, trespassou com sua lança a goela envenenada do dragão que dormia, matou-o instantaneamente e apossou-se do Tosão.

De posse do maravilhoso tesouro, os Argonautas, temendo as conseqüências da cólera de Eeto, ganharam o navio, fizeram-no à vela e partiram, levando com eles Medéia e seu irmão Absirto. O rei da Cólquida, com efeito, assim que soube do furto do Tosão, pôs-se a persegui-los. Vendo-se ameaçados por naves velozes, Medéia, para salvar Jasão a quem amava, não hesitou em matar o próprio irmão, em esquartejá-lo, espalhando-lhe os membros sobre as ondas. Como Eeto se atrasasse ao recolher os despojos do filho e dar-

-lhes digno sepulcro, os Argonautas puderam distanciar-se e continuar sua trajetória sem ter, dali em diante, mais nada que temer. Tornaram a atravessar o Mar Negro, a subir o Danúbio, e chegaram ao mar da Sardenha pelo Erídano e o Ródano. Passando perto da ilha habitada pelas Sereias, essas aves do mar com rosto de mulher, sempre encarapitadas em rochedos escarpados, tentaram deter os passageiros da brilhante Argo, com seus cantos acompanhados à lira. Para que a equipagem não lhes ouvisse as vozes que encantavam a tal ponto os que as ouviam que estes se esqueciam de comer e deixavam-se consumir pela fome, Orfeu subiu ao convés e cantou. As suaves melodias daquela boca inspirada, os acordes tão harmoniosos de sua lira, que abrandavam leões e tigres, atraíam os pássaros e faziam até dançar as árvores agitadas, seduziram tanto as Sereias que estas ficaram reduzidas ao silêncio. Sem deter-se, a nau Argo ultrapassou aquelas sinistras paragens. Despeitadas por haverem sido derrotadas, as Sereias, com seus instrumentos, jogaram-se à água e aí se transformaram em rochedos.

Finalmente, após meses de ausência e várias outras aventuras, os Argonautas atingiram o porto de onde haviam partido. Assim que deixou a embarcação, Jasão consagrou seu navio; mas os Deuses não quiseram absolutamente abandonar na Terra essa maravilhosa nau. Transportada para o Céu, Argo tornou-se uma constelação.

Chegando a Iolco, Jasão entregou o Tosão de Ouro a Pélias. Entretanto, malgrado sua promessa, o rei conservou o trono que usurpara. Medéia fez-se, então, o instrumento de terrível vingança. Como Pélias estivesse velho, ela persuadiu as filhas desse príncipe de ter o poder de, por seus feitiços, dar-lhe nova juventude. Para convencê-las, tomou, a sua frente, de um velho carneiro, cortou-o em pedaços, ferveu-os com certas ervas em um grande caldeirão, retirou-os e exibiu-os transformados em cordeiro. Vendo isso, as filhas de Pélias, sem hesitar, degolaram o velho pai, deceparam-no e jogaram-lhe os membros num caldeirão fervendo. O esperado milagre, porém, não produziu, absolutamente, efeito, pois Medéia não quis pronunciar as palavras mágicas que deveriam transformar os restos de Pélias.

Após a morte do usurpador, Jasão, durante dez anos, reinou sobre a cidade de Iolco. Expulso do trono pelo filho de Pélias, que se erigira em vingador da morte do pai, Jasão, acompanhado de Medéia, retirou-se para Corinto. Aí, esquecendo seus serviços e promessas, o ingrato Jasão repudiou a esposa para receber a mão da filha do rei dessa cidade. A vingança da mulher abandonada não se fez esperar. Medéia, como presente de núpcias, enviou à recém-casada uma túnica envenenada. Quando ela a vestiu, o fogo a consumiu. Desgostosa com Corinto, a mágica, num carro puxado por dragões alados, partiu para Atenas, tornando-se esposa de Egeu. Quanto a Jasão, depois de haver levado uma vida errante e miserável, suicidou-se, dizem, num acesso de desespero.

O próprio Orfeu teve um fim infeliz. De regresso da expedição da Cólquida, fixou-se na Trácia e recebeu, em casamento, a bela Ninfa Eurídice. Um dia em que a esposa querida fugia à amorosa perseguição do pastor Aristeu, não enxergou uma serpente oculta na erva cerrada. Picada, Eurídice morreu em conseqüência da terrível mordida. Em vão, desde esse dia, Orfeu tentou consolar-se de sua dor, fazendo ressoar as montanhas da Trácia com o som da lira que ganhara de Apolo. Nada conseguia arrancá-lo à sua dor e a imagem de Eurídice perseguia-o constantemente. Renunciando a viver sem ela, decidiu procurá-la nas sombrias moradas onde se detinham os corações que não sabiam enternecer-se com as preces humanas. Todavia, aos acordes tão melodiosos de sua lira, as leves sombras e os fantasmas dos que vivem sem luz acorreram em multidão. Silenciosos como as aves noturnas, eles escutavam. As serpentes, que serviam de cabelos às intratáveis Erínias, pararam de silvar. Cérbero silenciou suas três goelas escancaradas e a roda de Ixião não mais girou. Finalmente, tendo chegado ao inexorável rei das Sombras, Orfeu dele obteve o favor de levar novamente Eurídice para o sol. Mas sua prece só foi atendida sob a condição de ele não olhar para trás para ver se a bem-amada o seguia. Então, no momento em que ambos iam respirar à luz do dia, a inquietação do amor perdeu o infeliz amante. Impaciente por rever Eurídice, Orfeu voltou-se, e um único olhar lançado à esposa fez evaporar o fruto de tantas penas.

Eurídice desapareceu aos seus olhos como fumaça que se perde nos ares. Em vão procurou ele correr atrás dela, pois o barqueiro infernal não lhe permitiu mais atravessar o Estige. O inconsolável esposo passou, dizem, sete meses inteiros ao pé de uma rocha escarpada, fazendo ressoar as solidões vizinhas com o canto de suas desgraças. Os tigres esqueciam a ferocidade ouvindo sua voz e os cães se deslocavam para ouvi-lo. Nem o amor, nem o himeneu tiveram mais, daí em diante, nenhum poder sobre seu coração. Seus gemidos eram contínuos. Ofendidas por essa fiel recordação e vendo-se sempre desdenhadas por Orfeu, as Bacantes ciumentas lançaram-se sobre ele durante uma noite santa e deixaram seu corpo em frangalhos. As Musas, das quais ele tinha sido o fiel servidor, recolheram-lhe os despojos e os enterraram ao pé do monte Olimpo. Sua cabeça e sua lira, jogadas num rio, foram levadas até a praia da Ilha de Lesbos onde foram piedosamente recolhidas e conservadas.

XX

Dédalo e Ícaro

Dédalo passava aos olhos dos Gregos como o primeiro dos escultores que desbastaram a pedra e talharam na madeira as estátuas de seus Deuses. Nasceu ele em Atenas, dedicou-se cedo ao manejo do cisel e ensinou aos marinheiros, que até então somente conheciam o remo, o uso da vela. Artista incomparável, arquiteto e escultor ao mesmo tempo, granjeou tal reputação de habilidade e de versatilidade, que a fama atribuiu-lhe, em seguida, todas as obras que a arquitetura e a escultura primitivas viram nascer. Inventor da régua, da rosca do parafuso, do nível e do machado, fabricava estátuas que por si sós punham-se em marcha e pareciam animadas. Ora, entre os aprendizes que Dédalo possuía para modelar obras maravilhosas, como tronos para Deuses ou trípodes para os templos, encontrava-se um dos filhos de sua irmã, que se chamava Talos. Notavelmente engenhoso e dotado, Talos, por acaso, encontrou no campo um maxilar de serpente. Tendo a idéia de servir-se dela para cortar um galho, conseguiu um resultado tão surpreendente que imaginou talhar no ferro uma série de dentes. Essa descoberta levou-o a inventar a serra. Desde então, temendo, cada vez mais, ser eclipsado por Talos, o mestre nutria contra o aluno acerbo ciúme. Um dia, tio e sobrinho encontravam-se juntos e sem testemunhas na Acrópole, e Dédalo, para desfazer-se do jovem rival, jogou-o no vácuo. Encontrou-se, desse brilhante praticante, apenas um cadáver esquartejado pelas saliências do rochedo. Citado, por esse crime, diante do Areópago, Dédalo defendeu-se, dizendo que o acaso era o único e malfadado responsável pela queda de Talos. À falta de provas irrecusáveis e também um pouco em consideração pela sua arte, os juízes condenaram Dédalo apenas a banimento perpétuo. Deixando, então, Atenas, o genial escultor refugiou-se na grande Ilha de Creta.

Bem acolhido por Minos, o mais prudente dos homens, Dédalo continuou a criar, pela aptidão de seu cisel, magníficas obras. Para agradar a filha do rei, esculpiu para ela um baixo-relevo admirável. Via-se, no mais puro mármore, uma teoria de jovens que dançavam com virgens, segurando-as pela mão. As moças, coroadas de violetas, estavam vestidas de linho leve e suave. Os rapazes usavam, sobre as curtas túnicas, espadas de ouro suspensas a um boldrié de prata. Ora, como vasos na roda do oleiro, giravam em voltas velozes; ora, rompendo o círculo, descreviam as mais graciosas figurações. Dois prodigiosos dançarinos distinguiam-se no meio desse grupo alegre e o olho da multidão contemplava-os com admiração.

Minos ficou tão encantado com essa obra-prima que tomou a seu serviço o engenhoso artista. A esse mesmo tempo um terrível animal, metade homem e metade touro, estava arrasando a Ilha de Creta. Para conter o terror que ele semeava por todos os lugares, Minos encarregou Dédalo de construir um Labirinto e aí encerrar o temível Minotauro. O célebre arquiteto, construindo essa prisão subterrânea, colocou nela caminhos tão enganadores, sinuosidades tão pérfidas, que era totalmente impossível, uma vez dentro, encontrar de novo a porta e sair. O Minotauro ocupava o centro. Quando Teseu, vindo de Atenas para pôr um fim ao tributo que a cidade de Palas devia ao Minotauro em expiação do assassínio de Androgeu, dizem que foi Dédalo que forneceu a Ariadne o novelo de fio que permitiu a Teseu matar o Minotauro e sair, são e salvo, do profundo Labirinto. Essa condescendência para com a filha de Minos fêz Dédalo cair na desgraça do rei. Para puni-lo, Minos fez encerrar Dédalo na mesma prisão que ele construíra para conter a raiva do execrável monstro que Teseu exterminou.

Dédalo, no entanto, cansado de sofrer numa terra odiosa as contrariedades do exílio e do encarceramento, resolveu, em companhia do filho que tivera com uma escrava de Minos, evadir-se. Mas, como fazer? Creta era uma ilha e todos os navios da marinha real vigiavam-lhe, ativamente, as costas. O único caminho aberto era o dos ares. Com sua arte maravilhosa ele fabricou asas e colou-as às espáduas e aos braços. Depois, quando seu filho Ícaro estava também munido desses remos aéreos, disse-lhe, antes de levantar vôo:

— Meu filho, para abandonar comigo este lugar abominável, atravessar sem perigo a imensidade dos mares e chegar ao fim da nossa viagem, ouve e segue meus sagazes conselhos. É preciso que voes bem ao centro dos ares, nem muito alto, nem muito baixo. Se te mantiveres muito alto, o fogo te queimará; e se teu vôo se abaixar, a umidade da água tornará pesadas tuas asas. Conserva-te bem entre esses dois escolhos e dirige teu vôo regulando-te por mim.

Tendo assim falado, Dédalo alçou o vôo. Ícaro seguiu-o imediatamente como o passarinho segue a mãe quando sai do ninho. Pegureiros e agricultores, apoiados, uns em seu cajado, outros em sua charrua, viram-nos. Espantados, tomaram-nos por Deuses. Em breve, tendo transposto a linha dos navios de Minos, acharam-se em pleno mar. Ícaro, então, deixando-se arrebatar pelo prazer do vôo audacioso e cedendo ao desejo de aproximar-se do Céu, abandonou a esteira experimentada do pai e elevou seu vôo para as alturas serenas em que habitam os astros. Mas os raios do Sol, muito próximos, amoleceram logo a cera perfumada que fixava as plumas à armação das asas recurvas. A cera derreteu, as plumas descolaram-se, destacaram-se uma após outras, voltearam no Céu e foram baloiçar-se sobre a espuma das vagas. Ícaro inutilmente agitou-se no vácuo com seus braços sem apoio e debateu-se, sem sustentáculo, no espaço. Caiu nas ondas e o mar profundo, onde foi afogar-se, chamou-se depois Mar Icário.

Após a queda do filho, o infeliz pai, obrigado, apesar de tudo, a continuar sua caminhada, foi aterrar em Cumas. Aí, para consagrar a Apolo as duas asas que lhe haviam servido para evadir-se de Creta, construiu, àquele Deus, um templo magnífico. Contam que ele esculpiu, nas portas de bronze, toda a história de Minos e de sua trágica descendência. Por duas vezes tentou representar aí também a deplorável queda de seu infeliz filho, mas por duas vezes, à lembrança da violenta e recente dor, o buril caiu de suas mãos paternais.

Segunda Parte

Legendas Épicas da Grécia e de Roma

I

O Rapto de Helena

Àquele tempo, a cidadela de Tróia, porta do Helesponto, era governada por um rei, pai de cinqüenta crianças, e que se chamava Príamo. A rainha Hécuba, sua 'esposa, uma noite sonhou que dera à luz um archote aceso e que esse archote, propagando o fogo até o topo das torres, incendiara e destruíra a cidade. Para afastar esse sinistro presságio, assim que o filho que nela gerava, nasceu, Hécuba quis desfazer-se dele. O servidor encarregado de fazê-lo desaparecer, em lugar de matá-lo, limitou-se a abandoná-lo nos declives das quedas de água do Ida coroado de florestas. Após haver sido, durante cinco dias, amamentado por uma ursa, o recém-nascido foi recolhido por um pastor que o criou e deu-lhe o nome de Páris. Tornando-se crescido e forte, guardava ele os rebanhos do pai adotivo. Revestido do couro de cabra selvagem que pendia atrás das costas até o joelho, cajado sob o braço, ele levava a pascer novilhas e ovelhas, regulando seus passos pelo ritmo dos sons que tirava da frauta. Por uma clara e quente manhã, como Páris repousasse à sombra de um bosquezinho, abandonando a alma aos cantos de seu instrumento, o belo pastor viu, de repente, em companhia de três Deusas, Hermes, o mensageiro dos Deuses, atravessar o círculo das gordas novilhas deitadas e caminhar para ele:

— Salve Páris! — disse-lhe então o guia de sandálias aladas. — Nada temas; é o próprio Zeus, pai comum dos homens e dos Deuses, quem nos envia ao teu encontro. Ele te escolheu, sabendo-te belo e perito em beleza, para pôr fim a uma briga que divide estas três nobres Deusas. Cada qual pretende ser a mais bela das três e Zeus, que se recusa a julgá-las porque ama a todas igualmente, louva-se na tua escolha e na tua decisão. Toma, pois, esta maçã e dá-la àquela que julgas a mais bela.

Apenas acabara de falar e Páris, com os olhos admirados, mas lisonjeados, viu-se na obrigação de pronunciar sua eqüitativa decisão. Queria fazer comparecer à sua frente uma após outra: Atena, Hera e Afrodite. Mas, sem esperar sua vez, Afrodite, a divina guerreira, tomou a iniciativa de apresentar-se em primeiro lugar.

— Páris, — disse ela, tomando-lhe a mão — se decidires em meu favor, ensinar-te-ei a arte da guerra; e igualando-te aos mais valentes guerreiros, serás a fortaleza mais segura do povo que as muralhas de Tróia protegem.

Assim falou a Deusa de olhos garços. A divina Hera, sucedendo a ela, falou:

— Se me deres, Páris, o prêmio da beleza, prometo-te, na qualidade de esposa do soberano senhor dos Céus, fazer-te reinar sobre a Ásia inteira. Deixa as preocupações belicosas que os riscos acompanham e vive, como Zeus, governando sentado em segurança num trono resplendente.

Afrodite aproximou-se por último. Para aparecer com mais vantagens, tirou os prendedores dos véus que lhe recobriam a garganta e, mostrando com a mão de anéis multicoloridos sua espádua de marfim:

— Observa, Páris de belos cabelos, observa os encantos que te ofereço. Não merecem eles a preferência sobre os trabalhos da guerra e não valem mais que o brilho e as riquezas de todos os reinos da Ásia? Escolhe pois; posso dar-te uma companhia encantadora e fazer-te subir ao trono de um rei, mas no leito da divina Helena.

Seduzido por tantos atrativos e subjugado por tão doce promessa, Páris pronunciou-se a favor de Afrodite e, para conferir-lhe o prêmio da beleza, apresentou-lhe a maçã. A Imortal segurou-a e imediatamente recompensou o delicado árbitro, pondo-lhe no coração fogosa ansiedade de ver e conseguir aquela que ele já amava sem ainda conhecer. Entregando-se, daí por diante, inteiramente aos cuidados de sua espera e de sua bela partida, Páris contratou trabalhadores, levou-os para a floresta, ordenou a derrubada de belas árvores e a construção, com elas, de um sólido navio. Já o machado havia derribado mais de um carvalho, quando enviados de Príamo vieram pedir, ao senhor de Páris, um touro que deveria ser atribuído ao vencedor de uma luta, organizada para comemorar a morte da criança de quem Hécuba acreditava haver se desfeito. Páris, que gostava muito do animal escolhido, acompanhou-o à corte, tomou parte na luta e ganhou-a de todos os concorrentes. Mas, um deles, Deífobo, o próprio irmão de Páris, desembainhou sua espada contra o vitorioso, que somente se salvou refugiando-se nos altares santos. Aí, enquanto abraçava uma estátua de Zeus protetor do lar, Cassandra, sua irmã, reconheceu-o e fez que o admitissem no seio da família. Pouco depois, Páris casou-se, recebendo por esposa a infeliz Enone. Esta, realmente, não deveria tardar a ser abandonada, pois Páris, sempre possuído pela lembrança de Helena, logo deixou o lar conjugal, confiou seu navio às ondas baloiçantes da campina líquida e partiu à procura da beleza que a boca de ouro da divina Afrodite lhe prometera. A nau que levava o infiel esposo, aportou próximo a Terapneu. Aí, feliz e radioso por respirar o ar em que se moviam os olhos brilhantes de Helena, o protegido de Afrodite pôs os pés na praia e, após haver-se lavado nas águas do Eurotas e de se revestir de belas roupagens, pôs-se a caminho que, subindo o vale, levava a Esparta, cidade célebre pela beleza de suas mulheres. Heróica e guerreira, essa cidade orgulhava-se de haver recebido, dos Deuses, inexpugnáveis defesas. A cadeia selvagem e abrupta do Taígeto, com efeito, cobrindo-a como uma divina muralha, fortalecia a bravura de seus valentes cidadãos, exaltava sua confiança na ajuda augusta e invencível do Céu. A cidade era, então, governada pelo filho de Atreu, Menelau, cujo irmão mais novo, Agamemnon, era rei da opulenta Micenas. Menelau havia obtido por esposa uma filha de Zeus e de Leda, que se chamava Helena. Diziam que ela igualava Afrodite em beleza. Era majestosa e alta e seus grandes olhos de longas sobrancelhas pareciam ser o ninho sedutor dos Amores. Antes de seu casamento, os mais nobres chefes de todos os cantões da Hélade tinham sido seus pretendentes. Tão grande era o ciúme que ela então despertava, que ameaças de morte pairavam, previamente, contra aquele que obtivesse sua mão. Seu pai putativo, o valoroso Tíndaro, hesitava, pois, na escolha do genro. A conselho de Ulisses, ele aproveitou um dia o desejo unânime de todos os pretendentes para constrangê-los a se ligarem entre si e, sob a fé do juramento, prometerem que, se alguém — fosse Grego ou Bárbaro — viesse a raptar Helena e a violar seu leito, apoiariam e defenderiam aquele, dentre todos eles, que recebesse sua filha.

Quando Páris atingiu o umbral da casa do loiro rei de Esparta, e anunciaram que um mensageiro desejava entrar, foi Helena de cútis rosada quem o recebeu. Haviam-lhe dito, com efeito, que o visitante era parecido com o divino Dioniso, tanto a sua bela juventude, suntuosamente adornada, unia à graça delicada das virgens o ágil vigor do encanto dos efebos. Interdita ao vê-lo, Helena contentou-se, primeiro, em fazer sentar-se o hóspede inesperado. Não se cansava de observá-lo. Por fim, perguntou:

— Quem és, belo estrangeiro? Quem são teus pais e que lugar te viu nascer?

— Talvez, rainha, — respondeu-lhe Páris — ouviste falar de uma cidade situada nos confins da Frígia e que se chama Ílion. Essa cidade, banhada pelas águas do Símois e do Escamandro e que detém o cetro que manda na Ásia, é minha santa pátria. Seus muros de torres inabaláveis foram construídos por Apolo e por Posídon. Meu pai é o seu rei, chama-se Príamo e descende de Dárdano, filho de Zeus e avô dos troianos. Quanto a mim, procuro caminhar nas pegadas de meus insignes antepassados. Por ter conferido à divina Afrodite o prêmio da beleza, ela destinou-me uma esposa encantadora. Helena é seu nome acariciante e é por ela que enfrentei as vagas e vim para aqui buscar minha recompensa. Não me rejeites. Partamos: Afrodite o deseja.

Helena, ouvindo essas palavras, conservava pregadas em terra suas pupilas úmidas. Não sabendo como romper tão ardente silêncio, nada respondia.

— Partamos! — insistiu Páris. — Nada temas. Menelau tem o sangue dos que sofrem pacientemente as injúrias e não existe na Terra mulher tão tímida quanto teu tímido esposo.

— Pois bem! — respondeu Helena, abandonando o encantamento em que estava mergulhada. — Concordo em acompanhar-te. E uma vez que a Deusa imortal o exige, tomemos o caminho de Tróia.

No dia seguinte, no instante em que a Aurora tornava, para os mortais, o sono mais leve e abria, para eles, a dupla porta dos sonhos, Páris embarcava para a cidade de Príamo aquela que para lá deveria levar mil desolações. A travessia foi bela como a partida para a Ilha da Felicidade. Entretanto, quando o feliz casal aparecia à vista das muralhas de Tróia, a profetisa Cassandra foi a primeira a perceber, do alto das torres de Ílion, a radiosíssima esposa que seu irmão conduzia. Pressentindo que Tróia abria as portas à autora de sua ruína e de sua conflagração, ela rasgou seu véu tecido de ouro e chorou a perda de sua cidade natal, arrancando desesperadamente os cabelos. Em Esparta, realmente, quando Menelau soube do rapto da esposa, explodiu de furor contra o estrangeiro que abusara da hospitalidade para manchar a glória de uma casa ilustre. Agamemnon, irmão de Menelau e rei poderoso de Micenas de muros ciclópicos, também sentiu terrível e retumbante cólera. A fim de bem vingar a honra de sua antiga família, apelaram para os mais valentes Gregos. Todos, então, reis e guerreiros, julgaram-se ofendidos por aquela grave injúria, combinaram a tomada da cidade de Tróia e prometeram, segundo o juramento e pela força dos broquéis e das lanças, fazer Helena voltar para Menelau. Depois de dois anos de longos preparativos, os Gregos reuniram sua frota e seu exército no porto de Áulis, na Beócia. O mar desapareceu sob uma resplendente e movediça extensão de naves de belas proas, de querenas carregadas de escudos rutilantes, de carros vermelhos, de cavalos relinchantes, e de soldados de chuços acerados. Assim que foram relacionados todos os vasos que deveriam enfrentar o negro império do mar espumante, os príncipes dos Gregos, após haverem, por deferência a Menelau, designado seu irmão

Agamemnon para comandar a expedição, desejaram oferecer, antes do levantamento da âncora e de içar a vela, um sacrifício aos Deuses. O altar foi erguido sob um largo plátano e próximo a uma fonte. De súbito, antes mesmo que as vítimas fossem decapitadas, viu-se um horrível dragão sair do pé do altar, erguer-se sobre o tronco do alto plátano e alcançar, de goela aberta, os ramos superiores. Na ponta da árvore, com efeito, tremendo sob a folhagem e soltando pios dolorosos, encontravam-se, em seu ninho, oito filhotes de passarinho. A mãe, chorosa e desolada, volteava em torno do frágil ninho. O dragão devorou os filhos e a mãe tornou a descer da árvore e transformou-se, imediatamente, em pedra. Calcas, o mais hábil dos adivinhos, então, assim interpretou aquele espantoso prodígio:

— Zeus — disse ele aos Gregos — anuncia-nos, por esse sinal, longos e peníveis trabalhos, mas também a glória imortal. Combateremos nas praias troianas, tantos anos quantos pássaros foram devorados pela serpente. Mas no décimo, apoderar-nos-emos dessa pérfida cidade e somente retornaremos à nossa querida pátria após havermos arruinado, de alto a baixo, e devastado, a ferro e a fogo, as cidades e as terras do infeliz Príamo. É preciso, com efeito, que os filhos da Hélade não se vejam mais despojados de suas mulheres, pelos Bárbaros.

Assim falou Calcas. Terminado o sacrifício, os rápidos vasos só esperavam o vento para zarpar do porto bem abrigado de Áulida e conduzir para a longínqua Tróia o exército dos Gregos de inumeráveis escudos. Todas as manhãs, o rei Agamemnon perscrutava o Céu. Ora a calma era geral e nenhum sopro embaciava o espelho que refletia, como nas águas dum lago de montanha, os mastros e a vela duma frota imóvel; ora eram ventos contrários que eriçavam as ondas, obrigando os navios a permanecerem no ancoradouro. O próprio Agamemnon sentia-se aniquilado. Desejoso de saber qual a razão pela qual os Deuses recusavam-lhe os ventos propícios à navegação, chamou Calcas, suplicando-lhe dizer toda a verdade.

— Não a procures algures, — disse o adivinho: — és tu a causa que faz os Deuses pararem todos os ventos do

Céu que te seriam úteis. Ofendeste a Deusa Ártemis, matando, nos bosques que lhe eram consagrados, a corça predileta da filha de Zeus. Ela jurou reter os ventos até que seu ódio seja aplacado; e para tanto exige que lhe sacrifiques tua própria filha Ifigênia. O êxito feliz da expedição e a ruína de Tróia dependem dessa imolação, e tudo quanto preparaste até agora para vingar Menelau falhará se recusares conduzir ao altar tua filha bem-amada.

Ouvindo essas palavras, Agamemnon chorou. Seu grande coração estava preso, realmente, entre o amor paterno e o amor da Hélade. "Se recuso — pensava ele — sacrificar minha filha, que pensarão de mim tantos guerreiros e chefes? Um furioso desejo os arrasta e os impele para a terra dos Bárbaros, a fim de impedir o rapto das mulheres da Grécia. Se desobedeço, eles mesmos irão, quando souberem o que a Deusa quer, apoderar-se de minha filha de loiros e encaracolados cabelos e apresentar seu pescoço ao sacrificador. O cuidado com minha glória e minha dignidade não me ordena salvaguardar a honra da Hélade ultrajada?" Havendo assim refletido, Agamemnon resolveu enviar a Clitemnestra, sua esposa, um mensageiro. Pedia-lhe que lhe mandasse Ifigênia a Áulida, sem tardança, pois Aquiles, o rei dos Mirmídones, desejava-a por esposa. Satisfeito com essa cruel mentira, o grande Agamemnon chamou, sem tardar, um mensageiro veloz:

— Vai, leva esta mensagem a Micenas. Entrega-a pessoalmente à rainha. Vai e não te sentes à sombra das árvores e das fontes, nem te deixes vencer pelo sono opressor, mas corre de um jato e regressa o mais breve possível.

Logo mais, com o coração cheio de alegria, Ifigênia chegava num carro. A mãe a acompanhava, trazendo os presentes que, por dote, destinava à filha. A satisfação de Ifigênia foi de curta duração. Quando soube, com efeito, para que funestas núpcias seu pai a reservava, pôs-se a gemer, deplorando sua sorte e lastimando, com gritos agudos, ser privada da doçura do dia e do esplendor etéreo do Sol. Finalmente, quando compreendeu que o êxito da expedição, a queda das muralhas de Tróia e a própria honra da magnânima Hélade dependiam da sua imolação, Ifigênia exclamou:

— Pois bem! Uma vez que depende de mim que os Bárbaros jamais tentem raptar as mulheres da Hélade, e que eles expiem o opróbrio que infligiram, através de Helena, a toda raça dos gregos, consinto em morrer. Ofereço minha vida para salvar minha pátria. Imolai-me, pois que a ruína de Tróia está ligada ao meu sangue e que a espada, que deve cortar minha cabeça, consagre minhas núpcias com a glória imortal.

Conduziram, então, a virgem de bom coração para o bosque de Ártemis. Todo o exército estava ali reunido. Quando Agamemnon viu sua augusta filha encaminhar-se em direção ao altar, virou a cabeça, cobriu os olhos com seu grande manto e começou a chorar. Ifigênia, então, aproximando-se de seu pai, disse:

— Eis-me aqui, pronta a dar minha vida pela minha pátria querida. Conduze-me, pois, ao altar, ó meu pai, pois que o oráculo o exige. Se feliz e possas logo alcançar a vitória e regressar em seguida, glorioso, são e salvo, para os muros de Micenas. Que nenhum soldado, entretanto, toque em mim: vou eu mesma apresentar meu pescoço à espada nua.

Assim falou ela. Um chefe, então, de pé ao meio do exército, impôs silêncio à imensa assembléia. Calcas coroou a cabeça de Ifigênia, e o filho de Peleu, o valoroso Aquiles, adiantou-se:

— Filha de Zeus, ó brilhante Ártemis! — disse, elevando a cesta em que repousava a espada do sacrifício — recebe esta vítima que te oferecem o exército dos Gregos e o rei Agamemnon! Permite-nos, em troca, navegar com felicidade e derrubar, pela lança, as cidadelas de Tróia.

Todo o exército olhava para o chão. O sacrificador, no meio de imóvel silêncio, tinha empunhado a espada e procurava o local em que deveria golpear. Mas Ártemis, no mesmo instante em que o golpe estava sendo desferido, fez, de repente, desaparecer a virgem Ifigênia. A espada cortou apenas o coração de uma corça que jazia, ofegante, ao pé do altar todo inundado de sangue. Vendo aquilo, Calcas gritou:

— Uma vez que a Deusa jogou sobre o altar esta corça das montanhas, é porque aceita o sacrifício inacabado da virgem. Vós, pois, soldados, tende coragem, correi às naves, pois é preciso, a partir de hoje, deixar o porto de Áulida e pedir às ondas que nos levem para Tróia.

Apenas terminava ele e um vento propício soprou. As velas enfunaram-se, a frota fez-se ao mar e os Gregos alegres partiram, cantando, para libertar, em Helena, a Hélade cativa nas costas da Ásia.

II

A Cólera de Aquiles

Dentre todos os guerreiros que a frota dos Gregos conduzia para Tróade, o mais belo, o mais irresistível e também o mais bravo era Aquiles. Filho de Peleu e da Ninfa Tétis, Aquiles de pés ligeiros era invulnerável. Sua mãe, com efeito, para tornar todos os seus membros impenetráveis ao ferro, havia-o mergulhado, em criança, nas águas do Estige. Uma única parte do corpo do filho não havia se tornado invulnerável. Ao imergir Aquiles, Tétis segurara-o por um calcanhar, e a água não ultrapassara os tornozelos. A fim de fazer educá-lo, seu pai o levara para Pélion de encostas cobertas de florestas, na alta caverna em que habitava Quíron, um hábil Centauro. Aí, para fortificar o corpo de seu ilustre aluno, o sábio preceptor alimentou-o com medula de javalis e de lobos. Graças a esse regime, as mãos infantis de Aquiles já brandiam pesados virotes. Com seis anos, veloz como os ventos, ultrapassava os cervos na corrida, abatia leões, carregava-os às costas e ia oferecê-los ao seu mestre. Ainda mais, esse douto educador ensinou-lhe, com o dedilhar da lira, a arte de pensar as feridas e de conhecer as virtudes secretas e benfazejas das plantas. Aquiles tinha nove anos quando Calcas predisse que a cidade de Tróia não poderia ser tomada sem a sua intervenção, e que o Herói sucumbiria sob os muros dessa santa cidade. Sua mãe, então, para livrá-lo da sorte que o esperava, cobriu-o de vestimentas femininas, e apresentou-o ao rei da Ilha de Ciros, Licômedes, que o acolheu em sua casa, aí o conservou escondido e o criou no meio das próprias filhas. Os Gregos, porém, antes de embarcarem para Tróade, descobriram seu esconderijo e enviaram a Ciros uma delegação. Negando a presença de Aquiles em sua casa, Licômedes permitiu aos enviados vasculharem seu palácio e levar Aquiles, caso o descobrissem. O engenhoso Ulisses imediatamente exibiu, aos olhos das jovens, pedrarias, enfeites e tecidos preciosos; depois, após juntar a essas ofertas uma lança e um broquel, fez soar um clarim. Ouvindo esse toque, que afugentou suas medrosas companheiras, Aquiles rasgou seu vestido e precipitou-se, como um soldado apressado em chegar ao combate, às armas preparadas por Ulisses. Surpreso e desmascarado pelo seu ardor guerreiro, o filho de Peleu prometeu, então, aos Gregos o concurso de seu braço e com eles embarcou para Tróia, em companhia de seu amigo Pátroclo. Durante os nove primeiros anos da longa guerra, Aquiles mereceu ser apelidado, com razão, o poderoso broquel do exército dos Argivos. Ele destruiu doze cidades por terra e onze por mar. Após o saque de Lirnesso, como os príncipes dos Gregos dividissem o produto do roubo, uma jovem cativa, de nome Briseida, caiu entre as mãos de Aquiles e foi para sua tenda. Daí a algum tempo, o rei Agamemnon recebeu também, como quinhão, após a ruína das muralhas de Crisa, uma sacerdotisa do templo de Apolo, que atendia pelo nome de Criseida. Quando as hostes gregas, desembarcadas em Tróade, acampavam não longe das muralhas de Ílion, o pai de Criseida, levando, com um rico resgate, um ramo de louro ornado de fitas, foi tentar livrar a filha dos laços da escravidão. Implorou a todos os Gregos e, sobretudo, aos dois chefes dos valentes guerreiros, Agamemnon e Menelau.

— Filhos gloriosos de Atreu — dizia-lhes o sacerdote suplicante — e vós, Gregos belicosos, possam os Deuses permitir arraseis a cidade de Príamo e vos devolver felizes aos vossos lares! Mas dai-me minha filha e aceitai este resgate, se temeis o filho de Zeus, Apolo, que longe lança seus dardos.

Somente Agamemnon, dentre todos os Argivos, juntando o insulto à ameaça, teve a impudência de gritar:

— Sai, ancião, de perto destes navios! Trata de não prolongar tua estada e de não ousar aparecer mais por aqui.

Não devolverei, absolutamente, minha cativa. Vai, e se quiseres rever o Céu de tua pátria, cessa de irritar-me!

O ancião obedeceu; e, com a dor na alma, retirou-se, seguindo pelas margens ressoantes do mar. Apolo, então, vingando a ofensa que havia sido feita ao seu sacrificador, desfechou, sobre as hostes dos Argivos, flechas pestilentas. De todos os lados tombavam soldados moribundos; e durante nove dias, inúmeras fogueiras não se extinguiram. Na décima aurora, Aquiles, irritado por tantos males, convocou todos os Gregos e assim arengou para a assembléia:

— Amigos, — disse ele — uma vez que a guerra e o contágio uniram-se para nos prejudicar, receio que em breve sejamos obrigados a retornar envergonhados para a nossa cara pátria. Consultemos, pois, um áugure e conheçamos a causa desse ódio de Apolo e a maneira de evitar a peste e a morte.

Calcas, então, ergueu-se, tomou a palavra e disse:

— Ó grande Aquiles! Tu me ordenas, apelando para a minha arte, revelar um crime de que Apolo se vinga. Falarei sem receio, pois conto contigo se ofender a alguém. Apolo vinga seu sacrificador, o piedoso ancião Crises que Agamemnon não teve pejo de ultrajar. Porque este não quis libertar Criseida, Apolo nos castiga com males, jurando jamais desarmar seu braço que nos pune, enquanto não for entregue a esse pai aflito a filha de belas faces.

A estas palavras do adivinho, Agamemnon respondeu:

— Sinistro áugure! — gritou, lançando olhares terríveis — se é verdade, como pretendes, que Apolo nos castiga por eu ter recusado ceder Criseida, bem, consinto em entregá-la, desde que me dêem outra recompensa.

— E que outra recompensa — interrompeu, então, o impetuoso Aquiles — exiges dos Gregos? Todo o produto que o saque das cidades conquistadas por nossas lanças nos proporcionou, foi repartido. Devolve, portanto, essa escrava: nós te daremos o triplo e mais ainda, se Zeus nos permitir derrubar os muros da soberba Tróia!

— Aquiles, — respondeu, àquelas palavras, o Rei Agamemnon — por mais valente que sejas, se desejares que eu devolva o prêmio da minha coragem, exijo um outro de igual valor. Dá-me Briseida, senão irei pessoalmente arrancá-la de tua tenda.

— Coração insaciável, — tornou Aquiles, fervendo de cólera — uma vez que tua língua teve a celerada insolência de ultrajar-me em público, ameaçando de ires pessoalmente apossar-te, pela força, do prêmio que me valeram tantas façanhas vitoriosas, retiro-me da luta em que me comprometi para restabelecer a honra de tua família. Não quero mais deixar que cubram de ignomínia o mais valente dos Gregos. De tua audácia insolente, arrepender-te-ás, ó tu que tendes o olho impudente do dogue e o coração da corça medrosa, no dia em que vires os Argivos caírem, como folhas, sob os golpes dos Troianos e reclamares, em vão, a presença de Aquiles!

Acompanhado, então, de Pátroclo e dos seus, Aquiles retirou-se para debaixo de sua tenda. Agamemnon fez devolverem Criseida a seu pai, e Apolo, desarmado por essa rendição, e apaziguado por numerosos sacrifícios, não mais desferiu as flechas envenenadas de sua rude vingança.

Mas o rei de Micenas não esquecera a ameaça que proferira contra o filho do belicoso Peleu. Enviando dois escravos, disse:

— Ide à tenda de Aquiles, apoderai-vos da jovem Briseida e trazei-ma.

Os enviados encontraram o vencedor de Lirnesso sentado à frente da tenda. Como não ousassem dirigir-lhe a palavra, pois viam-no supremamente irritado:

— Aproximai-vos — disse-lhes, então, Aquiles, percebendo o seu embaraço. — Agamemnon vos envia para arrebatar Briseida. Levai-a; mas ficai sabendo que hoje eu desapareço tanto das batalhas como dos Conselhos, que me condeno a uma inação absoluta e que renuncio, por um irrevogável juramento, a socorrer o ingrato exército dos Gregos, em qualquer desgraça em que ele se encontrar. Vai, generoso Pátroclo, — acrescentou ele — faze sair minha cativa e entrega-a às mãos desses dois lacaios.

Pátroclo, obedecendo à ordem de seu ilustre amigo, fez sair Briseida da tenda de Aquiles e entregou-a aos mensageiros. A cativa de belas faces seguiu-os de má vontade.

Vendo afastar-se o doce prêmio de seus duros trabalhos, Aquiles derramou lágrimas e foi, às escondidas dos companheiros, sentar-se na praia do mar espumoso. Estendido sobre a areia e olhando as ondas, sentia-se sucumbido de tristeza, e seu grande coração jamais se consolava do vazio atroz que o fazia gemer.

Vendo, assim, seu filho definhar, Tétis, a mãe venerável de Aquiles de pés ligeiros, saiu do seio das vagas e dele aproximou-se. E, acariciando-o com a sua divina mão:

— Meu filho, que aflição apoderou-se de ti? Fala, nada me escondas e dize-me livremente o que queres que eu faça para dissipar tua pena.

Aquiles, em resposta, suplicou-lhe pedisse a Zeus que protegesse os Troianos, até que os Gregos fossem, constrangidos, à sua tenda prestar homenagem àquele que ultrajaram, pedir sua ajuda e confessar seus erros. Deixando, então, seu filho, a Nereida de belos cachos elevou-se para o Olimpo e, abraçando com uma das mãos os joelhos do soberano do Céu e tocando, com a outra, seu augusto queixo, expôs seu pedido ao Deus que lança o raio. Zeus, tendo prometido a Tétis, selando sua promessa com um sinal de cabeça, atendê-la, enviou ao rei Agamemnon um sonho sedutor. O filho de Atreu repousava sob sua tenda e dormia um sono que as sombras pacíficas da noite envolviam. Nesse momento, pareceu-lhe que o prudente Nestor debruçava-se sobre sua cabeça, proferindo estas palavras:

— Dormes, filho do intrépido e belicoso Atreu. Um verdadeiro chefe não deve, absolutamente, languescer no repouso durante a noite toda. Ergue-te; apressa-te em armar os Gregos valorosos e colocá-los em linha de batalha. Os Deuses estão contigo e decidiram que poderás, hoje, apoderar-te dos muros da florescente Tróia.

Ao acordar, como a Aurora de cútis rosada anunciasse à Terra o retorno do Sol, Agamemnon levantou-se, vestiu-se como um rei, e tomando em mãos o cetro que recebera de seus pais, dirigiu-se aos navios dos Gregos, chamou arautos e reuniu o exército.

— Amigos, — disse, então, em alta e clara voz — os Deuses querem que este dia seja um dia de combate decisivo. Que cada um, pois, aguce sua lança, prepare seu escudo e coloque os carros para uma luta terrível, pois hoje deveremos, a dar-se crédito a um sonho que tive esta noite, derrubar, antes do pôr do Sol, o palácio de Príamo.

Assim falou e o campo dos Argivos reboou, àquelas palavras, um clamor confuso e prolongado como o barulho das vagas sobre uma praia abrupta. Encontrando, então, na guerra mais doçura que no retorno ao seio da pátria, todos os soldados aprestaram-se a ir, com gritos de alegria, revestir-se de suas armas. Logo o Sol explodiu em mil raios esparsos sobre o bronze dos broquéis, das lanças, das coiraças, e o exército de cem povos diversos, inundando a planície onde corria o Escamandro, pôs-se em marcha através do campo. A Terra gemia sob os passos das tropas que avançavam, conduzidas por seus chefes de penachos oscilantes, no silêncio pesado dum nevoeiro de pó.

Avisados pela mensageira de Zeus, Íris de pés velozes, de que um combate terrível se preparava, os Troianos, à voz de Heitor, aprestaram-se a sustentar o ataque. Todas as portas da cidade que os Gregos ansiavam por devastar, abriram-se e vomitaram uma multidão tumultuosa de guerreiros e de carros. As duas falanges iam entrar em choque quando Páris, o raptor de Helena, apresentou-se à frente dos Troianos e foi desafiar, agitando dois virotes, os mais valentes dos Gregos para um combate sanguinário. Menelau, satisfeito como um leão que vislumbra o gamo que sua fome reclamava, saltou do seu carro e lançou-se contra ele. Mas o belo Páris, temendo o guerreiro de quem havia roubado a respeitável esposa, empalideceu à sua aproximação e retirou-se para as linhas dos Troianos. Heitor, então, de penacho ameaçante:

— Infeliz Páris, guerreiro efeminado e corajoso sedutor, tu te cobres de opróbio e nos desonras! Não ouves a risada dos gregos intrépidos?

— Heitor, — respondeu-lhe Páris de belos cabelos — minha alma não é absolutamente sem valor nem sem força. Se desejas que eu lute, detém as tropas, faze afastar Gregos e Troianos e, no meio deles, deixa brigar, por causa de Helena, Menelau e Páris. Aquele dos dois adversários a quem sorrir a vitória levará consigo a filha de Tíndaro.

Diante deste discurso, Heitor, cheio de satisfação, precipitou-se entre os dois exércitos:

— Troianos, — disse ele — e vós, bravos Gregos, Páris, o autor desta guerra interminável e atroz, pede que ele e o valente Menelau combatam sozinhos pela causa de Helena. Deixemos os responsáveis decidir entre si este conflito desastroso e que aquele dos dois que sair vitorioso, leve para sua casa a filha de Tíndaro!

As duas hostes, esperando assim terminar uma guerra tão cruenta, entregaram-se à alegria e juraram conformar-se com esse combate singular. Gregos e Troianos retiraram seus cavalos, desceram dos carros e depuseram as armas mortíferas. Durante esse tempo, Ulisses e Heitor demarcavam o campo da luta e lançavam os dados num elmo de bronze. O filho de Príamo, virando os olhos agitou-os e foi a Páris que coube o privilégio de ser o primeiro a começar o combate. Revestido de uma armadura resplendente, de um elmo empenachado e dum broquel bem arqueado, o esposo de Helena de braços brancos, armou-se de uma espada e de um sólido virote, cômodo para a sua mão. De seu lado, o valente Menelau revestiu-se de armas não menos brilhantes e válidas. Avançando, então, no terreno demarcado, os dois rivais pararam, um diante do outro, no meio dos dois campos. Páris foi o primeiro a lançar seu virote que acertou, sem rompê-lo, o escudo de Menelau. A seu turno, este balançou seu virote e dirigiu-o contra o belo Páris. A ponta rasgou o escudo do Troiano, atravessou a couraça, rasgou-lhe a túnica e Páris só pôde escapar à morte curvando-se para desviar-se do golpe. Menelau, então, armando-se da espada, descarregou o braço no alto do elmo do odiado rival. Bateu tão forte que a espada quebrou. Desarmado, o irmão de Agamemnon soltou um grito de furor e com a indignação aumentando a raiva de seus olhos, lançou-se sobre o filho de Príamo, aterrou-o, agarrou-o pelo penacho que encimava seu elmo e o arrastou por terra. Afrodite, porém, rompeu-lhe a jugular que maltratava o queixo do seu juiz. Menelau, sentindo o elmo vazio, fê-lo girar acima da cabeça e lançou-o contra os Gregos e novamente caiu sobre Páris. O virote do Grego ia trespassar o Troiano de lado a lado, quando Afrodite, envolvendo Páris numa nuvem, fê-lo desaparecer de repente, transportando-o para o quarto de Helena. Avisada pela Deusa de cativante sorriso de que Páris, retirado da luta, esperava-a e desejava vê-la, a filha de Tíndaro desceu do alto da torre a que subira para assistir ao combate que se travava por ela, e retornou à sua casa odorante. Vendo-a passar, e respirando o ar que seus cabelos e suas vestes perfumavam, os anciães troianos, que a idade retinha sob os muros, ao abrigo das batalhas, e que, como um coro de cigarras, discorriam sem cessar, olhando ao longe o imenso exército dos Gregos, diziam-se em voz baixa:

— Erraríamos, por Zeus!, se nos espantássemos de que Gregos e Troianos padeçam tantos males por tal mulher: ela possui os atrativos e o porte de uma Deusa olímpica.

Durante esse tempo, Menelau corria como um leão em torno da liça, penetrando até nas linhas troianas, para encontrar seu rival desaparecido. Vãs foram suas buscas. Então, Agamemnon disse:

— Troianos, a sorte perdeu para nós e Menelau, caro ao deus dos combates, foi o vitorioso. Trazei-nos, pois, às nossas mãos, Helena e seus tesouros.

Mil gritos saídos de todos os peitos do exército grego em delírio aplaudiram essas rápidas palavras. Os Troianos teriam, talvez, cedido, mas Atena, que desejava de coração a destruição de Tróia, desceu do Olimpo, deslizou, sob os traços dum mortal, pelas linhas dos Lícios. Prometendo a Pândaro a glória e a honra, fez com que o famoso archeiro se decidisse a lançar uma flecha, cuja ponta foi acertar o flanco de Menelau, ferindo-o. À vista do sangue que traía a inviolabilidade da trégua, o rei Agamemnon e todos os filhos da Grécia foram tomados por violenta cólera e se dispuseram a dar aos abutres, como pasto, os violadores do juramento. Lançando-se sobre as armas, formaram-se, então, em linha de combate. Apressadas como as vagas que a tempestade rola, seis falanges avançaram em linhas cerradas e profundas. Dir-se-ia que as ondas desse mar eriçado de lanças rutilantes não conhecia o uso da voz, tanto o silêncio dos cem diversos povos, que formavam a sua massa, testemunhava respeito às ordens de seus chefes. Quanto aos Troianos, suas tropas, abrigadas sob largos broquéis, punham-se em movimento, brandindo chuços ameaçadores e lançando, como um bando de pássaros, gritos desordenados. O fogoso Ares animava os Troianos e Atena, a Deusa guerreira das calmas decisões, inflamava os Argivos. As duas hostes começaram, primeiro, disparando, ao mesmo tempo, uma chuva de dardos; depois, escudo contra escudo e lança contra lança, elas caíram impetuosamente uma sobre a outra, ao mesmo tempo. Um tumulto medonho se ergueu. Aos gritos dos vencedores respondiam os gemidos dos feridos e os apelos desesperados dos moribundos. Ondas de sangue tingiam de vermelho a negra Terra e, pouco a pouco, a planície juncou-se de cadáveres. Mais de um guerreiro, com efeito, tanto num como noutro campo, caiu como árvore que o vento desenraíza, fazendo ressoar suas armas sobre o solo. O invencível Destino roubou a mais de um pai a luz do dia e não permitiu mais, a seus filhos queridos, vê-los retornar ao seio do lar e saudá-los, abraçando-lhes os joelhos, à sua esperada volta.

Entretanto, se os Gregos suportavam, sem se mover, o choque dos Troianos e resistiam, sem fraquejar, aos ataques dos carros que, arrastados por cavalos fogosos, faziam voar para o céu turbilhões de poeira, combatiam no mesmo lugar, não ganhando sequer uma polegada de terreno. Atena desceu, então, do Olimpo e, tomando a forma do combatente Estentor e sua voz formidável, gritou:

— Gregos! que vergonha vai, de hoje em diante, aviltar vossa raça! Enquanto o divino Aquiles mostrou-se em vossas fileiras, os filhos de Príamo não ousaram atravessar as portas da cidade. Temiam a sua lança e a sua coragem. Agora, longe de sua cidadela, eles ameaçam seus próprios navios velozes!

Tão rápidas palavras despertaram a valentia das tropas de Agamemnon, e os Troianos, daí em diante, perseguidos por todas as partes, começaram a ceder. Receando a derrota, o magnânimo Heitor exortou os soldados, encorajou os chefes e, desejando ordenar aos anciães e às mulheres que suplicassem, para o exército, a proteção dos Deuses, correu a Ílion. Passando pelas portas Sceas, dirigiu-se ao palácio de Príamo, indo encontrar-se com sua generosa mãe.

— Mãe, — disse-lhe ele — abandona esses pórticos de mármore e esses terraços, reúne as mães e as esposas e ide todas, carregadas de incenso, ao templo de Palas. Deposita nos joelhos da Deusa de olhos garços o mais precioso dos véus que possuis; roga a ela e promete-lhe imolar, em seu templo, doze novilhas se, tocada de compaixão pela nossa cidade, afastar de nossos muros os combatentes ferozes que ardem por destruí-los e reduzi-los a cinzas. Enquanto apaziguas essa Deusa augusta, vou procurar, pois não sei se amanhã terei ocasião para isso, rever minha esposa e beijar meu filho.

Chegando ao fundo de sua morada, Heitor aí não encontrou a fiel Andrômaca.

— Onde está minha esposa? — perguntou às criadas.

— Senhor — responderam elas — desde que soube que os Troianos recuavam, tua esposa, chorando e gemendo como uma mulher tomada pela desolação, logo dirigiu-se para a torre mais alta. Levado pela ama, teu filho acompanhou-a.

Ouvindo estas palavras, Heitor, contristado, afastou-se. Quando ia atravessar as portas Sceas, viu Andrômaca vir ao seu encontro. Atrás dela caminhava a ama levando, nos braços, seu pequenino descendente, único e tenro rebento, que respondia pelo nome de Astíanax. Heitor olhou o filho com sorriso de ternura tão magoada que não conseguiu articular palavra alguma. Andrômaca, então, com os olhos pejados de lágrimas, tomou a mão do esposo e disse:

— Tua grande coragem te perderá, querido Heitor. Tem piedade de mim, terno esposo; pensa em teu filho; não te exponhas mais ao perigo e se não quiseres deixar tua esposa viúva e teu filho órfão, permanece ao pé desta torre, espera e não vás mais ao encontro da morte.

— Esposa querida, — respondeu-lhe Heitor — não posso pensar sem tremer no opróbrio que me cobriria se, como um covarde, me conservasse escondido, para evitar o combate. Desejo antes morrer que desonrar-te.

Assim falando, Heitor apoiou sua lança sobre o robusto peito e estendeu os braços ao seu filhinho. Mas Astíanax, espantado com o brilho do elmo paterno e com a inquietante mobilidade do penacho que se erguia no alto, deu um grito de medo, voltou-se para trás e escondeu-se no regaço da ama de bela cintura. Os pais sorriram de seu terror. O Herói, então, tirou o elmo, colocou-o no chão e, tomando entre os braços o filho agora sossegado, beijou-o, embalou-o e chamando para ele a proteção dos Deuses, devolveu-o, finalmente, para as mãos da mãe. Andrômaca recebeu-o com um sorriso entremeado de lágrimas e apertou-o contra o seio perfumado.

— Querida Andrômaca, — disse, então, Heitor, acariciando as faces de sua divina esposa — não abandones tua alma a uma dor desmedida. Ninguém pode antes da hora lançar-me à tumba, e o dever de todo homem é seguir até o fim a via de seu destino. Quanto a ti, torna a voltar para casa, retoma teus trabalhos habituais, o tecido e a roca, vigia as criadas e deixa aos homens a preocupação da guerra.

Heitor, terminando estas palavras, cobriu-se novamente com o elmo e foi reunir-se ao seu valoroso exército. O combate estava violento. Horrorizado com tanto sangue espalhado e desejoso de deter seu derramamento, o filho de Príamo avançou entre os dois exércitos e, na extensão de seu chuço, seguro pelo meio, deteve as falanges troianas e pediu aos Gregos conformarem-se com a decisão de um combate singular. Nove intrépidos guerreiros apresentaram-se diante de Agamemnon para medir-se com o temível chefe do exército de Príamo. A conselho de Nestor, deixou-se que a sorte escolhesse aquele que deveria bater-se em nome de todos e o escolhido foi Ájax, o filho de Télamon. Os dois Heróis defrontaram-se corajosamente; mas seus esforços não tiveram resultado. A noite, com efeito, caiu antes que o destino tivesse feito pender a balança. Os Gregos retiraram-se para seus navios e os Troianos puseram-se ao abrigo das muralhas de sua vasta cidade. Em ambas as hostes o desencorajamento começava a germinar por causa da cruel duração dessa guerra sem vitória. Os prudentes Argivos, obedecendo aos avisos do prudentíssimo Nestor, resolveram fortificar seu campo. Para defender, contra qualquer surpresa, seus vasos puxados sobre a praia, construíram longos muros flanqueados de altas torres que rodearam, do lado da terra, de um fosso profundo e inteiramente guarnecido de estacas. Quanto aos Troianos, aterrorizados ao ver elevar-se, não longe deles, tão sólidas obras de defesa e não prevendo para a sua cidade senão um funesto futuro, formularam o desejo de entregar, aos filhos de Atreu, Helena e suas riquezas. O próprio Páris, embora opondo-se a que o separassem de sua lindíssima esposa, concordou com o envio de um mensageiro que, encarregado de pedir uma trégua, para enterrar os mortos tombados na batalha, proporia, se os Gregos quisessem assinar a paz, devolver-lhes todas as riquezas que ele havia trazido ao raptar Helena. Os Argivos, porém, recusaram a aceitar os tesouros roubados e acolheram apenas a trégua que lhes era oferecida para pôr no túmulo aqueles cujo sangue tinha enegrecido as praias do Escamandro de belas águas. No dia seguinte, portanto, desde o levantar do Sol, Gregos e Troianos tornaram a encontrar-se piedosa e fraternalmente no campo da carnificina. Nem podiam, a não ser com grande dificuldade, reconhecer seus mortos, tanto a poeira e o sangue haviam-nos desfigurado. Cada qual, entretanto, levou os seus, purificou-os, amontoou-os sobre vastas fogueiras e o fogo logo consumiu os restos dos que, descidos ao reino das Sombras, não deveriam mais rever a suave luz do Céu de sua pátria.

III

A Embaixada a Aquiles

No dia seguinte àquele em que a trégua cessou, Gregos e Troianos, assim que a Aurora desdobrou sobre a Terra seu véu de açafrão, tomaram de suas armas. Todas as portas de Tróia, abertas ao mesmo tempo, lançaram uma multidão de guerreiros e de carros. De seu lado, as fileiras cerradas dos Gregos avançavam na planície.

O choque foi terrível: lanças e broquéis agitaram-se como rolados pelas vagas de um mar enfurecido. Enquanto durou a Aurora e a diminuiu a sombra dos compridos chuços, as duas partes se bateram com igual vantagem. Mas quando o Sol atingiu o meio de sua trajetória, a desgraça dos Gregos apresentou-se. Sob o ímpeto dos Troianos, conduzidos pelo magnífico Heitor, foram eles obrigados a procurarem abrigo no fosso que protegia seus muros, deixando mil mortos. Aí, encerrados num estreito espaço e perseguidos em todas as linhas de seus entrincheiramentos, recearam até à noite o incêndio em suas naus. Assim, quando a esplêndida luz do Sol, mergulhando no seio do Oceano, levou a noite negra sobre a Terra fecunda e deu o sinal do fim do combate, os Troianos viram com pesar desaparecer o dia, mas os Argivos rejubilaram-se com a aliviadora chegada da noite tenebrosa.

— Troianos e vós, aliados, — disse-lhes, então, Heitor — pensáveis destruir hoje os navios e todo o exército grego, e voltar, triunfante, para Ílion. Mas as trevas vieram adiar nossos projetos. Obedeçamos, pois, à sombria noite. Desatrelai vossos corcéis e dai-lhes, onde estiverem, sua merecida ração. Quanto a vós, mandai buscar bois e cordeiros, fazei vir o pão de vossas casas e restaurai-vos acampando na planície. Depois, para evitar que os Gregos, ajudados pela noite, apressem-se em fugir para os abismos dos mares, reuni lenha e, por todas as partes, no alto das torres e nos terrados, acendei grandes fogos. Tais são minhas ordens, ó Troianos magnânimos. Montai, durante a noite, guarda vigilante. Amanhã, com a Aurora, recomeçaremos o combate e, com a ajuda de Zeus, jogaremos ao mar esses cães que uma sorte funesta, sobre grandes e negros navios, trouxe para nossas terras.

Animados por orgulhosa esperança, os Troianos passaram a noite toda armados.

Turbilhões de fumaça subiam até as estrelas e mil fogos espalhados estendiam sobre a planície e até sobre as ondas, sinistros reflexos de um vasto incêndio. O terror e o medo reinavam, em contrapartida, entre os Gregos; os mais valorosos estavam gelados de horror; o próprio Agamemnon sentia-se invadido por uma tristeza amarga e dissolvente. Discretamente, fez, então, chamar à sua tenda os principais chefes do consternado exército.

— Meus amigos, — disse-lhes ele, chorando como um rochedo de onde uma água límpida vertesse — Zeus nos precipita num abismo de males! Jamais a cidade de Tróia será arrasada. Por isso, para subtrairmo-nos a maiores reveses, é preciso fugir, crede-me, fugir, em vossos navios, para a nossa querida pátria.

A estas palavras os chefes foram tomados de espanto.

— Átrida, — falou, então, o corajoso Diomedes — se Zeus te deu um cetro que te eleva acima de nós todos, não te deu, absolutamente, o que faz um verdadeiro chefe: uma alma firme nos maiores perigos. Se pensas na volta, vai, pois os caminhos estão abertos e a noite te protege. Quanto a nós, não partiremos antes de vermos desmoronar-se e vir abaixo a cidadela e os muros de Tróia.

Todos os reis, unanimemente, aplaudiram essas palavras. O prudente Nestor ergueu-se a seguir:

— Rei dos guerreiros, ilustre Agamemnon, reinas como senhor sobre numerosos povos e Zeus confiou-te um cetro para velar pela sua felicidade. Ouve-me, pois vou dar-te um salutar conselho. Lembra-te certamente de Aquiles, que irritaste ao tirar-lhe Briseida. Não crês que seu auxílio torna-se necessário para nós? Se assim o pensas, queres que o apazigüemos com presentes que lhe sejam agradáveis?

— Prudente ancião, — respondeu, então, o poderoso Agamemnon — sou culpado e não posso negá-lo. Consinto, entretanto, em reparar minha ofensa. Ofereço ao filho de Peleu, o mais bravo dos Gregos, sete trípodes, dez talentos de ouro, vinte caldeirões resplendentes e doze valentes e invencíveis corcéis. Acrescento, a isso, sete cativas lésbias, cuja beleza ultrapassa a de todas as mulheres. Com elas, devolvo-lhe Briseida de belas faces, afirmando, pelo mais profundo dos juramentos, que a devolvo tão pura quanto a recebi. Ainda mais: se os Deuses nos permitirem saquear a cidade de Príamo, que ele carregue de ouro e de bronze seus navios e escolha pessoalmente, entre as mais belas, vinte cativas troianas.

Satisfeita com o valor desses presentes, a assembléia decidiu enviar, imediatamente, uma delegação à tenda de Aquiles. Designados por ela, o prudente Ulisses, o grande Ájax e o velho Fênix para lá se dirigiram, seguindo a areenta praia do mar espumoso. Imploraram ao Céu ardorosamente e suplicaram a Posídon ajudá-los a dobrar o ódio do raivoso filho de Peleu. Quando chegaram ao campo dos Mirmídones, tudo estava mergulhado num sono profundo. Somente o grande Aquiles, seu chefe, não dormia sob sua tenda. Sentado perto de seu amigo Pátroclo, cantava com a lira de prata as façanhas dos Heróis, olvidando a dor que punha em seu coração a lembrança entristecida de sua bela cativa. Assim que viu aparecer aquelas fisionomias conhecidas, o ilustre herói calou-se, depôs a lira e foi ao seu encontro.

— Eu vos saúdo — disse ele, estendendo-lhes as mãos. — Sede bem-vindos; acolho-vos como amigos, pois não é contra vós que se alimenta minha cólera.

Dizendo tais palavras, fê-los sentar-se sobre tapetes de púrpura.

— Pátroclo, — acrescentou ele — traze-nos vinho, dá uma taça a cada um, pois recebo sob minha tenda aqueles que, dentre os Gregos, eu mais quero.

Enquanto Pátroclo cumpria as ordens de seu chefe, Aquiles pessoalmente punha carnes no espeto, assando-as.

Ao final da refeição, Ulisses ergueu-se e assim saudou Aquiles de pés ligeiros:

— Se feliz, Aquiles! Quanto a nós, os prazeres da mesa não nos fazem esquecer nossas pungentes preocupações. O medo nos consterna. Receamos, com efeito, a menos que empregues tua intrépida coragem, que nossa frota caia presa das chamas e que o fogo nos roube a esperança do retorno. Os Troianos nos assaltam e o magnânimo Heitor jurou derramar o sangue de todos os Gregos. Ergue-te, pois, salva, com tua coragem, os Argivos oprimidos e preserva-os, pois o podes, dos males que os ameaçam. Para apaziguar-te, Agamemnon te faz presentes magníficos. Oferece-te sete trípodes, dez talentos de ouro, vinte caldeirões resplendentes e doze valentes e invencíveis corcéis. Ele a isso acrescenta sete cativas lésbias, cuja beleza ultrapassa a de todas as mulheres. Com elas, devolve-te Briseida de belas faces, afirmando, pelo mais profundo dos juramentos, que ta devolverá tão pura como no dia em que dela se apossou. Ainda mais: se os Deuses nos permitirem saquear a cidade de Príamo, ele promete carregar de ouro e de bronze teus navios e deixar-te escolher pessoalmente, entre as mais belas, vinte cativas troianas. Ó tu que venceste em todas as partes, sabe vencer tua cólera e teu ressentimento e vem cobrir-te, aos olhos dos Gregos que te esperam, de uma glória imortal!

— Divino filho de Laerte, engenhoso Ulisses, — respondeu então o prodigioso Aquiles — a fim de que não venhais, de ora em diante, perturbar meu repouso, digo-vos, sem preâmbulos, o que resolvi. Jamais Agamemnon, nem qualquer outro dos Gregos, conseguirá dobrar-me. Ide, pois, dizer-lhes que, persistindo em minha sombria cólera e recusando todos os presentes, mantenho o juramento que fiz de jamais prestar-lhes e em qualquer ocorrência, o socorro de meu braço.

Os mensageiros, a estas palavras profundas no tom mais firme e veemente, retiraram-se com o coração cheio de dor. Assim que chegaram sob a tenda do Átrida:

— Bem, prudente Ulisses, glória insigne dos Gregos! — disse Agamemnon — o filho de Peleu consente afastar de nossas naves as chamas inimigas?

— Augusto Átrida, — respondeu Ulisses — Aquiles de pés ligeiros persiste no seu ódio e, recusando-nos o socorro de sua lança, rejeita também os presentes com desdém.

Todos os filhos dos Gregos guardaram longo e angustiante silêncio. Tomando, finalmente, a palavra, o valoroso Diomedes falou:

— Filho divino de Atreu, pois que assim é, não penses mais no inflexível Aquiles; ele retomará seu ardor e seu ímpeto quando um Deus o quiser. Quanto a nós, retiremo-nos para as nossas tendas; e amanhã, assim que vires reaparecer a Aurora de dedos de rosa, dá, tu mesmo, o exemplo da coragem, combatendo nas primeiras linhas dos guerreiros e dos carros que defenderão nossos vasos dos Troianos.

Todos os pastores de povos retiraram-se a essas palavras, para se entregarem às doçuras do sono. Agamemnon, entretanto, não dormiu. Com a alma torturada por uma ansiedade devoradora, arrancava os cabelos quando, derreado sobre o leito, e lançando o olhar aos fogos que queimavam ao longe, na planície, ouviu os cantos alegres das frautas e os clamores de um exército que a jubilante satisfação de uma vitória iminente embriagava. Para apaziguar seu terror e pedir conselho, resolveu ir ao encontro de Nestor. O herói repousava, deitado perto de suas armas, entre sua tenda e o navio. Percebendo que uma sombra rondava:

— Quem és, — fez ele, erguendo-se sobre o cotovelo e levantando a cabeça — ó tu que caminhas só no meio da noite? Não te aproximes, sem te fazer reconhecer. Fala; que queres de mim?

— Reconheces, Nestor, ó tu que és a glória mais ilustre dos Gregos, reconheces — respondeu, então, Agamemnon — este infeliz Átrida que treme pelos males que pendem sobre nossas cabeças. Levanta-te, suplico, e vem acompanhar-me. Vamos ambos ver se os guardas, mortos de cansaço e de vigília, não adormeceram. Os inimigos que nos bloqueiam cada vez mais me inquietam, e ignoro se eles não quererão, aproveitando-se da noite, tentar o assalto ao nosso campo.

— Filho de Atreu, poderoso Agamemnon, — respondeu Nestor — estou pronto a seguir-te. Mas vamos acordar outros chefes, pois o corte de uma navalha parece roçar o fio comum de nosso destino.

Agamemnon e Nestor foram, no mesmo instante, arrancar ao sono Ulisses e Diomedes. Em caminho juntaram-se ao famoso Ájax e ao rei Idomeneu, que haviam sido, a conselho do rei da opulenta Micenas, acordados, do outro lado, pelo loiro Menelau. Os corações consolaram-se quando encontraram todos os guardas sentados sob as armas, o olho voltado para a planície a fim de espreitar o inimigo, atentos e cuidadosos, como cães que guardam um lugar e que o rugido terrível de um leão de montanha, alarma. Os chefes dos Gregos decidiram, então, enviar dois deles ao campo dos Troianos, encarregá-los de raptar um guerreiro ou, pelo menos, de lá surpreender as conversas dos soldados.

Ulisses e Diomedes ofereceram-se para tentar a perigosa empresa. Nesse ínterim, do lado dos Troianos, Heitor, tão vigilante quanto o rei Agamemnon, instruía, também, um valente emissário para aproximar-se, furtivamente, dos navios e observar se os Gregos os guardavam como de hábito ou se, quebrados de fadiga, tencionavam pô-los a flutuar e fugir sobre o mar azulado. O audacioso Dólon, porém, não deveria levar resposta alguma a Heitor, pois percebido por Ulisses, foi por este perseguido, subjugado e posto à morte. Feito isto, com as indicações dadas pelo inimigo capturado, Ulisses e Diomedes penetraram entre os Trácios, aliados dos Troianos. Tudo aí estava mergulhado num profundo sono. O próprio rei Reso dormia no meio de suas tropas e, perto dele, os rápidos cavalos estavam amarrados à parte posterior de seus carros. Enquanto Diomedes mergulhava sua espada no peito de Reso, o astuto Ulisses soltou os corcéis do carro do rei dos Trácios, ofereceu um a Diomedes, escarranchou-se no outro e tornou a voltar com seu companheiro, ao local preciso em que eles haviam deixado o Rei Agamemnon.

IV

O Assalto aos Muros de Tróia

No dia seguinte, quando a Aurora se levantava para tornar a trazer a luz aos mortais e aos Deuses, o rei da rica Micenas revestiu-se de sua mais bela armadura e agrupou seu exército à frente do fosso. Acompanhadas de carros, as tropas gregas punham-se em marcha, quando o exército troiano, reunido por Heitor, cuja coiraça brilhava como o relâmpago, deixou o campo em que havia passado a noite e desceu à planície para opor-se ao avanço dos batalhões argivos.

O choque do encontro foi logo seguido por uma refrega terrível. O combate, durante algum tempo, sob igual carnificina, mostrou-se indeciso. Mas, à hora em que o lenhador prepara seu repasto, nas capoeiras da montanha, depois que seus braços se cansaram de cortar altas árvores e quando o doce aguilhão da fome vem excitá-lo, os Gregos romperam as falanges troianas. Agamemnon lançou-se nessa brecha constantemente alargada pela arrancada dos Gregos. Sobreveio o destroço das tropas e os batalhões começaram a ir no encalço dos batalhões em fuga e os carros a perseguir os carros desbaratados. Ondas de sangue corriam sobre poças antigas e os filhos de Príamo abatiam-se sobre o solo como galhos de uma floresta cujo vento retorce e castiga as chamas que a devastam. Já, em sua derrota, os Troianos atingiam as portas Sceas. Aí, no entanto, sob as ordens de Heitor, eles se reagruparam, ordenaram-se e voltaram novamente a enfrentar as hostes gregas. Agamemnon quis, então, quebrar aquele contra-ataque mordente, mas um virote atingiu-lhe o braço

Ferido e perdendo sangue abundantemente, o filho de Atreu precisou deixar a batalha e fazer-se conduzir ao repouso sob sua tenda. Assim que Heitor percebeu a fuga do grande rei do Micenas, gritou:

— Troianos! e vós, aliados invencíveis, a vitória é nossa! Coroai-vos de uma glória imortal e rechaçai para o mar os que invadiram o solo cobiçado de nossa santa pátria!

Assim falou, e essas palavras inflamaram de bravura os filhos de Príamo. Tais javalis que se voltam contra os cães que os caçam, os Troianos lançaram-se, aos gritos, sobre as ondas de assalto dos Argivos atônitos. Diomedes, tentando evitar os desastrosos efeitos dessa selvagem retomada de posição, foi atingido por um dardo desfechado por Páris, o raptor de Helena. Ulisses acorreu em seu socorro, e, fazendo-lhe uma muralha de seu corpo, permitiu ao valoroso filho de Tideu retirar a flecha que havia furado o seu pé de lado a lado, subir a um carro e alcançar prontamente a praia. Mas, após essa façanha, Ulisses de famosa lança permaneceu quase sozinho no meio dos Troianos. Acossado de todos os lados, tal um javali por uma matilha esfomeada, ele rangia os dentes, defendendo-se como um leão acuado. De súbito, através de seu escudo e da brilhante coiraça, um virote, silvando, foi plantar-se em seu flanco. Ferido e vendo que o sangue excitava o ardor de seus numerosos agressores, Ulisses por três vezes chamou por socorro. Menelau e Ájax ouviram o apelo. Acorreram no meio do entrechoque feroz e encontraram o rei dos Ítacos rodeado de inimigos e prestes a sucumbir. À aproximação da lança e do escudo de Ájax, os Troianos recuaram de terror, como lobos que, em magotes ao redor de um cervo, cujo ferimento ainda conserva o dardo que o feriu, dispõem-se a despedaçá-lo com suas presas e são interrompidos pela chegada de um leão. Menelau, então, tomou pela mão o magnânimo Ulisses e conduziu-o para junto dos negros navios. Pouco depois, Macáon, o médico tão hábil em pensar feridas, foi também atingido por uma flecha de três pontas. Nestor colocou-o em seu carro e transportou-o ao abrigo do perigo. Quando o carro de Nestor, rodando na poeira, penetrou no campo, passou bem próximo da tenda de Aquiles. Nesse momento, o Herói raivoso, de pé na popa de sua nave veloz, seguia, com o olhar, as peripécias do rude combate. Quando viu Nestor conduzindo um ferido, chamou Pátroclo:

— Vai, caro amigo, perguntar a Nestor quem é o chefe ferido que ele leva.

Como Pátroclo chegasse à porta da tenda em que Nestor se abrigava, o ancião ergueu-se de sua cadeira, pegou pela mão o amigo do grande Aquiles e fê-lo entrar, pedindo-lhe se sentasse perto dele.

— Ancião querido dos Deuses, — disse-lhe, então, Pátroclo — não é hora ainda de gozar do repouso. Um homem que venero e cuja irascível impaciência receio, mandou-me perguntar-te quem é o chefe ferido que teus ágeis cavalos reconduziram ao acampamento.

— Ah! meu filho, um luto amargo estende-se sobre nosso exército. Não apenas Macáon, esse filho querido do divino Esculápio, foi ferido e posto fora de ação, mas Ulisses, Agamemnon e Diomedes, os mais valentes dos Gregos, jazem igualmente junto de seus navios. Que espera, pois, Aquiles para mostrar sua coragem? Ignora ele que nossas naus estão ameaçadas de se tornarem a presa das chamas inimigas e que todos nós estamos em perigo de ser, um a um, decapitados? Conta tudo isso ao filho de Peleu. Tenta demovê-lo, pois a persuasão gosta de sair do conselho de um amigo. Se ele não deseja aparecer, que ao menos te permita acompanhar ao combate os valentes Mirmídones. Que ele te entregue suas armas terrificantes enquanto durar a escaramuça. Pensando ver o Herói, os Troianos suspenderão o ataque; os Gregos esgotados recobrarão vigor e, caindo com tropas frescas sobre inimigos alquebrados de fadiga, tu os rechaçarás facilmente para a cidade, longe de nossas tendas e de nossos rápidos navios.

Assim falou, e Pátroclo, a essas palavras, sentiu no peito seu bravo coração alvorotado. Apressando-se em voltar à tenda de Aquiles, encontrou Eurípilo, valente guerreiro que voltava, coxeante, do combate, pois trazia um dardo enfiado na coxa. Condoído, Pátroclo ajudou-o a alcançar sua tenda, substituiu o médico Macáon, retirou o dardo, lavou o ferimento com água morna e cobriu-o com um bálsamo de que

Aquiles, discípulo de Quíron, havia-lhe ensinado a virtude salutar. Enquanto Pátroclo atrasava-se, curando a ferida cruel do intrépido Eurípilo, a luta prosseguia, com o barulho de um gigantesco furacão, de causar grande desordem e furor nos arredores do acampamento. Heitor, de penacho ondeante, fazia cair, aos montes, cabeças de guerreiros. Temendo seu encontro e fugindo diante dele, os Gregos retiravam-se desordenadamente, amontoando-se perto do longo muro. Os belicosos Troianos perseguiam-nos sem piedade e seus cavalos e carros já alcançavam as bordas do fosso. Como não pudessem aventurar-se sem perigo a impelir os cavalos a transporem o obstáculo, os que estavam nos carros desceram à terra e, enquanto uns retinham pelo freio os corcéis relinchantes, os outros, protegidos pelos escudos, avançavam através do vale eriçado daquela floresta de estacas. Os Gregos, então, vendo os Troianos tentar forçar a linha de defesa que protegia suas tendas e navios, subiram ao muro. Guarneceram-lhe as altas torres, fazendo chover sobre o ativo assaltante uma saraivada de pedras e nuvens de dardos. Áspero era o combate e rude o assalto. A medonha noite do trespasse envolveu mais de um bravo. Alguns caíam do alto do muro como um rochedo ao seio de um sangrento paul; outros, agonizavam em terra, crispando as mãos no chão poeirento. Já, malgrado a morte, os assaltantes ocupavam os rebordos defensivos da alta muralha, quando Heitor, agarrando um pedaço de rochedo, lançou-o, como uma leve bola, contra uma porta do acampamento. Os gonzos se quebraram, as barras que mantinham os sólidos batentes se romperam e a porta cedeu:

— Troianos, — gritou ele, então, lançando-se sob a muralha aberta — segui-me e levai até os navios o incêndio devorador!

Disse, e com os olhos brilhantes de uma chama espantosa, transpos a muralha. Em ondas compactas os Troianos o seguiram. Os Argivos recuaram e um tumulto medonho reinou no campo grego. Diante do barulho que se aproximava, Agamemnon, Ulisses e Diomedes saíram de seus navios e, embora feridos, resolveram ir para mais perto do combate. Marchavam juntos, apoiados em suas lanças, quan-

Prancha XVII

Foto Anderson

OS ARGONAUTAS
Construção da nau Argo
Villa Albani, Roma

Prancha XVIII

Foto Anderson

DÉDALO E ÍCARO

Dédalo forjando asas para Ícaro

Villa Albani, Roma

Prancha XIX — Foto Anderson

RAPTO DE HELENA
de Jules Romain
Mântua

Prancha XX Foto Anderson

BRISEIDA DEVOLVIDA A AGAMEMNON

Escudo de Cipião, Bibliothèque Nationale

do encontraram o velho e prudente Nestor, o ornamento da Grécia.

— Filho de Neleu, — disse-lhe, então, Agamemnon — não temes que o impetuoso Heitor cumpra hoje a ameaça que fez na reunião dos Troianos, quando jurou não retornar a Ílion antes de haver destruído nossas naus pelas chamas e de nos haver decapitado, um a um, às margens destas praias?

— Ah! Agamemnon, — respondeu-lhe Nestor — cumprem-se as desgraças. Nossa muralha foi destruída em alguns lugares, nossos inimigos aproximam-se dos limites de nossas tendas e nos dão combate feroz perto de nossos navios. A carnificina é tão confusa e tão grande que o olho, mesmo o mais arguto, não sabe distinguir, nesse medonho corpo-a-corpo, os Gregos dos Troianos. Nesta triste situação, meditemos, no entanto, se a reflexão pode ainda nos aconselhar, com resultado, sobre as medidas a tomar para conjurar o desastre.

— Prudente Nestor, — replicou, então, o Rei Agamemnon — já que nem a forte muralha, nem o fosso aberto com tanto trabalho podem mais nos defender, é porque estamos perdidos. Devolvamos, pois, ao mar nossos vasos puxados para a praia, conservemo-los ancorados até a caída da noite e aproveitemos as trevas para não morrermos longe de nossa pátria.

— Átrida, — disse, então, Ulisses, dardejando-lhe um olhar raivoso — que perigosas e sinistras palavras escaparam-se da barreira dos teus dentes! Queres que lancemos nossos vasos ao mar para que os Troianos vejam cumprir-se seus votos e que corramos à nossa perda certa, pois tal será o funesto efeito de teu covarde conselho!

— Mas longe de mim exigir, divino filho de Laerte, — tornou o rei de Micenas — que os Gregos, contra sua vontade, encham o mar de seus navios solidamente construídos!

— Pois bem, — exclamou o bravo Diomedes — vamos nós mesmos, apesar de nossos recentes ferimentos, repelir os Troianos! Se não pudermos, no estado em que nos achamos, combater em suas fileiras, nossa presença, junto deles, servirá pelo menos para despertar o ardor de nossos bravos soldados.

A estas palavras, Agamemnon, Ulisses e o valoroso Diomedes voltaram a tomar parte no combate. Os batalhões rompidos se refizeram ao ouvir suas vozes e as tropas gregas, reanimadas por seus comandantes, como por um vinho generoso, contra-atacaram os Troianos. Estes, surpresos pelo instantâneo do assalto que estavam longe de esperar, pularam do muro, esmagaram-se sob a porta, tornaram a transpor o fosso e somente estacaram na linha em que os carros se encontravam. Heitor, retirando-se para evitar a morte, foi atingido por uma pedra que lhe jogou Ájax de grande coragem. Como um carvalho que o raio desenraíza, o filho de Príamo abateu-se sobre o chão. Os mais valentes de seus guerreiros partiram em seu socorro, não permitiram aos Gregos apoderarem-se de seu corpo, ergueram-no, carregaram-no num carro e levaram-no apressadamente para Ílion. Aí, um profundo abatimento invadiu a alma de Heitor, mas Apolo que lança longe os dardos, desceu do Olimpo para reanimar as forças do Herói de quem gostava.

— Tranqüiliza-te — disse ele — eu defenderei as fortificações da tua cidade sagrada. Vai, Heitor, exortar os soldados a impelirem seus carros e seus cavalos até o coração do campo grego. Marcharei à sua frente para aplainar os obstáculos e os auxiliarei a obrigar os pérfidos Argivos a uma fuga vergonhosa.

Heitor, então, como um corcel que rompe os laços que o mantinham, há muito tempo, preso, transpos, com passadas ágeis, o espaço que o separava de seu valoroso exército. Os Gregos, quando tornaram a ver o Herói nas linhas troianas, sentiram-se tomados de terror e só pensaram em fugir. Transpondo de novo o fosso, precipitaram-se, como um rebanho de corças perseguido por um leão, ao abrigo de seus muros. Os Troianos, imediatamente, soltando grandes gritos, retomaram a ofensiva; e após Apolo haver abatido, sob seus olhos, os parapeitos do fosso e derribado, como um castelo de cartas, o comprido muro que os Gregos haviam edificado para proteger seu campo, lançaram os carros sobre o fosso entupido, atravessaram-no como se transpusessem uma ponte, e levaram o combate até a frente das popas da primeira linha das naus inimigas.

V

A Morte de Pátroclo

Durante o tempo em que os dois exércitos permaneceram lutando em torno da vasta muralha e longe dos navios vazios, Pátroclo ocupou-se em pensar a ferida do intrépido Eurípilo. Mas, quando viu os Troianos inundarem a fortificação e invadirem o campo, o amigo do grande Aquiles bateu na coxa com a palma das mãos e gritou, fremindo de estupor e de raiva:

— Não posso mais, Eurípilo, por mais necessário que eu te seja, permanecer a teu lado. Corro para junto de Aquiles e vou tentar, esclarecendo-o a respeito de nossa urgente e crescente aflição, convencê-lo a defender nossas naves assaltadas.

Quando Pátroclo apressava-se em direção à tenda de Aquiles, os Troianos, como leões famintos, tentavam aprofundar-se nas linhas cerradas dos Gregos, pois estes, para garantir suas naus ameaçadas, tinham-se formado em linhas maciças e resistiam à pressão troiana como um rochedo suporta, com pé firme, os ruidosos assaltos das vagas em fúria. As duas falanges se decapitavam mutuamente. Exasperado com essa resistência e desejando quebrá-la, Heitor, resplendente de fogo, caiu como um ciclone sobre as linhas inimigas. Obrigados a recuar, os Argivos fugiram para o lado do mar e só pararam antes de suas tendas. Só o robusto Ájax defendia, secundado por alguns valentes guerreiros, os vasos descobertos e puxados para a praia. Marchando a grandes passadas, saltando de um bordo a outro e brandindo um longo croque, ele afastava das naves os que delas aproximavam as tochas incendiárias. Enquanto a praia retinia com os gritos vitoriosos dos Troianos, Pátroclo penetrava, chorando, sob a tenda de Aquiles. Assim que o filho de Peleu reviu seu belo amigo, disse:

— Pátroclo, que tens? Olhas-me chorando como uma criança que puxa a roupa da mãe para ser erguido nos braços maternos. Fala; nada me escondas.

— Aquiles, — respondeu, então, Pátroclo, soltando tristes e fundos suspiros — choro a sorte dos Gregos que morrem junto a seus navios. Feridos, os maiores de seus chefes estão estendidos em suas tendas e o inimigo está prestes a incendiar nossa frota. Se tantas desgraças não te comovem e se persistes em tua funesta inação, permite, pelo menos, que eu voe ao combate. Empresta-me tua armadura e tuas armas e confia-me tuas tropas. Os Troianos, então, pensando ver-te, diminuirão seu ataque e os Gregos, esgotados, poderão tomar fôlego, admirando as façanhas dos ousados mirmídones.

— Nobre Pátroclo, — respondeu Aquiles com indignação — minha inatividade não tem por causa senão os ressentimentos que guardo contra aquele que arrebatou minha cativa. Mas, deixemos o passado e pensemos na salvação da Grécia. Reveste-te logo de minha armadura rebrilhante; conduze meus belicosos Mirmídones ao combate; e, a qualquer preço, impede os Troianos de incendiarem nossas naus e arrebatarem-nos toda esperança de voltar.

Durante esse tempo, lutando contra a maioria, o valoroso Ájax estava prestes a sucumbir. Heitor, com efeito, sentindo seu inimigo enfraquecer à força de ser atacado, aproximou-se do filho de Télamon, levantou seu gládio imenso e descarregou sobre o croque manejado pelo herói um golpe que o quebrou. Restou-lhe o cabo, mas a ponta de bronze ressoou e rolou longamente na terra. Desarmado, o valoroso Ájax retirou-se sob uma nuvem de dardos. Os Troianos, então, rodearam com seus archotes a rápida nau que trouxera de Tessália a Tróade o infeliz Protesilau e puseram-lhe fogo. À vista da popa em brasas gritou, batendo nas coxas, Aquiles de pés ligeiros:

— Apressa-te, pois, nobre e valoroso Pátroclo; apressa-te, vejo chamas sobrevoar nossos vasos! Arma-te prestamente; vou eu mesmo e sem perda de tempo reunir minhas tropas.

Disse isso, e enquanto Pátroclo colocava a armadura do chefe dos Mirmídones, o impetuoso Aquiles corria de uma tenda a outra e rapidamente reunia seus guerreiros. Quando os viu em linha de batalha, gritou-lhes:

— Soldados, chegou, finalmente, o dia do grande combate que desejáveis tanto. Ide com o coração valoroso e sob as ordens de meu amigo Pátroclo, ide sem medo derrotar os Troianos e salvar nossos vasos.

À voz de seu chefe, em massa tão compacta como as pedras de um palácio, os audaciosos Mirmídones partiram. Apenas Aquiles viu-os partir, voltou para sua tenda, tomou uma taça preciosa, encheu-a de vinho puro e, em pé, no meio do murado que protegia a tenda, fez uma libação e enviou, olhando para o Céu, esta prece a Zeus:

— Zeus todo-poderoso, ó tu que proteges Dodona nos frios invernos, ouve ainda hoje minha prece. Envio Pátroclo e meus valentes Mirmídones ao combate. Protege-os, Zeus dos penetrantes olhares! Faze que a vitória marche sob seus pés e permite-lhes, após haverem afastado dos navios o tumulto e a guerra, regressarem sãos e salvos com todas as suas armas.

Nesse ínterim, num clamor que fazia ressoar os flancos vazios dos navios, os Mirmídones avançavam para o ataque. Os Troianos tremeram à vista de Pátroclo sob as armas de Aquiles. Tomaram-no, com efeito, pelo filho de Peleu e somente à vista do terrível penacho que encimava seu elmo, já as falanges troianas procuravam, com os olhos, uma retirada que as livrasse da morte funesta. Assim, quando os Mirmídones e os Gregos ousados caíram sobre os Troianos como lobos famélicos sobre tenras ovelhas, estes, aterrorizados com o silvar dos dardos e o barulho dos virotes batendo em seus escudos, debandaram, urrando de terror, abandonaram os navios e tornaram a transpor, em desordem, o muro e o fosso. Sua fuga na planície transformou-se em desordem. Mais de um Herói tombou com a fronte na poeira. O próprio Heitor somente deteve seus corcéis próximo às portas Sceas. Ali, reagrupou suas tropas, reunindo os fugitivos, tornou a jogá-los no combate sangrento, tentando assim opor-se ao avanço dos Gregos. Por três vezes Pátroclo de coração fervendo avançou para romper esse contra-ataque troiano é, por três vezes, semelhante ao Deus das batalhas, mandou nove guerreiros para os Mortos. Mas, na quarta avançada, um jovem Troiano, Euforbo, furou-lhe as costas com o seu chuço acerado. Ferido, Pátroclo retirava-se para o meio de suas tropas, quando foi percebido pelo divino Heitor. Então, como um leão saltando sobre um javali para defender um manancial em que ambos desejavam desalterar-se, o Herói lançou-se contra o amigo de Aquiles e mergulhou-lhe, no fundo do baixo-ventre, toda a ponta de bronze de sua lança. Pátroclo abateu-se com o barulho de um carvalho que o machado de um carpinteiro naval faz cair. Sua alma, lastimando sua força e sua juventude, acabava de descer para a mansão de Hades, quando Menelau chegou para salvar, com as armas de Aquiles, o querido cadáver do mais íntimo amigo do rei dos Mirmídones. Grande era o seu furor. Coberto pelo escudo e brandindo sua lança, ele volteava em torno daqueles piedosos despojos. Como fosse quase o único a impedir os Troianos de apossarem-se do cadáver, teve que recuar e abandonar os restos de Pátroclo, quando viu à frente de vigorosos reforços o magnânimo Heitor avançar contra ele. Menelau, então, procurou com os olhos por todos os lugares o valoroso Ájax. Assim que o descobriu, disse:

— Ájax, apressemo-nos, meu amigo, em ir combater lá onde Pátroclo morreu. Vamos, na falta de suas armas, de que Heitor se apossou, reaver para Aquiles pelo menos o corpo de seu amigo.

Ájax, a estas palavras, precipitou-se, em companhia do ardente Menelau, em perseguição aos Troianos que, havendo já despojado Pátroclo de sua armadura, arrastavam seu cadáver para jogá-lo aos cães. À sua terrível aproximação, Heitor retirou de seu carro e entregou aos mais seguros de seus valentes guerreiros as belas armas de Aquiles.

— Levai — disse-lhes, chicoteando seus corcéis e fugindo de Ájax e Menelau — esta preciosa armadura à cidade de Tróia.

A fuga de Heitor decidiu os Troianos que carregavam Pátroclo a se desvencilharem, para escapar à morte, do incômodo fardo que lhes impedia a marcha. Ájax, então, aproximou-se do defunto e, como uma leoa que defende os filhotes, com olhos ferozes, rodeou o cadáver amado e cobriu-o com seu vasto broquel. Por seu lado, Menelau, de pé, velava, alimentando grande luto em seu coração.

Heitor, todavia, sentindo a perda do mais belo troféu de sua grande vitória, parou, em sua fuga, fez os cavalos darem meia-volta e alcançou os seus, que demandavam, carregando as armas de Pátroclo, Ílion das belas torres. Detendo-os, então, trocou suas armas com as de Aquiles, recobriu-se com a couraça e o elmo do rei dos Mirmídones e, resplandecente sob o brilho dessa armadura estrangeira, tornou a voltar, levando ao coração de suas tropas o fogo guerreiro que se consumira.

— Troianos, e vós, aliados, — disse-lhes — faço-vos hoje um juramento: prometo a metade desta armadura resplendente àquele que, dentre vós, obrigar Ájax a uma retirada e levar, para o lado dos Troianos, o corpo tão disputado de Pátroclo defunto.

Disse isso e os Troianos, em massa, precipitaram-se, cobrindo de pó a extensão da planície, à conquista daquela presa triunfal. Menelau, vendo cair sobre ele e Ájax o terrível furacão, gritou, com voz retumbante:

— Chefes e guerreiros porta-lanças, acorrei e não permiti que o corpo de Pátroclo seja dado como pasto aos pássaros e aos cães!

Os Gregos unanimemente estremeceram àquelas palavras. Acorreram como enxame de vespa e, formando em torno dos restos de Pátroclo, uma muralha com seus brilhantes escudos, opuseram às ondas assaltantes um dique inquebrável. Entretanto, enquanto lutava-se encarniçadamente ao redor do cadáver, Aquiles permanecia na ignorância da morte de Pátroclo. Os Troianos, como leões feridos, redobravam de furor contra os defensores do glorioso trespassado, e a sombria morte fazia claros nas linhas dos Gregos dizimados. Ájax, então, sentindo suas tropas fraquejarem, dirigiu estas palavras ao infeliz esposo de Helena de Esparta:

— Generoso Menelau, — disse ele — vai procurar Antíloco, o filho do prudente Nestor, e manda-o, sem tardança, informar Aquiles da morte do mais caro de seus numerosos amigos.

Com o coração cheio de amargura e de angústia, Menelau satisfez o pedido do magnânimo Ájax. Assim que viu Antíloco sustentando suas tropas e excitando-as ao combate, disse-lhe, abordando-o:

— Antíloco, o valente Pátroclo morreu. Dirige, pois, incontinenti, teus passos aos navios de Aquiles e dize ao filho de Peleu que venha sem demora ajudar-nos a salvar o corpo de seu amigo, pois Heitor já despojou-o de suas armas e com elas se revestiu.

Ouvindo estas palavras, Antíloco estremeceu e permaneceu mudo; seus olhos marejaram-se de lágrimas abundantes, e foi chorando que se dirigiu para a tenda do rei dos Mirmídones.

VI

A Vingança de Aquiles

Rude e apertado continuava o combate pelo corpo de Pátroclo, quando Antíloco chegou junto a Aquiles. Só e de pé, à frente da linha de seus navios de popas recurvadas, o herói pensava nas desgraças que já não deviam ser temidas. Gemia dizendo para seu coração angustiado:

— Ai de mim! Por que os Gregos de longos cabelos recuam de novo em desordem? Onde está, pois, Pátroclo, que não vejo voltar?

Assim pensava ele quando o filho de Nestor abordou-o e lhe disse, engolindo as lágrimas:

— Aquiles, vais saber uma lamentável e terrível notícia. Pátroclo morreu. Gregos e Troianos disputam-lhe o corpo e Heitor de penacho ondulante apossou-se das armas com que revestiste teu amigo.

Ouvindo estas palavras, o filho de Peleu abateu-se sobre o solo, arrancou os cabelos, cobrindo de cinzas a cabeça e o rosto. Ao ruído de seus soluços, seus escravos saíram, soltando gritos lancinantes. Quando viram em que desespero seu amo havia caído, bateram no peito com força, sentindo os joelhos se dobrarem. O chefe dos Mirmídones rolava, urrando no chão poeirento e Antíloco segurava-o com as duas mãos para evitar que ele golpeasse a garganta. Os gemidos terríveis de Aquiles foram também ouvidos por sua augusta mãe. Tétis de pés de prata, estava então sentada numa gruta azulada que se ocultava no seio profundo das águas. Incontinenti deixou o trono, cortou as ondas e abordou à praia, onde a chamavam os suspiros dilacerantes do filho.

— Meu filho, — disse-lhe ela, chorando — que dor te faz gemer assim? Fala, responde e não me ocultes nada.

— Pátroclo, ó minha mãe, — respondeu Aquiles — Pátroclo, o amigo que eu amava como a mim mesmo, morreu! Heitor matou-o e despojou-o de suas soberbas armas. Minha dor é imensa e meu coração proíbe-me viver de ora em diante se não for para fazer arrancar, à minha frente, o último suspiro ao homicida Heitor.

— Mas não sabes, ó meu filho, — tornou Tétis — que se enviares Heitor para os Mortos, tua morte deverá seguir e em breve à desse Herói?

— Tanto pior, se é preciso morrer, — respondeu Aquiles — contanto que eu morra após haver vingado aquele que perdi!

— Sem dúvida, ó meu filho, — acrescentou Tétis — é belo obedecer ao coração, mas os Troianos são donos de tuas armas. Espera, pois, amanhã para voar ao combate. Crê-me: ao levantar do Sol, trar-te-ei uma nova armadura.

Disse isso e elevou-se para o Olimpo. Aí, alcançou o palácio de Hefestos e encontrou o divino ferreiro entregue ao trabalho, perto das bigornas. A Deusa, então, narrou-lhe a morte de Pátroclo e combinou consigo a fabricação, às pressas, para seu filho que não tinha mais armadura, de um elmo, de um escudo e de uma forte couraça. Obedecendo aos desejos de Tétis, Hefestos reanimou os vinte fornos de sua forja, fez brilhar a chama sob o sopro dos foles, segurou as tenazes com uma das mãos e, com a outra, o martelo e pôs-se, sobre a bigorna, a trabalhar o bronze. Fabricou, primeiro, composto de cinco camadas e todo cercado de ouro, um escudo imenso, cuja superfície exterior decorou com imagens da guerra e os fecundos benefícios da paz. Modelou, a seguir, uma couraça rebrilhante, um elmo encimado por petulante penacho; depois, terminado o trabalho, ofereceu a Tétis essa divina armadura.

Nesse ínterim, os Gregos despendiam grande esforço para continuar de posse do cadáver de Pátroclo. Como pastores que lutam contra um leão açulado por fome devoradora, sem conseguir arredá-lo do estábulo, os dois Ájax tentavam em vão intimidar Heitor e afastá-lo para longe deles. Ao redor, os Troianos, como enxame de vespas, não cessavam de se encarniçar contra os Gregos que, recuando com dificuldade, conseguiam, somente à custa de ingentes esforços, conservar consigo a querida carga, em torno da qual mais de um conhecia a morte. Aquiles, então, ouvindo o tumulto e os gritos da luta selvagem, aproximou-se da muralha dos navios, saiu, com os olhos em cólera, do acampamento dos Mirmídones. Mas como ele estava sem armas e não podia, absolutamente, ir para a luta, estacou às bordas do fosso. Ali, de pé à frente do inimigo, Aquiles deu três gritos e por três vezes os Troianos, ouvindo aquela voz tão ressoante como clarim, que parecia sair de um peito de bronze, tremeram de espanto. Os cavalos de belos pêlos fizeram imediatamente meia-volta e partiram a galope arrastando os carros em debandada. Grande foi a derrota. Aproveitando-se da súbita desordem, os Gregos apressaram-se em transportar Pátroclo a salvo do perigo. Nesse momento, mergulhando nas ondas, o infatigável Sol trouxe a Gregos e Troianos algumas horas de repouso. Os Troianos acamparam na planície e passaram, em guarda vigilante, a noite toda armados. Quanto aos Gregos, após haverem deitado Pátroclo num leito funerário, começaram a chorar e a lamentar-se. Aquiles foi o primeiro a debruçar-se sobre o leito, contemplou aquele rosto desfigurado, poeirento e coberto de sangue, e colocando as mãos sobre o coração imóvel do defunto já frio, exclamou, soltando dolorosos suspiros de leoa em busca de seus leõezinhos perdidos:

— Ó Pátroclo, juro, ó bom amigo, não te enterrar enquanto não depositar a teus pés, como oferenda, as armas e a cabeça do homicida Heitor. Vingador de tua morte, quero sobre tua fogueira decapitar ainda doze dos filhos dos mais ilustres Troianos. Até lá, permanecerás sobre teu leito, ao pé das naus vazias, e as nossas cativas de belos seios verterão, dia e noite, lágrimas em torno de ti, e te velarão batendo no peito e lamentando-se.

Assim falando, o divino Aquiles ergueu-se e ordenou que se acendesse fogo para fazer aquecer água. Desde que a chama cumpriu sua missão, os companheiros do entristecido filho de Peleu lavaram o corpo do seu melhor amigo, untaram-lhe as feridas com bálsamo preservador e cobriram-no, dos pés até a cabeça, com um puro e branco lençol.

No dia seguinte, a Aurora de véu de açafrão apenas emergiu das vagas do Oceano e Tétis, carregada dos presentes de Hefestos, aproximava-se dos compridos navios de Aquiles. Encontrou o filho à cabeceira de Pátroclo, apertando entre os braços um corpo inanimado e soltando soluços lúgubres e pungentes.

— Meu filho, — disse ela depositando a seus pés a maravilhosa e resplendente armadura — recebe estas armas que o divino ferreiro fabricou para ti; jamais um mortal usou iguais.

Aquiles, vendo-a, sentiu aumentar seu desejo de vingança. Com os olhos como que lançando chamas, saiu da tenda, perscrutou as praias, e em grandes gritos, convocou a reunião dos guerreiros e dos chefes. Quando ela estava completa, falou então:

— Átrida, durante muito tempo Heitor e os Troianos aproveitaram-se de nossas dissensões. Esqueçamos, pois, esse funesto passado e pensemos unicamente, de agora em diante, nas necessidades que as nossas atuais dores e perigos nos impõem urgentemente. Abandono hoje minha cólera e estou pronto a afastar, contigo, os Troianos de nossas naves, e a marchar à frente dos valentes Mirmídones. Tal é a minha decisão, ó Rei Agamemnon; ordena pois aos Gregos que voem para o combate e logo, juro-o, os assassinos de Pátroclo satisfarão a fome dos abutres carniceiros.

— Aquiles, — respondeu o Rei Agamemnon, àquelas palavras — pois que finalmente vences o teu ódio, não quero alimentar, em meu coração, nenhuma inimizade, mas reparar, dando-te todos os presentes que Ulisses te prometeu, a ofensa que te fiz.

— Rei dos guerreiros, ilustre Agamemnon, — volveu Aquiles — mais tarde poderás gratificar-me, se o desejares, com esses presentes. No momento, fora a idéia de bater-me e vingar Pátroclo, qualquer outra é-me estranha. Não percamos tempo e partamos sem demora, a fazer com que as falanges troianas experimentem o valor das nossas lanças.

— Divino Aquiles, — interrompeu o engenhoso Ulisses

— conheço tua coragem. Mas nossas tropas estão em jejum e não é possível ter braços fortes quando o ventre está vazio. Deixa-as, pois, se refazerem perto de seus navios. Entretanto, antes de convidá-las a tomar seu repasto, é preciso, penso eu, que a reconciliação se faça aos olhos das tropas, através de sinais evidentes. Que o pastor dos povos, o Rei Agamemnon, faça trazer aqui os presentes que te prometeu. Recebe-os diante de todos e que todos compreendam que nossos corações estão unidos para a salvação comum.

Assim falou e, com ordem do próprio Agamemnon, Ulisses foi, com alguns guerreiros, à tenda do rei. Com os sete trípodes, vinte caldeirões e os doze corcéis, oito cativas, dentre as quais encontrava-se Briseida, foram trazidas e conduzidas ao coração da assembléia. Ulisses, com sete talentos de oiro, caminhava à frente do cortejo.

Reunidos os presentes, disse então o grande rei de Micenas:

— Eis, Aquiles, as dádivas preciosas que te ofereço. Com elas, devolvo Briseida, cativa de belas faces, e juro, tomando como testemunha o soberano senhor dos Deuses, que ta devolvo tão pura como era quando, ofendendo-te, dela me apropriei. Que os Deuses, se eu minto, façam cair sobre mim todos os castigos reservados aos perjuros!

Aquiles de pés ligeiros aceitou os presentes do rico Agamemnon. Dirigindo-se, em seguida, aos soldados reunidos:

— Ide agora tomar vosso repasto; depois, voltai armados, dispostos e reconfortados, para correr ao combate.

Ele falou, e logo os Gregos dispersaram-se para formarem, uma vez restaurados, em linha de batalha. Entre eles, revestido de sua divina armadura, o filho de Peleu, dando ordens e inspecionando as linhas, rangia os dentes e, em seus olhos, giravam chamas de furor. Quando tudo estava pronto para o avanço, montou seu cavalo e disse aos corcéis:

— Vamos, ágeis cavalos e lembrai-vos, esta vez, de trazer teu dono e não o deixar, como fizestes com Pátroclo, estendido morto no campo da carnificina.

Dito isso e incitando seus velozes corcéis, abalou, arrastando atrás de si toda a frente de um exército cujo bronze dos elmos, das lanças e das couraças reverberava como um rio aos raios do Sol.

VII

A Morte de Heitor

Enquanto os Gregos, sentindo-se sob as ordens do rei dos Mirmídones, marchavam com entusiasmo para enfrentar os Troianos, estes, sem ao menos sonhar com seus terríveis resultados, dispunham-se, na planície, a suportar aquele novo ataque. Esperavam vencê-lo, mas quando perceberam Aquiles de pés ligeiros, recoberto de uma armadura resplendente e de um broquel brilhante como um sol, um tremor de espanto apossou-se de suas hostes. Esse Herói, com efeito, no seu áspero desejo de encontrar Heitor e de vingar Pátroclo, assemelhava-se a Ares, o Deus terrível das sangrentas batalhas. O primeiro dos Troianos que não temeu enfrentar o leão frenético, foi Enéias. Este lançou primeiro a sua azagaia acerada contra o escudo resplandecente de Aquiles. O bronze, batido, retiniu e vibrou, mas as sete camadas da arma divina não foram furadas. O filho de Peleu respondeu a esse golpe inútil dirigindo contra o adversário o virote que ganhara de Quíron. Com um barulho cortante, o freixo do Pélion atravessou o alto do escudo troiano, fazendo saltar os círculos que lhe ornavam as bordas. Enéias, curvando-se, pôde livrar-se, mas sentiu sibilar o dardo pontudo que passou rente às costas, indo, atrás dele, plantar-se no chão. Aquiles, então, sacando de seu gládio afiado, precipitou-se contra seu agressor. Ia enfiar-lho e enviá-lo para os Mortos, quando Posídon escamoteou-o, fazendo-o desaparecer, a uma morte certa. Surpreso e com ódio, por essa desaparição, Aquiles abateu-se, como um touro ferido, sobre as tropas troianas. Como passasse próximo a Polidoro, o mais jovem e o mais amado dos rebentos de Príamo, Aquiles mergulhou sua lança em seu corpo. Heitor, ao perceber o irmão segurando as entranhas e rolando, aos urros, na areia, avançou contra Aquiles, agitando as flâmulas do seu chuço afiado. Assim que o filho de Peleu reconheceu o odiado filho de Príamo, gritou com voz triunfante:

— Eis aqui o homem cruel que dilacerou meu coração, matando o meu mais querido amigo! Não podemos mais nos evitar no campo de batalha. Aproxima-te, pois, para chegares mais depressa aos limites de tua vida.

Assim falou, e por três vezes o fervente Aquiles partiu, com seu chuço, sobre o filho de Príamo, mas por três vezes somente pôde alcançar a nuvem compacta de que Apolo sempre se servia para salvar Heitor e fazê-lo desaparecer. Aquiles, então, desconcertado, mas possuído de raiva, gritava:

— Embora acabes, ó cão, de escapar à morte, eu te apanharei numa outra ocasião! Por enquanto, sem poupar ninguém, minha lança imolará todos os que ela alcançar.

Dizendo isso, e semelhante ao incêndio que devasta as encostas arborizadas de uma árida montanha, Aquiles, em sua avançada, fazia, por toda a parte, sinistras devastações. Seus cavalos relinchantes esmagavam sob os cascos um sem-número de cadáveres, e as rodas de seu carro manchavam-se, triturando elmos e couraças, de sangue enlameado. A derrota logo transformou-se em pânico. Uma parte do exército dos Troianos fugiu em desordem para Ílion bem construída. A outra, perseguida por Aquiles, ficou encurralada nas margens escarpadas do Escamandro. Aí, sob a pressão dos Gregos, foi ela tragada pelos redemoinhos profundos desse rio de belas águas. Os cavalos e os homens despencavam com grande barulho, e gritos de espanto brotavam do fundo dos abismos vorazes. Deixando, então, seu virote na ribanceira, Aquiles sacou a espada da bainha e desceu às margens da corrente. A água avermelhou-se sob seus golpes repetidos. Os Troianos, perdidos, encolhiam-se sob as saliências rochosas que pendiam sobre as águas, deixando-se tristemente degolar. Para repousar seu braço exausto de tão longa carnificina, o filho de Peleu escolheu entre os Troianos doze jovens guerreiros

Prancha XXI — Foto Anderson

AQUILES RECEBE OS CHEFES DO EXÉRCITO
(Ingres)

Prancha XXII Foto Anderson

COMBATE EM TORNO DE PATROCLO

de Jules Romain

Prancha XXIII Foto Anderson

TÉTIS PEDE ARMAS A VULCANO

de Jules Romain

Mântua

Prancha XXIV

Foto Anderson

HEITOR
de Antônio Canova
Veneza

do mais nobre sangue. Destinando-os à fogueira de Pátroclo, retirou-os do rio, atou-lhes as mãos às costas e os enviou a companheiros seguros, com a ordem de conduzi-los para perto das naus vazias e bem guardá-los. Feito isso, o fogoso Aquiles retomou o virote e preparou-se para atravessar o rio. Mas o divino Escamandro, para salvar Ílion de uma ruína iminente, pôs-se a transbordar. As águas rugidoras, rejeitando montes de cadáveres, ameaçavam engolir o Herói intrépido que manchava de sangue sua correnteza prateada. Para não ser arrastado pelas águas, o rei dos Mirmídones agarrou uma árvore que crescia sobre o barranco. O olmeiro cedeu e desenraizou-se, mas, caindo, lançou uma espécie de ponte que permitiu a Aquiles tornar a alcançar a praia e, continuando na perseguição e no massacre dos Troianos, aproximar-se das torres da cidade de Tróia.

Nesse momento, o velho Príamo, de pé numa torre, percebeu o gigantesco Aquiles, que à sua frente caçava, como um bando de filhotes de corças, os Troianos postos em fuga. Suspirou tristemente; depois, descendo em terra, foi dar ordens aos mais valentes guardas das portas das muralhas:

— Apressai-vos — disse-lhes ele — em abrir as portas e mantê-las abertas até que nossas tropas em fuga tenham entrado na cidade. Aquiles persegue-as e aproxima-se a grandes passos. Logo que elas estiverem ao abrigo de nossos muros, tornai a fechá-las, escorando suas fasquias.

A estas palavras, as grandes portas, abertas de par em par, ofereceram o refúgio aos Troianos em debandada. Queimando de sede e recobertos de poeira, os fugitivos agarravam-se, em desordem, à chance da salvação que lhes oferecia sua cidade cercada de muralhas. Aquiles, brandindo o chuço do Centauro, dava-lhes caça com uma raiva descomedida, matando ao mesmo tempo cavalos e homens. Ele teria, sem dúvida, nesse dia, conduzido os Gregos ao assalto da cidade que ardiam por destruir, se Apolo que lança ao longe os dardos, não houvesse desviado, de sua corrida para Tróia, o vingador de Pátroclo. Para atingir esse objetivo, Apolo fez que o jovem Agenor atirasse um veloz virote contra Aquiles. A arma não atingiu o alvo, mas o filho de Peleu, respondendo ao ultraje, atirou-se contra o agressor. Não satisfeito, então, de encobrir com uma nuvem, de escamotear esse Troiano, colocando-o em lugar seguro, Apolo tornou-se semelhante a Agenor e pôs-se em fuga para desviar Aquiles. Ora, enquanto esse herói entregava-se a perseguir, contra o guerreiro fictício, uma vitória impossível, os Troianos refugiavam-se, em bando, e sem ser molestados, ao abrigo das altas muralhas de sua cidade santa. Sozinho e apesar dos Gregos que se aproximavam das torres, Heitor de belo penacho permanecia diante das portas Sceas e esperava Aquiles, recusando entrar na cidade de Ílion. Pouco depois, com efeito, Príamo, do alto dos muros, viu ao longe na planície as armas do Herói brilharem sob o Sol. Exasperado de ter sido enganado, o filho de Peleu, como um cavalo de corrida sobre a pista poeirenta, avançava rapidamente. O ancião, ao vê-lo, ergueu os braços ao Céu, suspirou profundamente e, estendendo as mãos suplicantes ao filho, obstinado a permanecer fora das portas e a desejar combater com Aquiles, disse:

— Meu filho, não permaneças sozinho e longe de todos os teus; Aquiles te matará. Não renuncies a salvar os Troianos, entra para dentro dos nossos muros e não dês ao execrável filho de Peleu a alegria de roubar-te à delícia de viver. Lembra-te de meus cabelos brancos; tem piedade de minha idade e vem socorrer-me.

Disse isso, mas não pôde dobrar o magnânimo coração de seu indignado filho. Enquanto o ancião arrancava os cabelos, o gigantesco Aquiles chegava perto dos muros. Seu elmo resplandecia como o de Ares; sua mão balançava o chuço de freixo e o broquel irradiava todos os fogos que nascem ao levantar do Sol. Diante do fulgurante aspecto desse Herói formidável, um terror, até então desconhecido, veio esfriar a coragem de Heitor. Pensou salvar-se fugindo, mas Aquiles de pés ligeiros, como um abutre acossando uma pomba, pôs-se em sua perseguição, voando ao seu encalço. Por três vezes os dois Heróis fizeram, um seguindo o outro, sem conseguir se encontrarem, toda a volta das muralhas de Tróia. Quando faziam a quarta volta, não longe dos mananciais do Escamandro de águas turbilhonantes, Heitor exausto, sem fôlego e aniquilado, estacou. Nesse instante, Aquiles brandiu seu virote fazendo-o fender o ar. Heitor, abaixando-se, evitou a morte, aprumou-se e enfrentou o perigo, lançando contra o adversário seu chuço fremente. A ponta se amassou sobre o broquel do filho de Peleu. Sacando, então, o gládio, Heitor avançou contra Aquiles de grande coração. Como um leão enjaulado, girava em torno daquele que desejava atingir. Aquiles, por sua vez, procurava, com os olhos, no corpo do Troiano, um lugar vulnerável. Finalmente, tendo encontrado um ponto que sua armadura estrangeira não protegia, mergulhou a lança na garganta de Heitor. A ponta atravessou o pescoço de lado a lado e o filho de Príamo, recebendo a sorte que as Parcas lhe fiaram, quando sua mãe o gerou, rolou por terra. Sem perder um minuto, pois tinha pressa de ir jogar aos pés de seu amigo defunto o glorioso troféu da vingança, o filho de Peleu despojou Heitor de sua preciosa armadura, furou os tendões de seus finos artelhos, fez passar pelos buracos uma correia de boi e prendeu pelos pés, à traseira do seu carro, o cadáver daquele que acabara de degolar. Chicoteando, então, os rápidos corcéis, fez voar seu carro em direção aos navios. No cimo das torres, quando o velho Príamo e sua digna esposa perceberam, na planície, a parelha de cavalos do vencedor suspender poeira e martelar, sobre o solo, a cabeça de belos cabelos de seu filho querido, sua dor explodiu em gritos lúgubres e em lamentações dilacerantes. Toda a cidade de Tróia uniu-se aos seus soluços. A própria Andrômaca, a terna esposa do magnânimo Heitor, do fundo de seu lar ouviu aqueles gemidos e lamentações. A lançadeira escapou-lhe das mãos e um sinistro pressentimento a invadiu. Abandonando o trabalho, deixou o palácio. Anelante e com o coração palpitando como o de uma bacante em delírio, subiu à torre e aí, olhando para a planície, percebeu, no meio de um turbilhão poeirento, o carro de velozes rodas que arrastava, para dá-lo como pasto aos pássaros e aos cães, o querido cadáver de seu ilustre esposo. Diante dessa visão, sua alma fendeu-se, e a divina Andrômaca desmaiou nos braços de suas escravas de olhos arregalados de terror.

VIII

Os Funerais de Pátroclo e de Heitor

Enquanto Tróia observava triste luto, o impetuoso Aquiles chegava aos navios. Pouco depois dele, chegavam também os valentes mirmídones. Antes de lhes permitir voltar para suas tendas, o filho de Peleu fez desfilar por três vezes suas coortes de vigorosos corcéis em torno do cadáver do irreprochável Pátroclo. Depois, descendo de seu carro e colocando as mãos sobre o coração sem vida de seu amigo defunto, exclamou:

— Sê feliz, Pátroclo! e alegra-te comigo, pois vou cumprir tudo quanto te havia prometido. Trago-te, para entregá-lo aos cães, o cadáver de Heitor.

Disse isso e jogou à frente do leito de Pátroclo o corpo poeirento e sangrento do esposo de Andrômaca. Os Mirmídones, então, desencilharam os corcéis e sentaram-se, em grande número, próximo à nau real para tomar parte num repasto fúnebre. Nesse momento, com a esperança de arrancá-lo à sua dor aguda, os reis do exército grego foram pedir a Aquiles dignar-se ir para perto de Agamemnon. Assim que viu chegar à sua tenda aquele consternado herói, o poderoso rei da rica Micenas ordenou, imediatamente, acendessem um grande fogo sob uma imensa dorna. Ele esperava que Aquiles quisesse purificar-se do sangue que o manchava. Mas o filho de Peleu disse:

— Agamemnon, não me é permitido aproximar de minha cabeça uma água purificadora, antes de haver queimado os restos de Pátroclo e cortado meus cabelos (*). Para apressar esse momento, ordena, pois, que amanhã, na aurora, cortem na floresta e tragam ao acampamento toda lenha necessária para fazer uma fogueira a fim de consumir o corpo do herói que me é caro.

Agamemnon aprovou aquela idéia. Aquiles, então, após haver provado ligeiro repasto, ergueu-se e despediu-se dos reis que foram dormir. Dirigiu-se à margem do mar e deitou-se, entre os Mirmídones, sobre a areia dourada da praia cheia de sons. Enquanto o sono o envolvia no esquecimento das penas e das fadigas, o espectro do infeliz Pátroclo apareceu-lhe e disse:

— Dormes, Aquiles, e esqueceste-me! Não me desprezes. Amortalha-me o mais depressa possível, a fim de que eu possa cessar de vagar e atravessar a soleira do inexorável Hades e misturar-me, finalmente, aos pálidos espectros dos Mortos. Mas, após haver-me queimado, não separes, suplico-te, meus ossos dos teus; que uma mesma urna torne a unir para sempre as cinzas dos que um mesmo coração juntou na vida.

Ouvindo tais palavras, Aquiles estendeu o braço para abraçar aquele espectro e gozar com ele da triste ternura de derramar lágrimas. Mas, sem poder alcançá-la, como fumaça essa visão dissipou-se, desaparecendo sob a terra com pequeno gemido.

No dia seguinte, como a Aurora, sobre seu trono dourado, se erguesse no Céu, viu-se sair do acampamento uma numerosa fila de homens, carregando machados cortantes e fortes cordas. Precedidos de mulas, dirigiam-se, trilhando tortuosos caminhos, sobre declives úmidos e arborizados do Ida. Aí, os machados, com grande barulho, abateram carvalhos centenários, retiraram-lhes os ramos e cortaram seu tronco em múltiplos pedaços. A lenha cortada foi, em seguida, colocada no dorso das mulas. Os próprios homens carregavam um feixe às costas e quando, por fim, animais e lenhadores receberam seus fardos, a caravana apressou-se a retomar o caminho de volta, dirigindo-se ao local em que deveria er-

---

(*) Era costume, então, cortar os cabelos e depositá-los sobre o cadáver, antes da cremação. (N. do T.).

guer-se a fogueira de Pátroclo. Aquiles, então, logo que avisado de que a lenha ali estava, mandou que os valentes Mirmídones cingissem as armas e atrelassem aos carros ágeis corcéis. Equipadas as tropas, o cortejo dos carros foi o primeiro a avançar. Atrás deles marchavam, em grande silêncio, linhas de infantes. No meio delas, o corpo de Pátroclo era levado por valorosos companheiros. Aquiles seguia-os, vencido pela tristeza, sustentando com as mãos a querida cabeça daquele que conduzia ao túmulo. No local designado, o cortejo fez alto, e os carregadores descarregaram, para uma última homenagem, os despojos do defunto que choravam. Imitando, então, os companheiros que já haviam coberto com seus cabelos o corpo do falecido, o grande Aquiles cortou seus loiros cachos, depositando-os entre as mãos do seu mais terno amigo. A este último adeus, a dor, até então contida, de todo o exército extravasou livremente. Todos os Gregos, sem dúvida, ficariam se lamentando até o pôr do Sol, se Agamemnon não os arrancasse da lúgubre aflição, ordenando-lhes se afastassem da fogueira a fim de se prepararem para o repasto e cuidarem de se apresentar dispostos para a luta próxima. Dispersadas as tropas, os que estavam encarregados dos funerais ergueram uma grande e alta fogueira, no cimo da qual depositaram o corpo do saudoso Pátroclo. Imolaram, a seguir, ovelhas e bois, cuja gordura servia para o magnânimo Aquiles recobrir, dos pés à cabeça, o corpo de seu amigo. Finalmente, depois de haver imolado, como havia prometido, os doze jovens Troianos que tirara do rio, o filho de Peleu aproximou da lenha a alma impiedosa do fogo devorador.

— Se feliz, Pátroclo! Alegra-te comigo — gritava ele, aproximando a tocha. — Cumpri tudo quanto te havia prometido!

Com a ajuda do vento, as chamas, rugindo, apoderaram-se do monte de lenha. Durante a noite toda Aquiles afligiu-se profundamente, espargindo em torno daquela pilha em brasa libações de vinho e invocando a sombra do infeliz Pátroclo. Ao acordar da Aurora, as chamas, não tendo mais alimento, pouco a pouco amorteceram-se. Os Gregos, então, extinguiram os restos do ardente braseiro, nele jogando vinho. Recolhendo, a seguir, os ossos de Pátroclo, fecharam-nos numa urna de ouro, levaram esse cofre para a tenda de Aquiles, recobrindo-o com leve e suave lençol.

Encerrados os funerais de Pátroclo, o filho de Peleu, para honrar o amigo, ordenou grandes jogos. Sob os aplausos de imensa assistência, viram-se os mais valentes filhos da valente Hélade adestrarem-se em fazer voar os carros, entregarem-se à luta, ao combate do cesto (*) e ao lançamento do virote e do disco. Os gloriosos vencedores receberam recompensas: caldeirões, trípodes, cavalos, mulas e até mesmo cativas soberbamente adornadas.

Durante esse tempo, o corpo do glorioso Heitor permanecia insepulto. Malgrado o desejo de Aquiles de deixá-lo como pasto aos cães, os vorazes animais respeitavam o cadáver. De outra parte, após quase doze dias, o filho de Príamo continuava, com a fronte na poeira, estendido sem honra, mas intacto, próximo à tenda do belicoso filho de Peleu. Afrodite, com efeito, havia untado todo seu corpo com óleo que o tornava imune à putrefação e Apolo, além disso, para impedir que os membros do esposo de Andrômaca ficassem dissecados pelo ardor do Sol bastante voraz, estendeu sobre ele a sombra preservadora de uma compacta nuvem. Não longe dali, contudo, na cidade de Tróia, o palácio real, após a morte de Heitor, era apenas um lugar de tristeza e de luto. Na intimidade da corte os filhos do velho rei sentavam-se em círculo, umedecendo de lágrimas suas escuras vestes. No meio deles, Príamo, com o corpo revestido de um manto fechado, tinha nos ombros e sobre os brancos cabelos, vestígios do pó com o qual, rolando pela terra, se cobrira com as mãos. Suas filhas e genros, no interior das salas do vasto e alto palácio, soltavam lancinantes gritos. Zeus, contudo, como pai compadecido, apiedou-se da dor de Príamo.

— Vai — disse ele a Íris, sua rápida mensageira — vai de minha parte convidar o infeliz Príamo a ir, a fim de reaver seu filho, à tenda de Aquiles. Que ele leve consigo as dádivas mais próprias a dobrar o ódio do vingador

(*) O **cesto** era uma espécie de luva feita de ferro ou chumbo de que se serviam os atletas em certas espécies de luta. (N. do T.).

de Pátroclo, e o filho de Peleu, tocado de compaixão pelas lágrimas dum pai, permitir-lhe-á levar Heitor e enterrá-lo.

Assim que Íris terminou de falar, o Rei Príamo ordenou a seus filhos atrelassem bestas a um carro de quatro rodas e nele fixassem um sólido cofre, que ele mesmo encheu de sedas raras, de tapetes preciosos, de vasos magníficos: rico resgate pela cabeça de Heitor. Tudo estava pronto para a triste partida quando Hécuba, a augusta esposa do generoso Príamo, encaminhou-se para o rei e apresentou-lhe, cheia de um vinho doce ao coração, a taça de ouro que sua mão direita carregava.

— Uma vez — disse-lhe ela — que desejas, contra a minha vontade, ir ao encontro de Aquiles, aceita esta taça, oferece uma libação ao soberano do Céu, suplicando-lhe trazer-te logo, são e salvo, ao seio do teu lar.

Sabendo ser bom implorar a piedade do grande senhor dos Deuses, Príamo pegou a taça das mãos da esposa; depois, mantendo-se de pé ao meio do pátio, derramou o vinho, dizendo, em voz alta, com os olhos erguidos para o Céu:

— Ó Zeus, nosso pai, soberano do Ida, tudo faze, Deus altíssimo e grandiosíssimo, após haver-me conduzido à tenda de Aquiles, para torná-lo sensível às minhas súplicas! Digna-te enviar-me um rápido presságio, a fim de que, havendo posto sobre ele os meus olhos, caminhe com confiança até as naus dos Gregos!

Apenas havia ele terminado sua prece e uma águia de grandes asas surgiu no Céu, planou sobre a cidade, reanimando nos corações a esperança e a alegria.

Príamo, então, em companhia de Ideu, subiu para o carro, transpos as portas Sceas dirigindo-se, a galope, em direção ao mar. Caía a noite quando ele passou o vau do Escamandro de belas águas. Graças a Hermes, que adormeceu os guardas, o carro pôde atravessar, sem ser percebido, o fosso e o muro construídos pelos Gregos e chegar, sem novidade, diante da tenda de Aquiles, rústico abrigo cercado por uma muralha de estacas unidas umas às outras. Aí, enquanto Ideu permanecia perto das bestas e do carro, Príamo caminhou sob as fasquias de pinheiro, recobertas de caniços, que serviam de refúgio ao chefe dos Mirmídones. Entrou quando Aquiles acabava seu repasto, aproximou-se do herói, lançou-se a seus pés, estreitou-lhe os joelhos e beijou-lhe as mãos.

— Aquiles igual aos Deuses, — suplicou então — lembra-te de teu pai que está, como eu, sobre o funesto umbral da triste velhice. Ele te espera, no entanto, e todos os dias almeja saudar teu regresso das campanhas de Tróia. Mas eu tinha cinqüenta filhos e, declaro-te, não me resta mais nenhum. O único que defendia a cidade e a mim próprio, tu mo mataste, Aquiles. Assim, é por ele que venho hoje beijar os teus joelhos. Ofereço-te, para reaver o corpo, um imenso resgate. Atende ao meu desejo e tem piedade de mim, lembrando-te de teu pai. Tenho mais o que lamentar do que ele e tive a coragem de ousar o que nenhum mortal já fez: aproximar a mão súplice do queixo daquele que decapitou meu filho.

Assim falou Príamo. Aquiles, então, recordando-se de seu pai e também de Pátroclo, pôs-se a verter copiosas lágrimas. Príamo, sempre aos pés do assassino de Heitor, chorava, por seu turno, a perda do filho. Quando, finalmente, o grande Aquiles sentiu o coração aliviado pelas lágrimas, deixou a cadeira, ergueu o ancião emprestando-lhe as mãos e, tomado de piedade pelos seus cabelos e pela sua barba branca, disse-lhe:

— Ah! infeliz, suportaste bastantes dores em teu coração! Como não temeste vir sozinho em direção aos barcos dos Gregos e aparecer aos olhos do homem que te matou tantos filhos valorosos? Mas, coragem, repousa sobre esta cadeira e uma vez que a chorar nada consegues, refreia teus soluços, resigna-te e não te entregues a uma dor desmedida.

— Não me faças sentar, ó discípulo de Zeus, — respondeu-lhe, então, Príamo semelhante aos Deuses — enquanto Heitor, privado de sepultura, jaz ainda sobre a terra. Apressa-te em mo devolver e aceita o preço do seu resgate.

— Ancião, — respondeu Aquiles, lançando sobre Príamo olhares furiosos — não me irrites insistindo muito. Eu próprio penso em devolver teu filho.

Assim falando, o filho de Peleu, como um leão, saiu da tenda. Secundado pelos dois companheiros de quem mais gostava após a morte de Pátroclo, desatrelou as bestas, fez entrar Ideu para junto do velho Príamo, descarregou do carro todas as dádivas destinadas ao resgate de Heitor e só deixou no cofre dois véus e uma rica túnica, destinados a envolver o cadáver do bem-amado filho de Príamo, quando este o levasse de volta para a cidade de Tróia. Em seguida, Aquiles chamou suas cativas, ordenando-lhes lavassem e vestissem, à parte, o corpo de sua vítima. Acabada a tarefa, o próprio Aquiles tomou Heitor em seus braços e colocou-o num leito arranjado no carro. Depois, voltando para a tenda e para sua cadeira, disse a Príamo:

— Ancião, devolvo teu filho, como desejas. Ele repousa num leito funerário e, amanhã, a partir da aurora, poderás levá-lo. Por enquanto pois, não penses em chorar, mas em unir-te a mim no repasto da noite.

Aquiles e Príamo, admirando-se mutuamente, comeram conversando e se reconfortaram bebendo um vinho branco. Quando haviam aplacado sua fome e sua sede, pediu Príamo:

— Deixa-me, ó discípulo de Zeus, ir para a casa sem demora, pois desde que tuas mãos roubaram o dia a meu filho, meus olhos não se fecharam sob as pálpebras.

Aquiles, então, fez armar, para os dois Troianos, dois leitos sob o vasto pórtico. Quando as cativas voltaram, com uma lanterna nas mãos, avisar seu senhor de que lãs, tapetes e quentes cobertas tinham sido preparados para a noite, disse Aquiles a Príamo:

— Vai dormir, bom ancião. Mas antes de me deixares, quantos dias julgas serem precisos para fazer a Heitor dignos funerais? Dize-me com franqueza e ordenarei a suspensão das hostilidades por todo o tempo que te for necessário.

— Se consentires, Aquiles, que eu preste a Heitor as honras fúnebres que desejo fazer-lhe, sabe que, assim agindo, satisfarás todos os meus desejos. Ser-nos-ão precisos nove dias para chorá-lo e reunir a lenha necessária. Na manhã do décimo, colocaremos o corpo sobre a fogueira e à noite atearemos-lhe fogo. Durante o décimo primeiro erguer-lhe-emos um túmulo e no décimo segundo poderemos, se for preciso, retomar as armas e voltar ao combate.

— Ancião, — respondeu Aquiles de pés ligeiros àquelas

palavras — teus desejos serão plenamente satisfeitos, pois suspenderei as hostilidades durante a trégua que me pedes.

Dizendo estas palavras, para sossegar o ancião, apertou-lhe a mão. Aquiles, então, retirou-se para o fundo da tenda e foi dormir junto a Briseida.

Príamo, entretanto, não esperou a aurora para voltar a Tróia. A conselho de Hermes, levantou-se ao meio da noite e atravessou, sem despertar atenção, o campo dos Gregos mergulhados no sono. Aos primeiros fogos do levante, ele já estava à vista das muralhas de Ílion. A profetisa Cassandra, do alto das torres da orgulhosa cidadela, foi a primeira a assinalar o esperado regresso de Príamo. Toda a cidade, então, precipitou-se para fora dos muros. Soluços e gritos partiam de todos os corações. O carro abriu com dificuldade uma passagem através daquela multidão tão compacta e tão aflita. Finalmente, quando as bestas tinham introduzido o corpo no pátio do palácio, Heitor foi depositado sobre um pomposo leito, em torno do qual logo começou, de mistura com o queixume de gemedoras mulheres, o triste cântico das contínuas lamentações. Andrômaca, Hécuba, a bela Helena foram chorar alternadamente as qualidades do defunto. Durante nove dias a cidade guardou luto fechado. Na aurora do décimo, ergueu-se a fogueira e na do décimo-primeiro recolheram-se os ossos do infeliz Heitor. A urna que os continha foi escondida ao fundo de uma profunda fossa. Os Troianos cobriram-na com grandes pedras sobre as quais, acumulando terra, erigiram, alta como uma colina, uma magnífica sepultura.

IX

A Morte de Aquiles

Após a morte e os funerais de Heitor, os Troianos, temendo a força e a cólera do corajoso Aquiles, permaneceram ao abrigo de suas sólidas muralhas, assustados e receosos como novilhas amedrontadas, em seu estábulo, pela proximidade de um leão rugidor. Foi então que, deixando as margens profundas do longínquo Termodonte, surgiu Pentesiléia. Semelhante a uma Deusa, ela vinha, com suas Amazonas, em socorro dos Troianos. Montadas em velozes cavalos, as virgens ligeiras que, segundo diziam, desde a infância faziam comprimir o seio direito para se manterem em melhores condições de puxar o arco com mais vigor e maior segurança, reanimaram a esperança na alma dos sitiados, pondo um pouco de alegria no coração, até agora desolado, do infeliz Príamo. Revestida de uma couraça rebrilhante e de um escudo em forma de crescente, Pentesiléia, sem tardança, excitou os Troianos a recomeçarem a guerra. Os chefes de seus exércitos, obedecendo à voz da virgem, cujo elmo tinha um penacho louro, deixaram-se arrastar pelas pegadas dos corcéis montados pelas brancas Amazonas. Semelhante à chama que as asas do vento levam de uma árvore para outra, Pentesiléia avançava à frente dos guerreiros do Ida. Os Gregos, vendo, com o exército troiano, desembocar na planície esquadrões alertas e rápidos, armaram-se incontinenti, saíram dos navios e colocaram-se à frente das linhas assaltantes. A batalha foi selvagem. No primeiro choque, guerreiros e guerreiras espalharam o massacre e o horror, sem que nenhuma das hostes tivesse vantagem. Pouco a pouco, entretanto, sob os reflexos mortíferos das machadinhas e das lanças, os Gregos começaram a cair como folhas ao sopro do outono. A Terra gemia sob os passos dos cavalos e Pentesiléia, com os braços cobertos de sangue, ia de um extremo a outro da frente de batalha, reanimava o furor dos valorosos combatentes, abatia muitas cabeças sob golpes de sua machadinha de dois gumes afiados, pulando em seu cavalo branco como uma leoa ávida de carnificina. Atacados com furor por ágeis cavalos, mantidos e pateados no mesmo local, os Gregos debandaram após inúteis assaltos e fugiram em desordem, com o coração aterrorizado. Grudando-se aos seus calcanhares, os Troianos então os perseguiram. Enquanto os Argivos eram assim recuados para o mar, Ájax e Aquiles, lembrando de seus amigos, e mantidos afastados por sua grande dor, permaneciam deitados e pensativos ao pé do túmulo que recobria Pátroclo. De repente, um terrível tumulto arrancou-os a suas piedosas recordações. Com grandes clamores, os Troianos invadiam o campo, ameaçando incendiar os navios. Os dois Heróis correram, à vista disso, a revestir-se de suas armas e, com a alma ardente como a de Ares, atiraram-se com energia na batalha terrível. Vendo entre eles os terríveis gigantes, os Argivos em fuga empolgaram-se imediatamente e voltaram-se contra os vencedores, cuja alegria se acabou. Aquiles e Ájax, com efeito, como dois leões, cujo ventre esfomeado os atiça contra um rebanho de balantes ovelhas, encarniçavam-se com raiva contra as hostes troianas e deixavam estendidos sobre a planície numerosos inimigos. Quando Pentesiléia os percebeu no meio do massacre, lançou-se a eles e atirou seu virote contra o escudo de Aquiles. O golpe não acertou e o dardo inútil, como se fosse assentado contra um rochedo, caiu ao chão. Ájax, então, arremessou contra ela um virote que, sem arranhar sua pele branca, rasgou as cnêmidas de prata que usava a rainha. Por seu turno, o fogoso Aquiles brandiu sua lança enorme. O bronze encontrou o alvo e Pentesiléia, atingida sobre o seio direito, deixou cair a machadinha de dois gumes e abateu-se sobre o pescoço de seu rápido cavalo. Vendo-a ferida e gotejando sangue, o filho de Peleu voou sobre sua vítima e trespassou, com o mesmo golpe de seu virote, o corpo da guerreira e o do cavalo. A rainha e sua montaria rolaram na poeira e a alma de homem que Pentesiléia possuía abandonou o corpo de mulher da cavaleira. Aquiles, então, feliz com a sua vitória, desembaraçou o corpo da Amazona, deitou-o sobre a areia e, arrancando o elmo rebrilhante que recobria a cabeça real, admirou a finura e o brilho de seus cativantes atrativos. Até na morte, com efeito, uma graça tão divina quanto estranha brilhava sobre seu rosto. Os Gregos, como Aquiles, estavam possuídos de religioso respeito, pois Pentesiléia, estendida sobre a terra, lembrava-lhes Ártemis adormecida. Todos à sua volta desejavam as castas carícias de uma mulher tão bela, e o próprio Aquiles sentia em seu coração o lancinante arrependimento de havê-la imolado. Como se afligisse, contemplando o talhe e a beleza de sua clara vítima, Tersites, o mais vil e o mais feio dos Gregos que tomaram parte na guerra de Tróia, passou próximo a ele:

— É assim, Aquiles, — disse-lhe ele — que podes, à vista de uma rainha, esquecer teu dever? Homem de coração de mulher, que Deus te entontece, a ponto de te fazer deplorar a morte da Amazona que desejava nossa derrota?! Que fizeste de tua coragem? Não sabes que a glória é o fruto da valentia e que o covarde prefere as carícias das mulheres?

A essas ultrajantes palavras, o magnânimo Aquiles ergueu sua possante mão e, transportado de cólera, abateu o punho entre a mandíbula e a orelha do insolente escarnecedor. Com fluxos de sangue, Tersites cuspiu os dentes, rolou na poeira e sua alma tagarela extinguiu-se ao vento.

Em respeito à sua grande beleza, o filho de Peleu devolveu a Príamo o corpo e as armas da intrépida rainha. Os Troianos ergueram-lhe uma fogueira alta e grande sob os muros da sua cidade. E quando a chama terminou seu trabalho, as Amazonas, chorando Pentesiléia, recolheram-lhe os ossos e os enterraram ao lado dos restos de suas irmãs que jamais deveriam rever as margens profundas do longínquo Termodonte. Tão rudes provações tornavam mais pesado o abatimento dos inimigos dos Gregos. Seus aliados, fatigados dessa guerra homicida e prevendo uma inevitável e próxima ruína, falavam abertamente em reconciliar-se; os chefes e as tropas troianas, consternados, teriam consentido nisso de boa vontade, se Páris não se opusesse a que se devolvesse Helena a Menelau e que, como resgate de Tróia e de seus habitantes, se duplicasse o valor das riquezas que ela outrora trouxera de Esparta. Entrementes, viu-se um dia, como estrela numa noite de tempestade, surgir na planície um horizonte de esperança. O valoroso Mêmnon, chefe dos negros Etíopes, chegou rodeado de suas numerosas tropas. O fresco ardor desses novos reforços insuflou coragem nos defensores de Tróia e, no dia seguinte, ao levantar da Aurora, Troianos e Etíopes saíram armados das portas da cidade, espalhando-se pelas vastas campinas. Estupefatos ao verem avançar, em direção ao mar, como que uma nuvem arrasadora de gafanhotos, os Gregos rapidamente cingiram suas armas e, sob o comando de Aquiles, que marchava no meio de suas hostes como o rei Sol no centro de um belo dia, precipitaram-se contra essa corrida de tropas negras e de lanças troianas. No decurso da batalha, Mêmnon que semeava a morte e a desolação por todas as partes em que atacava, investiu contra o prudente e velho Nestor. Seu filho Antíloco, para livrar seu pai de ameaçadora morte, atirou seu virote contra o rei da Etiópia. Mêmnon, abaixando-se, evitou o golpe mortal. Furioso, então, com seu agressor, o chefe dos Etíopes arrojou-se sobre Antíloco, mergulhando no coração desse jovem guerreiro a ponta aguda de seu comprido virote. Antíloco caiu. Uma grande dor apossou-se, então, dos Gregos, e o velho Nestor, inconsolável por ter visto o filho expirar sob seus olhos, dirigiu-se em prantos, para junto do grande Aquiles:

— Aquiles, — disse-lhe ele — escudo dos valorosos Argivos, meu filho está morto. Mêmnon apossou-se de suas armas e receio que Antíloco se transforme em presa de cães e de abutres. Vem, pois, em meu socorro.

Exasperado por ter que chorar aquele de seus companheiros que, depois de Pátroclo, ele mais queria, o filho de Peleu rugiu como leão; e percebendo Mêmnon que abatia os Gregos como um caçador mata, a golpes de chuço, corças emaranhadas numa rede de malhas invisíveis, lançou-se contra ele brandindo o virote do Centauro. O freixo do Pélion atingiu Mêmnon sobre o escudo. Com o ombro quebrado, o rei da Etiópia, imune ao medo, respondeu com um golpe de lança no braço do filho de Peleu. Aquiles, então, desembainhou sua grande espada; Mêmnon imitou-o e os dois heróis defrontaram-se de mais perto. Seus escudos se chocaram e os penachos ondulantes de seus elmos misturaram-se um ao outro, enquanto as duas lâminas procuravam um alvo em vez de couraças. As forças igualaram-se durante muito tempo e não foi sem dificuldade que Aquiles conseguiu, enfim, enfiar seu gládio no peito de seu nobre adversário. Um sangue negro correu da boca de Mêmnon e sua vida florescente logo terminou. Vendo esse chefe caído por terra, seus valentes companheiros fugiram, semeando o terror entre as linhas troianas. A noite que caía fez cessar a perseguição; e enquanto os vencidos retiravam-se para Tróia e lamentavam Mêmnon, os Argivos voltavam para as suas tendas e seus navios. Se estavam orgulhosos do belicoso Aquiles, sua alegria, contudo, era velada pela tristeza, pois choravam a morte de Antíloco.

No dia seguinte, quando a Aurora espalhou seu brilho, os Pílios de lanças terríveis amortalharam o filho do velho Nestor, erigindo-lhe, à margem do rio, um túmulo magnífico. Todos os Argivos choraram durante os funerais, mas o fogoso Aquiles, irritado com a morte prematura de Antíloco, preparou-se, com raiva, para uma vingança atroz. Tendo armado e falado às tropas, lançou-se ao assalto dos Troianos e fez com eles uma carnificina tão sangrenta que encheu de cadáveres as águas profundas do Símois e do Xanto. Continuando a perseguir as tropas em debandada, semeou a carnificina até ao pé das muralhas. Teria arrancado as portas de seus gonzos, aberto aos Gregos um acesso à cidade e a tomado de assalto, se Páris, guiado por Apolo, não houvesse desferido uma flecha que feriu o herói no calcanhar. A dor imediatamente invadiu todos seus membros. Com o barulho de uma torre que o vento derruba, o filho de Peleu rolou ao chão. O sangue que derramou, longe de diminuir sua valentia, reanimou-lhe a cólera. Girando olhos terríveis e rangendo as mandíbulas como um leão ferido, arrancou a flecha que permanecia mergulhada na ferida, ergueu-se e dispos-se, mais ardente que nunca, a correr para a luta. O forte freixo de sua lança afiada trespassou mais de um elmo e mandou para a morte mais de uma vida apenas começada. Finalmente, porém, a respiração lhe faltou, seu sangue esfriou e as pernas tremeram. Ele estacou, apoiou-se ao tronco de uma faia e, amaldiçoando com grandes gritos os detestados Troianos, cambaleou pesadamente e desabou, por fim, no meio dos cadáveres e do barulho de suas armas, como um rochedo se esboroando sobre sua base. Mesmo morto e duro sobre a terra, o grande Aquiles espantava os Troianos. Tremendo a seu redor como ovelhas em torno de um leão abatido, eles não ousavam aproximar-se de seu cadáver imenso. Páris, então, com voz exultante, gritou:

— Amigos, vinde para junto de mim! Ou nós morreremos hoje ou levaremos, em triunfo, para Tróia, o cadáver de Aquiles. Vinde vingar Heitor. Levemos o corpo deste Grego homicida, arrastemo-lo pela cidade e joguemo-lo como pasto aos pássaros e aos cães!

Ele disse, e os Troianos, esquecendo seu terror, rodearam o cadáver do belicoso filho de Peleu. Ájax, semelhante aos Deuses, lançou-se contra eles, rompeu o círculo e protegeu com a lança o corpo de seu amigo. Mas, como abelhas voando em grupos compactos para afastar da colmeia o ladrão de seu mel, os Troianos voltaram à carga. Ájax, tal um leão ferido, fazia frente, por todos os lados, aos corajosos assaltantes que, persistindo em seu desejo fatal, deixavam-se, de cambulhada, tombar na poeira como carneiros degolados por um lobo. Ulisses, embora ferido, foi levar sua ajuda àquele combate sangrento. Páris puxava o arco contra o filho de Laerte, quando Ájax frustrou a intenção do Troiano. Tomando de uma pedra, arremessou-a contra o belo Páris. O golpe rompeu o elmo e deitou por terra o raptor de Helena. Os Troianos apressaram-se em soerguer Páris, em colocá-lo sobre um carro e levá-lo, ainda respirando e soltando penívei̇s gemidos, para a cidade de Tróia. Nesse ínterim, Ájax e Ulisses, com suas lanças polidas, continuavam a defender vigorosamente o cadáver de Aquiles. Suas mãos manchadas fizeram correr tanto sangue, que o terror encheu o coração dos Troianos de indizível espanto. Cessando, então, de combater, debandaram e, semelhantes a estorninhos perseguidos por cruel gavião e que, encostados uns aos outros, voam gritando para evitar a morte, fugiram correndo para as portas de Ílion. Após haver perseguido o inimigo até próximo às torres, quando Ájax voltou para os vastos campos, seus pés nem tocavam o solo, tão juncado estava ele de armaduras e de cadáveres. Os Gregos, então, levaram o cadáver de Aquiles para o acampamento, abrigando-o ao centro de sua tenda. Agamemnon e Ájax foram os primeiros a se lamentarem sobre ele. Todo o povo Grego, com a face na terra, uniu-se a eles para chorá-lo. O acampamento gemia como uma cidade prestes a ser tomada e os navios ressoavam, no fundo de suas querenas vazias, de gemidos e de gritos de desolação. Briseida sobretudo, que partilhava seu leito, lamentava-se sem cessar sobre o belicoso Aquiles. Prostrada perto do cadáver daquele cuja morte havia respeitado, como um sono profundo, a majestade dos traços, gritando de dor e chorando como um rochedo no derretimento da neve, ela rasgava a divina brancura de seu frio colo. Durante dezessete dias, o campo dos Gregos foi um só coro de tristezas e ninguém caminhava, em sua ampla extensão, sem chorar. Por fim, após haver juntado troncos de árvores e levantado, com a lenha trazida do Ida, uma larga e alta fogueira, os Argivos trouxeram o cadáver do grande filho de Peleu, para entregá-lo às chamas. Imolando, então, alguns jovens Troianos, cavalos, touros, ovelhas e porcos, jogaram os corpos de suas vítimas sobre o alto da fogueira. Os Mirmídones, em seguida, cortaram os cabelos e com eles cobriram o corpo de seu rei. A própria Briseida cortou suas longas tranças e depositou-as, como suprema homenagem, entre as mãos de seu saudoso senhor. Assim enfeitados, os restos de Aquiles foram colocados no alto e ao centro da vasta fogueira que o exército rodeava, e nela ateou-se fogo. Os ventos passaram um dia e uma noite fazendo rugir as chamas que devoravam Aquiles. Uma fumaça espessa elevou-se para o seio do espaço eterno, as árvores se torceram sob o amplexo do fogo e uma cinza negra espalhou-se ao redor. Quando tudo terminou, os Mirmídones reuniram os ossos de Titã do prodigioso Aquiles, fecharam-nos na urna que já continha os restos de Pátroclo e os amortalharam sob um mesmo túmulo que ergueram sobre o cume de um grande promontório, a fim de que fosse visto de longe pelos homens que sulcavam as águas do Helesponto. Segundo outras narrativas, Tétis, a mãe de Aquiles, transportou para uma ilha deserta, que se chamava Leuce, a urna que continha as cinzas de seu filho. Os Gregos, para venerar Aquiles, construíram sobre sua tumba um templo magnífico. E, como não houvesse nenhum habitante nessa ilha, interditada às mulheres e povoada somente por grandes rebanhos de cabras, conta-se que pássaros marítimos serviam de guarda ao piedoso santuário. Dizia-se que todas as manhãs eles voavam para o largo, mergulhavam no seio das vagas e voltavam, em seguida, com as asas molhadas, para limpar o átrio do solitário templo.

X

A Morte de Ájax

Enquanto os Argivos, oprimidos de tristeza, choravam e amortalhavam, próximo às suas naus, o corpo do grande Aquiles, os Troianos, vendo, do alto de suas muralhas, as chamas da fogueira a devorar o herói que não mais devia ser temido, sentiam-se cheios de alegria. Mais de um alimentava a esperança de ver, em breve, os Gregos desfraldarem as velas de suas naves e deixarem, para sempre, as praias de Tróia. Os Argivos, entretanto, longe de pensar em tornar a fender as águas do mar azulado, só pensavam em combater e vingar Aquiles. O valoroso Diomedes exortava-os assim:

— Amigos — dizia-lhes — se verdadeiramente nós desejamos ser valentes, é agora, sobretudo, que precisamos atacar, mais ardentemente do que nunca, nossos odiados inimigos. É preciso que eles não readquiram a coragem após a morte de Aquiles. Para a frente, pois, armemo-nos e cerquemos com as nossas lanças desejosas de mortandade os sólidos muros de sua vasta cidade.

O ilustre Ájax respondeu com estas palavras àquelas nobres frases:

— Tens razão, filho de Tideu, em nos incitar a continuar a luta. Mas precisamos, para honrar Aquiles, permanecer ainda um dia junto de nossos navios, celebrando jogos. Amanhã retomaremos as armas.

Assim falou o filho de Télemon. Diomedes confirmou esses votos e todos os Gregos, em vez de ir acuar os Troianos, reuniram-se em imensa assembléia. Tétis, saindo do seio das águas, foi presidir os jogos, colocando próximo de seu trono os prêmios destinados aos vencedores. O eloqüente Nestor foi o primeiro a avançar. Proibido pela idade de tomar parte no pugilato ou no cesto, ele rendeu homenagem ao grande Aquiles, celebrando, sob aclamações unânimes e em termos escolhidos, a glória e as virtudes desse brilhante guerreiro. Acabado o panegírico, os jogos fúnebres se desenrolaram solenemente, e os vencedores receberam, das mãos de Tétis, prêmios tão variados quão magníficos. Para coroar brilhantemente aquela festa, Tétis, de pés de prata, fez, então, trazer e expor a celeste armadura do magnânimo Aquiles.

— Que avance — disse ela, com voz de ouro — o guerreiro que salvou o corpo de meu filho. Proclamo-o o mais bravo dos Gregos e quero dar-lhe estas armas forjadas pelo divino Hefestos.

Ouvindo essas palavras, Ájax e Ulisses logo avançaram para fazer valer seus direitos àquela preciosa dádiva que os Deuses tinham enviado. Com palavras de fogo, o filho de Télamon pretendia ser o único homem capaz de poder usar a grande couraça e o único bastante forte para poder brandir, com desenvoltura, o possante virote de freixo do Pélion. O filho de Laerte, por sua vez, prevalecia-se da ferida que recebera quando, raivoso, defendia, contra os Troianos que desejavam roubá-las, as armas rebrilhantes das quais ele se julgava digno. A fim de resolver tão delicada disputa, que ameaçava degenerar em desordem, o prudente e velho Nestor propôs deixar aos Troianos, que os Gregos retinham prisioneiros, a incumbência de decidir entre o divino Ájax e o prudente Ulisses.

— Eles julgarão imparcialmente e sem idéia preconcebida, — dizia ele — pois assistiram a essa rude disputa e detestam igualmente todos os Gregos.

De comum acordo, os Troianos interrogados pronunciaram-se a favor do valoroso Ulisses e lhe adjudicaram o prêmio da bravura e as armas de Aquiles. Ao conhecer a decisão, o ardor fervente de Ájax gelou em suas veias. Um desespero atroz escurecia-lhe os supercílios e uma cólera terrível paralisou-lhe todos os membros. Com os olhos presos ao chão, permaneceu imóvel e perdido. Seus companheiros, então, tomaram-no pelo braço, ajudando-o a caminhar até seus navios. Quando veio a noite, as tropas restauradas cederam ao doce sono. Mas, sozinho, no acampamento que dormia sob o silêncio estrelado da noite, Ájax não repousava e tinha o olhar esgazeado. Com o coração entregue ao mais sombrio delírio, revestiu-se de suas brilhantes armas, desembainhou o gládio pontudo e meditou terríveis projetos. Iria incendiar as naus, decapitar os Argivos ou mergulhar a lâmina no sangue quente de Ulisses? Oprimido por indomável loucura e não sabendo, em suma, para onde dirigir seus passos, lançou-se à vontade da demência. Rangendo os dentes e com espuma na boca, saltava e corria ao acaso, como um animal tomado pelo medo. Carregando sempre no coração uma raiva homicida, encontrou, afinal, ao levantar do Sol, um rebanho de carneiros. Então, julgando ferir os Gregos e imolar o filho engenhoso de Laerte, abateu-se sobre eles como um leão terrível, fazendo, a trouxe-mouxe, uma selvagem carnificina. Quando o furor, cansado, acalmou sua loucura e viu carneiros palpitando a seus pés, compreendeu sua demência. Consumido de tristeza e temendo um desvario pior, Ájax voltou sua espada contra si e mergulhou-a em sua garganta até o copo. Os Gregos, em lágrimas, ergueram o seu cadáver. Agamemnon gemeu sobre o valente guerreiro e o próprio Ulisses lamentou-se sobre seu nobre rival. Quando a chama consumiu os restos do valoroso Ájax, seus companheiros apagaram a fogueira nela derramando vinho; depois, recolheram os ossos do herói numa urna de prata, esconderam-na sob um túmulo de terra que erigiram no topo de um promontório.

No dia seguinte ao desses tristes funerais, quando a Aurora conduzia os homens aos terríveis trabalhos de sua curta existência, os Gregos reuniram-se a um apelo de Menelau. Temiam que os Troianos, encorajados com a morte do filho de Télemon, fossem surpreendê-los. Calcas, então, para encorajá-los, tomou a palavra e disse:

— Filhos valorosos dos Gregos de cabeças cabeludas, escutai-me. Sabeis que conheço claramente os segredos do Destino. Outrora, vos predisse que ao final do décimo ano derrubaríeis os muros da soberba cidadela de Tróia. Os Deuses cumprirão em breve essa promessa. Crede-me, pois; para substituir Ájax e o filho de Peleu, mandai buscar, na Ilha de Ciros, o valente filho de Aquiles, o belo Neoptolemo.

Os Gregos, a estas palavras, soltaram gritos de alegria, pois a esperança da vitória e de um próximo regresso dilatou seus corações há tanto tempo tão atormentados. Ulisses e Diomedes empurraram logo um navio para o mar, carregaram-no com víveres, subiram a bordo com vinte homens hábeis para remar e puseram-se a fender, com rapidez, as vagas marulhentas do mar inconstante. Sentados sobre a margem, seus companheiros, afiando as lanças para um novo combate, acompanhavam com o olhar a partida para Ciros. Durante esse tempo, os intrépidos Troianos armavam-se, também, em sua cidade de pitorescos muros. Os Deuses, com efeito, atendendo a seus apelos, enviaram-lhes o audacioso Eurípilo, um descendente do valente Héracles. Ele trazia em seu cortejo numerosos homens aguerridos nos combates e fortes no manejo de suas lanças enormes. Vendo-os desfilarem, os filhos de Príamo sentiam-se cheios de alegria e as próprias mulheres, na soleira das portas, saudavam-nos reconhecidas. As novas tropas acamparam perto, sob os muros da cidade de Tróia, e o nobre Eurípilo ficou como hóspede de Páris. Como Príamo quisesse que se reencetasse, sem tardança, a luta contra os Gregos, Eurípilo, a partir da aurora que se seguiu ao dia de sua chegada, apressou-se em pôr sobre os ombros sua armadura rebrilhante. Sobre seu vasto broquel estavam representados os trabalhos de Héracles; seu elmo de belo penacho resplandecia sobre os membros robustos como uma bola de ouro. Semelhante a Ares e comparável a Heitor, ele marchava cheio de ardor no meio do exército, animando suas tropas repousadas. Páris, de seu lado, exortava Eurípilo.

— Vai, pois! — dizia-lhe — conjuro-te em nome do grande e nobre Héracles, a quem lembras pela grandeza, força e beleza. Vai, pois, semear a ruína nas falanges argivas. Recorda-te dos exemplos do herói de tua raça e realiza façanhas que sejam dignas dele. Toda nossa esperança está em ti, porque és o único que poderá salvar-nos da sorte que nos ameaça.

Ele disse, e à ordem rápida e precisa de seus chefes, os guerreiros em multidão, unidos como abelhas enxameando sobre colmeias, abalaram-se, num só bloco, avançando na planície que o curso sinuoso do Escamandro atravessava. Os Gregos, por seu turno, reuniam-se em torno de Agamemnon. Lançaram-se contra os Troianos com o mesmo ardor com que um veado novo se atira à mãe, quando ela volta da floresta para o estábulo. A Terra ressoava sob as patas dos cavalos; os carros suspendiam, ao rodar, nuvens de poeira e uma messe de lanças reluzia acima de um lençol de cinza. Terrível foi o choque. No meio dos clamores, os virotes batiam sobre elmos e broquéis. Cada um se servia, para empapar a terra e fazer o sangue correr, de tudo quanto servia para enviar a morte ao coração dos mortais. Os Gregos de chuços mortíferos tiveram, a princípio, vantagem sobre as falanges troianas. Páris, com efeito, foi ferido e o valente descendente de Héracles perdeu a lança homicida ao receber uma pedrada no braço. Mas logo, assim que seus subalternos lhe trouxeram uma nova lança, de haste longa e sólida, Eurípilo, arrastando a massa dos Troianos, caiu como um raio sobre os Argivos, conseguindo, dessa vez, pô-los em fuga. Temendo a horrível aproximação do destino, eles fugiram como carneiros em pânico. Eurípilo, então, tal um cão de dentes brancos perseguindo um cervo nos vales e bosques, pôs-se em sua perseguição. Matou tantos guerreiros que a imensa planície tornou-se muito pequena para conter, alinhados lado a lado, todos os cadáveres que sua lança incansável amontoava um sobre o outro. A noite caiu quando os Troianos se encontravam à beira do fosso e do muro que defendiam as naus e as tendas dos Gregos. Não podendo mais combater por causa das trevas, eles recuaram sem, todavia, afastar-se dos navios inimigos alinhados sobre a praia, e estabeleceram seu acampamento próximo às margens do Símois, de claras águas. No dia seguinte, a partir da alva, o combate recomeçou e o funesto Ares, com força redobrada, desencadeou seu furor. Para barrar-lhes o caminho, os Argivos encaminharam-se ao encontro dos Troianos que iam reaver suas posições de véspera e os assaltaram, fazendo, primeiro, chover sobre seus escudos uma saraivada de pedras, de virotes e de dardos. As linhas troianas suportaram sem fraquejar esse assalto formidável. Eurípilo, então, com o braço infatigável e lança em riste, foi o primeiro a lançar-se sobre os Gregos; rompeu-lhes as linhas e, cobrindo de sangue seus pés e suas mãos, avançou na planície passando por cima dos cadáveres que sua lança mortífera estendia sobre o solo. Rechaçados com perdas e não tendo audácia para enfrentar Eurípilo, pois Héracles havia soprado contra eles o medo e o pânico e insuflado força ao seu filho invencível, os Gregos, como um rebanho perseguido pela tempestade, refugiaram-se próximo aos seus navios. Os Troianos seguiram-nos, mas os Argivos, defendendo-se, sem afrouxar, do alto do grande muro e fazendo, dia e noite, correr sangue quente sobre as pedras das muralhas, mantinham-nos à distância, impedindo-os de atear fogo no fundo de seus navios de popas erguidas.

Durante esse tempo, Ulisses e Diomedes chegavam a Ciros. Encontraram o filho do grande Aquiles preparando-se, em sua vasta e aprazível morada, para os peníveis trabalhos da guerra e exercitando-se, ora no lançamento dos virotes e flechas, ora em montar um rápido corcel. Não sem admiração iam eles abordá-lo quando Neoptolemo, tomando a palavra, disse-lhes suavemente:

— Sede felizes, vós que a sorte conduziu à minha casa! Dizei-me quem sois, qual é vossa pátria e que vindes pedir-me.

— Somos — respondeu-lhe Ulisses — amigos do belicoso Aquiles. Vemos com alegria que te pareces com o herói bem-amado: tens seu talhe, sua beleza e sem dúvida também sua coragem. Tem, pois, piedade de nós. Lembra-te de teu pai de quem deves vingar com honra a morte que te entristece. Vem conosco; não tardes; todos os Gregos te esperam para marchar ao combate e terminar a guerra por uma rápida vitória.

— Pois bem! Uma vez que os Deuses e os Gregos me chamam, — respondeu, então, o belo Neoptolemo — possa eu ser para eles a luz que imploram! Amanhã, juro-vos, partiremos sobre o seio profundo das vagas. Até lá, entrai em minha morada; encontrareis aqui uma mesa hospitaleira e um leito para a noite.

No dia seguinte, ao levantar do Sol, Neoptolemo embarcou no vaso de Ulisses. Impelida por um vento favorável, a nau foi vista, na aurora seguinte, das praias de Tróia. Ela abordou no momento em que, sob os golpes dos Troianos conduzidos por Eurípilo, o muro, outrora levantado para proteger seus vasos e seu campo, estava ameaçado de ruína iminente. Diomedes foi o primeiro a perceber o perigo. Saltando, então, à terra, e soltando um grande grito:

— Amigos, um enorme desastre ameaça hoje os Argivos. Transpondo nossas muralhas, os Troianos belicosos vão atear, sem piedade, fogo sobre os nossos vasos. Vamos! Empunhemos nossas armas rapidamente e salvemos a doce esperança do regresso que as naves são para nós!

Tomados de medo, seus companheiros lançaram-se, então, do navio, e correram imediatamente a colocar a couraça. Ulisses conduziu para sua tenda o valente filho de Aquiles, ávido por combater.

— Toma, — disse Ulisses — aqui estão as armas de teu pai; elas são dignas de ti.

Neoptolemo colocou a coruscante couraça e o divino broquel. Toda a armadura adaptava-se tão exatamente aos seus membros, que todos os Gregos, contemplando o filho e vendo-o surgir no ponto em que o combate era mais encarniçado, julgaram admirar e rever o pai. Nesse momento, com efeito, Eurípilo tentava, com suas tropas, escalar as torres. Uma parte da muralha tinha sido conquistada e já os Troianos soltavam gritos de vitória, ameaçando as naves. Mas quando Neoptolemo lhes apareceu, de pé sobre a muralha e fazendo seu broquel brilhar ao Sol, um terror medonho esfriou sua audácia. Em tudo semelhante ao pai e tal um rio que flui sem se esgotar nem parar jamais, o filho de Aquiles brandia sem descanso o freixo do Pélion, jogando para baixo os assaltantes que subiam as escadas, e precipitando ao fosso os que já estavam sobre o muro. O sangue corria por todos os lados ao longo da muralha e os navios e as torres ressoavam aos gritos cortantes dos feridos. Cansados de cair como árvores novas que a chama devora ao sopro dos grandes ventos, os Troianos, pouco a pouco, começaram a enfraquecer. Rude e duro, no entanto, continuava ainda o combate, pois os Gregos readquiriam vantagem e as tropas troianas, só se defendendo duramente, tornavam a alcançar a planície. Eurípilo, sobretudo, fazia com sua lança o vazio em seu redor e deitava por terra, como troncos abatidos no seio da floresta, cadáveres sem conta. Na esperança de igualar a coragem e a glória de seu pai intrépido, Neoptolemo, então, dirigiu-se contra o novo Heitor. Os dois Heróis, escorrendo suor e sedentos de sangue, encontraram-se como dois animais ferozes. Impiedosa e tenaz foi a luta feroz. Finalmente, após longos esforços, a lança do filho de Aquiles feriu, em pleno rosto, o valente Eurípilo. Seu rubro sangue espalhou-se aos fluxos e sua alma, no mesmo instante em que seu corpo rolava ao chão, voou para os ares, através do ferimento. Vendo isso, os Troianos foram tomados de terror. Os mais valentes dentre eles, sentindo-se sem apoio, resignaram-se a uma fuga rápida. Os Gregos, então, perseguiram-nos e se colaram a seus passos como uma matilha ladrando se encarniça sobre as pegadas do javali que ela volta a açular. O filho de Aquiles, com sua lança enorme e seu escudo em que brilhavam relâmpagos, inspirava-lhes uma fúria tão selvagem, que em breve os Troianos, levados, em desordem, até próximo aos muros de sua cidade, aí se precipitaram como carneiros no curral, ergueram barricadas nas portas e prepararam-se para rechaçar o assalto às suas fortes muralhas. Os Gregos, com efeito, rodeavam a cidade por todos os lados e obstinavam-se, malgrado as flechas, os virotes e as pedras que do alto das muralhas caíam sobre suas cabeças, a forçar as portas de sólidas escoras. Iam derrubá-las, quando Zeus envolveu de súbitas trevas a cidade sagrada do ilustre Príamo. O alto das torres e das muralhas desapareceu num nevoeiro espesso, e o Céu inteiro foi atravessado por relâmpagos e tempestades incessantes. Temendo, então, a cólera de Zeus, os gregos retiraram-se, levando seus mortos. Em seguida, após haverem, atirando-se ao rio, lavado no Helesponto, seus membros fatigados e sujos de suor, poeira e sangue, aplacaram sua fome, postaram sentinelas e se abandonaram, com a chegada da noite, às doçuras do sono.

XI

Filoctetes e a Morte de Páris e de Enone

No dia seguinte, os Gregos acordaram aos primeiros revérberos da aurora. Ainda sob a impressão do prodígio que haviam visto na véspera, seu primeiro cuidado foi olhar em direção a Ílion. As altas muralhas da cidade soberba brilhavam na luz e mais nenhuma nuvem as envolvia. De mais a mais, a cidade santa de Tróia parecia-lhes impenetrável. Assim, para obedecer a Calcas e conseguir, a qualquer preço, apoderar-se das torres dessa fortaleza, Agamemnon resolveu enviar a Lemnos o belo Neoptolemo e o engenhoso Ulisses. Eles deveriam procurar Filoctetes, e trazer o invencível archeiro para as tropas gregas, pois o penetrante adivinho, que conhecia todas as coisas pela arte dos presságios que extraía da observação do vôo das aves e das entranhas fumegantes das vítimas, dissera: "Tróia não será tomada sem o concurso do arco que Filoctetes ganhou do poderoso Héracles." Neoptolemo e Ulisses embarcaram, então, num navio ligeiro e entregaram-se às grandes vagas do mar azulado, abordando com felicidade na Ilha de Lemnos. Encontraram o Herói que procuravam ao fundo de uma caverna de onde saía um terrível odor de podridão. Consumido de dores, os cabelos em desordem, os olhos mortos sob supercílios franzidos, estava ele deitado num leito de folhagens, gemendo sem cessar e sem trégua. Depois que Filoctetes, com efeito, querendo mostrar aos Gregos o que podia o seu arco prodigioso, havia, por engano, dispondo-se a atirar num gamo, deixado cair sobre o pé uma das flechas que o sangue da Hidra de Lerna havia envenenado, o infeliz ferido não havia cessado de gemer dia e noite. Só, sem socorro, sem esperança e sem alívio, suportava, há quase dez anos, sofrimentos atrozes. Os Gregos haviam-no abandonado. O sangue negro, com efeito, que vertia de sua ferida, espalhava um odor tão fétido, que todo o campo estava dele impregnado, e a exasperada violência dos gritos que a espantosa tortura, que lhe roía os ossos, arrancava sem descanso a esse hábil archeiro não permitia mais, aos chefes do exército, fazer sacrifícios em paz. Assim, para dele se desembaraçar, o rei de Ítaca, enquanto Filoctetes tinha, um dia, adormecido na beira da Ilha de Lemnos, havia feito levantar a âncora e dado ordens à frota para fazer-se ao mar sem tardança e sem ruído. Abandonado pelos homens desde então, o infeliz archeiro empregava suas flechas em traspassar pombos e outros pássaros que voavam ao redor dos selvagens rochedos de sua triste caverna. Atingira alguma caça? Ele arrastava-se penosamente pela terra para ir buscar, ao mesmo tempo, carne para aplacar a fome e penas leves para estancar o pus de sua imunda ferida.

Quando ouviu os gritos de Filoctetes, Ulisses, receando a vingança daquele que outrora ele havia abandonado sobre aquela praia inculta, não quis mais entrar no fétido antro.

— Entra! — disse, então, ao valente filho de Aquiles. — Entra na caverna e procura Filoctetes. Ele não te conhece. Poderás abordá-lo sem perigo, captar facilmente sua confiança e convencê-lo a vir conosco.

Neoptolemo obedeceu. Feliz por rever, após tantos anos de amarga solidão, o rosto de um homem, e por tornar a ouvir o doce falar dos Gregos, Filoctetes logo fez-se amigo de Neoptolemo, sobretudo quando soube que seu belo visitante era o filho do seu antigo companheiro de armas. Julgando o momento favorável e ganha a partida, Ulisses, que estava à escuta, apresentou-se, então, aos olhos de Filoctetes. O infeliz archeiro reconheceu-o prontamente, explodiu de furor e tomou de seu arco. Ia desfechar contra ele uma de suas flechas que, infalıvelmente, enviavam para os Mortos aqueles contra quem eram dirigidas, quando Neoptolemo, à força de preces e de súplicas, pôde apaziguar sua cólera terrível. Ulisses, então, com a fisionomia contraída ao ver tantos males, sentou-se perto de Filoctetes.

— Coragem! — disse-lhe ele — tua ferida sarará se decidires ir conosco. Ninguém, entre os Gregos, é autor de teu mal. Digna-te apenas ouvir-nos e consentir em nos seguir. Nossos médicos saberão curar-te.

A estas palavras, Filoctetes esqueceu todo seu ressentimento e prometeu partir. Neoptolemo e Ulisses ajudaram-no, então, a alcançar a praia e a subir a bordo. A nau tornou a atravessar o Helesponto piscoso e juntou-se à frota grega puxada para a praia. Todo o exército rejubilou-se, vendo chegar aquele que esperava e que estava feliz por tornar a encontrar, finalmente, homens de sua raça, amigos, guerreiros. Apoiado aos ombros de Neoptolemo e de Ulisses, Filoctetes desembarcou e caminhou para as tendas dos Gregos. Podalírio, o sábio médico, derramou, então, sobre sua ferida um bálsamo salutar. A cura foi instantânea e Filoctetes, sentindo-se, de súbito, tal como tinha sido, pôs-se a andar sem dificuldade e dirigiu-se, sem ser apoiado, à tenda do rei da opulenta Micenas. Agamemnon honrou-o, oferecendo-lhe, primeiro, um repasto suculento; depois, quando conseguiu reconfortar o heróico archeiro, disse o príncipe de todos os Gregos:

— Amigos, se te ofendemos, abandonando-te na Ilha de Lemnos, não te irrites. Sabe que agimos apenas sob as ordens dos Deuses. Repararemos, todavia, os males que te causou esse abandono necessário, no dia em que tomarmos a cidade santa de Tróia. Por enquanto, aceita sete moças, vinte cavalos velozes e doze trípodes. Se feliz e permanece entre nós, pois, de agora em diante, ser-te-ão prestadas, sob minha tenda, no meio dos repastos, as honras devidas a um rei.

Filoctetes aceitou os magníficos presentes, assim respondendo ao Rei Agamemnon:

— Pois bem. Uma vez que a salvação da Grécia o exige, unamo-nos a partir de hoje. Meu coração não alimenta mais, nem contra ti, nem contra qualquer Grego, nenhum ressentimento. E agora, que a noite aí está, vamos repousar, pois, à véspera do combate vale mais dormir que festejar muito tempo.

No dia seguinte, como os raios do Sol aclarassem as montanhas e incitassem os homens a recomeçarem seus penosos trabalhos, o exército Grego, já pronto para o combate, avançou pela planície. Munido do arco e das flechas do poderoso Héracles, Filoctetes marchava no meio dele, inflamando, com sua alegre coragem, a bravura e o entusiásmo dos guerreiros. Fora de suas muralhas e ocupados, ainda, em dar a seus mortos dignos funerais, os Troianos quando viram aproximar-se aquela massa de tropas marchando como um só homem, ficaram aterrorizados. Parecia-lhes tão terrível como parece aos marinheiros o vento impetuoso que encapela o mar e que soergue as vagas como um horrível altar, para imolar todos quantos afrontam suas ondas. Polídamas, então, lendo nas fisionomias dos filhos de Príamo a mais sombria aflição, gritou-lhes:

— Amigos, os Gregos juraram a nossa perda. Dado que possuímos víveres suficientes para suportar um longo sítio, abandonemos a planície e o campo raso e subamos ao alto de nossas sólidas torres, vigiando dia e noite e combatendo sem descanso até que os Argivos, fatigados de prosseguir um longo sítio sem glória, voltem para o mar e tornem a partir para seus lares.

Assim falou ele. Mas o valente filho de Anquises respondeu-lhe nestes termos:

— Polídamas, como podem dizer que és prudente, quando nos propões sofrer na cidade os rigores de um longo sítio! Queres fazer-nos morrer de miséria e de fome, ao abrigo de nossos muros acossados pelos Gregos? Se devemos morrer, vale mais cair com glória defendendo o solo sagrado da pátria que ficar inativos, enterrados como toupeiras, no fundo de nossas casas.

Assim falou Enéias, e o exército inteiro aplaudiu suas palavras. Colocando-se imediatamente em ordem de batalha, os Troianos aprestaram-se a enfrentar o novo assalto. Terrível foi o choque dos escudos e das lanças. Nos dois campos, a Discórdia acendia o fogo no coração dos soldados. Caminhando ao seu lado, o Terror e o Pavor espalhavam, a seu redor, o pânico e o medo. Terrível como Ares e carregando o boldrié e o carcás de Héracles, Filoctetes enviou para a morte batalhões inteiros. Aos gritos dos que o veneno das flechas, lançadas por esse Titã, queimava e retorcia, acorreu Páris, que esticou seu arco e soltou um dardo que fendeu o ar mas não atingiu o novo filho de Alcmena. Exasperado por ver um de seus companheiros tombar a seu lado, Filoctetes, então, puxou a corda de sua arma curva e, soltando um grande grito, lançou sobre Páris olhares de Fúria:

— Cão! — gritou ele — porque ousas medir-te comigo, vou dar-te, ó tu, que és a causa de todos os males que caíram sobre os Gregos, a morte e o túmulo!

Assim falando, distendeu a arma. O arco vibrou sob a corda afrouxada e a flecha, sibilando, não errou o alvo. Ferido na virilha, Páris, tal um cão que fica com medo de um javali que havia atacado primeiro, fugiu do combate. Sua retirada arrastou a de todos os Troianos. A noite caía quando, após haver deixado montes de cadáveres sobre o chão da planície, suas tropas exaustas reencontraram um asilo nos muros de sua cidade, restauraram-se e tiveram um repouso bem merecido. Mas o doce olvido que o sono versa, não caiu sobre Páris. Embora todos os cuidados lhe fossem prodigalizados, nenhum remédio podia aplacar seus longos gemidos, nem neutralizar o veneno da Hidra que lhe queimava o coração e as entranhas. Lembrando-se, então, de que o destino havia decretado que ele morreria ou viveria segundo os desejos de Enone, o infeliz Páris resolveu dirigir-se para junto daquela que por Helena havia abandonado há muito tempo. Pálido de dor e com o peito em fogo, jogou-se aos pés de sua espantada esposa:

— Nobre mulher, — disse-lhe com voz fraca e tremente — vê meu triste sofrimento e não fiques irritada se, outrora, deixei-te só e aflita no leito conjugal. Agi às cegas. Gravemente te ofendi, mas um destino fatal impelia-me para Helena. Em nome dos Deuses que habitam o Céu, perdoa-me e expele de minhas veias este veneno devorador. Se o quiseres, poderás prontamente me curar; olvida teu ciúme e teu ressentimento e não me deixes morrer de modo atroz sob teus olhos que imploro.

Ele disse, mas tão doces palavras não conseguiram vencer a antiga e sombria cólera da esposa justamente irritada.

— Quê?! Infeliz, — respondeu-lhe ela — ousas apresentar-te a mim após me haver tão covardemente abandonado por essa estrangeira que nos causa tantos males? Vai, miserável, vai para longe daqui, celerado, refugiar-te nos braços que te pareceram mais belos! Vai contar tua dor a Helena, gemer aos pés de seu leito perfumado e esperar dela remédio para teus males.

Páris, então, desesperado por ver-se escorraçado de seu lar, desejou ir unir-se aos companheiros campestres de sua adolescência, sobre as encostas sombreadas do Ida. Coxeando penosamente e com a dor na alma, pôs-se a caminho. Mas o veneno logo acabou de corromper o sangue desse guerreiro que a sede devorava. Desmaiou subitamente, entregando a alma ao vento das florestas. Nesse ínterim, a infeliz Enone lamentava-se ao fundo de sua morada. A luz do Sol não tinha para ela doçura alguma. Quando a noite chegou, as sombras encheram-lhe o pensamento de negros pressentimentos. Então, enquanto seu pai e suas escravas dormiam, levantou-se do leito, abriu sem ruído as portas da casa e precipitou-se, como levada pelo Amor e pela Morte, em busca daquele que chorava. Pisando, sem dor, as pedras da montanha e transpondo, sem fadiga, vales escarpados, sem receio das feras entrevistas na noite, logo chegou ao local em que as Ninfas choravam em torno da fogueira de Páris, vendo as chamas consumir as grandes árvores que, para honrar seu companheiro defunto, os pastores do Ida haviam amontoado. Diante desse quadro, sem chorar, e ocultando sob os véus seu rosto de tez clara, a infeliz Enone jogou-se naquele ardente braseiro fazendo-se queimar viva junto de seu esposo.

XII

O Cavalo de Tróia e a Tomada de Ílion

Enquanto os pastores recolhiam, chorando, as cinzas de Páris e as enterravam, junto com as de Enone, sob um sepulcro elevado, o combate continuava a retumbar na planície. Por muito tempo a vitória pareceu indecisa, pois ora os Gregos desbaratavam os Troianos, ora os Troianos obrigavam os batalhões dos Gregos a recuar. Finalmente, depois que muitos guerreiros foram postos de lado e outros estendidos na poeira, uma fúria mais selvagem apoderou-se dos Argivos. Semelhantes a touros novos cujo ventre é picado pelo ferrão agudo de um moscardo, precipitaram-se sobre os filhos de Príamo. Seu entusiasmo foi tal que o sangue troiano, como a água durante a chuva, correu sobre a planície. Desejosos de escapar a esse destruidor combate, os Troianos tentaram refugiar-se em sua vasta cidade. Poucos, todavia, foram os que conseguiram atravessar-lhe as portas, pois os Gregos, ávidos de carnificina, resolveram transformar a perseguição em massacre. A batalha logo recomeçou aos pés dos muros. Os Argivos avançavam erguendo os escudos acima de suas cabeças, abrigando-se sob eles como sob a carapaça de um monstro fabuloso, e suportando, sem fraquejar, a saraivada de pedras, de virotes e de flechas que os Troianos, do alto de suas defesas, faziam cair sobre eles. Os mais ousados esforçavam-se, a machadadas, por quebrar e derrubar as portas. Sua esperança parecia prestes a realizar-se, quando Enéias levantou um bloco enorme e fê-lo tombar sobre os guerreiros que já sentiam ceder os batentes e os gonzos. Protegido por uma armadura resplendente, o filho do magnânimo Anquises combatia nas torres e semelhava-se a Zeus quando, do alto do Céu, seus braços poderosos abatiam os Gigantes. Por isso, malgrado as proezas de Filoctetes e de seu arco, as muralhas de Tróia continuavam intransponíveis. Em vão, para abrir aos soldados uma passagem mortífera, Alcimedonte encostou uma escada à alta muralha e subiu, protegendo a cabeça com seu vasto escudo, seus numerosos degraus. Com efeito, apenas havia ele atingido o alto da muralha e daí lançado um olhar sobre a cidade e Enéias, com uma pedrada, quebrou a cabeça do jovem assaltante. A vida sagrada abandonou-o e Alcimedonte tombou como uma cabra selvagem que, sobre um rochedo, é abatida por uma flecha sibilante. À noite, exaustos de fadiga e tristes por contar com numerosos cadáveres, os Gregos retiraram-se para junto de seus vasos. Como a guerra parecia não poder ter fim, os Argivos, cansados de tantos esforços e de tão longos padecimentos, deixaram-se invadir pelo desencorajamento. A vitória parecia-lhes bem tardia e o regresso cada vez mais adiado. Para acalmar os alarmes e sua melancolia, Calcas, o prudente adivinho que conhecia os sinais pelos quais as vontades dos Deuses se manifestam aos homens, reuniu a assembléia dos príncipes da Grécia:

— Amigos, — disse-lhes — não combatais próximo aos muros de Tróia, mas encontrai qualquer artifício para terminar a guerra. Acabo, com efeito, de perceber um gavião perseguindo uma pomba. Aterrorizada, a ave querida da divina Afrodite ocultou-se no oco de um rochedo. Enquanto abrigava-se, o gavião atocaiava-a à saída do refúgio. Cansado de esperar, o gavião arquitetou um funesto projeto e ocultou-se sob espesso arvoredo. A pomba, então, julgando, imprudentemente, que a ave de rapina estivesse longe do rochedo, saiu de seu esconderijo. O gavião, porém, vigiava e atirando-se, então, sobre ela, agarrou-a e matou-a. Seguindo este exemplo, não tentemos mais derrubar as muralhas de Tróia pela violência, mas usemos de um ardil para captar a vitória.

— Caro amigo, — disse, então, o filho engenhoso de Laerte — se verdadeiramente, como nos afirmas, o Destino nos permite destruir pelo artifício a cidade de Príamo, é preciso desde já construir um gigantesco cavalo de madeira. Os mais valentes dos Gregos fechar-se-ão no seu ventre tenebroso. Feito isso, nosso exército fará a frota ao mar e, após haver incendiado suas tendas, embarcará, dirigindo-se para a ilha de Tênedos. Do alto de suas torres, os Troianos nos observarão; e, julgando que abandonamos as praias de Tróia, espalhar-se-ão, sem receio, pelos campos. Somente um homem de grande coragem, desconhecido dos Troianos, permanecerá no acampamento. Ele lhes dirá que os Gregos desejavam imolá-lo para obter dos Deuses um feliz retorno, mas que se refugiou, para evitar a morte, sob o inviolável asilo que lhe oferecia o cavalo, fabricado por nós em honra de Palas. Eis o que ele deverá responder às repetidas perguntas. Ser-lhe-á preciso, em seguida, convencer os Troianos, malgrado sua desconfiança, a levarem o cavalo para debaixo dos muros de sua cidade, fazendo-os acreditar que, se o abandonarem na praia, Atena, ultrajada, entregará Ílion às mãos dos Gregos. Então, assim que o cavalo for introduzido no cercado de Tróia, esse homem acenderá um archote, para avisar a uns, da mais alta torre, e dará, aos outros, quando os filhos de Príamo estiverem nas mãos de um sono tranqüilo, o sinal para saírem do ventre enorme desse colosso de guerra.

Assim falou, e todos os príncipes da Grécia, aprovando o engenhoso estratagema que deveria assegurar a vitória dos Argivos e a ruína de Tróia, encarregaram Epeu de fabricar um cavalo de madeira, sólido como um navio e alto como uma montanha. No dia seguinte, assim que a Aurora repeliu para o Erebo as trevas espessas, os filhos de Atreu ordenaram aos guerreiros alcançar a floresta atapetada pelas encostas sombreadas e pelos valados de mil fontes do Ida querido dos Deuses. Todos, uma vez na montanha, conjugavam seus esforços contra os negros pinheiros, abatendo os mais altos. Os vales profundos ressoavam com sua queda e a floresta, com clareiras por todos os lados, tornava-se menos propícia aos animais selvagens que antes aí se deleitavam. Povos inumeráveis curvavam-se às ordens de Epeu. Uns derrubavam grandes árvores, despojavam-nas de seus ramos, cortavam-nas em pranchas ou reduziam a estacas seus sólidos troncos; outros carregavam as bestas, transportando, do alto dos cumes sombreados até a margem do Helesponto piscoso, a madeira cortada na santa montanha. Epeu fabricou, primeiramente, os pés e as pernas do maravilhoso cavalo. Construiu, a seguir, seu ventre e seu dorso, fez-lhe a cabeça e adaptou sobre seu pescoço uma longa e esvoaçante crina. Duas pedras preciosas, colocadas nas órbitas e imitando o brilho dos olhos, tornaram como que viva a cabeça eqüina, cujas orelhas nervosas e empinadas, pareciam esperar o sinal de partida. Finalmente, uma cauda soberba descia da garupa e arrastava-se até a terra. Para renovar o ar que, dentro do cavalo, deveriam respirar os guerreiros, uma abertura secreta vinha terminar ao fundo de sua boca armada de dentes de prata. Graças a Palas, a divina artesã, a obra sagrada crescia a olhos vistos. Em três dias, punha-se de pé. Quando tudo ficou terminado, disse o filho de Laerte:

— Príncipes, lembrai-vos de que a audácia vence a força. É tempo de subir para o nosso engenhoso e pérfido esconderijo. Desde que o alçapão sobre nós se fechar, é preciso que o exército parta para Tênedos e que aí permaneça oculto até que os Troianos, pensando entrar uma dádiva a Palas, nos hajam introduzido, com a ajuda do cavalo, na cidade de Príamo. Mas qual será o soldado, desconhecido dos Troianos, que consente em permanecer com uma alma de ferro sob a massa enorme desse madeiramento?

Somente o valente Sínon tomou então a palavra:

— Ulisses, — disse ele — podem insultar-me, bater-me, jogar-me às chamas, estou decidido a ousar tudo para dar aos Argivos a glória de derrubar as muralhas de Tróia.

Ele disse, e o exército dos Gregos admirou sua audácia e mais de um gritou:

— Bravo, Sínon! Vamos, graças a ti, ver o próximo fim desta longa guerra!

O filho do grande Aquiles foi o primeiro que subiu para o interior do animal. Menelau após ele, Ulisses, Diomedes, Filoctetes, Ájax, o Pequeno, e muitos outros, tantos quantos o ventre enorme do colosso pudesse conter, aí entraram. Epeu, o artesão que fabricara a espantosa obra de arte e que sabia abrir e fechar a porta, foi o último a subir, retirou a escada e fechou a abertura. Isto feito, o resto das tropas, sob o comando de Agamemnon e de Nestor, pôs os vasos no mar, incendiou as tendas, alcançou, batendo os remos, a praia escarpada da Ilha de Tênedos e esperou que o sinal do fogo viesse indicar-lhe a hora de regressar ao mar.

Quando os Troianos viram as chamas devorar o acampamento grego, imaginaram que os Argivos renunciavam à guerra e voltavam para sua pátria. Tróia inteira livrou-se de um longo luto; as portas abriram-se e os filhos de Príamo dirigiram-se à praia. Atônitos à vista do cavalo, eles se perguntavam com ansiedade o que poderia ser e que lhe reservava aquela obra colossal. A multidão incerta dividia-se em opiniões diversas, quando descobriu-se, oculto atrás de uma perna do cavalo, o corajoso Sínon. Sua fisionomia era triste e para dar um ar de verossimilhança ao pérfido estratagema de Ulisses, tinha as duas mãos amarradas às costas. Os Troianos, primeiro, interrogaram-no delicadamente, mas como ele se obstinasse num silêncio tenaz, insultaram-no, espancaram-no e cortaram-lhe, por fim, o nariz e as orelhas. Sem deixar sua alma dobrar-se sob a dor, o valente Sínon respondeu-lhes, então:

— Fatigados desta guerra e de seus cruéis sofrimentos, os Gregos fugiram para seus lares. A conselho de Calcas, fabricaram este cavalo em honra de Palas, a fim de aplacar a Deusa que tomava, contra eles, o partido dos Troianos. Para conseguir um regresso feliz e ventos favoráveis, queriam eles, a conselho de Ulisses, imolar-me às sombrias divindades do mar. Desejoso, então, de escapar à morte, refugiei-me perto desta dádiva; e, por respeito pela filha poderosa do grande Zeus, eles me conservaram a vida. Sabei, portanto, que os Argivos só voltam a Micenas para buscar novos reforços e armas mais seguras. Este cavalo aí está para proteger o campo que eles devem reocupar. Se aí o deixardes, Atena, ultrajada, abandonará Tróia às mãos dos Gregos, mas se puderdes introduzi-lo dentro de vossos muros — pois os Gregos, a conselho de Calcas, fizeram-no assim grande para impedi-lo de passar sob vossas portas — a Ásia inteira vos ajudará a rechaçar os Gregos.

Assim falou ele e os Troianos cindiram-se em dois campos. Os mais crédulos queriam que se introduzisse imediatamente o cavalo na cidade; os outros, mais desconfiados, desejavam que se jogasse às ondas aquela insidiosa dádiva ou que, pelo menos, se abrissem os seus flancos para sondar-lhe as profundas cavidades. Quanto a Laocoonte, exigia aos gritos que se lhe pusessem fogo sem tardança:

— Desconfiai, Troianos! — dizia-lhes o sacerdote de Apolo. — Este cavalo não passa de uma armadilha e receio a perfídia dos Gregos até mesmo nas oferendas que podem fazer aos Deuses.

Mal acabava ele de falar e duas compridas serpentes avançaram sobre o mar, desenrolando seus anéis. Abordando a praia, precipitaram-se, silvando, sobre os dois filhos do infeliz Laocoonte, enrolaram-se neles e os asfixiaram sob a pressão de suas sinuosidades escamosas. Querendo acorrer em socorro de seus filhos, o próprio Laocoonte foi apanhado e esmagado.

Os Troianos, então, pensando que Atena acabava de punir a insolência do sacerdote de Apolo, decidiram-se a transportar, sem demora, o colosso para dentro de seus muros. Rodearam o imenso pescoço do cavalo, de correntes, amarraram grossas cordas em torno de seu corpo e colocaram cilindros sob suas patas gigantescas. Todos, então, como peixeiros que arrastassem cabos para colocar no mar um enorme navio, puseram-se a puxar as pesadas correntes. O cavalo moveu-se, rangendo na areia. As desigualdades do terreno e o vau que era preciso atravessar, tornavam-lhes o caminho muito penoso; e, ao menor solavanco, ouviam crepitações semelhantes às de um carro que geme sob a carga. Quando estavam próximos a Ílion, foi preciso derrubar as muralhas para introduzir nesse recinto o formidável corcel. Os Troianos soltavam gritos de vitória e de alegria, admirando o espantoso prodígio que avançava pelas ruas da cidade. Julgando que esse troféu lhes trazia o fim da detestada guerra, rodearam de guirlandas de flores os flancos do cavalo. Coros de moças coroadas de folhagens escoltavam-no dançando. A alegria reinava em todos os corações. Também os guerreiros, imaginando-se livres do pesado fardo das batalhas, coroavam os altares dos Deuses, ofereciam sacrifícios, espalhando libações de vinho. No entanto, as vítimas não eram devoradas pelas chamas; lágrimas corriam das estátuas divinas; os lobos e os chacais vieram urrar e ganir até diante das portas da santa cidade. O temor desses signos funestos, porém, não se apoderou da alma dos Troianos. Somente Cassandra, pressentindo desgraça iminente, gritava como uma leoa ferida, percorrendo as ruas, com os cabelos em desordem e os olhos cheios de lágrimas.

— Desgraçados! — exclamava ela — a ruína e a desolação acabam de entrar em vossa casa! A cidade está ardendo em fogo; não a vedes, cegos que sois! E, às margens do caminho que conduz às Sombras, tomais hoje, sem duvidardes, vosso último repasto.

Martelando estas palavras, armada de um tição inflamado, numa das mãos, e na outra, de uma machadinha de dois gumes, ela avançava para quebrar o cavalo e nele pôr fogo. Os Troianos, porém, insultaram-na, arrancando-lhe o fogo e a arma. Então, como uma pantera perseguida por cães, Cassandra, enlouquecida, fugiu para sua casa. Quanto ao júbilo dos filhos de Príamo, prosseguia em danças e festins, acompanhados de cantos. De todas as partes, ao som de flautas, todos se abandonavam a uma desmesurada alegria. Nenhum guerreiro estava em seu posto; e quando o sono apoderou-se dos Troianos, adormeceram exaustos de lassidão, saciados de carnes e com a cabeça pesada de uma bebedeira geral. Com a crescente escuridão, abateu-se sobre a cidade a calma que ia transformar-se no sinal da carnificina e os próprios cães, parando de ladrar, pareciam temer perturbar o trágico silêncio daquela noite suprema. Tudo dormia, pois, na vasta cidade, tudo, salvo Helena que ardia por ver e admirar mais à vontade o prodigioso colosso que os Gregos haviam construído. No meio da noite, saiu ela de sua casa, aproximando-se, sem ruído, do cavalo. Deu três voltas em torno da massa enorme; e imitando a voz de suas esposas, ela chamava, por seu nome, os mais ilustres Argivos. Menelau enterneceu-se reconhecendo a voz da sua belíssima esposa. Ulisses, ouvindo como que chamar-se por Penélope, sentiu lágrimas queimarem-lhe as pálpebras. Todos, contudo, mantinham no fundo do esconderijo o mais profundo silêncio. Somente Anticlos não teve a virtude dessa inabalável coragem. E como fosse abrir a boca para responder à voz que lhe recordava o longínquo objeto de sua ternura, Ulisses cortou-lhe a palavra sobre os lábios, e a mão do Herói apertou tão fortemente a garganta daquele que iria traí-los, que o estrangulou, fazendo-o entregar a alma.

Helena acabava de chegar à sua casa e já Sínon subia à mais alta torre, fazendo brilhar, no negro céu, o brilho esplêndido e exaltante do fogo. Os Gregos, percebendo de Tênedos o fanal esperado, levantaram a âncora imediatamente, fazendo os vasos fenderem o mar escumante. Inquieto, mas corajoso como um lobo que caminha, com passadas macias, em torno de um curral, Sínon aproximou-se em seguida do cavalo e deu, aos guerreiros fechados no ventre do monstro, o sinal de saída. Com a ajuda do hábil Epeu, Ulisses abriu sem ruído os flancos do animal e, pondo a cabeça para a frente, observou, por todos os lados, se os Troianos vigiavam. Não vendo nada e ouvindo apenas o silêncio, tirou uma escada e desceu à terra. Os outros chefes, deslizando ao longo de um cabo, seguiram-no sem tardar. Quando o cavalo havia devolvido todos à noite sombria, uns aprestaram-se a começar o massacre e os outros, caindo, de improviso, sobre as sentinelas, que em lugar de vigiar, dormiam ao pé das muralhas descobertas, degolaram-nas e abriram as portas da ilustre cidade do infeliz Príamo. Durante esse tempo, o exército grego, ajudado ao mesmo tempo por ventos favoráveis e o esforço dos remadores, tornava a abordar às praias que fingira abandonar. Apenas desembarcados, os Argivos dirigiram-se, em silêncio, para a soberba Ílion que ardiam por destruir. Cheios do instinto de Ares, penetraram na cidade, encontrando-a já toda imunda de mortos e moribundos. A carnificina desde logo cresceu e espalhou-se com a raiva do fogo. De todas as partes ouviam-se os gemidos dos feridos, os estertores dos moribundos, os gritos das mulheres de cabeças descobertas e de mães seminuas carregando os filhos, misturarem-se ao ladrar dos cães que abandonavam as casas incendiadas, ganindo ao olhar as chamas crepitantes. A escuridão juntava-se ao horror e o fedor de sangue quente misturava-se ao mau cheiro das patuscadas recentes e ao acre cheiro de incêndio que aumentava. Numerosos guerreiros, com efeito, pois os Gregos receavam ferir-se mutuamente no escuro da refrega, percorriam as ruas com fachos acesos, atirando tições nas casas adormecidas. A cidadela, os templos, as opulentas mansões ardiam como uma floresta plantada nos flancos de uma montanha sem água. Milhares de centelhas misturavam-se às estrelas e a ascenção das chamas, avivada pelo desabamento dos tetos, avermelhava, nas ruas, torrentes de sangue negro. O filho do loiro Aquiles invadiu, então, o palácio de Príamo. Encontrando esse piedoso rei aos pés de um altar de Zeus, cortou-lhe a cabeça. Não longe dali, soldados gregos descobriram Andrômaca. Com os olhos em lágrimas e andar vacilante, ela levava em seus braços Astíanax, o filho querido de Heitor. Sem piedade pela mãe, os vencedores arrancaram a criança do colo materno, atirando-a do alto de uma elevada torre. Andrômaca teria desejado morrer, mas os Gregos, poupando-a, agarraram-na, reservando-lhe a triste sorte das cativas. Num dos quartos do palácio, Menelau surpreendeu Deífobo no próprio leito de Helena. Esta, realmente, após a morte de Páris, havia desposado o irmão de seu antigo raptor. De um lado a outro Menelau atravessou-o com sua forte lança. Helena, aterrorizada, saltou do leito e correu para esconder-se, mas seu esposo, com o braço coberto de sangue, foi ao seu encalço, conseguindo alcançá-la. Ia matá-la, tanto o ciúme sabe sublevar a cólera, quando os encantos sedutores de sua amada esposa trouxeram-lhe de repente a preciosa recordação de sua antiga felicidade. Vendo-a tão linda, não ousou mais erguer a espada sobre a cabeça querida; permaneceu imóvel, estupefato e sem forças. Mais impudente que ele, Ájax, filho de Oileu, havendo encontrado Cassandra refugiada no templo da divina Atena e estreitando, em seus braços desesperados, a estátua da Deusa de olhos garços, não teve receio de desonrá-la. Dizem que Atena, para não ver esse criminoso atentado, afastou os olhos, erguendo o olhar para a abóbada do templo. Nesse ínterim, o incêndio ganhava toda a cidade, fazendo brilhar as águas do Helesponto. As casas desabavam, sepultando, sob suas vigas ardentes, infortunados Troianos. Gritos medonhos subiam de cada ruína fumegante. Sufocava-se nas ruas como à boca de um forno. Fugindo à acre fumaça e ao crepitar das devoradoras chamas, os cães e os cavalos esmagavam sob as patas os mortos e feriam os vivos, a fim de abrir uma passagem, transpor as portas e salvar-se através dos campos que o esplendor vermelho e fulvo, de um furacão de chamas, iluminava como na noite do incêndio do mundo.

XIII

A Partida da Frota e o Retorno à Grécia

Enquanto o incêndio reduzia a cinzas a cidade de Príamo, os Gregos de longos cabelos não permaneceram inativos. Fatigados da carnificina, puseram-se a pilhar e a reunir, num local designado, as riquezas de Tróia. Assim, quando o exército abandonou o que restava de uma cidade outrora florescente, pôde carregar um grande saque. Alguns, em compridas filas, voltavam para suas naus com os ombros carregados de vários despojos, outros conduziam, como rebanhos, as cativas em lágrimas. A rainha e a escrava tiveram a mesma sorte. Agamemnon levava Cassandra, Neoptolemo arrastava Andrômaca e Ulisses apressava, à frente de seus passos, Hécuba de cabelos brancos. Com eles, Menelau conduzia a esposa que reouvera. Dentre as mulheres escravizadas, que os Gregos levavam para seus sólidos navios, somente Helena não chorava. Com a fronte coberta de vergonha e envolta pelo recato, ela seguia o marido, e essa púrpura de decoro casava, à brancura de suas faces desejáveis, a cor das rosas vivas. Ao longo de todo o percurso, comprimiam-se para vê-la; admirava-se seu andar e seus véus e ninguém ousava, mesmo em voz baixa, dirigir uma reprimenda àquela cuja beleza tinha sido a causa de tantos males. Menelau levou-a diretamente para a sua tenda. Helena, então, envolveu-o em seus braços e ambos, recordando antigas carícias, derramaram doces lágrimas; depois, olvidando suas mágoas, e sentindo Afrodite inundá-los com seus filtros, adormeceram enlaçados um ao outro como a hera à vinha.

Quando, cheios de grande alegria, os Argivos acabaram de amontoar, no fundo de suas naves vazias, a riqueza de Tróia, reuniram-se e puseram-se a cantar para celebrar a vitória e agradecer aos Deuses. Convidaram, a seguir, para um copioso festim, os guerreiros que tinham se fechado no ventre tenebroso do cavalo de Epeu. Homenagearam, sobretudo, o valoroso Sínon, cujo rosto havia sido mutilado. Orgulhoso de seus ferimentos, o intrépido soldado esquecia sua desgraça na alegria comum. A metade da noite decorreu na alacridade sonora que as taças faziam surgir. Mas logo, vencidos pela fadiga e malgrado seu desejo de festejar até a madrugada, cessaram de beber e de comer, deitaram-se aqui e ali sobre a areia lavada e abandonaram os membros ao sono.

Enquanto o filho de Aquiles repousava em sua tenda, a alma de seu pai apareceu-lhe à cabeceira do leito.

— Salve, meu filho! — disse-lhe. — Não aflijas mais teu coração, pensando em minha morte, pois sou agora o comensal dos Deuses. Sabe, no entanto, que estou irritado por haverem os Gregos, quando repartiram as riquezas de Tróia, esquecido o braço que sempre espalhou o terror e o medo nas hostes dos Troianos. A lembrança de minha bravura indomável morreu comigo? Dize-lhes, pois, que, se desejarem um bom retorno, quero que imolem ao pé de meu túmulo a própria filha de Príamo, a bela Políxena.

No dia seguinte, como os Gregos se preparassem para a partida, Neoptolemo fez cessar a alegria ruidosa de sua pressa, reuniu-os e falou-lhes:

— Amigos, sabei por mim a vontade de meu pai. Ele apareceu-me esta noite e pede aos Argivos que lhe dêem uma honrosa recompensa. Sua escolha recaiu sobre a filha de Príamo e ele deseja, se almejais obter um rápido e bom retorno, que seja imolada, sobre sua tumba, Políxena dos belos seios.

Assim falou, e os Gregos, então, obedeceram a esse desejo como ao de um Deus. Arrancaram Políxena dos braços de Hécuba, sua mãe, e conduziram-na sobre a tumba de Aquiles. Neoptolemo agarrou pelos ombros a filha desolada de

Príamo e, apoiando a ponta de seu gládio sobre o monte de terra que recobria as cinzas do mais valente dos Gregos, dirigiu estas palavras a seu pai:

— Ouve, ó meu pai, a prece de teu filho. Não te irrites mais conosco, pois te ofertamos a virgem do teu coração. Sê-nos propício e dá-nos a doçura do regresso.

Acabando estas palavras, mergulhou a espada na garganta de Políxena. O sangue escorreu sobre o colo de marfim, e a vida sagrada escapou de seu corpo.

Após o sacrifício, os Gregos tornaram a apressar sua partida. Embarcaram em último lugar as cativas, fincaram à frente dos vasos cabeças troianas e suspenderam, de cada lado das popas e das proas, os escudos e as lanças, os elmos e as couraças dos inimigos vencidos. Quando tudo estava pronto, desataram as amarras, levantaram âncoras e fizeram-se ao mar soltando grandes gritos de vitória. O Helesponto ressoava com o barulho da partida; os remos em cadência faziam pular as querenas carregadas e, do alto das proas decoradas com troféus, os reis, suplicando aos Deuses que lhes proporcionassem um florescente regresso, vertiam libações de vinho no mar azulado.

Somente as cativas, de faces encovadas pelas lágrimas, voltavam os olhos para Ílion. Horrorizadas de medo e com as mãos na garganta, olhavam, pela última vez, as ruínas fumegantes que indicavam onde fora Tróia.

Os Gregos, todavia, ora a remo, ora a vela, afastavam-se rapidamente daquelas praias estrangeiras onde tantos dos seus repousavam. Teriam, certamente, atingido a terra da Hélade e atravessado sem obstáculo as ondas cambiantes do mar odorante se Atena, irritada com a injúria que havia sido feita a Cassandra, não houvesse suscitado contra eles uma horrível tempestade. No meio de um furacão que desbaratou a frota, o raio abateu-se sobre Ájax e o filho de Oileu, com todos quantos estavam em seu barco, foi jogado no abismo das águas. Todavia, graças à sua força espantosa, o vencedor sacrílego conseguiu salvar-se a nado e escalar os rochedos de Gira. Mas aí, como se vangloriasse, a despeito dos Imortais, de escapar à morte, Posídon, com um golpe de seu tridente, desenraizou a ilha escarpada, fazendo, assim, Ájax rolar para o fundo das águas.

Entretanto, outras longas e penosas peripécias esperavam os heróis que voltavam para a pátria. Quando Agamemnon regressou a Micenas, encontrou seu trono ocupado por um indigno e pérfido usurpador que se chamava Egisto. Durante sua ausência, com efeito, Clitemnestra, sua esposa, havia sido seduzida por um aventureiro que invejava as grandes riquezas da opulenta Micenas. Quando ela soube que o divino Agamemnon estava à vista de sua terra natal, enviou Egisto, com carros e corcéis, para recebê-lo à praia em que ia desembarcar. Egisto saudou o herói, convidou-o a ir à sua casa, conduziu-o, ele mesmo, ao seu próprio palácio, e fê-lo sentar-se num magnífico festim. Numa sala vizinha, vinte homens armados estavam de emboscada. A um sinal, irromperam, decapitaram os convivas, mataram Agamemnon, abatendo-o como um boi na manjedoura. A própria Clitemnestra encarregou-se de Cassandra. Durante sete anos, o homicida Egisto reinou sobre Micenas, mas no oitavo, secundado por seu amigo Pílades, Orestes degolou o assassino de seu pai.

Mais feliz que o rei de Micenas, Menelau voltou a Esparta em companhia de Helena. Aí reinaram pacificamente durante alguns anos. Contam uns que essa mulher fatal foi enterrada ao lado do esposo. Segundo outros, após a morte de Menelau, ela teria se refugiado em Rodes, junto de Polixo, e esta, para vingar seu marido, que havia sido morto pelos belos olhos de Helena, ao pé dos muros de Tróia, teria feito enforcar, nos ramos de um plátano cerrado, a bela esposa do valente Menelau.

Quanto à pura Andrômaca, seguiu, no Epiro, o filho do loiro Aquiles. Embora apaixonado por ela, Neoptolemo logo separou-se, dando-a em casamento a Heleno, o único filho de Príamo que sobreviveu à ruína de Ílion. Após a morte de Neoptolemo, Heleno herdou uma parte do reino do Epiro, e sobre essa terra estrangeira Andrômaca edificou uma pequena Tróia, como recordação da grande, sobre as margens de um curso de água que ela denominou Símois.

XIV

Ulisses e Polifemo

De todos os Heróis que se confiaram ao mar para voltar à pátria após a queda de Tróia, Ulisses foi o que vagou mais longamente e que sofreu, antes de rever Ítaca e Penélope, os mais numerosos reveses. Passou vinte anos sem rever a fumaça evolar dos tetos de sua ilha natal. Conta-se, aliás, que, prevendo as conseqüências de tão longa ausência, ele não havia, de bom grado, se decidido a partir para Ílion e a deixar a esposa que amava ternamente. Assim, para esquivar-se à promessa que fizera, de socorrer aquele dos pretendentes de Helena que fosse ultrajado, o sutil Ulisses imaginara toda espécie de ardil para ser dispensado de ir a Tróia vingar a desonra que recaíra sobre Menelau. Simulando loucura, atrelava a uma mesma charrua animais diferentes, arava a areia infecunda da praia e semeava sal em lugar de grãos de trigo. Mas Palamedes, aquele mesmo que devia, para distrair os soldados da demora e dos aborrecimentos do sítio da cidade de Príamo, inventar para eles os jogos de dados e de xadrez, descobriu que a loucura do rei não passava de hábil fingimento. Tendo ido a Ítaca e encontrando Ulisses prestes a arar com um boi e um cavalo, Palamedes tirou dos braços da mãe o pequeno Telêmaco e colocou-o no lugar em que a charrua, para prolongar o sulco que ela fazia, devia passar inevitavelmente. Ulisses, percebendo seu filho, desviou com habilidade, dando assim a conhecer que suas extravagâncias eram preparadas.

Após a tomada e a ruína de Tróia, Ulisses pôde seguir, finalmente, o caminho do regresso. Ao sair do Helesponto, porém, foi lançado, pelos ventos, à costa da Trácia, e precisou abordar às terras dos Cícones. Aí, apoderou-se de Ísmaros e pilhou a cidade rodeada de vinhedos. Após essa vitória, e enquanto suas tropas entregavam-se ao vinho, os Cícones caíram como raios e imprevistamente sobre o engenhoso rei de Ítaca e massacraram, sem que ele pudesse defendê-los contra o grande número de lanças inimigas, setenta e dois de seus audaciosos companheiros. Constrangido e forçado a valer-se das velas, Ulisses foi novamente surpreendido pela tempestade. Com efeito, no momento em que ia dobrar o Cabo Maleu, os ventos e os vagalhões desviaram-no para o sul da Ilha de Citera. Durante nove dias, errou no mar sacudido, aqui e ali, por funestos ventos. Na décima aurora, percebeu terra. Assim que pôs os pés sobre essa nova praia, mandou três companheiros informar-se a respeito do povo a cujo meio havia chegado. Os Lotófagos receberam-nos com simpatia e lhes deram para comer um fruto cujo sabor tinha uma virtude tão estranha, que os que o experimentavam, esqueciam a missão de que estavam encarregados, não se recordavam do país natal, sentindo somente o desejo de viver e de permanecer naquele país em que se comiam flores. Ulisses, não vendo mais voltar os esperados emissários, precisou ir procurá-los e empregar a força para obrigá-los a voltar para bordo. Temendo, em seguida, que todos os seus companheiros perdessem também, comendo lótus, a vontade de voltar, o rei de Ítaca ordenou-lhes subir a bordo de suas naves e cortar com seus remos o vasto dorso do piscoso mar. Com sua frota de doze vasos de proas avermelhadas, Ulisses chegou em pouco tempo nas paragens do país dos Ciclopes. A noite caía quando ele abordou numa ilha vizinha da costa em que habitavam, em grutas profundas, monstros gigantescos que, sem arar nem semear, passavam seu tempo a fazer pascer, no cume ou nos flancos das montanhas dessa árida região, imensos rebanhos de carneiros e de cabras. No dia seguinte, desde os primeiros raios de Sol, os companheiros de Ulisses dividiram-se em três grupos e, armados de virotes e de arcos recurvos, partiram à caça. A batida foi fecunda, pois milhares de cabras saltavam nessa ilha. Cada nau teve nove peças para assar. O repasto durou assim até quase a noite.

A alegria, no entanto, não foi total. De sua ilha, com efeito, os Ítacos viram elevar-se, sobre o continente próximo, a fumaça de grandes fogos e ouviram vozes, horríveis e estranhas, misturarem-se ao balido das ovelhas e das cabras. Sabendo, todavia, que os cruéis Ciclopes ignoravam a arte náutica, eles deitaram-se à margem da praia e adormeceram tranqüilamente. No dia seguinte, com a volta da Aurora, Ulisses reuniu seus companheiros dispostos e lhes disse estas palavras:

— Amigos, ficai aqui nesta ilha tranqüila. Eu, no entanto, com todos os que viajam no meu navio, vou ver quem são os Ciclopes, informar-me de seus Deuses e instruir-me nos seus costumes. Esperai-me vigiando a minha frota.

Ele assim disse e subiu, com sua equipagem, para bordo do navio. Quando tocou a costa, da qual estava tão próximo, Ulisses confiou aos marinheiros a guarda do navio, escolheu, para escolta, doze dos mais valentes e, levando consigo um odre cheio de vinho, dirigiu-se para a gruta elevada que percebera quando entrava no porto. Após haver transposto um cercado formado por blocos de rochedo, e atravessado um pátio sombreado por grandes pinheiros, Ulisses penetrou num antro de limpeza agradável e de vasta extensão. Seus companheiros aí não encontraram os Ciclopes, pois Polifemo havia conduzido os rebanhos para o redil, mas admiraram o arranjo de sua fresca morada. Aqui, havia espécies de cestas sobrecarregadas de queijos; além, uma série de gamelas cheias de soro de leite. Cordeiros, cabritos, separados, de acordo com a idade, em diferentes repartições, enchiam o interior de balidos prolongados. Esperando o hospedeiro daquele refúgio, Ulisses e seus companheiros fizeram fogo, oraram aos Imortais, tomaram alguns queijos e experimentaram-nos, conservando-se sentados. Quando, à hora em que se costuma desatrelar, o Ciclope voltou, trazia ao ombro um enorme fardo de galhos mortos e lenha seca. Descarregou-o jogando tudo por terra, num barulho horrível. Depois, tendo feito entrar as ovelhas e as cabras, pois era hora da ordenha, fechou o antro com um rochedo, tirou leite do rebanho balante e entregou, em seguida, os cordeiros à mãe. Acabado esse trabalho, reavivou o fogo. À luz das chamas, o Ciclope surgiu como a ponta hirsuta de uma montanha abrupta. Seus compridos cabelos caíam como galhos sobre as vastas espáduas e, sob um supercílio, que estendia, de uma orelha a outra um arco de urzes, abria-se um único olho, grande e brilhante como um escudo reluzindo ao Sol. Mas o fogo, iluminando a gruta, permitiu a Polifemo perceber os companheiros de Ulisses:

— Estrangeiros, — disse-lhes — quem sois e que desejais?

A voz rouca e terrível do medonho colosso gelou de medo o coração dos Ítacos. Ulisses, entretanto, respondeu:

— Somos Gregos; voltamos, após meses e anos de ausência, para nossa querida pátria. Os ventos contrários, porém, jogaram-nos sobre esta costa desconhecida, e vimos, suplicantes, pedir-te se não a hospitalidade, pelo menos a subsistência que é justo oferecer aos infelizes extraviados.

— Estrangeiro, — tornou, então, o Ciclope — onde deixaste teu navio?

— Posídon quebrou meu navio, — respondeu Ulisses — e os ventos dispersaram os destroços sobre as vagas iradas.

Sem nada responder, o temível Ciclope lançou-se de mãos abertas sobre os doze Ítacos, agarrou dois e esmagou-lhes a cabeça no chão da gruta. Terminado o morticínio, despedaçou-lhes os corpos e, um após o outro, engolindo a carne e os ossos, devorou-lhes os membros palpitantes. Bebendo, a seguir, uma bilha de leite, Polifemo, refeito, estendeu-se para dormir no meio das cabras. Ulisses pensou, então, em puxar a espada e lançar-se sobre esse monstro inumano, mas uma idéia o reteve. Pensou, de repente, que lhe seria impossível, mesmo com o concurso de todos os seus marinheiros, arredar o rochedo que obstruía a entrada daquele antro selvagem. Gemendo, e para não morrer fechado na gruta, deixou o Ciclope nos braços do Sono. No dia seguinte, às primeiras luzes do dia, Polifemo levantou-se, apoderou-se, para o seu repasto, de mais dois companheiros de Ulisses, ergueu o rochedo, fez sair seus rebanhos e reteve, tornando a fechar a entrada, os Ítacos prisioneiros no antro. Ulisses, então, encontrou no fundo do estábulo uma massa talhada num tronco de oliveira, cortou-a no tamanho de uma estaca, fez ponta numa das extremidades, endureceu-a ao fogo e ocultou a arma sob um monte de esterco. À noite, quando o Ciclope voltou, ocupou-se com seus trabalhos habituais; depois, apoderando-se, novamente, de dois companheiros de Ulisses, fez com eles sua ceia. Após comê-los, o filho de Laerte derramou vinho numa grande taça e, apresentando, com suas duas mãos, aquela bebida embriagante:

— Toma, Ciclope, — disse ele, aproximando-se do outro — bebe este vinho, pois já comeste.

Polifemo achou o licor tão divino, que tornou a pedi-lo.

— Enche mais, estrangeiro; derrama esse néctar e essa ambrosia e dize-me, peço-te, para que te possa dar um presente que te agrade, qual é teu nome?

— Eu me chamo Ninguém, — respondeu-lhe Ulisses, enchendo mais três taças - e é por Ninguém que meu pai, minha mãe e meus companheiros me chamam.

— Pois bem, Ninguém, — tornou o Ciclope — para recompensar-te, só te comerei depois do último de teus companheiros.

Assim falou e logo o sono da bebedeira invadiu-o até o coração. Assim que ele adormeceu, Ulisses tirou a estaca do esterco, aproximou-a do fogo e quando a chama saltitou sobre sua ponta, enfiou-a no único olho do monstruoso Ciclope. Depois, apoiando-se, com todo o peso do corpo, sobre o alto da estaca pontiaguda, fê-la girar como uma possante pua. A pupila esmagada silvava sob a órbita esvaziada, como água em que se mergulha um ferro em brasa. Um vapor de fogo devorou os supercílios e a ponta requeimante fazia enrugar e crepitar as raízes do olho. Louco de dor e sentindo-se cego, Polifemo pôs-se a soltar tamanhos rugidos que a montanha inteira tremeu à sua voz. Em seguida, arrancando com as mãos em delírio a estaca pontiaguda e ensangüentada, fê-la voar para o fundo do antro. Não podendo alcançar Ulisses, pois este se escondera, chamou aos gritos os Ciclopes vizinhos. Estes, ouvindo os apelos, de todas as partes acorreram.

— Que tens, — perguntaram-lhe imprensados à entrada da gruta — para fazer, dentro da noite, tão vivos clamores?

Polifemo, a estas palavras, do fundo de sua caverna, assim lhes respondeu:

— Amigos, Ninguém me domou pela astúcia e não pela força.

— Uma vez que ninguém te molesta que poderemos fazer por ti? — perguntaram todos os Ciclopes, e retiraram-se. Desesperado, gemendo sem parar, Polifemo renunciou a procurar, tateando, os assassinos invisíveis. Sentou-se para agarrá-los na passagem e guardar, com o corpo, deslocando a pedra, a saída da gruta. Ulisses, então, amarrou com vergas de vime, sob o ventre dos carneiros do estábulo, os companheiros que lhe restavam. Quando a Aurora trouxe a hora da pastagem, o Ciclope, tendo o cuidado de tatear o lombo dos animais, fez sair seu gado. Amarrados e escondidos entre as patas dos grandes carneiros, os companheiros de Ulisses puderam, assim, evadir-se e o próprio Ulisses transpôs a porta do antro, agarrando-se ao lanzudo tosão que recobria o ventre do mais bonito carneiro do rico rebanho. Desde que se julgou bastante afastado do cercado que protegia o pátio, Ulisses largou o animal e libertou das vergas os companheiros salvos. Tocando, então, à sua frente, os carneiros mais gordos, fizeram-nos subir a bordo do navio, levantaram a âncora e zarparam. Polifemo, no entanto, ouviu o barulho de seus passos e a cadência de seus remos apressados. Com raiva no coração, o Ciclope arrancou por duas vezes todo um bloco da montanha e lançou-os, num gesto desesperado, sobre a nau de Ulisses. O primeiro raspou as bordas do timão do navio e o segundo tocou de leve a proa azul da sólida nau. O mar encapelou-se com a queda das rochas e um violento repelão adernou a nave. Ulisses, então, armou-se de sólido croque e reforçou a coragem e o esforço de todos os seus companheiros, para ajudá-los a ganhar o largo e alcançar o porto de onde haviam partido.

XV

Ulisses, Éolo, os Lestrigões e Circe

Feliz por haver assim escapado à morte, Ulisses fez-se novamente ao mar. Logo aportou a uma ilha flutuante onde havia, solidamente protegido por rochedos de bronze, o vasto palácio habitado por Éolo. O Deus dos ventos acolheu-o gentilmente e, durante um mês, conservou-o como hóspede, cumulando-o de inumeráveis prazeres. Ulisses, durante esse tempo, pôs sua frota em repouso e narrou ao Deus todas as suas aventuras. Quando, desejoso de retomar o caminho de volta, Ulisses falou em embarcar, Éolo, que tinha o poder de deter ou desencadear os ventos, foi pessoalmente levar, à nave de partida, um odre feito com couro de boi de nove anos. Todos os sopros dos mais retumbantes ventos aí estavam fechados; um só, Zéfiro, podia livremente espalhar sobre as ondas seu sopro propício. Durante nove dias, os vasos de Ulisses navegaram sem descanso. Na décima aurora, como estivessem à vista da terra paterna, já vendo fogos acesos sobre as esperadas praias, Ulisses, fatigado por haver, para chegar mais cedo, estado ao timão por muito tempo, quis repousar. Um sono pesado apoderou-se dele. Imaginando, então, que o odre de Éolo continha riquezas, seus curiosos companheiros decidiram saber quanto ouro e prata continha aquela dádiva. Desfizeram o cabo que retinha prisioneiros, sob o couro de boi, os ventos e as tempestades, e todos os sopros do Céu escaparam ao mesmo tempo. O mar encapelou-se e as vagas em furor levaram, para bem longe das terras da pátria, Ulisses e suas naus. Por seis dias inteiros eles estiveram ao sabor dos caprichos das vagas e dos assaltos dos ventos violentos e contínuos. Na manhã do sétimo, chegaram à embocadura duma passagem que, aberta do lado da praia, ia dar a um porto fechado, de todos os lados, por rochedos abruptos. Os companheiros de Ulisses fundearam seus navios nas águas pacíficas que recobriam o fundo do abrigado local. Quanto ao filho de Laerte, após haver, às escondidas de sua frota, prendido sua nau a um rochedo saliente, subiu a uma iminência vizinha, e por todas as partes passeou seu olhar. Em todos os lugares a terra era inculta e não revelava vestígio de qualquer trabalho humano. Somente ao longe, turbilhões de fumaça elevavam-se aos ares. Ulisses, então, delegou três de seus companheiros para irem se informar quem eram os homens que acendiam aquele fogo. Seguiram um caminho em ziguezague que levava a uma crista coroada por um cercado. Chegados junto às portas, encontraram uma virgem gigante que, tendo vindo pegar água num límpido manancial, indicou-lhes as soberbas moradas do rei daquelas regiões. Uma vez recebidos sob o teto indicado, o aspecto do rei e da rainha encheu-os de terror. Longe de acolhê-los, Antifato, monstro tão rústico como uma montanha rochosa, estendeu seus grandes braços e, agarrando um dos três enviados, triturou-o, dele fazendo seu repasto. Vendo isso, os dois outros fugiram, mas o rei, dando um grito de chamada, fez acorrer todo o povo dos robustos Lestrigões. Do alto dos penhascos que pendiam sobre o porto, os terríveis gigantes — pois comiam os estranhos que, levados pela tempestade, tiveram a desgraça de abordar às suas costas — lançaram sobre os vasos de Ulisses uma avalanche de rochas e de blocos de pedra. Onze navios com sua equipagem foram destroçados e afundados no mar. A nave de Ulisses foi a única que escapou ao desastre. Realmente, enquanto os braços gigantescos dos monstruosos Lestrigões submergiam sua frota e arpoavam, como atum, os marinheiros que naufragaram, o filho de Laerte cortara o cabo que retinha seu navio ao rochedo e ganhara o largo, evitando assim a morte.

Com o coração consumido de tristeza e vogando, em silêncio, sobre as ondas estéreis, os companheiros de Ulisses não tardaram a encontrar uma ilha que um pequeno e abrigado porto tornava abordável. Sucumbindo à fadiga, acostaram e repousaram, nesse porto tranqüilo, durante dois dias e duas noites. Quando a Aurora trouxe a manhã do terceiro, Ulisses armou-se e subiu sozinho à elevação mais próxima. Daí descobriu, justamente no coração da ilha e no meio de uma floresta compacta, um palácio de onde evolava espessa fumaça. Entretanto, sentindo seus companheiros atormentados pela fome, adiou a exploração da habitação e da floresta. Quando regressava, um Deus veio em seu auxílio, fazendo passar, próximo às suas mãos, um magnífico cervo. Ulisses, então, feriu-o no dorso, abateu-o sobre a areia e, carregando às costas o soberbo animal, levou-o aos marinheiros que haviam permanecido junto ao navio. Bem depressa preparou-se um suculento repasto e, uma vez saciados, disse-lhes Ulisses:

— Amigos, pude perceber do alto cume da montanha vizinha todo o contorno da ilha que nos abriga. Ela é baixa e pouco extensa. Mas no meio da floresta espessa que recobre o centro, vi turbilhões de fumaça elevarem-se dos tetos de uma grande mansão. Separemo-nos em dois grupos e aqueles dentre nós que a sorte apontará lá irão informar-se do nome da ilha e de seus moradores, enquanto os outros guardarão o navio.

Ele disse, e os dados, agitados no fundo de um elmo de bronze, escolheu para esse reconhecimento o grupo comandado pelo valente Euríloco. Vinte e dois companheiros seguiram-no chorando, pois lembravam-se dos crimes do Ciclope e dos cruéis Lestrigões. Logo, mesmo no coração da luxuriante floresta, perceberam a morada da mágica Circe, construída, sobre uma alta elevação, de pedras polidas. À medida que caminhavam sob as árvores, o ar se enchia dos acordes de uma voz melodiosa. A filha do Sol, com efeito, tecendo um pano imenso e magnífico, cantava no interior de seu faustoso palácio. Próximo a ele rondavam lobos e leões domesticados. Os animais saudaram os mensageiros erguendo-se sobre as patas e agitando amavelmente as caudas. Atônitos, com tantas novidades, os companheiros de Ulisses estacaram um instante sob os brilhantes pórticos da Deusa de tranças perfumadas. Quando decidiram-se, enfim, a chamá-

-la, ela logo apareceu sob o umbral da porta, pedindo-lhes para entrarem. Todos a seguiram, exceto Euríloco que, suspeitando qualquer cilada, não quis acompanhá-la. Circe, então, introduziu os hóspedes em sua bela morada, fê-los sentar-se à mesa, ofereceu-lhes, para comer, mel e queijo, e serviu-lhes uma beberagem encantada. Apenas tinham-na bebido e a mágica tocou-os com sua varinha. Transformados imediatamente em imundos porcos, ela fechou-os numa pocilga, jogando-lhes feno e glandes. Não vendo voltar seus imprudentes companheiros, Euríloco, com a alma transtornada por grande dor, foi ao encontro de Ulisses. À nova do desaparecimento, o filho de Laerte tomou o gládio e o arco, e pôs-se a caminho para encontrar Circe. Atravessava os bosques que rodeavam, como um parque, as proximidades do palácio da feiticeira, quando encontrou Hermes sob os traços de um jovem. O mensageiro dos Deuses entregou-lhe uma planta cuja virtude servia para conjurar os encantos que contra ele experimentaria a perfídia da mágica. Chegando junto às portas, Ulisses chamou a Deusa. Ela acorreu logo, introduziu em sua casa o nobre visitante e fê-lo sentar-se num trono marchetado de prata. Depois, preparando, numa taça de ouro, a beberagem funesta, ofereceu-a a Ulisses. Este segurou a taça, virando-a de um trago. Julgando-o enfeitiçado, embora não o estivesse, Circe bateu-lhe, então, com sua varinha, dizendo-lhe estas palavras:

— Vai também para o chiqueiro, padecer com teus companheiros.

Ela disse isso, mas Ulisses, puxando seu gládio pontudo, caiu sobre a mágica. Espantada, Circe deu um grito de alarma e abraçou-se aos joelhos do Herói.

— Conservo-te a vida, — disse, então, Ulisses — sob condição de devolveres à forma primitiva os meus companheiros que transformaste em porcos.

A feiticeira não apenas concordou, mas desejou, ainda, hospedar, em sua bela morada, Ulisses e todos os seus companheiros. Durante um ano inteiro, saboreando uma pródiga abundância de vinhos e de iguarias deliciosas, os Ítacos viveram à sombra das florestas daquela ilha encantada. Todavia, a lembrança de sua pátria querida constantemente entristecia a tão doce lentidão daqueles dias felicíssimos.

— Ulisses, — diziam eles a seu chefe — recorda-te de Ítaca, de tua esposa e do palácio desolado que te espera!

Circe de belos cabelos, quando soube que Ulisses preparava a partida, nada fez para retê-lo junto dela e prolongar sua ausência.

— Nobre filho de Laerte, — disse-lhe ela — não és forçado a permanecer neste vasto palácio. Entretanto, se precisas, com certeza, rever a áspera Ítaca, é preciso que desças às moradas de Hades para aí consultar a alma de Tirésias. Este ilustre adivinho é o único, com efeito, a quem Perséfone concedeu, nas Sombras, a ciência do futuro; somente ele pode colocar-te no caminho feliz de um infalível retorno.

Para consolar Ulisses, a quem a perspectiva duma descida aos Infernos entristecia e perturbava, Circe ensinou-lhe o caminho para lá chegar. Assim esclarecido, o filho de Laerte fez-se novamente ao mar com seus companheiros, abandonando a ilha habitada pela filha do Sol. Um vento suave e propício enfunava as velas de seu navio que chegou, sem sofrer tempestade, às praias extremas do Oceano, no país alvacento dos infortunados Cimérios, justamente à entrada do reino das Sombras. Como Circe lhe havia indicado, eles puxaram o navio para a praia, atravessaram um bosque de choupos e salgueiros, abriram um fosso ao pé de um grande rochedo e fizeram nele correr o sangue de um cordeiro e de uma ovelha negra, implorando, depois, todos os Mortos em comum. Saindo por ondas, então, do Érebo, de negro seio, as almas dos defuntos que dormiam na morte acorreram em multidão. Seus espectros lívidos e diáfanos volteavam, com estranhos gritos, ao redor do fosso. Mas Ulisses, de espada na mão, não permitia a esses débeis espectros saciarem-se com o sangue de que estavam sedentos. Ele queria, antes de tudo, interrogar Tirésias. Finalmente, trazendo um cetro de ouro, a alma do adivinho aproximou-se do fosso, reconheceu Ulisses e disse-lhe estas palavras:

— Ilustre filho de Laerte, ó tu que abandonas a luz do Sol para vir visitar os Mortos e sua medonha morada, afasta-te desse fosso, guarda teu gládio, a fim de que, saciando-me com esse sangue vivificante, possa anunciar-te a verdade que procuras.

Ulisses obedeceu e o irrepreensível adivinho saciou-se do sangue, reanimou-se e fê-lo em seguida ouvir estas palavras reveladoras:

— Nobre Ulisses, — disse ele — desejas um feliz regresso, mas Posídon to tornará difícil. Este Deus, realmente, guarda-te rancor por haveres privado da visão a seu filho Polifemo. Entretanto, teus companheiros e tu voltareis a Ítaca, mas sob a condição de não tocares, na Ilha de Trinácria, nos rebanhos do Sol, pois senão te predigo a perda de teu navio e de teus marinheiros. Quanto a ti, somente tarde voltarás, miseravelmente e num navio estrangeiro, para o seio de tua pátria. Encontrarás a rainha em tua morada, homens audaciosos que dilapidam tuas riquezas e que pretendem o leito de tua divina esposa. À tua chegada, terás que punir suas execráveis violências. Feito isto, visitarás, ainda, povos ignorantes das coisas do mar; depois, voltando a Ítaca, uma suave morte terminará pacificamente teus dias.

Tendo assim falado, Tirésias desapareceu. Ulisses, então, percebendo o espectro errante de sua mãe Anticléia:

— Ó minha mãe! — disse-lhe ele — tu que eu deixei viva quando parti para a cidade de Ílion, dize-me que destino submeteu-te à morte? Fala-me de meu pai, de minha esposa, de meu filho. Não me ocultes nada e dize-me toda a verdade.

— Penélope, ó meu filho, — respondeu Anticléia — com o coração sempre fiel, espera-te em seu palácio onde seus dias e noites decorrem em lágrimas; teu filho, Telêmaco, cultiva teus domínios e teu pai, tendo deixado a cidade, vive no campo, chorando tua sorte. Quanto a mim, não me sobreveio doença funesta; mas a saudade, a inquietude e a angústia privaram-me da alegria de viver.

Após sua mãe, foram as almas das esposas e dos filhos dos Heróis da Grécia que se aproximaram de Ulisses para beber o sangue negro. Alternadamente: Tiro, Antíope, Alcmena, Jocasta, Leda e Fedra entretiveram-se, um instante, com o filho de Laerte. Quando essas almas de mulheres se dispersaram, o espectro aflito de Agamemnon surgiu. Reconhecendo Ulisses, ele narrou-lhe a terrível acolhida que Egisto e Clitemnestra lhe haviam reservado. A alma de Aquiles igualmente apareceu. Lamentando sua sorte e saudoso da Terra, o filho de Peleu disse ao filho de Laerte:

— Gostaria mais de, como simples servo de uma quinta, servir a um homem obscuro, do que reinar como chefe sobre todas estas Sombras vãs.

De todos os que tombaram ao pé dos muros de Tróia, somente o valoroso Ájax não quis responder às perguntas de Ulisses. A cólera de haver sido privado das armas do grande Aquiles perseguia-o até na mansão de largas portas de Hades. Após haver interrogado os espectros, cujas fisionomias eram-lhe familiares, o filho de Laerte teria querido ver os Heróis dos velhos tempos. Mas, antes que eles viessem apresentar-se, a multidão dos Mortos tornou-se tão tumultuada, tão densa e tão barulhenta, que um súbito terror invadiu o coração de Ulisses. Temendo que Perséfona fizesse, finalmente, sair do mais fundo do abismo a monstruosa e terrífica cabeça da horrível Górgona, o filho de Laerte deixou as sombrias paragens, alcançou seu navio e tornou a embarcar com seus companheiros. Um vento propício levou-os à Ilha de Circe. Quando a Deusa de voz melodiosa soube de seu regresso, apressou-se em oferecer-lhe pão, iguarias em abundância e vinhos generosos. Acabado o repasto, Circe estendeu a mão ao astuto Ulisses, afastou-o para um lado e disse-lhe:

— Nobre filho de Laerte, pois que amanhã, ao despontar da alva, queres continuar tua rota sobre o mar, vou indicar-te, enumerando-os, todos os obstáculos que terás a vencer, antes de chegares ao país de teus pais. Não longe daqui, encontrarás as Sereias. Esses pássaros do mar com fisionomia de mulher tentarão seduzir-te com seus cantos harmoniosos. Não te aproximes delas, pois quem as ouve e desembarca em sua ilha jamais revê seu lar, sua esposa e seus filhos queridos. Mais longe, encontrarás a terrível Cila, e não longe desta, à distância apenas de uma flechada, a não menos temível Caríbdis. Quando passares ao lado desses monstros, evita Caríbdis, aproxima-te de Cila e, sobretudo, não temas fatigar os remadores ordenando-lhes transpor depressa essas perigosas passagens. Finalmente, chegarás à Ilha de Trinácria. Aí pastam, em liberdade, numerosas novilhas e gordas ovelhas do Sol. Se teus companheiros não lhes fizerem mal algum, conseguirão regressar, mas se eles atacarem esses rebanhos sagrados, o abismo do mar, antes que consigam chegar a Ítaca, engolirá a todos.

No dia seguinte, quando a Aurora de véus de açafrão apareceu, Ulisses apressou seus companheiros a voltar para bordo, ordenou-lhes que largassem as amarras e confiassem ao vento, que Circe fez nascer, todas as brancas velas de seu navio de proa azulada.

XVI

Ulisses, as Sereias e os Bois do Sol

Levado por vento favorável, o vaso de Ulisses parecia deslizar sobre uma planície líquida. Aproximou-se logo da Ilha das Sereias. De repente, o vento amainou e a calmaria estendeu-se sobre as águas. Para seguir as ordens de Circe, Ulisses, pressentindo o perigo, amoleceu cera aos raios do Sol, amassou-a entre seus dedos poderosos e enfiou-a nos ouvidos de todos os companheiros, fazendo-se atar, pelos pés e pelas mãos, ao mastro da nau. As Sereias, com efeito, com os olhos e os ouvidos à espreita, sentadas numa praia em que se amontoavam os ossos dos mortais que haviam matado, não tardaram, ao barulho dos remadores que cortavam, com seus ágeis remos, as ondas profundas do mar azulado, a descobrir Ulisses. Todas juntas, então, puseram-se a cantar:

— Vem a nós, — diziam elas com sua voz acariciante — vem, glorioso Ulisses! Para teu navio, a fim de que ouças nossos acordes melodiosos. Jamais algum vaso passou por nossas praias antes de ouvir os doces cantos que se escapam de nossos divinos lábios. Para. Se cederes aos nossos desejos, serás transportado e alcançarás a terra de tua pátria, conhecendo o segredo de toda nossa sabedoria.

Assim cantavam as Sereias. O coração de Ulisses, comovido, desejaria demorar-se, mas seus companheiros, tornados surdos aos encantos das Sereias, remavam com vigor, sem perceber nenhum dos sinais que lhes fazia seu chefe para ser desamarrado. Quando haviam transposto aquelas insidiosas paragens, e que não mais se ouvia nem a voz das Sereias nem seu canto sedutor, eles retiraram a cera que lhes tapava os ouvidos e libertaram Ulisses das cordas.

Estavam, ainda, a pouca distância da ilha das Sereias, quando chocaram-se contra uma cortina de cerração, atrás da qual ouviam rugir as vagas retumbantes da barulhenta Anfitrite. Sob essa bruma, erguia-se, polida como um calhau, a alta saliência de um recife temível. À meia altura da crista rochosa, abria-se o negro buraco da profunda caverna em que habitava Cila. O monstro, cuja voz rugia como um leão novo, tinha, em leque, seis pescoços compridos, terminando cada qual por uma cabeça medonha. Oculta até o meio do corpo no fundo do formidável abismo, Cila só punha para fora suas hediondas cabeças de mandíbulas armadas de tríplice fileira de dentes, passeando-as em torno daquele temível recife para abocanhar, com golpe certo, os monstruosos peixes que aí iam rondar. Não longe de Cila e à distância apenas de uma flechada, morava sob as águas a devoradora Caríbdis. Abaixado sob uma ilha embelezada por verdejante figueira, esse monstro, três vezes ao dia, aspirava as ondas amaras e abria, nas vagas, como que um vasto funil que deixava aparecer o fundo negro dos abismos. Por três vezes também, ele devolvia, com grande barulho, as vagas que havia engolido. O mar encapelava-se, então, em ferventes redemoinhos, vagas de espuma recobriam os escolhos e serpenteavam sobre as águas rugidoras. Como fosse necessário, para evitar o trespasse — pois o próprio Posídon não poderia impedir fosse engolido o navegador que se aproximasse de Caríbdis — que a nave nem roçasse o rochedo desse abismo, Ulisses ordenou se afastassem do recife habitado por Cila e, acelerando ao máximo possível a cadência dos remos, transpôs a passagem terrível. Mas, enquanto os Ítacos, cortando com seus remos ágeis o vasto seio do mar, atravessavam o perigoso estreito, Cila espichou suas cabeças e, alongando seus botes, arrebatou seis remadores e os devorou sob os olhos de Ulisses.

Após haver, sacrificando seis dos seus para salvar todos os outros, evitado Caríbdis, e apaziguado Cila, os companheiros de Ulisses perceberam, à sua frente, a Ilha de Trinácria. A nau estava ainda ao largo quando ouviram mugidos

Prancha XXV Foto Anderson

ANDRÔMACA JUNTO AO CORPO DE HEITOR

(David)

Beaux-Arts

Prancha XXVI

Foto Anderson

PENTESILÉIA E AQUILES
Coupe, Munique

'rancha XXVII Foto Anderson

ULISSES EM SIROS, RECONHECIDO POR DIOMEDES

ou a morte de Ájax

Prancha XXVIII — Foto Anderson

O CAVALO DE TRÓIA
de Jules Romain
Mântua

de novilhas e balidos prolongados de carneiros. Ulisses então, lembrando-se ao mesmo tempo das recomendações de Tirésias e de Circe, disse:

— Amigos, evitemos a todo custo abordar nesta ilha, porque é aí, disseram-me, que teremos que sofrer os piores males que possamos experimentar.

— Impiedoso Ulisses, — respondeu Euríloco àquelas palavras — se teu corpo é de bronze, nós estamos vencidos pela fadiga e precisamos de uma noite de repouso.

— Pois bem, — volveu Ulisses — pois que o desejais, repousai e comei nesta augusta praia, mas jurai-me não tocar em nenhuma das cinqüenta novilhas nem em nenhum dos cinqüenta carneiros de que se compõe cada um dos sete rebanhos do Sol. Contentai-vos, sentados tranqüilamente à beira do mar, com as provisões que Circe nos deu.

Os companheiros de Ulisses comprometeram-se, sob juramento, a respeitar o gado do temível Deus que vê e conhece tudo. Colocaram o navio num porto de margens escarpadas, próximo a uma fonte de água doce, desceram à terra, aplacaram a fome e adormeceram, chorando aqueles dos seus que tinham servido de pasto a Cila. Pelo meio da noite, uma horrível tempestade desencadeou-se sobre o mar, e os ventos furiosos, durante todo um mês, tornaram impossível qualquer partida. Enquanto os marinheiros possuíam pão e vinho, não pensaram nos rebanhos do Sol, mas quando suas provisões chegaram ao fim e tiveram, para aplacar a fome de suas entranhas, somente os poucos pássaros e peixes que podiam caçar, Euríloco, aproveitando-se de que Ulisses dormia, disse a seus companheiros esfomeados:

— Amigos, até quando seremos bastante loucos para morrer à míngua, tendo à mão o que comer e com que viver? Tanto pior se o Sol estraçalhe nosso navio! Quanto a mim, gosto mais de morrer, num instante, no seio das vagas, que morrer lentamente esgotado pela fome.

Assim falou Euríloco. Todos os marinheiros aprovaram-no e logo, escolhendo as mais belas novilhas, imolaram-nas, assaram-nas e mataram a fome que os atenazava. Nesse momento o doce sono escapou das pálpebras de Ulisses e o bom cheiro de carne assada revelou-lhe o perjúrio de seus infortunados companheiros.

— Infelizes! — disse-lhes — cometestes um crime execrável! O mal é sem remédio e o castigo, próximo.

Com efeito, como os ventos, pouco depois, amainassem, os Ítacos lançaram o navio às ondas, ergueram o mastro, içaram as velas e se confiaram às vagas azuladas. Apenas haviam perdido a terra de vista e um espesso nevoeiro mergulhou o mar numa noite opaca. Os ventos se desencadearam, o mastro foi abatido e o raio de Zeus, caindo sobre a nau, fê-la adernar tanto, que toda sua equipagem foi engolida pelas águas. Ulisses ficou só naquele triste navio.

Logo, no entanto, uma vaga enorme deslocou o cavername e arrancou a quilha do seu grande vaso. Abandonando, então, esse destroço à deriva, o filho de Laerte conseguiu apoderar-se do mastro e da quilha, juntá-los e permanecer no mar sobre a humilde jangada. Durante toda uma noite, esteve à mercê do furor dos ventos que sopravam como em tempestade. Ao raiar do Sol, encontrava-se ele à frente da passagem guardada por Cila e Caríbdis. Nesse instante Caríbdis engolia as águas amargas. Agarrando, então, os galhos da figueira que pendiam sobre o abismo, Ulisses a eles suspendeu-se como um morcego e esperou assim, até que o monstro, devolvendo de seu seio a frágil jangada que engolira, permitiu-lhe deixar a figueira, atirar-se à água e alcançar o miserável destroço que devia salvá-lo e conduzi-lo, após nove dias de angústia e de esforços, à Ilha de Ogígia, onde morava a bela Calipso.

XVII

Ulisses com Calipso e com Nausica

Filha de Atlas, bela e encantadora Deusa, a Ninfa Calipso habitava, no meio de sua ilha, uma gruta aberta sobre o declive de uma risonha colina. Servida por numerosas Ninfas, Calipso jamais saía da alta morada em que se entretinha, à luz odorante das achas de cedro que se queimavam no fogão, a tecer, cantando, panos magníficos. Às vezes, entretanto, para descansar dos fios e das rocas, ela ia sentar-se sobre o limiar da gruta, cuja entrada era ornada por uma vinha espessa. Ali, deleitava-se em olhar o mar, ouvir o murmúrio das fontes e o canto das aves, aspirando o fresco perfume dos prados adornados de violetas. Um dia em que observava os atrativos da manhã irradiarem-se sobre as ondas, Calipso viu um homem, sentado num destroço rejeitado pelo mar, dirigir-se, impelindo-o com as mãos, em direção à praia de sua ilha encantada. Tomada de piedade, a Ninfa de belos cabelos ordenou imediatamente, a uma de suas escravas, que levasse socorro àquele infortunado, pedindo-lhe chegasse até ela a fim de descansar de suas rudes provações. De Ulisses, com efeito, quando entrou na acolhedora gruta da filha de Atlas, escorria onda amarga e ele cambaleava de fadiga. Calipso, sem tardança, fez acender um grande fogo e preparar um repasto. Enquanto o filho de Laerte comia, não se cansava de admirar o brilho e a beleza da Divina, suas longas e flutuantes vestes, os cabelos perfumados que lhe coroavam a fronte e os dois olhos tão claros que davam atrativo especial ao seu brilhante rosto. Por seu lado, a linda

Calipso não podia arrancar-se ao doce encanto de ouvir o maravilhoso raconto das façanhas e das aventuras de seu hóspede. Um terno amor logo invadiu o coração da filha de Atlas levando-a a desejar Ulisses por esposo. Imaginou ela atingir o seu objetivo prometendo, àquele que amava, uma eterna juventude e uma vida de delícias. Durante sete anos completos, Calipso o reteve, mas, cansado, finalmente, dos encantos de sua divina hospedeira e só pensando em rever Ítaca e Penélope, Ulisses, sem navio nem remador para conduzi-lo à terra de seus pais, sentia-se consumido por terrível tédio. Todas as noites, pois tal era o desejo da Deusa, era ele obrigado a dormir, contra sua vontade, na gruta profunda. Durante o dia, sentado sobre rochedos que margeavam a praia, ele contemplava o mar, derramando lágrimas. Finalmente, ao fim do oitavo ano, os próprios Deuses tiveram piedade dele. Zeus mandou Hermes dar a Calipso a ordem de deixar Ulisses regressar para sua Ítaca. Bondosa até na dor da separação, a Deusa de voz melodiosa entregou a Ulisses, primeiro, uma machadinha de dois gumes e um fino enxó; depois, conduzindo-o à extremidade da ilha, onde se achava um magnífico bosque, ela lhe disse estas palavras:

— Apressa-te, querido Ulisses, em cortar as árvores que julgas mais próprias para construíres uma leve mas sólida jangada. Dar-te-ei, antes de embarcares, pão, água e vinho fortificante. Depois, fazendo soprar a teu favor um vento próprio e suave, suplicarei aos Deuses deixar-te chegar feliz às terras de tua pátria.

Ela assim disse. Ulisses, então, hábil construtor, abateu árvores, esquadrou e reuniu vigas, construindo, em quatro dias, uma resistente jangada. A própria Calipso deu-lhe as velas que deviam servir para completar sua enxárcia. Quando a jangada flutuou, a Deusa para ela fez levar diversas provisões, água doce e vinho. Depois, enviando sobre as águas uma brisa ligeira, viu, de má vontade, sentado perto da popa, com a cana do leme à mão, o fiel esposo de Penélope, a de brancos braços, afastar-se da praia sorrindo às velas que abreviavam seu regresso. Durante dezessete dias, Ulisses vagou sem dificuldade sobre um mar calmo. Na manhã do décimo oitavo, vislumbrou como que um broquel pousado sobre a líquida planície, a Ilha dos Feácios. Já, com alegria no coração, ia tocar à terra, quando Posídon, sempre com ódio de Ulisses, reuniu as nuvens e excitou os sopros de todos os ventos contrários. Num piscar de olho o mar encapelou-se; a escuridão do Céu estendeu-se sobre as vagas e Ulisses viu-se em tão grande perigo que sentiu não ter morrido nas planícies de Tróia. Quando se desesperava de rever a esposa, uma assustadora vaga desabou, rugindo, sobre a embarcação e fê-la dar uma tamanha guinada, que o filho de Laerte, abandonando o timão, rolou para o grande abismo das águas. As rabanadas, então, redobrando de furor, partiram o mastro, arrebataram as velas, e acabaram por desjuntar as vigas da jangada e dispersá-las como palha miúda que o sopro do inverno rola sobre a neve. Durante dois dias e duas noites inteiras, lutando com esforço e temendo os monstros que Anfitrite alimentava, Ulisses susteve-se, nadando, sobre o mar desmantelado. À aurora do terceiro, os ventos amainaram e o Céu tornou-se claro. Vislumbrando, então, uma ilha à sua frente, o filho de Laerte sentiu nova coragem e, olhando a terra, para nela descobrir alguma costa abordável, reuniu tudo que lhe sobrava de seu vigor, e pôs-se a procurar alcançar as margens evitando as rochas onde troava a ressaca. Chegou, assim, à embocadura de um rio, subiu-lhe o curso e logo descobriu uma praia acessível. Exausto e mal podendo respirar, sentou-se na areia, vomitou uma onda amarga e disse, suspirando:

— Como sou infeliz! Que mais terei que sofrer? Eis-me nu, numa praia deserta. Se passo a noite próximo às margens do rio, temo que o frescor da alva paralise-me a energia que me resta, e se adormeço na capoeira vizinha, não me tornarei a presa das feras?

Assim falou ele. Todavia, morto de fadiga, resolveu passar a noite no espesso mato. Aí encontrou folhas em profusão, fez com elas um leito, e enterrou-se sob a gostosa juncada, como um tição que se recobre de cinzas.

No dia seguinte, quando Ulisses ainda dormia o mais profundo sono, Nausica, a filha do generoso Alcino, foi, com suas damas de companhia, lavar a roupa real nas águas claras e correntes do rio. Com sua esperta juventude, bem depressa acabaram de mergulhá-la e calcá-la aos pés, nos buracos do rochedo que enchiam as águas de uma correnteza sempre pura. Após haver enxaguado e torcido a roupa, escolheram um sítio seco e recoberto de cascalho para aí estende-la. E, enquanto esperavam que o Sol a secasse e lhe restituísse sua odorante brancura, as virgens de mãos ativas banharam-se e fizeram um repasto às margens do rio. Saciada a fome, graciosas como Ártemis caçando nas montanhas, essas jovens lavadeiras puseram-se, em seguida, a jogar bola. Os gritos das jovens e suas explosões de riso arrancaram Ulisses de seu pesado sono. Saindo, então, do oco da folhagem, e tendo vergonha de apresentar-se nu, o filho de Laerte colocou, em volta dos rins, uma cobertura de ramos bem folhudos e dirigiu-se a seguir, tal um leão encharcado de chuva e batido pela tempestade, para junto das moças. Todas, à sua aproximação, deram gritos de medo e fugiram para todos os lados, procurando ocultar-se onde podiam. Somente Nausica teve a coragem de permanecer e esperar. Hesitante, confuso e evitando chegar muito perto daquela virgem de olhos claros, Ulisses dirigiu-lhe estas palavras:

— Sejas quem fores, Deusa ou mortal, — disse ele humildemente — suplico-te, tem piedade de quem apresenta-se a ti temendo, no estado em que está, abraçar teus joelhos! Um grande infortúnio me oprime. Após vinte dias de horrores, pude só ontem escapar ao mar. Só, nesta praia, não conheço nenhum dos homens que a habitam. Mostra-me, pois, o caminho da cidade, e dá-me, suplico-te, algumas tiras de pano para proteger meu corpo.

— Nobre estrangeiro, — respondeu-lhe Nausica, a de braços brancos — pois que chegas à nossa pátria, não te faltarão nem vestimentas nem os socorros que se devem prodigalizar a todos os suplicantes que se apresentem a nós. Ensinar-te-ei, pois, o caminho da cidade, guiarei teus passos e dir-te-ei o nome de nosso povo. São os Feácios que habitam esta ilha. Quanto a mim, sou a filha do magnânimo Alcino, o rei que deles recebeu o poder e a força.

Tendo assim falado, Nausica reuniu as companheiras e mandou-as escolher para Ulisses uma túnica e um amplo manto, e oferecer-lhe, para perfumar seus membros, uma essência odorante. Então, para lavar-se e vestir-se sem ofender o pudico olhar das damas de companhia, o filho de Laerte afastou-se para um recanto do rio. Quando voltou, não parecia mais o infeliz que era, mas um Imortal resplendente de graça e de verde juventude. Nausica, tomada de admiração, disse:

— Jovens companheiras, dai agora, a esse belo estrangeiro, alimento e bebida.

Ela falou e todas apressaram-se em obedecer àquela ordem. Enquanto Ulisses bebia e comia com avidez, pois havia muito tempo a fome o atormentava, a filha de Alcino ocupava-se em juntar a roupa, dobrá-la e colocá-la num sólido baú que um magnífico carro suportava. Quando ela tinha atrelado as bestas de patas rápidas, disse então a Ulisses:

— Nobre estrangeiro, levanta-te, pois vou conduzir-te ao palácio de meu pai. Enquanto estivermos no campo, poderás seguir nosso carro e caminhar atrás dele. Mas desde que cheguemos às proximidades das portas da cidade, que uma alta muralha cerca e protege, cessarás de acompanhar-nos, para cortar cerce a maledicência. Dirigindo-te, então, a um pequeno bosque plantado de altos choupos, no coração do qual gorjeia uma fonte, sentarás nesses lugares deliciosos, aí permanecerás, sem esperar muito tempo, até que cheguemos ao palácio de meu pai. Quando julgares que lá chegamos, entra, então, na cidade e indaga onde se ergue a esplêndida mansão do notável Alcino. Todos a conhecem e uma criança mesmo poderia ta indicar. Assim que tiveres transposto as portas de ouro, guardadas por cães de ouro e prata, forjados por Hefestos, atravessa a sala onde os Feácios vão beber e comer. Não te detenhas, mas dirige-te imediatamente em direção à minha mãe, a divina Arete. Encontrá-la-ás sentada perto da lareira, fiando, à luz das chamas, recostada a uma alta coluna, lãs purpúreas de admirável beleza. Ao lado dela está o trono de meu pai. Deixa o rei e vai diretamente tocar os joelhos da rainha. Minha mãe é bondosa e poderás, se souberes implorar-lhe, ter em breve a alegria de rever teus amigos e regressar às tuas belas propriedades.

O Sol se deitava quando Ulisses, deixando o carro continuar seu caminho, sentou-se junto à fonte dos choupos. Durante esse tempo, Nausica chegava ao palácio. Sem esperar a noite, o filho de Laerte levantou-se e transpos, por seu turno, a soleira de bronze das brilhantes mansões do Rei Alcino. Atravessou o pátio rodeado de jardins, entrou na sala em que os chefes e os príncipes acabavam de cear, e foi, sem se deter, jogar seus braços ao redor dos joelhos da rainha.

— Rainha! — disse-lhe ele — tende piedade de mim! Vês a teus pés um homem infortunado que a desgraça persegue. Possam os Deuses dar-te, e a todos os teus convivas, uma vida feliz! Permite, entretanto, que me dirija a ti para poder regressar em breve à minha pátria, pois desde muito tempo, sofrendo horríveis males, morro de desejo de rever meu lar.

Terminando estas palavras, Ulisses foi sentar-se sobre a cinza, próximo à lareira. Então, no meio do silêncio de todos os assistentes, Alcino ergueu-se, estendeu a mão ao pobre suplicante que fizera apelo ao bom coração da rainha e ofereceu-lhe uma cadeira marchetada de prata. Uma escrava, em seguida, instalou perto de Ulisses uma mesa repleta de iguarias e bebidas, e o Herói pôs-se a beber e a comer. Logo depois, como a hora do repouso se anunciasse, os convivas foram-se e Ulisses, em companhia do Rei Alcino e da Rainha Arete ficou só no palácio. Quando os escravos acabaram de limpar as mesas, Arete, que desejava ser a primeira a interrogar Ulisses, disse-lhe:

— Estrangeiro, dize quem és, de onde vens e que desejas.

O prudente Ulisses respondeu imediatamente:

— Seria longo, ó rainha, contar-te todos os meus infortúnios. Vou, portanto, responder-te da maneira melhor possível ao que perguntas. Chego de uma estada de sete anos na Ilha de Ogígia. Dezoito dias após haver deixado a Deusa que a habita, vogava no mar para atingir Ítaca e minha casa, quando uma tempestade medonha estraçalhou minha jangada. Fui obrigado a nadar sobre o escumoso mar, até o momento em que os ventos e as ondas me depuseram, inteiramente nu, às margens de tua ilha. Após uma noite passada a dormir sob uma juncada de folhas, fui despertado pela metade do dia, por risos de virgens brincando na praia. Cobrindo-me imediatamente com folhagens, dirigi-me a elas, para implorar-lhes seu socorro. Nausica, tua filha, ofertou-me, então, pão, deu-me os trajes que visto e indicou-me tua ilustre morada.

— Nobre estrangeiro, — falou Alcino, — minha filha faria melhor introduzindo-te, ela mesma, no seio de minha casa. Fica confiante e tranqüilo. A partir de amanhã tudo farei para que logo estejas em tua pátria querida. Verás pessoalmente quão excelentes são nossas rápidas naus e quão hábeis são os nossos jovens marinheiros. Por hoje, não penses senão em gozar as delícias do sono.

No dia seguinte, o rei dos Feácios fez, seguindo sua promessa, armar um navio para reconduzir Ulisses. Ora, enquanto os marinheiros fixavam os remos aos bancos da embarcação, suspendiam o mastro e verificavam as velas, outros escravos preparavam um repasto no palácio real. No meio do festim foi introduzido, na sala em que ilustres e numerosos convivas festejavam, um adivinho favorecido pelas Musas. Fizeram-no, pois era cego, sentar-se num trono de prata e, perto dele, ao alcance da mão, colocaram uma cesta cheia de pão e vinho. Acabado o repasto, Demódoco tomou sua lira e cantou as façanhas dos Heróis. Ouvindo o aedo celebrar a cólera de Aquiles, as proezas de Ulisses e a disputa famosa que atiçou esses dois chefes argivos, o filho de Laerte cobriu a cabeça com uma aba de seu manto de púrpura e pôs-se a chorar. Conseguiu ocultar as lágrimas dos Feácios. Alcino, porém, sentado a seu lado, percebeu os profundos suspiros que seu hóspede soltava.

— Amigos, — disse ele dirigindo-se aos convivas — há muito tempo, creio eu, estamos desfrutando os prazeres da mesa e dos cantos da lira. Levantemo-nos agora; vamos praticar nossos jogos preferidos, a fim de que o estrangeiro possa contar, em sua terra, como nós somos melhores do que os outros povos nos exercícios do pugilato e da luta, da corrida e do salto.

Erguendo-se a estas palavras, foi o primeiro a sair e todos os convidados caminharam após ele. Dirigiram-se, enquanto o grupo ia aumentando ao longo do percurso, à praça de esportes. O próprio Ulisses, após haver assistido a uma corrida de carros, exercitou-se no lançamento do disco, ganhando o prêmio. Para celebrar sua vitória, jovens Feácios executaram, diante de um público imenso, danças e cantos que deram prazer, ao mesmo tempo, aos olhos e aos ouvidos do atento Herói. Combates e coros diversos sucederam-se até o fim do dia. O Sol se deitava sobre um vinhoso mar resplandecente, quando Alcino disse aos principais Feácios:

— Amigos, antes de levantarmos a assembléia, devemos pensar, para honrar sua partida, em ofertar ao nosso hóspede as dádivas da hospitalidade. Que cada um dos doze chefes ilustres que governam o povo, mande para meu próprio palácio, antes de lá irem para o repasto da noite, as dádivas adequadas a encantar o estrangeiro.

Variadas e magníficas, as oferendas amontoavam-se próximo ao trono da nobre Arete. Os convivas logo a elas juntaram seus presentes e Nausica, de pé contra o batente de prata das altas portas de ouro, recebia, gentilmente, os hóspedes de seu pai. Quando ela reviu Ulisses saído do banho, frescamente lavado, perfumado e enfeitado:

— Salve, nobre estrangeiro! Oxalá possas chegar ao país de teus antepassados! Quando tiveres regressado, lembra-te de nós, pois é a mim primeiro que deves a salvação.

— Nausica, — respondeu-lhe Ulisses — se os Deuses permitirem-me rever meu país, implorarei por ti como uma Divindade, pois foste tu, jovem virgem, quem salvou a minha vida.

Disse isso e foi sentar-se perto de Alcino. Ao fim do repasto, o aedo Demódoco retomou sua lira e pôs-se a cantar. Mas Ulisses, ouvindo a narração da tomada de Tróia e suas próprias façanhas, cobriu novamente o rosto e pôs-se a chorar. Alcino, então:

— Suspende, Demódoco, os acordes de tua lira. Teus cantos não agradam a todos; pois, desde que te ouve, o estrangeiro, aqui ao meu lado, não cessa de suspirar e não convém entristecer um hóspede. Quanto a ti, — continuou ele, dirigindo-se a Ulisses — uma vez que tudo está pronto para tua próxima partida, dize-nos por que nome te chamavam teu pai e tua mãe. Fala-nos de teu país, da tua cidade. Conta-nos, com minúcias, a que lugares o destino te conduziu, que povos ele te permitiu visitar e ver, e dize-nos, sobretudo, o que te faz chorar ouvindo o que canta, em sua lira, o aedo Demódoco.

— Poderoso Alcino, — volveu Ulisses — uma vez que desejas ouvir o raconto de todos os meus infortúnios, vou antes dizer-te quem sou eu. Sou o filho de Laerte, Ulisses, cuja glória, conhecida de todos os homens, subiu até aos Céus. Moro na ocidental Ítaca e jamais encontrei, desde que erro por tantos e diversos lugares, um sítio que seja tão agradável ao meu coração quanto o é a minha terra. Com efeito, a partir do momento em que deixei as praias troianas experimentei muitas desventuras. Vou, ó rei, pois que o pedes, narrar-te este infeliz retorno. Meu raconto será longo, mas obedecer-te-ei.

Ulisses, então, longamente narrou, desde a queda de Tróia até sua chegada à ilha dos Feácios, toda a série imprevista de espantosos reveses que havia sofrido. Arrebatados de admiração, os convivas ouviram-no em completo silêncio. E quando se levantaram para ir gozar, no fundo de suas moradas, as doçuras do sono, a noite já ia avançada. No dia seguinte, assim que brilhou a Aurora dos dedos de rosa, os Feácios dirigiram-se, em companhia do poderoso Alcino, para junto do belo navio que deveria levar Ulisses para Ítaca. Carregando presentes magníficos, depositaram-nos sob o banco dos remadores e voltaram, a seguir, ao vasto e belo palácio de seu ilustre rei, a fim de dizer adeus ao filho de Laerte. Para festejar a partida de seu famoso hóspede, Alcino fez imolar e assar um gordo boi. Mas, em lugar de descomedir-se com a alegria da mesa, o filho de Laerte, sabendo que ia embarcar ao pôr do Sol, não cessava de observar, com o pensamento no regresso, o lentíssimo declínio desse astro brilhante. Finalmente, quando a noite chegou e após piedosa e última libação, Ulisses agradeceu a hospitalidade do rei e da rainha dos generosos Feácios, despediu-se dos convivas e dirigiu-se para o porto. Tudo estava pronto para o embarque. Assim que Ulisses subiu a bordo, os remadores enfileiraram-se nos bancos, desataram as amarras da pedra furada e, cortando, em cadência, as ondas azuladas do mar, conduziram o vaso como os corcéis conduzem um carro na arena. Enquanto a nau sulcava, sem abalos e sem risco, a imensidade das ondas, o Herói caiu num sono tão profundo que não acordou quando, precisamente à hora em que desponta a estreia da manhã, o navio aportou à praia de Ítaca. Calmamente, então, e sem acordá-lo, os marinheiros de Alcino tomaram Ulisses em seus braços e depositaram-no ao solo, deixando-o estendido, em seu leito, sobre a areia dourada de sua praia natal. Depois, retirando de dentro do navio as ricas dádivas que o Herói trazia, amontoaram-nas ao pé de uma oliveira, escondidas dos passantes. Terminada a missão, voltaram à terra feácia. Ai deles! não deveriam, porém, alcançá-la, porque a nau, antes de tocar a terra, foi enraizada no fundo do mar e transformada em rochedo.

XVIII

Ulisses com Eumeu e seu Retorno a Ítaca

Já os Feácios haviam voltado ao mar há muito tempo quando Ulisses, adormecido sobre a areia de sua ilha natal, acordou. Mas abrindo-se, seus olhos, após vinte anos de ausência, não reconheceram mais o país de seus progenitores. Os caminhos, as árvores, os sítios e os rochedos não lhe lembravam nada. Pouco a pouco, entretanto, recordações longínquas nele se reanimaram. A própria Atena, sob a figura de um jovem e belo pastor, apareceu-lhe e a augusta Deusa, citando-lhos, trouxe-lhe à memória o porto de Forco e a oliveira frondosa que sombreava a entrada da gruta das Ninfas. A conselho da filha de Zeus, o filho de Laerte, após haver beijado o solo de sua pátria e agradecido aos Deuses, escondeu suas riquezas num recanto profundo daquele refúgio sagrado; depois, metamorfoseado pela Deusa em ancião e recoberto, por ela, com um manto rasgado de um mendigo andrajoso, com seu alforje, tomou, sem ousar, todavia, ir para sua morada, por causa dos pretendentes, o estreito atalho que devia conduzi-lo para junto de Eumeu, o chefe dos guardiões de suas varas de porcos. Encontrou-o sentado à porta de entrada do pátio circular, onde se abriam, porta com porta, recentemente construídas, doze pocilgas. Assim que os cães descobriram o mendigo, avançaram com furor e barulho, contra ele. Ulisses, em suas próprias propriedades, ia sofrer os mais indignos ultrajes, quando o guarda dos porcos, impondo silêncio aos seus cães raivosos, afastou-os, jogando-lhes pedras.

— Ancião — disse Eumeu, aproximando-se de Ulisses — pouco faltou para que meus cães te mordessem, cobrindo-me de vergonha e de opróbrio. Os Deuses já me dão, no entanto, bastante motivo para aborrecimentos e penas. Segue-me à minha cabana e vem saciar-te quanto quiseres. Dir-me-ás, em seguida, de que país és e que vens fazer na ilha de Ítaca.

Acabando de dizer estas palavras, o divino porqueiro, sem reconhecer seu amo, fez Ulisses entrar, fazendo-o sentar-se sobre um dos troncos que a pele suave e velosa de uma cabra selvagem recobria. Dirigindo-se, então, para uma pocilga vizinha, Eumeu agarrou dois porquinhos, imolou-os, assou-os e serviu-os dourados e fumegantes. Depois, oferecendo ao seu hóspede um vinho cheirando a mel, disse-lhe:

— Come e bebe, estrangeiro. Pobre mas bondosa é a hospitalidade que te ofereço. Oh! se eu fosse livre ou se, pelo menos, meu verdadeiro amo me desse ordens ainda! Mas ele morreu, sem dúvida, pois há muito tempo nada sei dele, a não ser que partiu para as planícies de Ílion, para combater os Troianos.

Assim falava Eumeu. Ulisses ouvia-o em silêncio pois, sentindo-se esfomeado, comia e bebia com avidez. Quando ficou saciado:

— Amigo, quem é esse amo de verdade que partiu para a guerra de Tróia e que não retornou? Fala; é possível que o haja encontrado no curso de minhas viagens, pois percorri muitas regiões longínquas e variadas.

— Ai de mim! — replicou o porqueiro — Ulisses, meu venerado amo, jamais voltará para suas ricas propriedades e a saudade daquele que nunca mais verei absorve-me inteiramente. E não sou só eu quem o chora. Penélope, sua respeitável esposa, consome em lágrimas seus dias e suas noites. Seu velho pai, Laerte, sucumbido de melancolia, suplica ao pai dos homens e dos Deuses que o arranque a uma vida que não tem mais encanto para ele. Seu próprio filho, o divino Telêmaco, partiu para Pilo e Esparta, a fim de perguntar ao velho Nestor e ao loiro Menelau, notícias de seu pai adorado. Durante esse tempo, boa centena de pretendentes instalaram-se na casa de Ulisses. Todos aspiram a desposar a respeitável Penélope; e, esperando que ela se decida a dar sua mão a um esposo de sua escolha, arruínam a herança e dissipam os bens de meu infeliz amo. Sem recear a vingança dos Deuses, esses audaciosos só pensam, todos os dias, em jogar dados sob os vastos pórticos. Enchem a casa com seus gritos, fazem servir alegres e opulentas mesas e realizam, para os prazeres da dança e do canto, custosos festins, aos quais se entregam. Penélope, para evitar os avanços desse bando de zangãos que a assediam a todo instante, instando-a a fazer sua escolha e declarar-se a favor de um deles, foi obrigada a usar de habilidade e de astúcia. Sentada em sua propriedade e esperando, de um dia para outro, o regresso de seu esposo que amava com extrema ternura, ela tecia um grande pano de delicado tecido e de imenso tamanho. — "Jovens que pretendeis a minha mão", dizia ela, "uma vez que Ulisses naufragou nas ondas e jamais voltará, deixai-me, por mais impacientes que estejais, terminar meu trabalho e usar todos os meus fios, antes de ter que declinar a minha escolha. Estou tecendo um sudário para o nosso velho Laerte, pois grande seria a indignação das mulheres se eu deixasse que este Herói, quando viesse a sofrer as duras leis da morte, repousasse sem mortalha, ele que possui tão grandes riquezas!" Para ganhar tempo e fazer sua tarefa render, a prudente Penélope desfazia, à noite, à luz das velas, o que havia tecido à luz do dia. Durante três anos ela conseguiu, graças a esse estratagema, viver quase tranqüila. Mas quando as Horas trouxeram, em sua marcha, a quarta primavera, uma escrava descobriu o ardil que Penélope usava e avisou os numerosos pretendentes. Exasperados e multiplicando a audácia, essas aves de rapina, após haverem constrangido a esposa fiel a terminar o sudário, puseram-se a dilapidar com mais insolência e sem nada poupar, o patrimônio de seu venerado senhor. Todas as noites e todos os dias não se contentavam em imolar bois, carneiros e os porcos mais gordos; mas, bebendo desbragadamente, esgotaram todo o vinho dos celeiros.

Assim falou Eumeu. Ulisses ouvia-o em silêncio, meditando, em sua alma irritada, atroz vingança. A noite caía quando a conversa cessou. Os servos trouxeram os rebanhos e Eumeu, após haver preparado para seu hóspede, junto do fogo, um leito de peles de carneiros e de cabras, também foi gozar do doce sono, perto de seus porcos. Ulisses, embora com o coração ulcerado por todos os males que Penélope sofria, adormeceu todavia satisfeito, pensando nos cuidados que o fiel Eumeu tinha para com seu gado.

Enquanto o senhor da rude ilha de Ítaca usufruía da hospitalidade de um dos seus servidores, o divino Telêmacc, desejoso de rever sua irrepreensível mãe, deixava Pilo, voltando para sua ilha natal. Entretanto, como houvesse sido avisado por Atena de que os arrogantes pretendentes queriam atentar contra seus dias, imolando-o antes que tocasse o porto, o filho do magnânimo Ulisses voltou à sua ilha pelo caminho habitual. Navegou à noite e frustrou as ciladas dos homens perversos, abordando longe dos olhos dos espias que vigiavam as passagens costumeiras, a um recanto afastado da praia rochosa.

— Amigos, — disse ele aos seus valentes remadores — conduzi meu navio ao ancoradoiro do porto. Nesse ínterim irei visitar os pastores e, à noite, após haver inspecionado meus domínios, tornarei a encontrar-vos em Ítaca.

Disse isso e, armando-se de uma forte lança que terminava numa ponta de bronze, dirigiu-se, a grandes passadas, para o lugar que Eumeu vigiava. Quando chegou ao pátio das pocilgas, o nobre e diligente guardião preparava, em companhia de Ulisses, o repasto matinal. Acordado desde a aurora, ele já havia mandado, para os campos, pastores e porcos. Os cães, reconhecendo e farejando Telêmaco, foram ao seu encontro e lhe prodigalizaram, sem ladrar, suas mais bruscas carícias. Ao perceber o ruído dos passos no umbral de sua choupana, Eumeu voltou-se. Percebendo seu amo, enquadrado na porta, lançou-se para ele, beijando-lhe a cabeça, os olhos e as mãos.

— Finalmente! — exclamou ele — aqui estás, Telêmaco, suave luz de minha vida! Não sabia que havias voltado

'rancha XXIX

Foto Anderson

CLITEMNESTRA
(Guérin)
Louvre

Prancha XXX — Foto Anderson

ULISSES SOB SEU CARNEIRO

Prancha XXXI Foto Anderson

CIRCE
(Dosso-Dossi)
Borghese, Roma

Prancha XXXII — Foto Anderson

ULISSES E AS SEREIAS

de Pilo. Se bem-vindo; entra, meu filho, pois não vens sempre visitar os pastores.

— Nobre ancião, — respondeu Telêmaco — seja como quiseres. Apenas desembarcado, foste o primeiro a quem quis rever. Dize-me: minha mãe continua no palácio? Casou-se com algum dos pretendentes, deixando assim, no leito de Ulisses, a aranha fiar tranqüilamente sua teia?

— Não, Telêmaco, — tornou, então, Eumeu. — Penélope está sempre, com constante e inabalável paciência, no fundo de seu palácio, mas seus dias e suas noites são repletos de amargura.

Tranqüilizado, então, Telêmaco transpos a soleira daquela pobre choupana. Ulisses, seu pai, estava sentado perto do átrio. Como se levantasse para ceder-lhe o lugar, Telêmaco lhe disse:

— Continua sentado, venerável estrangeiro; meu criado oferecer-me-á outro assento.

Ulisses, a estas palavras, tornou a sentar-se e Eumeu logo apressou-se em amontoar ramagens, cobrindo-as com pele de carneiro. Telêmaco tomou lugar à frente de seu pai e comeu com ele a carne assada que lhes servia, com pão e vinho, o chefe dos porqueiros. Quando um e outro tinham saciado a fome e a sede:

— Dize-me, Eumeu, — falou então, Telêmaco — de onde nos chega este ancião estrangeiro?

— Meu filho, — respondeu-lhe Eumeu — este hóspede se vangloria de haver nascido na fértil Creta. Errante durante muito tempo, visitou, conta ele, muitas cidades e conheceu vários povos. A infelicidade, porém, quis que seus marinheiros, que deviam conduzi-lo à sua bela pátria, tivessem, no curso da caminhada, a idéia criminosa de amarrá-lo para roubar-lhe o dinheiro na próxima parada. Mas, às costas de Ítaca, aproveitando-se da descida de seus assassinos às margens do mar, para fazer seu repasto, este ancião pôde, finalmente, evadir-se, vindo apresentar-se aqui em casa como mendigo. Faze dele o que quiseres.

— Pois que os Deuses te enviam este estrangeiro — disse então Telêmaco — retém-no perto de ti quanto tempo ele queira. E para que ele não te seja pesado, enviar-te-ei roupas e trigo. Quanto a ti, caro Eumeu, é preciso ires sem demora encontrar no fundo do palácio a prudente Penélope. Dir-lhe-ás, mas somente a ela, que estou, são e salvo, de volta de Pilo.

Obedecendo a essa ordem, o fiel Eumeu calçou-se imediatamente e partiu para a cidade. Apenas havia ele se afastado de sua pobre choupana e a divina Atena apareceu à frente de sua porta. Telêmaco não a viu pois não é aos olhos de todos que os Deuses se tornam visíveis. Ulisses, porém, percebeu a Deusa de olhos garços e como Atena lhe fizesse sinal com seus belos supercílios, levantou-se e dirigiu-se para junto dela. Atena puxou-o para um canto do pátio e aí, afastados e sem que os demais percebessem, dirigiu-lhe estas rápidas palavras:

— Nobre filho de Laerte, — disse-lhe ela — dá-te a conhecer a teu filho. Nada lhe ocultes e, após haverem combinado o trespasse e a ruína dos pretendentes, ide, juntos, para vossas famosas propriedades.

Havendo assim falado, a divina Atena tocou Ulisses com sua varinha de ouro, dando ao seu corpo sua verdadeira forma. Assim, quando voltou a sentar-se sob o teto do guarda, o prudente Telêmaco contemplou-o atônito.

— Estrangeiro, — disse-lhe, tremendo — como estás diferente do que eras há pouco! Serás, por acaso, um Deus do Olimpo?

— Não, meu filho, — respondeu-lhe Ulisses — não sou um Deus. Sou aquele por quem sofres tantos males, esse pai errante que revê, finalmente, após vinte anos de ausência, a terra de sua pátria.

Acabando de pronunciar estas palavras, ele estreitou seu filho e as lágrimas que haviam, até àquele instante, contido, correram sobre sua barba grisalha. Telêmaco também conservava o pai em seus braços e suspirava derramando lágrimas. Mas, tendo mais que se dizerem do que chorar, Ulisses e Telêmaco não tardaram a ajustar-se para se vingarem dos odiosos pretendentes.

— Meu filho, — volveu, então, Ulisses — os Deuses nos ajudarão. Eis o que precisas fazer. Amanhã, ao romper da aurora, voltarás à casa. O pastor Eumeu conduzir-me-á pouco depois. Aparecerei sob a figura dum mendigo coberto de trapos. Se os pretendentes insultarem-me em minha casa ou me baterem, suporta tudo sem cólera e sem censura, olha e deixa que continuem. Entretanto, quando a prudente Atena inspirar-me o pensamento, far-te-ei um sinal com a cabeça. Tomarás, então, todas as armas que estão em nossa casa, levando-as para um quarto secreto. Se os pretendentes notarem-lhe a falta e indagarem os motivos dela, responderás que não desejas mais que essas armas continuem sob a fumaça do fogo, com receio de arruinar-se o belo brilho que possuíam quando Ulisses partiu. Deixarás na sala somente duas espadas, dois virotes e dois broquéis. Tem cuidado, também, meu filho, para que ninguém saiba que Ulisses está de volta. Não avises de minha vinda, suplico-te, nem o guarda dos porcos, nem os servos, nem meu pai Laerte, nem mesmo minha esposa, a prudente Penélope.

Durante o dia todo, pai e filho entretiveram-se juntos, pois o fiel Eumeu só voltou à noite. Todavia, antes que ele voltasse, Atena aproximou-se novamente de Ulisses, tocou-o com sua varinha e transformou-o, uma segunda vez, em mendigo esfarrapado. Quando Eumeu reapareceu, encontrou Ulisses e Telêmaco ocupados em imolar um porco para a ceia. Chegada a hora, puseram-se à mesa, aplacaram a fome e dirigiram-se, em seguida, para se abandonarem às dádivas do sono, para suas respectivas camas. No dia seguinte, assim que brilhou a Aurora de róseos dedos, o filho querido de Ulisses disse ao guarda dos porcos:

— Eumeu, vou ao palácio, a fim de rever minha inconsolável mãe. Quanto a ti, assim que tiver dissipado o frio picante da manhã, conduzirás a Ítaca este infeliz estrangeiro. Cada um lhe dará de acordo com sua vontade, pois vale mais, para um pobre, mendigar na cidade que em pleno campo.

Tendo assim falado, Telêmaco, em grandes passadas e satisfeito com a desgraça de todos os pretendentes, afastou-se. Logo chegou às suas vastas propriedades, apoiou sua lança contra uma alta coluna e dirigiu-se para junto de Penélope. À vista de seu filho, esta mãe, tão bela como a casta Ártemis e como Afrodite dourada, estreitou Telêmaco, beijou-o na testa e nos belos olhos, deixando escapar, por entre soluços, estas rápidas palavras:

— Finalmente te vejo, ó minha doce luz! Não esperava mais rever-te desde o dia longínquo em que partiste para informar-te de teu pai. Apressa-te, pois, em me dizer tudo quanto viste.

— Ó minha mãe, — respondeu Telêmaco — não perturbes tua alma no momento em que os Deuses vão realizar a obra da vingança. Nem em Pilo, perto do velho Nestor, nem em Esparta, junto de Helena e do loiro Menelau, nada soube do infeliz Ulisses. Só um adivinho garantiu-me, por Zeus, o mais poderoso dos Deuses, que meu pai já estava em sua pátria e que preparava, para todos os dilapidadores de seu belo patrimônio, a mais terrível das mortes.

Enquanto Telêmaco e Penélope de alvos braços entretinham-se no interior do palácio, os pretendentes se reuniam no pátio e divertiam-se, com uma arrogância insolente, a exercitar-se no lançamento do virote e do disco. Quando chegou a hora de aprontar o repasto, eles entraram no rico palácio e puseram-se a abater ovelhas, porcos, cabras e um boi. Sentados, em seguida, à mesa, em cadeiras cobertas de tapetes magníficos, dilapidaram, como de hábito, os bens de Ulisses que julgavam ausente; mas o castigo, como uma tempestade no fim do verão, preparava-se para cair sobre suas cabeças. Àquele momento, com efeito, o filho de Laerte e o fiel Eumeu dispunham-se a deixar os estábulos para irem à cidade. Ulisses atirou aos ombros o sórdido alforje, envergou seus andrajos; depois, apoiado sobre um bastão nodoso, desceu, em companhia de Eumeu, os ínvios atalhos que levam a Ítaca. Como chegassem perto do manancial sombreado pelos choupos e que brota próximo às portas, encontraram um dos pastores de Ulisses que conduzia cabras, as mais belas do seu rebanho, destinadas ao repasto dos ávidos pretendentes.

— Para onde levas, miserável porqueiro, — perguntou o insolente pastor — esse miserável indigente, esse flagelo de banquetes? Em lugar de o conduzires a esfregar as espáduas nos batentes das portas e pedir com insistência os restos, deverás dar-mo para limpar meus estábulos e levar forragem aos meus cabritinhos. Mas, sem querer trabalhar, ele prefere fartar-se e encher, mendigando, seu insaciável ventre.

Acabando estas palavras, o injuriador cabreiro ousou, no seu furor, dar um pontapé no quadril de Ulisses. Sem desviar-se do caminho, o herói suportou essa afronta sem abrir a boca. Logo depois, todavia, o filho de Laerte e o chefe dos porqueiros aproximaram-se da casa de Ulisses. Odores de carnes temperadas e assadas exalavam de todos os lados e, no interior, ouvia-se a lira que os Deuses fizeram a companheira dos festins. Uma vez no pátio, o infeliz Ulisses percebeu, levantando com esforço a cabeça e as orelhas, o velho cão que ele, antes de partir para a santa Ílion, criara e ensinara, sem lhe haver dado mostras de seus préstimos. O pobre Argos — pois tal era seu nome — espichava-se vergonhosamente sobre um monte de esterco, inteiramente coberto de vermes e com a pele levantada pela saliência dos ossos.

— Dize-me, Eumeu, — disse, então, Ulisses, sentindo as lágrimas queimarem-lhe as pálpebras — dize-me por que este cão, cujos velhos anos conservam tão belos traços, permanece assim deitado e como que abandonado sobre o esterco das bestas?

— Ah! — fez Eumeu — é o cão de um herói que morreu em longínquas terras. Se, pelas façanhas e pelo garbo, ele fosse tal como Ulisses o deixou, admirarias sua força, suas proporções e sua agilidade. Nenhuma caça escapava à sua corrida, pois excedia-se, nas florestas profundas, em seguir-lhe a pista. Agora definha, paralítico e abandonado; seu dono desapareceu e as servas não lhe prestam nenhum cuidado.

Eumeu assim falou e como Argos houvesse farejado Ulisses, agitou a cauda, deixou cair as orelhas peludas, mas não pôde levantar-se para ir até ele; morreu por haver, após vinte anos de ausência, reconhecido seu bom dono. O fiel Eumeu, entrementes, havia entrado no rico palácio e dirigiu-se diretamente à sala onde festejavam os nobres pretendentes. Quando o viu entrar, Telêmaco fez-lhe sinal e o guarda dos porcos logo foi colocar-se à frente de seu chefe. Pouco atrás dele, sob a figura de um mendigo miserável, Ulisses também entrou no palácio e foi sentar-se sobre a soleira da porta e, colocando aos pés o alforje e o cajado, esperou em silêncio, encostado ao batente. Telêmaco, então, tomando pão e carnes assadas, disse a Eumeu:

— Toma, vai oferecer estas iguarias ao estrangeiro necessitado, e dize-lhe para ir, de mesa em mesa, apelar ao bom coração de todos os pretendentes.

Humilde e submisso, o filho de Laerte aceitou os víveres que lhe eram oferecidos, depositou-os sobre seu pobre alforje e pôs-se a comer, aplacando a fome. Quando acabou as iguarias de Telêmaco, levantou-se e, começando pela esquerda, estendeu a mão a todos os pretendentes. Todos, comovidos de piedade, concordaram, alternadamente, em encher sua sacola de mendigo. Só um, Antínoo, ousou dirigir-lhe estas insultantes palavras:

— Afasta-te de minha mesa, vil flagelo de repastos! — disse-lhe ele. — Não passas de um preguiçoso e de um mendigo piolhento e importuno.

Disse isso e, lançando sobre Ulisses um olhar furibundo, agarrou o escabelo que tinha sob seus pés e bateu com ele na espádua do filho de Laerte. O herói permaneceu firme como uma rocha; e sacudindo, sem dizer nada, a cabeça de cabelos brancos e planejando uma horrível vingança, voltou a sentar-se na soleira da porta, colocando perto de si seu alforje repleto. Ao fim do repasto, Eumeu, pois o dia declinava, voltou a ocupar-se de seus rebanhos e os pretendentes, satisfeitos e refeitos, entregaram-se aos prazeres da dança e do canto. A noite caía quando um mendigo, muito conhecido em Ítaca pela sua glutonaria, sua gabolice e sua poltronaria, entrou no palácio. Vendo Ulisses sentado à soleira da porta que dava para o salão em que reinava grande alegria, quis enxotá-lo.

— Sai daqui, — disse-lhe ele — ancião esfarrapado e glutão! Não passas de um estrangeiro e vens roubar-me a bebida e a comida. Sai daqui, senão mato-te de pancadas e te faço cuspir os dentes de tua mandíbula.

Ulisses, então, olhando para Iro, com indignação, disse:

— Desgraçado! que mal te fiz? Não invejo o que te dão e o que me oferecem é-me tão necessário como o que recebes. Aviso-te: não me ameaces pois tenho receio de, embora velho, sujar de sangue teu peito e teus lábios.

Quando os pretendentes viram os mendigos brigarem com tanta acrimônia, puseram-se a gargalhar.

— Ah, meus amigos, — disse, então, Antínoo — que prazer insólito os Deuses hoje nos enviam! Estes dois piolhentos ardem por brigar! Ponhamo-los para lutar como numa arena e demos ao que vencer o privilégio de ser, daqui por diante, o único admitido aos nossos festins!

Todos os convivas aplaudiram aquela idéia. Ulisses, então, arrepanhou seus trapos, descobrindo resolutamente as coxas, o peito e os braços. Iro, por seu lado, estava tremendo tanto e mostrava-se tão pusilânime, que foi preciso obrigá-lo, empregando a força, a avançar para o meio do salão. Um diante do outro e rodeados pelos pretendentes, os dois mendigos puseram-se, então, em guarda. Iro foi o primeiro a acertar Ulisses com um soco sobre a espádua. O filho de Laerte não se abalou e quando seu punho de bronze abateu sobre o pescoço e perto da orelha de seu adversário, quebrou-lhe os ossos. Com a boca cheia de sangue e os dentes partidos, Iro curvou-se, estendendo-se no chão, de comprido. Ulisses, então, agarrou-o pelos pés e, sob os aplausos dos pretendentes, retirou-o do salão e o levou para o pátio onde o deixou encostado a um muro.

— Fica aí, — disse-lhe ele, colocando-lhe seu cajado entre as mãos — para afastar daqui os porcos e os cachorros. Lembra-te de não insultar mais os mendigos, pois uma desgraça maior poderá acontecer-te.

Expulso Iro, os convivas voltaram a gozar dos encantos e dos prazeres da dança e do canto. Quando a sombria noite chegou, as escravas trouxeram braseiros e archotes. Alternadamente, elas se revezavam no lançamento, ao braseiro, de lascas de lenha seca. Aproximando-se delas, o paciente e generoso Ulisses dirigiu-lhes estas palavras:

— Escravas de Ulisses, voltai para vossos quartos. Dirigi-vos aos aposentos da rainha; sentai perto dela e alegrai-a, girando o fuso ou fiando a lã; eu me encarrego sozinho de manter a luz e o fogo.

Disse, e todas as escravas olharam-se rindo:

— Miserável estrangeiro, — disse-lhe, então, a bela Melanto — não passas de um insensato. Será, por acaso, o vinho que bebeste que te faz delirar, ou te entusiasmaste por haver sido mais forte que o mendigo Iro? Cala-te antes que um braço mais vigoroso que o desse indigente te parta a cabeça mandando-te dormir, sujo de sangue, numa ferraria ou em qualquer taberna.

— Cala-te, cadela impudente e vil! — respondeu-lhe Ulisses com voz indignada. — Vou agora mesmo transmitir teus propósitos ao divino Telêmaco.

Esta ameaça teve o dom de espantar as escravas. Todas se dispersaram e o filho de Laerte, de pé próximo às chamas, e revolvendo na alma mil desejos terríveis que haveria de cumprir, mantinha sozinho a luz dos braseiros. À tardinha, entretanto, após haver feito uma libação aos Deuses e bebido vinho à vontade de seu desejo, os pretendentes separaram-se e foram gozar, cada qual em sua casa, as doçuras do sono. Ficando só no palácio, o divino Ulisses pôde dirigir sem receio a Telêmaco estas palavras:

— Telêmaco, meu filho, chegou a hora de juntar todas as armas que existem no palácio e fechá-las num quarto secreto. Se os pretendentes notarem a sua falta e desejarem saber a razão disso, responde-lhes, para dissipar-lhes as suspeitas, que não quiseste que essas armas terríveis continuem a perder, por causa da fumaça do fogo, o belo brilho que tinham quando Ulisses partiu.

Telêmaco, obedecendo às ordens do pai e por ele ajudado, apressou-se a recolher os elmos, os escudos e as lanças, colocando-os em lugar seguro. Feito isso, o filho querido de Ulisses dirigiu-se ao quarto onde tinha o costume de ficar para esperar, dormindo, o levantar da Aurora. Quanto ao filho de Laerte, voltou para o salão do festim. Não teve ele muito tempo para planejar sua vingança, porque Penélope, pouco depois, surgiu. As escravas, então, colocaram à frente da lareira a cadeira ornamentada em que se sentava a rainha, instalaram, sob seus pés, um escabelo recoberto de espesso tosão e começaram, em seguida, umas, a limpar as mesas desertas, outras, a alimentar o calor e a chama da fornalha coruscante. Percebendo Ulisses de cócoras num canto, Melanto achou bom ultrajá-lo uma segunda vez:

— Fora daqui, miserável estrangeiro — disse-lhe ela. — Por que te permites espiar durante a noite o trabalho e os gestos das ativas escravas? Fora daqui ou eu te corro com um tição.

Ela disse isso, mas Penélope, bela como Ártemis ou a loira Afrodite, ouviu as ameaças.

— Cadela descarada! Cala-te! — gritou ela. — Não sabes que eu também quero interrogar este hóspede?

Tendo assim falado, ordenou que trouxessem uma cadeira, que a cobrissem com uma pele de ovelha e fizessem o mendigo sentar-se próximo a ela.

— Estrangeiro, — perguntou-lhe, então, a mais prudente das mulheres — dize-me primeiro quem és, de onde vens e quem são teu pai e tua mãe?

— Nobre rainha, — respondeu-lhe Ulisses — não indagues nem sobre minha pátria, nem sobre minha família, pois encherás tua alma de dor e não é conveniente, quando se é recebido numa casa estrangeira, aí suspirar e derramar lágrimas.

— Ai de mim! — disse Penélope — depois que Ulisses, meu esposo, partiu para Ílion, os Deuses destruíram minha força e minha beleza. Desde esse fatal dia, com o coração consumido de mágoa, feneço de tristeza. Minha casa transformou-se em presa de numerosos pretendentes. Mas, dize-me, não encontraste Ulisses, no curso de tuas longínquas viagens, ou pelo menos não ouviste falar do esposo cuja ausência dá-me tantas saudades?

— Foi em Creta, onde nasci, — respondeu o hóspede de Penélope — que vi Ulisses e que tive a honra de recebê-lo em minha bela morada. Dirigia-se ele a Tróia, quando a tempestade, jogando-o às costas cretenses, deu-me a alegria de poder acolhê-lo e conservá-lo doze dias comigo.

Ouvindo estas palavras, o belo rosto de Penélope de níveos braços sulcou-se de lágrimas. E o próprio Ulisses, tomado de piedade por sua querida esposa, só reteve suas lágrimas porque apertou os olhos.

— Casta esposa de Ulisses, — tornou, então o filho de Laerte — não entristeças tua alma chorando teu esposo. Ele voltará talvez à sua doce pátria. Soube, com efeito, no país dos Tesprotos, que Ulisses vivia e que havia se dirigido para a floresta de Dodona, a fim de saber, pela voz do grande carvalho de Zeus, se ele devia voltar, após vinte anos de ausência, às claras ou em segredo, à região natal.

— Queiram os Deuses, caro estrangeiro, — respondeu, então, a rainha — que me anuncies a verdade! Mas Ulisses não voltará jamais. Esta idéia me desola e tu mesmo nunca mais obterás em sua casa o que terias obtido se esse grande coração estivesse presente, pois os que mandam nesta triste casa não são como o era Ulisses com respeito a todos os que acolhia em seu palácio. Vamos, escravas, apressai-vos em preparar um banho para o estrangeiro; dai-lhe vestuário e fazei-lhe um leito para que possa dormir.

— As ricas túnicas, ó venerável esposa do filho de Laerte, as quentes cobertas e os tapetes lanudos de há muito me são odiosos e inúteis. Passei tantas noites num leito miserável, que me contento com o que tenho habitualmente. Quanto ao banho, aceito-o, mas sob condição de ser uma mulher, cuja idade haja amadurecido a prudência, que lave meus pés.

— Pois bem! – respondeu Penélope — tenho precisamente a escrava prudente e idosa que desejas. Foi ela quem, outrora, criou o infeliz Ulisses e recebeu-o em suas mãos quando sua mãe o gerou. Vamos, vem, Euricléia, apressa-te, pois, em banhar o estrangeiro. Ele parece ter a mesma idade que o teu senhor e Ulisses, talvez, esteja tão pobre e estropiado quanto ele.

A prudente e dócil Euricléia apressou-se em trazer uma bacia cheia de água tépida. Ulisses, então, para não se deixar reconhecer pela sua antiga ama, virou as costas para o fogo. Mas levantando e esfregando a perna do filho de Laerte, Euricléia encontrou a ferida que, outrora, a terrível presa de um feroz javali havia feito no joelho de seu senhor. Descobrindo Ulisses por essa cicatriz, ela deixou cair o pé que enxugava. O choque derrubou a bacia fazendo escorrer pelo chão a água que a enchia. Então, com a alma transida de dor e de alegria e os olhos cheios de lágrimas, ela exclamou, com uma voz desfalecente e levando sua mão ao queixo do Herói:

— Sim, reconheço-te, és Ulisses, meu filho querido, não o sabia antes de haver tocado esta ferida que prova, pois conheço-a bem, que meu amo está aqui!

Dirigindo, então, os olhos para Penélope, Euricléia ia dar-lhe a feliz nova, quando Ulisses, debruçando-se sobre ela, tapou-lhe a boca com uma das mãos, dizendo-lhe ao ouvido:

— Queres perder-me, ama? Já que me reconheceste, guarda em tua alma este inviolável segredo; senão, quando chegar a hora marcada para a vingança e o momento escolhido para a exterminação dos nobres pretendentes e das escravas culpadas, não poderei poupar-te, embora me houvesses criado. Retém, pois, tuas palavras e confia-te aos Deuses.

A velha Euricléia, a estas palavras, ergueu-se para preparar um novo banho. Depois, quando acabou de lavar e ungir os pés de seu amo, Ulisses tomou uma cadeira e aproximou-se do fogo. Penélope, então, disse:

— Estrangeiro, eis, em breve, a hora do doce sono. Quanto a mim, quando a noite chega, mil pensamentos devoradores impedem-me de dormir. Pergunto a mim mesma se, respeitando o leito de meu esposo, devo continuar viúva para guardar para meu filho a integridade de seus bens ou se minha sorte é seguir a dos pretendentes que me proporcionará as mais numerosas dádivas. Todavia, antes de ir repousar, poderás explicar-me este sonho que me atormenta? Escuta-o: vinte gansos comem, em minha casa, trigo dissolvido na água. Deleito-me a observá-los, quando uma águia cai sôbre essas aves e parte-lhes o pescoço. Logo depois, como eu chorasse a morte de meus gansos, vejo essa águia debruçar-se sobre o teto de minha grande mansão, emitir voz humana e dizer lá do alto: "Sossega-te, nobre esposa de Ulisses, isto não é um presságio, mas um sinal certo. Estes gansos são os pretendentes. A águia é o teu esposo que vem dar a morte aos que se cevam, dissipando teus bens".

— Rainha, — respondeu, então, o engenhoso filho de Laerte — a própria águia encarregou-se de dizer-te o que teu sonho anuncia. Não duvides, o acontecimento virá.

— Ah, estrangeiro! — volveu Penélope — os sonhos são tão vãos e quem pode dizer-nos se é pela porta de chifre ou pela porta de marfim que Zeus no-los envia! (*) Eis, portanto, a prova decisiva à qual quero, para entregar-me à sorte, submeter o bando de pretendentes que me assediam. Amanhã, pegarei doze machados. Como são de querena, alinharei um atrás do outro; e se houver um dentre os pretendentes que, distendendo o arco de Ulisses, faça, como o herói gostava de fazer, passar uma rápida flexa através dos doze buracos reservados aos cabos dos doze machados, acompanhá-lo-ei, tomando-o por esposo.

— Esposa augusta do filho de Laerte — exclamou Ulisses àquelas palavras — não tardes a tentar essa prova, pois Ulisses estará de volta a estes sítios antes que qualquer um dos pretendentes consiga esticar os nervos do arco resplendente e atravessar os buracos dos machados enfileirados.

Como fosse tarde e como, para cada coisa, os Deuses fixaram limites aos homens sobre a Terra, a rainha despediu-se de seu hóspede e subiu para seus aposentos do alto.

(*) Para melhor compreensão desta passagem, lembramos o texto da **Odisséia**. Eis como fala Penélope no poema de Homero: «Existem duas portas para os inconscientes sonhos: uma feita de chifre e outra de marfim. Os que vêm pela de marfim serrado, enganam-nos com vãs esperanças e suas palavras são ocas; mas os que entram pela porta de polido chifre, esses anunciam ao mortal, que os vir, coisas que hão de ser realidade.» (N. do T.).

XX

Massacre dos Pretendentes

Quando a Rainha Penélope retirou-se, Ulisses foi, por seu lado, repousar no leito que lhe haviam preparado sob o pórtico do palácio. O Sono, porém, não chegava, para fechar-lhe as pálpebras. Assim, quando ele viu, após a rainha haver-se deitado, as escravas saírem da mansão para irem entregar-se, com gritos e risos imoderados, às criminosas carícias dos audaciosos pretendentes, a cólera inflamou-se na alma do Herói. Rugindo interiormente, ele batia no peito e refreava seu grande coração, dizendo:

— Modera-te, coração meu; suportaste, sem nada dizer, horrores bem mais terríveis! Não conseguiste sair da caverna do Ciclope?

Assim disse, reprimindo o entusiasmo de seu furor. Durante a noite toda, no entanto, ele se revolveu sobre o leito como sobre um braseiro. Quando, por fim, veio a Aurora, Ulisses levantou-se, desceu ao pátio e dirigindo-se ao Céu de mãos alçadas:

— Grande Zeus! — orou ele — ó tu que me trouxeste à minha santa pátria, faze que eu ouça, para reconfortar-me, a voz de um presságio feliz e salutar!

Tais foram suas preces. De repente, ele ouviu ribombar nas alturas de um Céu brilhante o trovão de Zeus; e, no interior do seu próprio palácio, uma voz de mulher ocupada em moer trigo, no mesmo instante exclamou:

— Grande Zeus! — disse ela — ó tu que luzes e troas num céu sem nuvens, para mostrares a um feliz mortal o cumprimento de seu ardente desejo, realiza também o desejo de uma velha e pobre mulher! Que neste dia os pretendentes gozem, pela última vez, no palácio de Ulisses, das delícias do festim. Eles quebram meus membros moendo sua farinha. Que eles tomem hoje sua última refeição!

Ouvindo essas palavras, o nobre Ulisses alegrou-se intimamente, pois já via seus inimigos punidos. O Sol levantava-se quando as escravas, acorrendo de todos os lados, apressaram-se em limpar o palácio, reavivar a chama dentro da lareira adormecida, tirar o pó das cadeiras, lavar as mesas e enxaguar as taças.

Nesse ínterim, os valentes empregados rachavam lenha para assar as carnes. Logo, com efeito, Eumeu surgia no pátio trazendo três porcos, os mais bonitos da manada. O chefe dos cabreiros trouxe cabras e um outro pastor, chamado Fileto, uma gorda vitela. O bom odor das carnes de espeto e assadas espalhava-se por todas as partes, quando os pretendentes, sem duvidar que jamais tão funesto repasto estivesse sendo preparado, invadiram o palácio. Enquanto eles comiam e bebiam, zombando de Ulisses sentado, como um mendigo, à soleira da porta, a prudente Penélope surgiu no cômodo em que estavam fechados, dentre outros tesouros, o arco e o carcás do valoroso Ulisses. Retirou o arco do prego a que estava suspenso, estreitou-o sobre o coração, chorando. Depois, tomando o carcás repleto de flechas funestas, encaminhou-se para o salão do festim. Duas escravas, carregando uma caixa contendo os doze machados, acompanhavam seus passos. Com um leve véu no rosto encantador, a mais nobre das mulheres estacou à soleira da sólida porta e disse aos pretendentes:

— Soberbos príncipes, vós que arruinais a casa de um herói sem outro pretexto senão o de desposar-me, aproximai-vos para a prova suprema. Eis o arco de Ulisses. Aquele que o esticar e fizer passar uma flecha através os doze buracos reservados aos cabos dos doze machados, eu acompanharei, tomando-o por esposo.

Terminando estas palavras, ordenou que se enfileirassem os machados, colocando-os um após o outro. Os pretendentes, então, começando pela esquerda, tentaram, alternadamente, esticar o arco de Ulisses e disparar uma flecha do seu glorioso carcás. Ora, enquanto os convivas experimentavam sua sorte sem nenhum resultado, Eumeu e Fileto, o guarda das novilhas, saíram do palácio para voltarem aos campos. Ulisses acompanhou-os. Quando os três haviam transposto as portas e o cercado do pátios, o Herói, fazendo os pastores pararem, dirigiu-lhes estas suaves frases:

— Guarda das ovelhas e tu, guarda dos porcos, que faríeis, — disse-lhes ele — se vosso amo Ulisses chegasse a estes sítios? Seria a eles ou aos pretendentes que prestaríeis ajuda?

— Grande Zeus! — exclamaram, então — pudesse Ulisses voltar e verias, então, o que podem os nossos braços!

— Pois bem! Eu sou Ulisses; é ele quem vedes e quem vos interroga. Reconhecei-me pela ferida que, outrora, me produziu a presa terrível de um javali furioso.

E enquanto falava, Ulisses mostrou-lhes a grande cicatriz que tinha no joelho. De súbito e completamente convencidos, os dois pastores, chorando, lançaram seus braços em torno do pescoço de seu amado amo, beijando-lhe a testa e os ombros.

— Parai, — disse-lhes, então, Ulisses, após haver beijado suas testas e suas mãos — parai o choro e os gemidos. O dia da minha vingança aproxima-se e preciso de toda a vossa coragem. Tu, Eumeu, serás o primeiro a entrar no salão. Seguir-te-ei depois. Quando lá me vires, tomarás meu arco e minhas flechas e os colocarás, malgrado os pretendentes, em minhas mãos. Feito isto, irás dizer às mulheres para conservarem-se tranqüilas, ouçam o que ouvirem. Quanto a ti, Fileto, confio-te o cuidado de fechar bem as portas e o pátio, colocando-lhes a tranca.

Tendo assim falado Ulisses foi o primeiro a voltar para o salão. Eumeu e Fileto seguiram-no pouco depois. Nesse momento os pretendentes, após haverem tentado tornar flexível o arco brilhante de Ulisses, passando-o pelo fogo, esforçavam-se, inutilmente para armá-lo. Ulisses, então, disse:

— Ilustres pretendentes, sem, todavia, pretender o premio do combate, permiti-me, suplico-vos, confiando-me por um instante este arco, experimentar, perto de vós, a força de minhas mãos e ver se meus membros têm ainda o vigor que, outrora, possuíam.

— Ó mais miserável de todos os descarados! — respondeu-lhe Antínoo, encolerizado — não estás satisfeito de teres tua comida? O vinho que te deram, perturbou-te o juízo. Julgas-nos tão bobos para nos expormos a que um indigente como tu possa cobrir-nos de opróbrio proclamando, por todas as partes, que não conseguimos esticar o arco brilhante e que um pobre joão-ninguém pode curvá-lo facilmente?

— Cala-te, Antínoo — falou, então, a prudente Penélope. — Não é justo nem decente insultar os hóspedes que estão em nossa morada. Entrega o arco a esse estrangeiro que nasceu, diz ele, de um pai e de uma mãe ilustres. Se ele conseguir esticá-lo, eu o revestirei de um soberbo manto, ofertar-lhe-ei uma lança e um gládio e facilitarei seu regresso às terras que sua alma deseja.

Telêmaco, a estas palavras, procurando um pretexto para afastar a rainha, exclamou:

— Mãe, quando se trata do arco, cabe a mim decidir a quem posso dar ou recusar. Retira-te, pois, para o fundo de teus aposentos e retoma os trabalhos que convêm às mulheres, o pano e a roca.

Junto com suas damas de companhia, Penélope, a estas palavras, tornou a subir para os seus aposentos. Nesse instante, a um sinal do filho do engenhoso Ulisses, Eumeu colocou o arco brilhante entre as mãos do valoroso filho de Laerte. O Herói segurou-o, examinou-o e, com o desembaraço de um músico que estende, em torno de uma cravelha, a corda de sua lira, curvou o arco e fê-lo vibrar como um trinado de andorinha. A flecha partiu e, sem se desviar, atravessou os doze buracos reservados aos cabos dos doze machados. Dirigindo-se, então, a seu filho:

— Telêmaco, — disse ele — o hóspede que fizeste sentar-se em teu rico palácio não te envergonha. Errei o alvo ou estiquei com dificuldade este arco recurvo? Minha força está pois ainda em meus braços e os pretendentes não me ultrajarão jamais. Conserva-te, pois, pronto para lhes preparar o repasto que esperam.

O filho de Ulisses, a estas palavras, cingiu-se de uma espada, retomou a lança e foi colocar-se próximo ao pai. Ulisses, então, sentindo uma raiva selvagem exasperar-se no coração, despojou-se de seus andrajos, colocou-se na soleira da porta, puxou o arco e começou, disparando primeiro um dardo mortal contra o insolente Antínoo, sua horrível vingança.

— Cães! — gritou-lhes ele — presumistes que eu jamais voltasse. Sem temer os Deuses nem recear minha cólera, arruinais minha casa, violais minhas servas e pretendeis, comigo vivo, desposar minha esposa. Mas Ulisses aqui está e a morte está sobre vós!

A essas terríveis palavras, um palor extremo apoderou-se da alma de todos os pretendentes. Uns abaixaram-se, tremendo, sob as mesas; outros, depois de procurarem, em vão, as armas desaparecidas das paredes, imploravam piedade. Ulisses, porém, espumando e furioso como a fêmea do javali defendendo seus filhotes, imolava-os sem piedade uns após outros. Quando os dardos lhe faltaram, cobriu-se de um elmo e de um escudo e armou sua mão de possante virote. Telêmaco, Eumeu e Fileto secundavam-no em sua obra de carnificina e extermínio. De todas as partes ouvia-se, no salão, o barulho terrível dos crânios partidos, dos gritos atrozes, das vascas da agonia. As mesas derrubadas caíam sobre os cadáveres e o vinho das taças misturava-se ao sangue quente que fumegava no chão. Todos os pretendentes tiveram a sorte que se tinham preparado. Somente dois escaparam ao degolamento: Fêmio, o cantor melodioso que os pretendentes, para encantar seus repastos, obrigavam a cantar, e o arauto Medonte que rodeou de cuidados a vigorosa infância do divino Telêmaco.

Ulisses, então, depois de haver estendido sobre o chão em sangue, como peixes descarregados sobre a areia, toda a malta de seus inimigos, disse:

— Telêmaco, chama-me Euricléia.

Quando a velha criada percebeu, no meio dos cadáveres dos pretendentes degolados, seu amo em pé e escorrendo sangue como um leão que acaba de devorar um boi, abriu a boca para gritar de alegria.

— Ama, — disse-lhe, então, Ulisses — cala-te! Alegra-te intimamente, mas contém tuas emoções, pois não é permitido triunfar sobre os homens. Dize-me apenas quais foram as mulheres daqui que me desonraram.

— Ó meu filho, — respondeu Euricléia — das cinqüenta escravas deste palácio, há doze no máximo que, durante tua ausência, tiveram infame conduta.

— Pois bem, — volveu Ulisses — procura todas essas culpadas e dize-lhes para virem imediatamente para este salão.

Pouco depois, soltando tristes gemidos, e chorando com soluços repetidos, as doze escravas culpadas apareceram.

— Mulheres perversas, — disse-lhes, então, Ulisses — que quisestes tramar torpezas, dormir secretamente com os pretendentes, levai estes cadáveres e, com esponja embebida em água limpa, limpai as mesas e as cadeiras sujas.

Assim falou, e as criadas começaram a executar essa trágica e repugnante tarefa. Fileto e Eumeu secundavam Telêmaco, procurando raspar com cuidado o solo viscoso daquele sangrento matadouro. Quando tudo ficou limpo e em ordem, o filho querido de Ulisses, ajudado por dois pastores, estendeu um cabo num canto retirado do pátio e aí dependurou, alinhadas, uma ao lado das outras, como tordos que se colocam em espetos, as servis amantes dos odiosos pretendentes. A vingança foi completa. Ulisses, satisfeito, disse a Euricléia:

— Mulher, traze-me enxofre para afugentar o ar fétido e purificar estes sítios. Acende, também, fogo, depois vai até Penélope anunciar-lhe que Ulisses está de regresso e que espera aqui a rainha e seu séquito.

Jubilante e esperta, a velha Euricléia, sentindo-se, de repente, com as pernas de outrora, trouxe fogo e enxofre e subiu, de um jato, para os aposentos da esposa de Ulisses. Debruçando-se, então, sobre Penélope adormecida:

— Acorda, ó minha filha querida, — disse-lhe. — Vem rever com teus olhos aquele a quem desejas. Ulisses regressou; está no palácio e acaba de imolar todos os pretendentes que arruinavam sua propriedade.

— Cara e boa ama, — respondeu Penélope, — os Deuses tornaram-te insana! Por que vens arrancar-me ao sono e ao esquecimento de minhas tão longas desgraças? Vai daqui e sabe que se qualquer outra mulher viesse tirar-me do repouso para contar-me tais inverossimilhanças, eu a teria, no mesmo instante, injuriosamente posto para fora do palácio.

— Não, querida filha, — insistia Euricléia, — não te engano. Ulisses, vivo, está em seu lar: é o estrangeiro que todos insultaram em seus próprios domínios. Levanta-te, pois, Penélope; se eu te engano, tu me farás morrer de um implacável trespasse.

A estas palavras, Penélope, chorando, abraçou a ama, levantou-se do leito e desceu ao salão. Foi sentar-se precisamente diante de Ulisses iluminado por um grande fogo. Com o espanto na alma e os lábios trêmulos, olhava para o Herói que, de pé, perto de uma alta coluna, esperava, com os olhos fixos no chão, uma palavra da esposa. A rainha, porém, conservava-se num angustioso silêncio. Ora, observando Ulisses, julgava reconhecê-lo; e ora, à vista dos andrajos que recobriam seu corpo, não conseguia imaginar que aquele fosse seu esposo. Surpreso com esse mutismo, Telêmaco reprovou-o à mãe.

— Deixa tua mãe, — disse-lhe, então, Ulisses. — Ela não me reconhece porque estou ainda todo recoberto de trapos. Em breve, quando estiver ataviado, ela me reconhecerá melhor.

Tendo assim falado, o nobre Ulisses encaminhou-se para o banho, purificou-se do sangue que o manchava e revestiu-se com bela túnica e com um rico manto. Atena, a divina Deusa, espalhou, sobre os traços do Herói que amava, a graça e a beleza. Seu tamanho parecia maior e mais augusta sua cabeça de longos cachos de cabelos ondeados. Por isso, quando voltou a sentar-se frente a frente à sua mulher, Ulisses assemelhava-se a um dos Imortais. Penélope, contudo, não se resolvia a aproximar-se de seu ilustre esposo. Ela teria querido ver, para ficar convencida, a cicatriz que Ulisses tinha no joelho. Com esse objetivo, disse a Euricléia:

— Apressa-te em preparar o leito que ainda está no nosso quarto, leito que nenhum homem contemplou, exceto aquele que me recebeu quando eu era ainda virgem e que, com suas próprias mãos, construiu.

Ulisses, a estas palavras, descreveu esse leito com tanta exatidão que Penélope sentiu o coração fundir-se e os joelhos vacilarem.

— Querido Ulisses! — exclamou chorando e atirando os braços ao redor do pescoço de seu muito amado esposo — não te irrites e nem me culpes se não te abracei logo que me apareceste. Temia enganar-me e cair numa funesta cilada. Perdoa-me.

Chorando ambos de ternura e de alegria, Ulisses e Penélope encaminharam-se, então, para o quarto nupcial e os dois, após haverem experimentado, no leito sagrado, os encantos do amor, longamente conversaram. A casta Penélope tornou a dizer a seu esposo tudo quanto sofrera e o divino Ulisses deu-lhe a conhecer todos os males por que passara. Sua virtuosa esposa não se cansou de ouvi-lo e o sono não pôde recobrir suas pálpebras antes que o Herói lhe narrasse todas as aventuras.

Entretanto, assim que a Aurora subiu para o seu trono e levou a luz aos mortais, Ulisses levantou-se e disse a Penélope:

— Agora, querida esposa, que ambos reouvemos nosso leito e reparamos nossas forças, permite que eu vá aos vergéis para ver meu nobre pai que por mim, eu sei, geme amargamente.

Assim falou e cobrindo-se com uma armadura brilhante, foi acordar Telêmaco, Eumeu e Fileto. Todos os quatro se armaram e encaminharam-se para o campo coberto de árvores, cultivado por Laerte. Assim que chegaram próximo à propriedade, disse-lhes Ulisses:

— Amigos, entrai na casa que meu pai adquiriu e preparai para um alegre repasto, o porco mais gordo.

Assim falou e, enquanto Telêmaco e os dois companheiros entravam na cidade, Ulisses dirigiu-se para o vergel a fim de sondar seu pai e experimentar ver se os olhos do ancião reconheciam o filho. Encontrou-o cavando, com uma pá, em torno de uma árvore. A pobreza do seu aspecto arrancou-lhe lágrimas. Laerte, com efeito, arrasado pelos anos e por profundas tristezas, estava vestido com roupas imundas e remendadas; suas mãos estavam enluvadas por causa dos abrolhos; o couro de suas perneiras apresentava-se descosido e ele usava, para proteger-se do frio, um gorro de pele de cabra. Ulisses, então, sem se dar a conhecer, disse-lhe:

— Ancião, se tomas bem conta de teu risonho vergel, permite-me dizer-te no entanto que és negligente contigo. De que sórdido senhor és servidor? Fala-me francamente, e dize-me se é verdade que estou em Ítaca e se o hóspede, que outrora recebi e que se vangloriava de ter nascido de Laerte, respira e vive ainda.

— Ai de mim, estrangeiro! — respondeu-lhe Laerte — a terra que pisas é bem a de Ítaca, mas esse hóspede que recebeste como recebeste, está longe de sua pátria. Talvez repouse no fundo dos mares ou esteja enterrado em alguma praia longínqua! Sua desolada mãe não pôde chorar sobre os despojos do filho, seu velho pai não o viu morrer e sua esposa não teve a felicidade de fechar-lhe os olhos. Agora, dize-me: pois que, segundo o disseste, pudeste falar com Ulisses, há quanto tempo o recebeste em tua casa?

— Quatro anos são passados desde que esse hóspede deixou minha propriedade, tendo, como sinal de bom augúrio, os pássaros à sua direita.

Uma dor imensa, a estas palavras, sombreou o rosto do ancião. Tomando, então, um punhado de terra, espalhou-o sobre sua cabeça encanecida, suspirando longamente. Vendo isso, Ulisses sentiu as narinas se contraírem sob as lágrimas que lhe queimavam os olhos.

— Meu pai! — exclamou ele, estreitando-o nos braços. — Eu sou Ulisses, o filho que choras há vinte anos! Detém tuas lágrimas e abandona teu luto, pois acabo de castigar, imolando a todos, os odiosos pretendentes que dilapidavam teus bens.

— Ah! se és Ulisses e se vejo meu filho, mostra-me qualquer sinal evidente que possa convencer-me!

Ulisses, então, descobriu a ferida que tinha no joelho. Vendo-a, Laerte sentiu-se desfalecer. Seu filho susteve-o, reanimou-o, fazendo-o voltar, a passos lentos, para sua casa rústica.

Enquanto Laerte e seu filho conversavam longamente e saboreavam o repasto que Telêmaco e seus dois companheiros haviam preparado, a Fama espalhava por todas as partes de Ítaca que os pretendentes tinham sido massacrados. Soltando gritos e longos gemidos, uma multidão compacta e ameaçadora foi se comprimir às portas do palácio. Eupites, o pai de Antínoo, que havia sido imolado em primeiro lugar pelo valoroso Ulisses, chorando, tomou, então, a palavra:

— Ó meus amigos, — disse ele — seríamos covardes se não vingássemos a morte dos que foram assassinados ignobilmente por aquele que outrora levou para os seus navios tão numerosos e tão valentes guerreiros e que regressa após haver perdido seus vasos e seus homens. Vamos! Armemo-nos e vinguemo-nos de Ulisses antes que ele nos escape!

Assim falou ele e a metade do povo correu para as armas, dando gritos sediciosos. Com Eupites à frente, o bando chegava aos campos de Laerte quando Ulisses, pressentindo uma desgraça, disse a um escravo:

— Vai, amigo, ver se alguém não nos vem surpreender.

Ainda na soleira, o escravo percebeu uma multidão com ameaçadoras lanças. Dirigindo-se, então, a Ulisses, estas rápidas palavras gritou:

— Os inimigos vêm vindo! Arma-te depressa!

A estas palavras, levantaram-se e tomaram de suas armas todos quantos estavam na casa de campo. O próprio Laerte recobriu-se com uma armadura e quis, malgrado sua velhice, tomar parte na luta. Ulisses, à frente de seu valente grupo, colocou-se diante do bando dos invasores. Quando os teve ao alcance do braço, atirou sua longa e forte azagaia e a arma de bronze, estilhaçando o elmo de Eupites, penetrou na cabeça do infeliz que se abateu por terra. Telêmaco e seu valoroso pai iam rachar ao meio todos os da primeira linha, quando Atena fez ouvir sua voz:

— Ítacos! — gritou ela — é muito o sangue derramado. E tu, Ulisses, refreia teu ardor, antes que Zeus contra ti se irrite!

Assim falou a Deusa de olhos garços. E logo Zeus, confirmando a ameaça da divina Atena, lançou um dardo inflamado do seu raio. Ulisses, então, cessou de combater; seus súditos submeteram-se aos desejos da Deusa e a Concórdia, mãe da Abundância, veio reinar, novamente, em Ítaca pacificada.

XX

As Aventuras de Enéias Até a Morte de Anquises

Era à hora trágica em que Tróia ia cair, por uma noite sinistra, sob os golpes dos Argivos.

Filho do real e magnânimo Anquises, Enéias, sem imaginar os males que iria causar-lhe o cavalo de madeira introduzido pelos gregos e por eles abandonado em Tróia, gozava as doçuras do primeiro sono. Sob as asas do sonho, pareceu-lhe que Heitor surgia-lhe chorando.

— Filho de Deusa, — disse-lhe, então, o Espectro ainda todo sujo de sangue e de pó — foge e escapa às chamas que te rodeiam. O inimigo apossou-se de nossos muros e Tróia, antes de se desmoronar do alto de suas muralhas, confia-te seus altares e seus Penates. Torna-os companheiros de teu rude destino e dá-lhes asilo nas sólidas torres que deverás elevar, após haveres errado pelos mares por muito tempo.

Assim falou e essa Visão, antes de desaparecer, colocou nas mãos de Enéias a poderosa Vesta ou o Fogo perpétuo que ardia em seu templo. Acordado em sobressalto, o filho de Anquises subiu ao terraço da mais alta torre, passeando seu olhar por todos os lugares de Tróia. O fogo de um vasto incêndio queimava toda a cidade; as chamas atacavam as moradas vizinhas e pelo ar ressoavam os clamores dos guerreiros e os toques das cornetas. Fora de si e sentindo a coragem animada pela cólera, agarrou suas armas e, reunindo alguns guerreiros esparsos, gritou-lhes:

— Amigos! Esta é a última hora de nossa cidade em chamas. Os Gregos são nossos senhores e nossa antiga glória vai desaparecer hoje. Vinde, pois, comigo e procuremos morrer ao mesmo tempo em que Ílion desaparece.

Sentindo-se, a estas palavras, como vencidos cuja salvação está no desespero de qualquer meio de escapar, eles se lançaram na escuridão ardente e quente daquela noite sangrenta. Milhares de cadáveres juncavam o solo das ruas e a soleira das casas, e a abominação, o terror e a morte haviam invadido até o átrio dos Deuses. Enéias e os Troianos imolaram mais de um Grego. Depois, ansiosos por matar com mais impunidade e de se misturarem, sem serem reconhecidos, aos batalhões argivos, os companheiros do filho do magnânimo Anquises revestiram-se de broquéis e de elmos dos inimigos caídos. Enganados pelas armas e pelo penacho de empréstimo de seus valentes camaradas, os Troianos tomaram-nos por Gregos e os submeteram a uma nuvem de dardos. Os Argivos, no entanto, desmascaravam-nos por causa de seu acento estrangeiro. Esmagados pelo maior número, eles recuaram, abandonando os mortos e deixando às chamas, que reduziam a cinzas a cidade santa de Ílion, o cuidado de lhes dar uma fogueira bem grande. Mas, gritos redobrados e cortantes clamores logo os chamaram ao palácio de Príamo. O combate ali era tão terrível e tão rude que não se sabia quem morria ou atacava algures. Os Gregos escalavam os muros da antiga mansão e os Troianos demoliam as torres, arrancando as vigas e as telhas dos tetos, fazendo-as cair, como saraiva, sobre os escudos e os elmos dos corajosos invasores. Sabedor da existência de uma porta secreta que dava acesso ao próprio coração do palácio, Enéias a transpos, indo juntar-se, sobre o alto dos muros, aos infelizes sitiados, que os desmantelavam. Os inimigos, porém, substituíam tão prontamente suas esmagadas falanges, que os Troianos não puderam impedir que os aríetes forçassem e arrancassem de seus gonzos as sólidas portas da casa do rei. Aberto o caminho pela violência, os Gregos, como machadinhas e espadas levadas por uma correnteza, invadiram a imponente morada. Nesse momento, aos clamores gemibundos das mulheres respondiam os gritos desesperados das mães. Tudo era desordem, tumulto e confusão. Príamo, malgrado sua idade, recobriu seus trêmulos ombros de uma couraça há muito tempo abandonada. Hécuba e suas filhas, como pombas que a tempestade agrupa, foram sentar-se em torno de um altar que se erguia, sombreado por um loureiro, no meio do pátio, sob a abóbada descoberta dos céus, e aí, com os olhos em lágrimas, conservavam-se abraçadas às imagens dos Deuses. O Rei Príamo encontrava-se ao lado delas, quando um de seus filhos, atingido por uma lança do próprio filho de Aquiles, ali foi-se abater, entregando a alma, num fluxo de sangue, sob os olhos dos próprios progenitores. Não podendo, diante do que via, conter a cólera e a indignação, o pai do infeliz Heitor lançou, fracamente, um dardo contra Neoptolemo. Para vingar-se do golpe, que mal roçara seu broquel, o filho de Aquiles precipitou-se sobre Príamo e mergulhou-lhe no flanco sua espada sacrílega. Então, pela primeira vez, vendo um pai estendido morto no sangue de seu filho, um selvagem horror gelou a alma de Enéias. A imagem de Anquises surgiu em seu pensamento. Lembrou-se do perigo que ameaçava o lar, a esposa e o filho. Aterrorizado por essa idéia, abandonou o pátio onde Hécuba soluçava, e guiando os passos pela luz do incêndio que aumentava, devastando a cidade, alcançou sua casa. Seu primeiro cuidado foi propor ao pai transportá-lo para as montanhas vizinhas. Mas Anquises, não desejando sobreviver à ruína de Tróia, recusava abandonar sua soleira e seus altares. Os Deuses, então, pois os Destinos haviam marcado essa família para transplantar algures os Destinos de Tróia, fizeram, de súbito, surgir um brilhante prodígio. Enquanto a esposa de Enéias, uma das filhas de Príamo e de Hécuba, que chamavam de Creúsa, tinha em seus braços seu pequenino Ascânio, uma coroa de fogo iluminou-se sobre a cabeça desse predestinado, roçou-lhe os cabelos sem queimar-lhe a testa. Neste momento, Júpiter fez ribombar, por longo tempo, seu trovão, e uma estrela brilhante pareceu cair do Céu sobre o alto do palácio, deter-se um instante e desaparecer, clareando o caminho que levava às florestas do Ida. Anquises, então, acedeu em partir e seguir a via que lhe mostravam os Deuses. As chamas crepitavam mais próximo deles e Enéias carregou o pai sobre seus grandes ombros, segurou Ascânio pelas mãos e, aconselhando à esposa caminhar, por prudência, bem longe deles, deixou sua antiga morada. Metendo-se pelas ruas mais escuras e mais tortuosas, o piedoso Enéias, que os dardos dos Gregos, ébrios de carnificina, não conseguiram assustar, tremia ao menor ruído e inquietava-se ao menor sopro pela carga que levava e pela criança que, a passos desiguais, acompanhava-o pela mão. Passando as muralhas por uma porta secreta, ele chegou, finalmente, à colina próxima, onde, sob um cipreste plantado perto de um templo de Ceres, o filho do velho Anquises havia marcado encontro com os da sua casa. Todos ali estavam, exceto Creúsa, a própria mulher de Enéias que, não se sabendo se, por haver se enganado de caminho ou se por haver caído de exaustão, jamais reapareceu aos olhos de seu esposo. Em vão, após haver ocultado, numa depressão do vale, Anquises e Ascânio, o piedoso Enéias tentou ir à sua procura, voltando a Tróia. Quando reencontrou sua morada, viu-a ocupada pelos Gregos e pelo fogo devorador. No palácio de Príamo, viu o próprio Ulisses guardar os tesouros que tinham sido pilhados dos templos dos Deuses e atabalhoadamente amontoados no pátio. Finalmente, renunciando a procurar aquela que não temia chamar pelo nome no trágico silêncio da sombra insidiosa daquela noite de terror, ele voltou, com o desespero na alma, a juntar-se a seu velho pai. Perto dele, Enéias encontrou o número dos companheiros aumentado de uma multidão de outros Troianos, sobreviventes, como eles, à ruína de Tróia. Vindos de todos os lados, haviam trazido o que puderam salvar de suas riquezas, dizendo-se prontos a seguir Enéias por toda a parte a que ele os quisesse conduzir. Mas já sobre o cume do Ida a estrela da manhã se levantava anunciando a radiosa aparição do dia. O filho de Anquises tornou a tomar seu pai sobre suas nobres espáduas e prosseguiu o caminho que a estrela havia traçado. Deteve-se no mais espesso dos bosques que atapetam as encostas da santa montanha. Ele e seus companheiros aproveitaram sua estada no meio da floresta para construírem uma sólida frota. Assim que ela ficou equipada e apareceram os primeiros dias da primavera, Enéias, embarcando com seus companheiros, seu filho, seus

Penates e os grandes Deuses troianos, deixou a terra e os campos onde foi Tróia e sem saber para onde os Destinos o conduziriam, nem em que lugar ele poderia fixar-se, fez-se de velas ao mar.

A Trácia foi a primeira escala daqueles Troianos fugitivos. Enéias propunha-se a fundar aí uma cidade, mas como se aprestasse a imolar aos Deuses e arrancava, a um mirto, galhos verdejantes para sombrear os altares, foi testemunha de um estranho prodígio. Um sangue negro pôs-se a gotejar dos galhos que ele quebrara e uma voz terrível saindo da terra disse:

— Enéias, não me cortes mais; poupa um morto, pois o sangue não corre dum galho insensível! Eu sou Polidoro, filho de Príamo que, bem criança, foi enviado para a Trácia. O rei protegeu-me até que a sorte abandonou os Troianos. O traidor, em seguida, aliou-se aos nossos inimigos vitoriosos, apoderou-se de minhas riquezas e trespassou-me com uma chuva de virotes agudos que, criando raízes no próprio lugar em que me haviam derrubado, transformaram-se em outros tantos brotos verdejantes. Foge, pois, Enéias, foge destas terras cruéis que o execrável apetite do ouro ensangüenta.

Ouvindo tais palavras, Enéias ficou aterrorizado. Ordenou se amontoasse terra sobre aquele pobre túmulo e se erguessem altares ornados de faixas e de ramos de ciprestes. Depois, enquanto os Troianos, alinhados em torno da tumba, com os cabelos ao vento, chamaram Polidoro em voz alta, pela última vez, os companheiros de Enéias, para atrair-lhe a alma e fechá-la em seu novo sepulcro, ofereceram e espalharam vasos de leite tépido e taças de sangue. Terminados os funerais, desde que os ventos lhe proporcionaram um mar acolhedor, Enéias reencetou a fuga e velejou para Delos, a ilha sagrada de Apolo. No grande templo que lhe era consagrado, o filho de Anquises interrogou o Deus que conhece o futuro.

— A terra de onde tua raça é originária, — respondeu-lhe o Oráculo — receber-te-á novamente em seu fértil solo. Procura, pois, essa antiga mãe. É lá que a casa de Enéias, os filhos de seus filhos e aqueles que nascerão deles devem reinar sobre o mundo.

Anquises, a estas palavras, lembrou-se de que os homens de outrora, haviam-lhe contado que os antepassados dos Troianos eram originários de Creta. E Enéias, para obedecer ao pai, rumou para essa ilha onde Júpiter havia nascido. A frota troiana passou rente às colinas de Naxos, da branca Paros e das Cíclades esparsas sobre o mar. Na terceira aurora, abordou ela na antiga praia em que Enéias acreditava encontrar a terra de seus avós. Apenas desembarcado, Enéias lançou os fundamentos da cidade, que chamou Pérgamo. As terras começavam a ser arroteadas, o himeneu já preocupava a mocidade, quando sobreveio, de repente, uma peste terrível. Os homens morriam, a erva se ressequia e o trigo praguejado recusava germinar. Anquises propunha aos Troianos regressarem a Delos para interrogar Apolo. O piedoso Enéias hesitava e orava. Uma noite, entretanto, à hora em que tudo que respira estava mergulhado em profundo sono, o filho de Anquises viu as visões dos Deuses que havia salvado do incêndio de Tróia e que levava consigo no exílio, aparecerem e lhe dizerem:

— Consola-te, Enéias. Eis o que te diria Apolo, se regressasses a Delos. Não é em Creta que o Deus te ordena que te fixes. É a Itália que ele designa para tua morada, pois foi de lá que partiu Dárdano, o pai de nossa raça. Ergue-te, pois, Enéias, e sabe que é nesta antiga e poderosa região que nós levaremos até aos astros teus futuros descendentes e lhes daremos o império universal.

Reconfortado por esse sonho, Enéias deixou Creta e encaminhou-se para a feliz Itália. Em caminho, quando sua frota não via, por todos os lados, mais que céu e mar, uma sombria tempestade, que os relâmpagos contínuos atravessavam, manteve os navios durante três dias, na impossibilidade de discernir as horas diurnas ou noturnas, e de reconhecer, na escuridão, sua rota sobre o mar. Finalmente, na quarta aurora, Palinuro, o melhor dos pilotos da frota de Enéias, percebeu montanhas e fumaças ao longe. Recolhendo, então, as velas de suas naus, os infelizes fugitivos esforçaram-se para alcançar a remo o litoral que se oferecia a seus olhos. Apenas entravam eles no porto que servia as Estrófades, e descobriram, errando sem guarda, nas pastagens de uma dessas duas ilhas, magníficos rebanhos de cabras e de bois. Ajudados pela fome, eles logo abateram algumas cabeças de gado, enfiaram-nas no espeto, assaram-nas ao fogo vivo e, fazendo leitos de folhagem no esconso da baía, abandonaram-se à alegria dum repasto campestre. Estavam ainda saboreando as carnes suculentas quando as Harpias, do alto de uma montanha, caíram sobre as mesas e, batendo as asas e soltando gritos, apoderaram-se das iguarias que eles haviam preparado, e sujaram, ao contato da imunda sânie que corria de seus ventres, tudo quanto tocaram. Os companheiros de Enéias correram para suas armas, mas o corpo e as penas daqueles pássaros do mar com cara de mulher eram impenetráveis. Eles fugiram sem ser molestados, deixando sobre as mesas carnes meio roídas e os traços fétidos de sua odiosa passagem. Somente Celeno, sinistra profetisa de presas recurvas, permaneceu empoleirada próximo a eles no alto de um rochedo, fazendo-os, então, ouvirem estas cortantes palavras:

— Se é a guerra que nos trazeis como prêmio do sangue de nossas ovelhas e de nossos touros degolados, sabei que sereis punidos por vosso atentado contra nós. Ireis, como o desejais, à Itália, mas a cidade que devereis construir somente poderá ser rodeada de muralhas, depois que a execrável fome vos haja obrigado a devorar vossas mesas.

Disse e, abrindo as asas, Celeno sumiu na floresta. Um terror repentino invadiu, àquelas palavras, os companheiros de Enéias e o próprio Anquises, entregando-se aos Deuses, voltou para o Céu as palmas das mãos e fez esta prece:

— Ó Deuses! exclamou — afastai essas ameaças, desviai essa desgraça e sede favoráveis aos que vos veneram!

Após haver assim invocado os divinos Poderes, o pai do piedoso Enéias ordenou que se cortassem as amarras, que se desamarrasse o cordame e que se confiassem aos ventos que os convidavam a voltar para o mar. Fugindo das Estrófades, a frota troiana passou não longe de Zacinto e dos bosques que o sombreiam, evitou os escolhos de Ítaca, amaldiçoou a terra onde Ulisses fora criado e parou na praia de Actéon, chegando finalmente às costas do Epiro, indo ancorar no porto de Caônia. Ali, os companheiros de Enéias souberam que um dos filhos de Príamo, Heleno, reinava sobre os Estados do próprio filho de Aquiles e que Andrômaca tinha-se tornado sua esposa. Ardendo de desejo de rever e interrogar a esposa do grande Heitor, Enéias deixou o porto e subiu para a alta cidade de Butroto. Chegava às suas portas quando, num bosque sagrado, e às margens de um curso de água que conservava o nome do Símois troiano, o filho de Anquises percebeu Andrômaca oferecendo um sacrifício aos manes de seu primeiro esposo. Nesse canto do Epiro, com efeito, a rainha arrancada do solo pátrio tinha feito erguer um túmulo de relva ao valoroso Heitor, para chorá-lo sempre. Logo que Andrômaca viu aparecer Enéias, desfaleceu e foi após longo desmaio que ela pôde, finalmente, falar, murmurando estas palavras:

— É realmente Enéias quem revejo? Vens, vivo, mostrar-te aos meus olhos? Se não és apenas o seu fantasma, trazes-me novas de Heitor?

— Sim, eu vivo, não duvides disso — respondeu-lhe Enéias. — Estou bem vivo e arrasto minha vida nos piores reveses. Mas, tu, ó rainha, que destino te conduziu a estes sítios e permitiu-me assim rever-te?

— Após o incêndio e a ruína de Tróia, — acrescentou ela com voz entrecortada — eu coube em partilha ao próprio filho de Aquiles. Mas ele abandonou-me e transmitiu-me, escrava, ao seu escravo Heleno. Esse Troiano desposou-me e quando Orestes, para vingar-se daquele que lhe havia raptado a esposa que ele esperava, degolou Neoptolemo, os Estados deste príncipe caíram nas mãos do divino Heleno, tornando-me eu rainha deste país.

Assim falou Andrômaca. Heleno, acompanhado duma numerosa escolta, saía, nesse momento, das portas da cidade, reconheceu Enéias e seus compatriotas e, chorando, ao mesmo tempo, de tristeza e de alegria, conduziu-os para o seu rico palácio. Transpondo essa acolhedora cidade, Enéias ficou espantado de aí reconhecer, imagem de sua grande pátria, uma pequena Tróia, e encontrar uma imagem do Xanto e passar, não sem beijar sua soleira, sob os lintéis das portas chamadas Portas Sceas. Heleno instalou os companheiros de Enéias sob vastos pórticos e, durante dois dias, todas as espécies de iguarias foram oferecidas sobre mesas repletas de pratos de ouro e de taças.

Antes de tornar a partir, Enéias, atormentado pela voz da Harpia, quis interrogar o rei adivinho que era o prudente Heleno:

— Sábio intérprete dos Deuses, — disse-lhe ele — ó tu que inspiras Apolo, instrui-me, suplico-te! Os Deuses ordenaram-me alcançar a Itália, mas a Harpia Celeno ameaça-me com uma espantosa fome. Que devo fazer para evitar ou, pelo menos, atenuar esse terrível presságio?

— Filho de Deusa, — respondeu, então, Heleno — não te espantes com os males que Celeno predisse. Os Deuses estão contigo e os Destinos serão, malgrado tudo, cumpridos. Vastos mares te separam da Itália, que crês próxima. Evita as costas da Sicília; deixa à tua direita o estreito guardado por Caríbdis e Cila. É melhor contornar essa ilha que, outrora, violentas convulsões e profundas escavações separaram do continente, e não temer fazer uma longa volta, do que ver, sob o olhar atraente da disforme Cila, teus vasos se quebrarem sobre escolhos em que ladram seus cães marinhos. Desde que deixares a Sicília para trás, a rota para a terra italiana estará livre. Aproxima-te, então, da praia de Cumas e vai, em sua gruta profunda, interrogar a Sibila que prevê, escrevendo-os sobre folhas, os decretos do Destino. Consegue que ela te fale; ela te dirá das guerras e dos perigos que poderás evitar. Finalmente, mais tarde, quando, errante e inquieto, encontrares, sob os carvalhos que sombreiam as margens de um rio solitário, uma porca branca com trinta porquinhos apertados em torno de suas inúmeras tetas, aí será o termo certo de tuas provações e o local da cidade que os Deuses te destinam.

Após haver dirigido a Enéias essas palavras amigas, o rei adivinho Heleno mandou levar para os navios troianos dádivas tão abundantes quanto preciosas. A própria Andrômaca ofereceu ao jovem Ascânio uma clâmide frígia e vestes tecidas de ouro e púrpura.

— Recebe, querida criança, — disse-lhe ela, chorando — esta lembrança de minhas mãos. Usa-a, ó tu que és a única imagem que me resta de meu filho Astíanax! Ele tinha teus olhos, tuas mãos, os traços de tua fisionomia e, da tua mesma idade, ele seria hoje um belo adolescente como tu.

Após esses adeuses lancinantes, a frota troiana desfraldou as velas e partiu. Os ventos conduziram-na sob um céu de uma acalmante serenidade. Dobrou, sem dificuldade, o golfo de Tarento e logo vislumbrou o Etna. Os marinheiros ouviram, então, como que um bramido. Mais avançavam, mais percebiam distintamente o barulho das ondas que se quebravam com estrondo sobre insidiosos rochedos.

— Ei-la, — disse Anquises — a terrível Caríbdis de que Heleno nos preveniu! Passai ao largo e fugi destas perigosas paragens!

Assim falou e toda a frota, acelerando sua marcha, deixou à direita a implacável Caríbdis. Por três vezes, no entanto, os vasos de Enéias foram, alternadamente, levantados até o Céu e afundados até o lugar dos manes infernais, pois por três vezes o monstro engolira grandes ondas em seus abismos, e por três vezes vomitara-as sobre os rochedos, fazendo nascer e cair, sobre as águas, penachos de espuma. Pelo fim do dia, como o escuro estivesse sombrio e ameaçador, os fugitivos, abatidos de fadiga, fizeram escala num porto abrigado, cavado nas costas habitadas pelos Ciclopes. Bem próximo a eles, o Etna rugia, lançando no espaço nuvens de fumaça, betume e cinza. Sob essa massa esmagadora, diziam que Encélado, um dos gigantes que Júpiter, outrora, havia abatido, estava amortalhado. Ele exalava sua ardente respiração pelo abismo entreaberto e cada vez que se espreguiçava, mudando de posição, toda a Sicília tremia, reboando.

No dia seguinte, ao nascer da Aurora, os companheiros de Enéias viram sair de um bosque um desconhecido de extrema magreza. Com a barba hirsuta e suja e as vestes em frangalhos, caminhava para eles com as duas mãos estendidas. Mas, assim que reconheceu as roupas frígias e as armas troianas, recuou atemorizado e hesitante; depois, acalmando-se, disse-lhes:

— Troianos, tirai-me destes sítios! Sou Grego, é verdade, e fiz a guerra, confesso-o, aos Penates de Tróia. Se isto é crime, lançai-me às ondas.

Dizendo estas palavras, ele estreitava-lhes os joelhos. Anquises, então, tomando-o pela mão, perguntou-lhe:

— Quem és?

— Ítaca é a minha pátria, — respondeu o desconhecido — e sou um dos companheiros de Ulisses. Voltando da guerra de Tróia, fui por ele esquecido no antro do Ciclope. Desde esse longínquo dia, pois por três vezes, depois disso, os cornos da Lua encheram-se de luz, arrasto minha vida nas florestas, enfurnado nas tocas abandonadas pelas feras. Alimento-me de raízes selvagens e todos os dias estremeço ao ouvir as vozes e as passadas ameaçadoras dos monstruosos Ciclopes. Crede-me, Troianos, fugi destes lugares abomináveis, pois se Ulisses, vazando o olho enorme de Polifemo, tornou-o pouco menos temível, cem outros Ciclopes, de crueldade sem limite, habitam estas praias.

Mal havia ele falado e os companheiros de Enéias vislumbraram, sobre o cume de alta montanha vizinha, a pesada massa do pastor Polifemo mover-se no meio de um rebanho de ovelhas. O tronco de um pinheiro guiava-lhe a mão de cego, dirigindo seus passos em direção à praia. Tremendo diante do que viam, os Troianos logo acolheram a bordo o súplice Grego, cortaram as amarras e, curvados sobre os remos, puseram-se a fender as ondas para ganhar o largo. Polifemo, então, julgando, pelo barulho cadenciado dos remadores, ser incapaz de deter os vasos, fez explodir, através de um clamor imenso, sua raiva e seu despeito. Por isso toda a Itália ficou aterrorizada e rugiram as cavernas profundas do Etna. Respondendo a esse sinal medonho, toda a raça dos Ciclopes acorreu das florestas e das altas montanhas, descendo rapidamente para o porto. As naus de Enéias, porém, singravam longe da praia. Em vão eles dirigiram à frota a ameaça de seu olho terrível e em vão também, como os ramos de um carvalho erguido na montanha, estendiam, aos céus, os braços de ávidas mãos.

Deixando para trás o golfo de Mégara e o cabo Paquino, Enéias, acompanhando as costas sicilianas, descobriu ao longo a cidade de Gela, a soberba Agrigento de poderosas muralhas e a cidade das palmas, a rica Selinunte. O porto de Drépane recebeu-o, enfim, em sua triste praia. Foi aí, aliás, que

Enéias perdeu o pai, o magnânimo Anquises. Sua dor foi imensa, pois nem o divino Heleno, nem o terrível Celeno tinham-no preparado para esse luto lamentável. Após haver enterrado Anquises, Enéias retomou sua rota para alcançar o Lácio, mas logo que se fez ao largo das costas da Sicília, uma tempestade desencadeou de repente. A conselho de Juno, que queria, a todo preço, assegurar para mais tarde o reino de Cartago e afastar Enéias da Itália, o rei dos ventos, Éolo, bateu com o ferro de sua lança os flancos da montanha em que mantinha, fechados e cativos, todos os sopros dos ventos. Estes, subitamente desencadeados, rolaram sobre o mundo ao galope dos Centauros. A Terra desapareceu sob a cerração espessa de uma açoitante poeira, e o mar em fúria arrancou, do fundo de seus abismos, vagas que iam, bramindo, quebrar-se sobre as costas e debruá-las de espuma. Uma noite densa e opaca envolveu a frota dos Troianos; o Céu trovejante foi rasgado pelos relâmpagos e as montanhas movediças retinham apenas um instante, suspensas ao seu cimo, as desamparadas naus de Enéias, para engoli-las depois para o fundo do abismo escuro onde desmoronava, de súbito, a massa abrupta de suas águas bramidoras. O Noto fez rodopiar três navios, jogando-os sobre os insidiosos arrecifes. O Euro fez três outros encalharem na areia. Sob os próprios olhos de Enéias, a nau dos Lícios foi engolida por uma vaga monstruosa e, no meio das pranchas, armas e destroços troianos, alguns raros nadadores apareciam sobre o abismo escancarado. Quando, por fim, Netuno aplainou as ondas, não restavam a Enéias mais que sete navios. Impacientes, então, por tocar em terra e repousar, os infelizes errantes tentaram alcançar a praia mais próxima. Abordaram às costas líbias nos confins de uma profunda baía coroada de bosques sombreados.

XXI

Enéias e Dido

Nesse lugar, enquanto os Troianos acendiam o fogo, retiravam das naus provisões de trigo que o mar havia molhado e aprestavam-se em fazê-los tostar para moê-los em seguida, Enéias escalava uma montanha e passeava ao longe seu olhar sobre o mar. Procurava seus navios, mas nenhum mastro erguido aparecia no círculo imóvel do imenso horizonte. Grande era seu desânimo quando foi atraído pela chegada de três cervos que, seguidos por extenso rebanho, desembocaram na depressão de um vale profundo. Armando-se, então, do arco, abateu os primeiros, depois pôs-se em perseguição aos outros, até alcançar e estender por terra tantos cervos quantos eram os navios. De volta ao porto, distribuiu o produto da caça a todos os companheiros:

— Caros amigos, — disse-lhes ele — não é de hoje que conhecemos a desgraça. Temos sofrido grandes males e Deus porá um fim também aos que teremos que sofrer hoje. Sede pacientes. Reservai-vos para um futuro melhor e talvez um dia a lembrança dos males que temos sofrido, para ressuscitar o reino de Tróia, terá encantos para vós.

Quando uma copiosa e sadia alimentação havia reparado suas forças esgotadas, os Troianos deploraram, em suas longas conversas, a ausência ou talvez a perda de seus caros companheiros. Pouco a pouco, entretanto, o doce sono os invadiu e lhes derramou o esquecimento de seus longos reveses. Enéias passou a noite agitado por mil variados pensamentos. Assim, ao primeiro olhar da augusta luz, levantou-se, armou-se, juntou-se a Acates e partiram juntos para explorar os sítios a que haviam chegado. No coração de espessa floresta, os dois Troianos encontraram, por acaso, uma jovem caçadora.

— Ó tu, — disse-lhes, então, Enéias — que levas ao ombro o leve arco de Diana de belos cabelos esvoaçantes, dize-me, suplico-te, sob que Céu caminhamos e quais são as praias em que nos atiraram os poderosos ventos do largo?

— Estrangeiros, — respondeu-lhe a caçadora de joelhos desnudos — pisais neste momento a terra dos Líbios, raça intratável e guerreira. Não longe daqui, Tírios fugitivos fundam uma cidade. Sua rainha, Dido, havia desposado Siqueu, irmão do rei de Tiro. Ora, esse rei, que se chamava Pigmalião, fez degolar secretamente Siqueu, para apoderar-se de seus ricos tesouros. Durante muito tempo, segundo dizem, seu crime permaneceu secreto, mas uma noite o fantasma de seu esposo, privado de sepultura, apareceu a Dido e revelou-lhe como e por quem havia ele sido assassinado. Dido, que até então ignorava estar viúva, resolveu abandonar a odiosa Fenícia. Embarcando com aqueles que a tirania e a crueldade do assassino revoltavam, ela abordou estas costas, obtendo dos terríveis Líbios a autorização para construir aqui uma cidade. Quanto a vós, quem quer que sejais, prossegui vossa rota, chegai ao palácio da rainha e sabereis não ser inútil o apelo que fareis ao seu grande coração.

Depois dessas palavras, a jovem caçadora afastou-se; seu pescoço resplandecia como uma rosa, seus cabelos exalavam odor de ambrosia e seus passos revelaram a Deusa que se ocultava nela. Enéias, reconhecendo Vênus, quis tomar a mão de sua mãe e ouvi-la sem aqueles disfarces. Mas a Divina, sem se deixar esperar e após haver envolvido Enéias, seu filho, e o fiel Acates numa nuvem, voou para Pafos. Inacessíveis ao olhar dos mortais, os dois troianos seguiram, então, o caminho que a caçadora lhes indicara. Logo chegaram ao outeiro que dominava Cartago e de onde o olhar desvendava um imenso estaleiro em plena atividade. Os Tírios, com efeito, trabalhavam arduamente; uns lançavam os fundamentos de um teatro; outros alteavam as torres, prolongavam as muralhas, pavimentavam largas ruas e construíam um porto. Sem chamar atenção, chegaram ao coração daquela atarefada colmeia. No centro mesmo daquela cidade nascente, havia um bosque sagrado, e Dido aí já fizera edificar um templo magnífico a Juno. Seus muros estavam recém-decorados e os grandes frescos que os recobriam tinham, como motivos, os principais episódios da guerra de Tróia. Viam-se ali Aquiles arrastando o corpo de Heitor, Príamo, estendendo as mãos ao vencedor, suplicando-lhe o poeirento cadáver do esposo de Andrômaca. O próprio Enéias reconheceu-se entre os combatentes. Ora, enquanto os Troianos, com estupefação e os olhos marejados de lágrimas, observavam a grandeza, agora imortal, das desgraças de sua pátria, Dido, a rainha de Cartago, seguida de grande cortejo, caminhava para o templo. Bela como Diana no meio do coro das Ninfas montanhesas, ela sentou-se num alto trono, diante das portas de bronze do novo santuário. Estava ocupada em distribuir a justiça e em ditar leis quando, subitamente, Enéias descobriu, entre o povo, alguns de seus marinheiros que os negros aquilões haviam extraviado sobre as ondas e rejeitado para longe dele, sobre outras praias. Não estavam todos, mas os que aí se encontravam tinham sido escolhidos para, como delegados junto à rainha, pedir-lhe assistência. Ilioneu, o mais velho de todos, disse, quando chegou sua vez de se dirigir a Dido:

— Rainha, ouve a prece dos infelizes Troianos. Nós nos dirigíamos para a Itália sob o comando de Enéias, quando uma terrível tempestade separou-nos de nosso chefe e atirou-nos sobre as praias guardadas por teus soldados. Acolhe-nos, ó rainha! Que nos seja permitido puxar para tuas costas nossos barcos danificados, escolher árvores em tuas vastas florestas para repará-los e muni-los de remos, a fim de que possamos voltar novamente ao mar, reencontrar nosso chefe e vogar com ele para a feliz Itália.

A esta súplica, Dido, de olhos baixos, assim respondeu:

— Sossegai-vos, Troianos. Se duras necessidades obrigam-me a guardar minhas fronteiras, contai, no entanto, com o meu apoio. Troianos e Tírios serão iguais para mim. Puxai, pois, vossos barcos para as praias, reparai-os, e durante esse tempo, enviarei homens para explorar as costas, a fim de verificar se vosso ilustre chefe não está errando no meio das florestas.

Assim falou a rainha. Animado por essas nobres palavras, Enéias lastimava que sua presença invisível não lhe permitisse falar a Dido. Mas, de repente, a nuvem que o tornava invisível dissipou-se e o filho de Anquises apareceu resplandecente de luz e de vida. Com efeito, sua mãe, com um sopro, tornara a dar-lhe o esplendor da juventude, a sedução do olhar e a auréola de uma loira cabeleira. Enéias, então, aproximou-se de Dido:

— Eis aqui, rainha, — disse ele — aquele a quem procuras! Eu sou Enéias, o chefe dos infelizes Troianos que a tua alta bondade acaba de acolher aqui.

Diante do aspecto do Herói e pensando em todos os males que ele havia sofrido, o coração da rainha comoveu-se e enterneceu-se:

— Se bem-vindo, — disse-lhe, então, Dido — tu que a grande Vênus concebeu às costas longínquas do Símois! Conheço o valor de tua raça; e antes que a Fortuna quisesse fixar-me nesta terra, ela submeteu-me, como a ti, a rudes e longas provações. Vinde, pois, jovens; entrai nas nossas moradas. A experiência que eu mesma tenho da desgraça ensinou-me a saber socorrer suas vítimas.

Tendo assim falado, a rainha de Cartago conduziu Enéias ao palácio real, ordenou se preparasse um repasto para seus hóspedes e se enviasse aos Troianos, que permaneciam nas praias, vinte touros, cem porcos e cem cordeiros bem gordos. Logo brilharam sobre as mesas vasos de prata e taças cinzeladas. Guarnições de púrpura de finos bordados recobriam os leitos que se erguiam no coração do palácio, faustosamente enfeitado. Quando tudo havia sido ordenado, Dido foi a primeira a deitar-se, no lugar de honra, num leito de ouro de tapeçarias magníficas. O divino Enéias, a juventude troiana e, por último, o povo Tírio foram, em seguida, ocupar todos os outros leitos do salão. O repasto esplêndido prolongou-se até tarde. Desservidas, depois, as mesas, colocaram-se, à frente de cada conviva, grandes crateras cheias de vinho e coroadas de guirlandas; aos tetos dourados suspenderam-se, para prolongar o dia, lustres rebrilhantes. Então, no meio do silêncio, Dido encheu com o licor dos cachos de uva uma pátera de ouro, e fez aos Deuses, em honra de seus hóspedes, uma piedosa libação. O aedo Iopas cantou, em sua cítara de ouro, a origem dos homens, as fases da Lua e os eclipses que sofre o Sol. Durante esse tempo, a infeliz Dido observava Enéias, admirava a graça de seus cabelos esvoaçantes e o encanto atraente de seus olhos sedutores; pouco a pouco, seu coração inabituado ao amor, sentiu-se invadido por todos os fogos que a inebriante Vênus acende. Feliz junto daquele hóspede encantador, ela prolongava a noite por meio de variadas conversas. Não se cansando de interrogar Enéias, disse-lhe por fim:

— Conta-nos, caro hóspede, desde a origem, as ciladas dos Gregos, as desgraças de teu povo e tuas caminhadas errantes sobre a terra e sobre o mar.

Todos os convivas calaram-se a estas palavras; e, com os olhos fixos em Enéias, escutaram-no narrar novamente o incêndio de Tróia, sua partida para Ílion, sua estada na Trácia, a passagem por Delos e as várias adversidades que o jogaram de Delos para Creta, de Creta para a Sicília, da Sicília para as costas da Lídia.

As belas narrações de Enéias extinguiram, no entanto, a desventura de Dido. Uma chama secreta, com efeito, a consumia. O valor provado do Herói, o esplendor de sua raça, seus traços divinos e o tom corajoso de suas piedosas palavras, não cessavam de prendê-la. Reconhecendo em si mesma a cicatriz do fogo em que havia se queimado, ora ela se indignava e chorava por sentir-se atacada de um mal que a ameaçava torná-la infiel ao amor daquele que havia se unido, pela primeira vez, ao destino de sua vida. Ora, em contrapartida, desejava conhecer a doçura de ser mãe e as alegrias de Vênus. "Por todas as partes," pensava ela, "estou rodeada de povos inóspitos e pérfidos. Enéias será meu guia e meu amparo, e por ele eu verei crescer e afirmar-se minha cidade e meu império". Com esta esperança, Dido inventava, todos os dias, pretexto para adiar a partida de seus hóspedes e reter o filho de Anquises junto a ela. Devorada pelo fogo que ardia em seu coração, ora levava Enéias à cidade que nascia, para mostrar-lhe o que as riquezas de Tiro podiam construir, ora, à caída da noite, convidava-o para novos festins, pedindo-lhe novamente a narração dos infortúnios da cidade de Tróia. Depois, quando chegava a hora em que o declínio dos astros aconselhava o sono e deixava livre e sozinha a rainha em seu palácio, Dido suspirava desmesuradamente e lançava-se, para aprofundar sua ferida, sobre o leito que Enéias havia deixado. Ora, um dia, a rainha desnorteada, que perdia, no furor de amar, o respeito pela sua glória, convidou o hóspede para uma caçada. Desde a aurora, carregando malhas, redes e chuços e seguidos de uma matilha de faro apurado, jovens caçadores transpuseram, a galope, as portas de Cartago. Logo depois, num cavalo brilhando de ouro e de púrpura, Dido, acompanhada de um séquito faustoso, atravessou também as muralhas de sua cidade. A seu lado, como Apolo ao lado de Diana de carcás prateado, ia Enéias, o mais belo dos Troianos. A caçada começou assim que chegaram à montanha, em sítios desertos, onde os caminhos terminavam. Enquanto as cabras selvagens saltavam do alto dos rochedos escarpados e desciam para a planície, e os cervos, abandonando os cumes e reunindo-se em bandos, fugiam erguendo nuvens de poeira, o Céu se fechou, o trovão ribombou no meio dos relâmpagos e uma chuva diluviana fez correr torrentes sobre as encostas dos montes. Os caçadores imediatamente procuraram abrigo no vasto campo e para a infelicidade de ambos, a gruta que serviu de refúgio também serviu de quarto nupcial à ardente Dido e ao divino Enéias.

Daí em diante, dedicando-se inteiramente à sua presa inseparável, Dido só teve atenções para o filho de Anquises. Nem as conveniências, nem o respeito à sua dignidade refrearam-na mais. Os trabalhos do porto, as torres e as muralhas ficaram em suspenso, e a Fama, cuja voz se amplia à medida que se espraia, proclamava por toda a parte que a bela Dido esquecia, nos braços perfumados de um Troiano, as obrigações para com seu reino. O murmúrio chegou até aos ouvidos de Iarbas, o piedoso rei dos Getulos, que, quando se estabelecera em um canto daquelas terras, havia pedido em casamento a rainha de Cartago. Indignado ao ver-se preterido, Iarbas suplicou a Júpiter vingasse o insulto que lhe infligira Dido. O todo-poderoso deferiu suas preces e, dirigindo-se a Mercúrio, disse:

— Vai dizer ao chefe dos Troianos, que se retarda em Cartago, que ele esquece o império que os Destinos lhe prometeram. Leva-lhe minha mensagem e dize-lhe para continuar sua rota sobre os mares e ir levar, à terra latina, a raça que um dia deverá submeter o Universo e ditar-lhe leis.

Ele assim disse e Mercúrio imediatamente atou aos pés as sandálias aladas, tomou o caduceu e desceu, apaziguando os ventos, nos muros de Cartago. Encontrou Enéias justamente na ocasião em que dava ordens para ativar-se o embelezamento e o aumento da cidade de Dido. Vestia um chamejante manto que a própria rainha lhe tecera em ouro e púrpura.

— Ó tu, vil escravo de uma mulher, — disse-lhe, então, Mercúrio — em que pensas? Dedicas-te a lançar fundamentos de Cartago e esqueces, na moleza e no luxo, o trono e o império que os Destinos prometeram a teu filho! O próprio rei dos Deuses encarrega-me de dizer-te que deves voltar para o mar, alcançar a Itália e ir fundar, na terra romana, a herança de glória que deves a teu filho.

Enéias, ouvindo essas palavras, permaneceu mudo e interdito de medo. Ele queimava do desejo de deixar o mais cedo possível aquelas suaves regiões. Mas que fazer? Em que termos ousaria abordar aquela rainha apaixonada e pô-la a par de sua próxima partida? Mil projetos variados apresentavam-se a seus olhos e seu espírito perplexo não chegava a fixar-se em nenhum. Finalmente, cansado de hesitar, chamou seus companheiros mais firmes e lhes falou nesta linguagem:

— Amigos, aparelhai nossa frota no maior segredo. Que todos os vossos camaradas estejam prontos para partir e não se afastem de hoje em diante das praias. Velai, sobretudo, para que a causa desta aprontação não seja divulgada.

Assim falou, e seus valentes companheiros apressaram-se alegremente a obedecer às suas ordens. A rainha, entretanto, cujo espírito, atormentado e inquieto, sentia receio mesmo quando nada havia a temer, foi a primeira a pressentir e a dar-se conta do que se preparava. Acerbas inquietudes devoravam-lhe o coração.

— Esperavas, — perguntou ela, finalmente, a Enéias, quando a Fama lhe contou, sem alguma dúvida possível, que a frota troiana se armava e aprestava-se para uma próxima partida — esperavas, pérfido, abandonar minha terra sem meu conhecimento? Nada pois te detém, nem nosso amor, nem os juramentos de ontem, nem a cruel morte de que Dido morrerá! Se foges de mim suplico-te, com estas mãos que são tuas, que te lembres, se as deixares, do teto que te recebeu e que vai desabar. Por ti afrontei o ódio dos reis e dos povos que me rodeiam; por ti, atraí a hostilidade dos Tírios e por ti, enfim, sacrifiquei minha glória e o respeito que eu devia a meus encargos e à minha própria pessoa. Permanece, pois, suplico-te; não me abandones aos caprichos dos que ambicionam minha mão. Ah! Se pelo menos me deixasses, antes de te afastares, uma prova de nosso amor, um pequenino Enéias que, brincando no meu pátio, conservasse os traços de teu rosto, eu não me consideraria completamente abandonada!

Ela assim disse. Mas, dócil às ordens de Júpiter e firmemente decidido a partir, Enéias conservava os olhos baixos, refreando o tormento de seu coração.

— Não penses, rainha, — disse-lhe ele — que eu queira negar o bem que me fizeste e usar de astúcia contigo, para ocultar-te minha partida. Lembrar-me-ei de ti tanto como de mim mesmo. Se te deixo é porque Apolo me ordena. Todas as noites, igualmente, meu pai, Anquises, aparece-me, admoesta-me em sonho e incita-me a alcançar a longínqua Itália. Hoje mesmo Mercúrio, o mensageiro dos Deuses, veio transmitir-me a ordem de Júpiter. Cessa, pois, com tuas queixas, de irritar tua dor e aumentar a minha, pois não é minha vontade que me leva a defrontar a Itália.

Quando o piedoso Enéias acabou de falar, a rainha de Cartago, que não cessara de medi-lo da cabeça aos pés, encarando-o com olhos cheios de furor, disse-lhe, explodindo de raiva:

— Não, não és filho de uma Deusa. És o filho dos rochedos do Cáucaso e foram fêmeas de tigres que te deram os seios. Pois que nada pode dobrar-te, nem arrancar de teus olhos uma lágrima de piedade, parte, não te detenho mais! Fica sabendo, no entanto, que mesmo ausente, eu te seguirei com tochas fúnebres e minha sombra, por todos os lugares a que fores, te assediará para condenar teu crime.

Terminando estas palavras, Dido desmaiou. Suas servas receberam-na em seus braços, levaram-na para o quarto, colocando-a no leito. Quando voltou a si, viu, do alto de seu terraço, os Troianos ocupados em recolocar seus navios no mar e a carregar suas naus de variadas provisões. Pensando nessa separação, Dido pôs-se a chorar de dor. O amor, então, transformou seu orgulho em súplica, e não desejando morrer sem haver ousado tudo, disse, dirigindo-se à irmã:

— Ana, tu que esse pérfido tomava como conselheira, vai, suplico-te, implorar a esse orgulhoso estrangeiro. Dize-lhe que sua amante lhe pede para esperar uma estação mais favorável e ventos mais propícios. Suplica-lhe que adie sua partida, a fim de que eu o veja partir com menos sofrimento e o curto prazo, que minhas lágrimas reclamam, permita ao tempo acalmar meu delírio.

Para ser agradável à irmã, Ana foi encontrar-se com Enéias, mas o coração do Herói permaneceu inabalável. A essa terrível nova, Dido, aterrorizada com o seu destino, e só encontrando desgosto em olhar o Céu, pensou somente em invocar a morte. Sinistros presságios fortaleciam seu desejo de abandonar a vida. Ora era a voz de Siqueu que ela julgava ouvir; ora, com seu pio fúnebre, o mocho parecia anunciar-lhe a aproximação do trespasse. Decidida a morrer, escolheu, com vagar, o modo e a hora. Para enganar a irmã, que a tristeza acabrunhava, Dido compôs o rosto, fingiu esperança, foi procurá-la e disse:

— Alegra-te, minha irmã; uma hábil mágica, que tem o poder de aliviar os corações de suas penas, acaba de ensinar-me o meio de curar-me. É preciso para isto que ergas uma fogueira no pátio do palácio, e que aí coloques, com as armas de Enéias, as vestes que ele usava e o próprio leito em que nos unimos. Queimando essas recordações — acrescentou ela — eu arrancarei de minha alma a dor que a mata.

Ana, para obedecer a Dido, levantou, sem tardar, um monte de lenha resinosa e de pedaços de carvalho. A própria rainha colocou guirlandas em torno do pátio e pôs, sobre o alto dessa grande fogueira, o leito, as vestes, as armas e o retrato de Enéias. Tudo estava pronto para as chamas, quando Dido, do alto do seu palácio, viu ao mesmo tempo a manhã clarear e os vasos troianos afastarem-se no mar. A rainha, então, esmurrava o peito e, aos punhados, arrancou os cabelos. Depois, invocando o Sol, Juno, Hécate e as Fúrias vingadoras, lançou contra Enéias proféticas imprecações. Não somente ameaçou-o com todas as dores que o esperariam na terra latina, mas, como se a sombra do futuro se dissipasse a seus olhos, ela viu elevar-se, no horizonte do tempo, o vingador de sua raça, Aníbal, o guerreiro formidável que deveria, em seguida, fazer tremer de espanto os futuros descendentes daqueles fugitivos troianos. Quando acabou de maldizer, fremente e feroz, com os olhos injetados e a fronte já pálida, Dido subiu à fogueira, tirou a espada que Enéias usara e procurando, com a ponta, o lugar do coração, mergulhou a lâmina em seu belo peito. Suas escravas, vendo-a pender, soltaram grandes gritos. Pálida como uma morta, Ana acorreu, chamando pela irmã, mas Dido não era mais que um cadáver estendido sobre o funéreo lenho. Nesse ínterim, Enéias alcançava o alto mar. Com os olhos voltados em direção aos muros de Cartago, vislumbrou fumaça e chamas altearem-se do pátio do palácio de Dido; e sem, todavia, conhecer a verdadeira causa desse braseiro, sua alma foi invadida por negros pressentimentos.

XXII

Enéias em Cumas e sua Descida aos Infernos

Logo que as naus troianas, afastando-se de Cartago, atingiram o largo, o Céu recobriu-se de grandes nuvens carregadas de tempestade, e os ventos do Ocidente, encapelando, de súbito, as vagas tenebrosas, jogaram os companheiros de Enéias às conhecidas costas da grande Sicília. Abordaram às terras de Acestes, um rei amigo, filho de uma Troiana, que os recebeu com a mesma alegria que sentira quando os acolhera pela primeira vez. Por um feliz acaso, o dia do desembarque coincidiu com o aniversário da morte e dos funerais de Anquises. Nessa ocasião, o piedoso Enéias reuniu seus Troianos e lhes disse:

— Amigos, os meses cumpriram o círculo do ano, desde que os restos de meu venerado pai foram por nós confiados à Terra. Não é, pois, sem o favor dos Deuses que estamos hoje junto de seu túmulo. Vinde, portanto, e enchamos de dádivas os altares enlutados consagrados a Anquises. Supliquemos-lhe ventos propícios para conduzir-nos à Itália. Veneremo-lo durante oito dias; e quando a Aurora fizer luzir a luz sobre o nono dia, celebraremos, à sua glória, magníficos jogos. Observai todos, pois, um religioso silêncio e cingi vossas têmporas de folhagem.

Assim falou e imediatamente cobriu as têmporas com ramos de mirtos. Acestes, o jovem Ascânio e toda a mocidade troiana, o imitaram. Todos, então, em imenso cortejo, encaminharam-se do local da reunião para o túmulo de Anquises. Ali, Enéias, de acordo com o rito, espalhou sobre a terra duas taças de vinho puro, duas taças de leite fresco e duas páteras cheias de sangue consagrado. Depois, saudando as cinzas do espectro paterno e invocando sua alma, lançou sobre a tumba flores maravilhosas. Nove dias após essa cerimônia, Enéias, como havia prometido, fez celebrar, em honra de seu pai, magníficos jogos. A sedução desses espetáculos tinha atraído todos os povos vizinhos e a praia encheu-se de uma alegre multidão. Primeiramente expuseram-se aos seus olhos os trípodes, as coroas, as palmas, as armas e as purpúreas vestes que deveriam servir de recompensa aos vencedores. Logo, do alto de uma elevação, a corneta anunciou a abertura da festa. Primeiro quatro vasos apostaram corrida. Eles deviam contornar um carvalho, que o divino Enéias plantara sobre uma rocha que emergia ao largo, e voltar ao porto. Acabada a regata, o filho único do magnânimo Anquises encaminhou-se a uma planície arborizada, rodeada por todos os lados de florestas que subiam pelas colinas próximas. Escoltado por inúmeras pessoas, o Herói foi sentar-se sobre um estrado erguido no centro do circo. Aí, oferecendo prêmios magníficos, excitou o ardor dos que queriam experimentar-se, fosse na corrida a pé, fosse no combate do cesto ou no tiro ao arco. Finalmente, para coroar as festas, Enéias fez desfilar a cavalo a juventude troiana, que executou, por seus belos cavaleiros, simulacros de guerra e desfiles de paz.

Mas enquanto, por meio de jogos variados, os Troianos veneravam a memória de Anquises, as mulheres troianas, num canto retirado da praia, choravam sua morte e olhavam, gemibundas, a imensidão do mar. Cansadas de suportar tão longa fadiga, todas juntas diziam umas às outras:

— Ai de nós! Após tantas misérias, ter ainda que enfrentar tantos escolhos e tão vastas ondas! Há sete anos que erramos sem entrever o fim de nossos males. Em lugar de ir para lugares desconhecidos e hostis, quem nos impede, nesta terra amiga que é para nós a Sicilia, de erguer muralhas e abrigar, enfim, nossos errantes Penates? Chegou o momento de agir e de se fixar. Vamos opor-nos a qualquer partida eventual e entregar às chamas esses sinistros navios!

Fora de si, de furor, correram, então, a apoderar-se do fogo dos santuários e atirá-lo sobre as naus de Enéias, junto com galhos, folhagens e tochas. O incêndio alastrou-se em pouco tempo e o fogo devorou os remos, os bancos e o pinheiro das popas pintadas. Quando os Troianos viram rolos de fumaça negra elevar-se do porto, precipitaram-se para junto de seus navios. As mulheres, quando os viram, fugiram por todos os lados, indo esconder-se no fundo do bosque ou entre os rochedos. O braseiro, entretanto, malgrado a água que foi jogada sobre as chamas, não diminuía seu indomável furor e a estopa, vomitando espessa fumaça, continuava, secretamente, a queimar. O ardor do fogo fazia crepitarem as carenas e o flagelo parecia indomável. Desvairado de dor, o piedoso Enéias rasgou suas vestes e, estendendo para os Deuses mãos súplices, exclamava:

— Ó Pai todo-poderoso! Se tens qualquer atenção por nossa piedade, permite à minha frota escapar agora ao furor das chamas e salva da ruína os fracos recursos que possuímos para obedecer às tuas ordens e alimentar nossas esperanças!

Apenas terminara ele sua prece e uma tempestade estalou. Os montes e as planícies foram revolvidos pelo raio e trombas de água, abatendo-se repentinamente, extinguiram o braseiro que devorava as popas e as proas. Somente quatro navios tornaram-se presas das chamas. Deprimido, todavia, por esse terrível revés, o piedoso Enéias examinava em sua alma os mais graves problemas. Iria fixar-se na Sicília? Ou deveria ainda velejar para a Itália? A sombria noite não lhe trazia nenhum conselho útil. Já se desesperava numa prolongada insônia, quando julgou ver descer junto a ele a sombra etérea de Anquises.

— Meu filho, — disse-lhe Anquises — a paciência sempre triunfa sobre o Destino. Tem coragem. Júpiter quer, com efeito, que transportes para a Itália, nos navios que te restam, somente a elite de teus valentes e jovens guerreiros. Deixa, pois, aos suaves cuidados de Acestes os anciães alquebrados pelos anos e as mulheres vencidas pelo mar. Edifica-lhes uma cidade nas terras da Sicília. Quanto a ti, dirige-te para Cumas e a casta Sibila te permitirá descer aos Campos

Elisios, onde me encontrarás, pois não habito entre os Espectros tristes, no sombrio Tártaro.

O fantasma de Anquises, tendo assim falado, desvaneceu-se nos ares como fumaça vaporosa. Logo que acordou, Enéias, para transmitir as ordens de seu pai, reuniu os Troianos. Fez também vir Acestes. De comum acordo, decidiu-se deixar na Sicília as mulheres, os anciães e todos quantos não sentiam atrativo algum pela glória. Tomada essa decisão, enquanto os que deviam partir reparavam os bancos dos remadores, substituíam o madeiramento estragado pelas chamas e dispunham os cordames e os remos, Enéias, traçando, com uma charrua, os limites da nova cidade, escolhia, pela sorte, o lugar das moradas e lançava, finalmente, sobre o cume do Érice, as fundações de um templo em honra a Vênus. Depois de longos e lancinantes adeuses e de haverem os ventos alisado o mar, Enéias subiu ao seu navio, ordenou que se cortassem as amarras e, de pé sobre a popa de sua nau veloz, com a fronte cingida por folhas de oliveira, espalhou sobre as ondas, com uma pátera às mãos, libações de vinho, deixando a Sicília à frente de sua frota. Após calma e feliz travessia, no curso da qual, entretanto, sofreu a dor de perder Palinuro, — o infeliz piloto deixou-se, uma noite, arrancar de sua popa e foi lançado ao mar para um profundo sono — Enéias abordou à praia de Cumas. Imediatamente, a mocidade troiana atirou-se, ardente, à terra de Hespéria. Uns procuravam, então, tirar estilhaços de fogo ocultos num sílex; outros, percorrendo as florestas, procuravam mananciais e traziam lenha Quanto ao piedoso Enéias, subiu, com alguns Troianos, à elevação em que se erguia um templo a Apolo, atravessou o bosque sagrado de Hécate e penetrou sob o teto dourado do famoso santuário que servia de pórtico à gruta profética. Assim que se apresentou diante das cem portas que fechavam as cem bocas de onde saíam as respostas da temível Sibila, a Deusa, de súbito, gritou:

— O Deus, eis o Deus! Chegou o momento de interrogar os Destinos.

A estas palavras, mudou de cor, seus cabelos se eriçaram, seu peito arquejante altcou-se, seu corpo pareceu aumentar e, com voz que não era mais humana, acrescentou:

— Tardas, Enéias, a exprimir teus desejos e, entretanto, as grandes bocas do antro não se abrirão antes que dirijas tua prece ao Deus que reina aqui.

Havendo assim falado, a Sibila calou-se. Um terror glacial percorreu, então, os membros dos Troianos e, do fundo de seu coração, Enéias assim rezou:

— Apolo, — disse ele — ó tu que sempre te compadeces das penosas provações dos Troianos, é sob teus auspícios, após haver percorrido tantos mares e visitado tantos e imensos países, que vejo hoje as praias, que fugiam à nossa frente, da feliz Itália. Concede, suplico-te, concede que os filhos desta Tróia que não mais existe, se fixem enfim no Lácio. Responde-me tu mesmo, eu te conjuro.

Mal esta prece havia terminado e as cem portas abriram-se com barulho, dando passagem à resposta do Deus.

— Enéias, — falou, então, a Sibila de boca espumante e corpo em convulsão — estás, enfim, livre dos perigos do mar, mas a Terra te reserva outros, mais temíveis. Vejo guerras, horríveis guerras e as águas do Tibre cobertas de ondas de sangue. Chegarás ao fim de tua rota, mas uma estrangeira tornar-se-á, pela segunda vez, a causa de grandes males. Quanto a ti, não cedas à desgraça; enfrenta-a com toda a tua coragem. O primeiro caminho da salvação te será aberto por uma cidade grega.

Assim falou a Sibila, rugindo no antro de onde escapavam ambíguos oráculos.

— Virgem sagrada, — volveu, então, Enéias — nenhuma provação poderá surpreender-me, pois já calculei tudo quanto pode acontecer-me. Dirijo-te apenas uma única prece. Sendo aqui, segundo dizem, a entrada dos Infernos, permite-me aí descer para rever o querido rosto de meu defunto pai. Abre-me as portas sagradas e ensina-me a rota subterrânea que me permitirá encontrar aquele que carreguei às minhas costas, através das flamas e sob uma chuva de dardos, para salvá-lo do furor dos Gregos e do incêndio de Tróia.

— Filho de Anquises, — respondeu a Sibila — a descida aos Infernos é fácil. A porta das sombrias margens está aberta dia e noite. Mas, voltar à luz solar é uma tarefa difícil e penosa. Entretanto, se tua alma tem o ávido desejo de atravessar, por duas vezes, as ondas amargas do Estige e ver, por duas vezes, o tenebroso Tártaro, eis o que é preciso fazer. Existe um ramo, cuja leve haste é ornada de folhas de ouro; esse ramo se oculta numa árvore copada e a própria árvore é protegida pela parte de um bosque que se esconde ao fundo de um vale. Ergue os olhos, procura esse ramo maravilhoso e colhe-o com tuas próprias mãos. Sem oferecer essa dádiva à rainha dos Infernos, não poderás jamais penetrar sob a Terra, nem visitar seu reino inacessível aos vivos.

Assim prevenido, Enéias pôs-se à procura da árvore ornada com um ramo de ouro. Um dia, em que se encontrava no coração de antiga floresta, o magnânimo Herói percebeu duas pombas caírem sobre a relva, ciscarem-na e alçarem vôo para irem pousar não longe dali, sobre uma árvore copada, onde o reflexo de ouro do misterioso ramo brilhava entre verdejante folhagem. Transportado de alegria, o filho de Anquises arrancou o ramo e foi levá-lo à Sibila. A Deusa ordenou-lhe, então, que imolasse uma ovelha nova e quatro touros negros às margens de um lago de água embaciada que ocultava, com um bosque escuro, a entrada de um abismo aberto ao pé de um grande rochedo. Nenhuma ave podia impunemente sobrevoar o paul, que se chamava Averno, pois eram mefíticas as exalações que saíam do abismo escancarado. Durante toda a noite, Enéias, secundado por seus companheiros aterrorizados, ofereceu sacrifícios às Divindades infernais. Aos primeiros raios do levante, a Terra pôs-se subitamente a tremer, os cumes das florestas agitaram-se e da boca sombria do abismo empestado ouviram-se escapar uivos de cães. A Sibila, então, surgiu e gritou:

— Fora daqui, profanos, fora daqui! Deixai este bosque sagrado! Quanto a ti, Enéias, segue-me, desembainha a espada, pois é agora que precisas mostrar coragem e conservar o coração inabalável.

Acabando estas palavras, a Sibila lançou-se na abertura medonha do abismo envenenado. Enéias seguiu-a regulando seus passos às passadas resolutas de seu experimentado guia. Como sombras obscuras sob uma floresta sem Lua, ambos caminhavam pelas vastas e lúgubres propriedades de Plutão. Atravessaram gargantas envolvidas numa noite eterna, abriram um penoso caminho através de uma multidão inconsistente de ameaçadores fantasmas e chegaram, afinal, a uma imensa clareira, no centro da qual erguia-se um olmo secular. Sob seus ramos enormes, os horríveis espectros da Doença, da Fome e da Morte mantinham-se próximos da Discórdia em fúria e das Górgonas de cabelos de víboras. Daí partia o caminho que levava às margens de um grande rio de lama, que se chamava Aqueronte. Um sinistro barqueiro, Caronte, guardava essas águas limosas. Desejosa de ser transportada à margem oposta, a multidão de almas acorria para o barco em número tão grande quanto as folhas dos bosques roladas pelo vento do outono. Mas o duro barqueiro de barbas enlameadas não recebia, em sua sombria barca, todos os mortos que vinham, estendendo-lhe os braços, apresentar-se a ele; admitia uns e rejeitava outros, com pancadas de remo. Enéias, surpreso e atônito com aquela multidão em desordem, perguntou à Sibila:

— Que pedem estes espectros? E que sorte desigual permite a uns e não aos outros afastarem-se destas lívidas margens?

— Filho de Anquises, — respondeu-lhe, então, a idosa sacerdotisa — tens sob os olhos os pauis do Estige e as águas estagnadas e profundas do Cocito. A multidão que vês é composta daqueles que ainda estão privados de sepultura. Este nauta é Caronte. Os que o seu remo conduz tiveram seus ossos recebidos num túmulo. Quanto aos infelizes privados desta felicidade, erram e volteiam, durante cem anos, sobre as margens do rio. Só, então, a barca os recebe e lhes permite alcançar a outra margem.

O filho de Anquises, a estas palavras, estacou e, permanecendo imóvel como se se entristecesse diante da sorte lamentável daqueles deserdados, reconheceu, entre eles, os seus companheiros que, partindo de Tróia consigo sobre os mares borrascosos, tinham sido assaltados pelos ventos e engolidos pelo abismo das vagas. Ora, enquanto Enéias perguntava a Palinuro de que maneira, durante a travessia da Líbia, na Itália, esse bom piloto havia caído ao mar, o velho barqueiro Caronte percebeu-o e disse:

— Quem quer que sejas, tu que vens armado às nossas

margens proibidas, pára e dize-me, sem avançar mais um passo, que propósitos te conduzem? Aqui é a morada dos Espectros, do lânguido Sono e da Noite adormecida e sou proibido de transportar vivos em minha barca infernal.

— Não tenhas medo — fez, então, a Sibila; — reconhece este ramo e sabei que o Troiano Enéias desce à noite do Érebo apenas para aí ver e interrogar, em sua piedade filial, a alma de seu pai, o magnânimo Anquises.

Sem acrescentar outra palavra, a Sibila mostrou ao velho nauta o ramo de ouro que guardava sob seus véus. Caronte, então, aproximou sua barca, afastou os Espectros que desejavam passar e, recebendo a bordo Enéias e a Sibila, desembarcou-os num limo informe recoberto de glaucas algas. Diante deles, deitado em seu antro e guardando as portas do reino dos Mortos, o terrível Cérbero fazia ressoar, com suas três goelas ladradoras, as margens do rio que se atravessa sem jamais regressar. Para abrandar e adormecer as serpentes que já se erguiam em torno de seu pescoço, a Sibila atirou-lhes uma massa recheada de mel e papoulas. O monstro agarrou-a abrindo suas três goelas, devorou-a com avidez e adormeceu, espichando-se sobre o chão de seu antro. A soleira dos Infernos estava livre. Enéias, com passos rápidos, transpô-la depressa. Ouviu, logo, os longos vagidos das crianças que morreram antes de conhecerem as doçuras da vida. Mais ao longe, meditabundos e abatidos, encontravam-se os que se mataram com as próprias mãos. Finalmente, numa planície imensa, chamada o Campo das Lágrimas, aqueles cujo triste coração tinha sido roído pelo amor — pois o mal de amar acompanhava-os até aos Infernos — erravam, afastados, seguindo, em silêncio, atalhos escondidos sob a densidade de uma floresta de mirtos. Entre essas almas solitárias, Enéias reconheceu o pálido espectro da infeliz Dido.

— Infortunada Dido! — exclamou ele ao vê-la chorando de ternura. — Era, então, verdade que não vivias mais e que, de arma em punho, havias posto fim ao curso desesperado de teus dias! Fui eu a causa de tua morte? Mas, tomo como testemunhas os astros e os Deuses como foi contra a minha vontade, ó rainha, que precisei deixar-te. Os mesmos Deuses, que hoje me ordenam descer à noite subterrânea, haviam-me, antes, mandado partir e abandonar as costas de tua cidade. Poderia imaginar que minha partida pudesse causar-te tão grande desespero... Pára, não te escondas e deixa-me falar-te pela última vez!

Mas Dido permaneceu, a estas doces palavras, tão insensível quanto pode ser um rochedo. Sem dizer uma palavra, sem desfranzir os traços do rosto, nem diminuir o ódio de um olhar que se fixava, obstinadamente, à terra, ela virou a cabeça e desapareceu na sombra dos grandes bosques. Com os olhos cheios de lágrimas, Enéias continuou seu caminho, desembocando num sítio afastado, onde estavam reunidas as almas dos ilustres guerreiros caídos nas batalhas. O filho de Anquises foi imediatamente reconhecido por uma multidão de Troianos. Seus espectros amigos foram ao seu encalço, procurando retê-lo para se informarem da causa de sua presença. Quanto aos Gregos que tombaram sob os muros de Tróia, mal haviam percebido o corajoso Enéias, foram todos tomados de imenso terror. Uns fugiram; outros esforçaram-se para gritar, mas seus gritos, mal esboçados, paravam em seus lábios entreabertos.

Enquanto Enéias atrasava-se a ouvir as recordações de tantos Heróis, tão longamente chorados, o carro dourado do dia atingira e ultrapassara a metade de sua trajetória.

— A noite aproxima-se, Enéias, — disse-lhe, então, a Sibila — e passamos as horas a conversar. Caminhemos. Eis o local em que o caminho se bifurca; o da direita leva aos Campos Elísios; o da esquerda dá no Tártaro.

O filho de Anquises, a estas palavras, virou seus olhos à esquerda e viu um local fechado por tríplice muralha rodeada, como um fosso de fogo, pelas torrentes de chamas que rolavam, com rochas incandescentes, o tumultuoso e fervente Flegetonte. A porta de entrada, de inabaláveis batentes, era encimada por alta torre de bronze. Desse cercado, guardado por Tisífone de vestes sangrentas, saía um coro de gemidos, lamentos e queixas. Ouviam-se ali estalidos de chicotes, sibilar de varas, arrastamento de cadeias.

— Virgem, — perguntou, então, Enéias espantado — quais são os crimes aqui punidos?

— Ilustre Enéias, — respondeu a Sibila — é aqui que

o Cretense Radamanto executa suas duras leis. Ele tortura as almas dos culpados e obriga-as a confessar suas faltas ocultas. Uma vez julgadas, o tenebroso Tártaro as engole. Não é permitido a homem algum transpor a soleira desta casa do crime. É aí, com efeito, que os blasfemos, os ímpios, os perversos e os grandes malfeitores espiam seus atrozes crimes. Uns empurram incessantemente um rochedo à sua frente; outros, amarrados aos raios de uma roda, pendem, esquartejados. Estes tem o fígado roído pelos abutres; aqueles, estendem os braços para se apoderarem de iguarias que não fazem mais que excitar-lhes a inextinguível fome. E, no meio dessa multidão de danados, e sob a ameaça de um rochedo sempre prestes a cair sobre sua cabeça, Flégias, o incendiário que um dia pôs fogo ao templo de Apolo, não pára de gritar: "Aprendei, pelo meu exemplo, a respeitar a justiça e a temer os Deuses!"

— Mas, deixemos o Tártaro — acrescentou a santa profetisa — e dirijamo-nos para essa porta em arco onde é preciso, para abri-la e por ela penetrar num mundo melhor, oferecer a Prosérpina, a rainha dos Infernos, o ramo de ouro que trouxemos.

Apenas depositada a oferenda, a porta abriu-se e a Sibila e Enéias transpuseram os muros que os Ciclopes haviam forjado, e desembocaram numa planície risonha, de relvado florido. Aí, em bosques sempre verdes e numa luz mais pura e mais rósea, viviam os Felizes. Uns exercitavam-se na luta, sobre a areia dourada; outros, com as têmporas cingidas por faixas brancas, formavam coros de dançantes acompanhados de cantos ou repousavam comendo sobre a relva. Cada qual obedecia ao seu prazer e aqueles que, no curso de sua vida na Terra, gostavam de carros, de armas e de cavalos bem ajaezados, conservavam os mesmos gostos para além da morte. Quanto ao ilustre Anquises, contemplava, no fundo de um vale verdejante, as almas que estavam destinadas a voltar um dia à luz e a habitar outra vez, cá embaixo. Mal viu Enéias caminhar pelo prado, e avançar em sua direção, estendeu-lhe as mãos, e com as faces molhadas de lágrimas, exclamou:

— Finalmente, meu filho, eis-te aqui! Tua piedade soube triunfar sobre um rude e áspero caminho e foi-me dado rever teu rosto, ouvir novamente tua voz e poder responder-te.

Por três vezes, então, o piedoso Enéias tentou enlaçar o pescoço de seu pai e por três vezes seu impulso aniquilou-se diante da inconsistência daquele Espectro semelhante aos brancos fantasmas que os sonhos nos enviam.

— Ó meu pai, — falou, então, Enéias — foi tua grande alma aflita que, me aparecendo sempre, deu-me a coragem de vir a ti! Mas, dize-me, quais são essas almas que, como enxame de abelhas sobre um prado em flor, volteiam sobre as margens deste rio sombreado?

— Meu filho, — respondeu o magnânimo Anquises — foi para mostrar-te que as fiz vir. Desejosas de renascer, essas almas vêm beber, antes de voltar a se incarnarem na Terra, a paz e o esquecimento nas águas do Leteu. São almas de todas as nações e de povos inumeráveis que Roma deve submeter. Aí tens, sob os olhos, ó meu filho, todos os que, um dia, lembrar-se-ão de ti, todos que usarão o nome de tua família e que ilustrarão o antigo sangue troiano. Eis Rômulo, o fundador de Roma das sete colinas. Eis Numa, o santo legislador dessa cidade nascente. Eis os Tarqüínios, os Gracos e os Cipiões. Eis, enfim, aquele que te foi tantas vezes anunciado: César Augusto. Graças a ele a idade de ouro renascerá nos campos do Lácio e o império dos Romanos se estenderá das margens do Nilo aos reinos Cáspios, e das Colunas de Hércules às praias do Indo. Crê-me, filho: outros povos saberão, talvez, fazer o bronze respirar melhor e cinzelar, no mármore, rostos mais nobres; poderão falar com mais eloqüência e medir melhor, com o compasso, o movimento dos Céus; mas o povo romano sozinho submeterá o mundo ao seu império e saberá dar-lhe, dominando os soberbos e mostrando-se bondoso com os vencidos, o hábito e o gosto da paz benfazeja.

Após haver, assim, feito seu filho conhecer os sublimes destinos que deviam, elevando até aos Céus a glória do nome romano, fazer resplandecer, com um brilho novo, a antiga grandeza de Tróia ressuscitada, Anquises falou-lhe das guerras que teria que enfrentar e das provações que deveria suportar. Reconfortado e animado por seu pai, Enéias saiu dos Elísios com o coração e o espírito inteiramente subjugados pelo esplendor da missão para a qual sua raça havia sido escolhida.

XXIII

Enéias no Lácio

Assim que saiu dos Infernos, o piedoso Enéias deixou a Sibila e alcançou o porto. Como o mar estivesse calmo, ordenou que se levantasse a âncora e se içassem as velas. Aliviando os remadores, um vento ligeiro acompanhou a frota que singrava para o norte. Pela meia-noite, sob um luar, cuja luz trêmula se refletia sobre o mar, o filho de Anquises margeou as costas da ilha habitada por Circe. O silêncio das ondas permitia virem, até ele, cantos enfeitiçados. Circe, com efeito, escondida sob os tetos de seu palácio iluminado, oculto na vegetação, não cessava de cantar, passeando a roca ruidosa entre os fios de uma leve trama. Às vezes, também, Enéias ouvia o rugido dos homens que, por trás das grades de suas prisões, tinham sido por essa cruel e maléfica feiticeira transformados em ursos, em javalis e em lobos. Mas a frota troiana passou sem se deter e chegou, aos primeiros raios da aurora, à embocadura do Tibre de águas amareladas. Uma imensa floresta, povoada de mil aves, sombreava o curso desse rio divino. Enéias subiu-o; depois, numa enseada propícia e ao abrigo da rápida correnteza, ancorou os sólidos barcos. Seus companheiros desceram à ribanceira e puseram-se a preparar um repasto para comer sobre a relva. À guisa de mesas, colocaram as iguarias sobre massas em formato de torta. Acabados os alimentos, como ainda se sentissem com apetite, atacaram as tortas de trigo.

— O quê! — exclamou, então, o jovem Ascânio, rindo — temos tanta fome que comemos as mesas!

A estas palavras, Enéias lembrou-se do oráculo da inumana Celeno, ora cumprido, regozijou-se ao entrever o fim de seus longos males e exclamou, transportado de júbilo:

— Salve terra que me foi prometida, salve! Aqui, de hoje em diante, será minha pátria; é aqui a morada onde querem habitar os Penates de Tróia!

Sem mais tardança, Enéias escolheu dentre os seus alguns mensageiros, encheu-os de dádivas e enviou-os, com a fronte cingida de oliveira, ao rei daquele país, para propor-lhe um pacto de amizade. Ora, àquele tempo, o Rei Latino imperava no Lácio. Não tinha ele mais filhos, mas restava-lhe uma filha, chamada Lavínia, que sua mãe, Amata, prometera a Turno, o valente rei dos Rútulos. O casamento já teria se realizado, se diversos prodígios não se houvessem a ele oposto e se, nos bosques sagrados de Tibur, o oráculo de Fauno não houvesse comprometido Latino a não ceder aos desejos da rainha, mas a dar sua filha a um genro estrangeiro, cujos descendentes deveriam submeter, a seu império, tudo quanto, em seu curso, o Sol ilumina, de um oceano ao outro. Ora, inteiramente sob o fascínio de tão grande esperança, o Rei Latino, quando viu chegar os enviados de Enéias, não teve dúvida de que o príncipe desconhecido que lhe enviava aquela brilhante embaixada, não era outro senão aquele cuja vinda e cuja grandeza futura lhe tinham sido muitas vezes anunciadas. Recebeu os Troianos como mensageiros impacientemente esperados e além de aceitar seus presentes e cumulá-los de dádivas, ofereceu Lavínia em casamento a Enéias. Ao saber dessa nova, a Rainha Amata explodiu de cólera, abandonou o palácio e consigo levou sua filha para o fundo dos bosques. Mas ao invés de votá-la ao culto de Baco, como pretendia, Amata ocultou-a e, abandonando-se inteiramente a seus arrebatamentos e procurando apenas retardar as bodas que abominava, empregava-se a sublevar contra Enéias as mulheres do Lácio. O próprio Turno, sentindo-se ofendido, declarou-se contra o forasteiro Troiano que tinha vindo roubar-lhe a noiva. Ora, enquanto o rei dos Rútulos inflamava seus guerreiros e preparava-se para o combate, um incidente fortuito declarou abertas as hostilidades. Sílvia, a filha do intendente do rei do Lácio, havia domesticado um cervo magnífico. De dia, ele vagava pelos bosques e quando, à tardinha, voltava por si só ao estábulo, a jovem enfeitava-lhe os galhos com leves guirlandas, penteava-lhe o pêlo e lavava-lhe a pelagem. Um dia em que ele se afastou dos sítios costumeiros, a matilha de Ascânio, caçando nas florestas, descobriu-o e acuou-o. O próprio filho de Enéias puxou seu arco recurvo e desferiu contra esse animal uma flecha que o atingiu num dos flancos. O cervo, gravemente ferido, voltou para o curral. Ouvindo os queixosos gritos que não cessava de soltar, sua dona foi ao seu encontro e vendo a flecha troiana, que continuava plantada na ferida sangrenta do animal querido, Sílvia deu gritos de apelo e de dor. Rudes camponeses, exasperados com os lamentos da jovem, armaram-se, então, de pesados e nodosos porretes e precipitaram-se ao encalço de Ascânio. Para salvá-lo do perigo, a mocidade de Tróia armou-se para a luta. Foram às vias de fato e, sob as mãos estrangeiras, o sangue latino correu. Secundado por Mezêncio, um rei da Etrúria, asilado nas propriedades de Turno, o rei dos Rútulos quis vingar esse ultraje. Reunindo seus guerreiros e contando com o apoio de outros povos amigos, pôs-se à frente das tropas convocadas, hasteou sobre as torres de Lavínio o estandarte belicoso, fez reunir os habitantes dos campos ao som ruidoso das cornetas marciais e declarou guerra aos intrusos que perturbavam a augusta paz da antiga Ausônia.

Enquanto o Lácio, há tanto tempo calmo, agitava-se e seus habitantes desenferrujavam seus escudos, poliam suas couraças e afiavam o corte embotado de suas machadinhas, o Herói troiano sentia-se atormentado por um mar de preocupações. Mil projetos atropelavam-se diante de seus olhos e sua alma angustiada não sabia em qual se deter. Um dia, mais inquieto que de costume, Enéias, entretanto, conseguira adormecer sob o frio éter da abóbada celeste, próximo das margens do rio; o Deus da região, o próprio Tibre, sob a forma de austero ancião, revestido de linho branco e coroado de caniços, apareceu-lhe.

— Enéias, — disse-lhe ele — ó tu que provéns do sangue dos Deuses e que para aqui vieste para reedificar Ílion, nada temas! Aqui está a tua casa; aqui teus Penates encontrarão um asilo. Não abandones, pois, estas regiões e não te deixes dominar pelo medo da guerra. Em breve, com efeito, encontrarás, deitada sob os carvalhos desta praia sombreada, uma porca de pêlo branco, rodeada de trinta leitõezinhos. Reconhecerás por esse sinal a localização da nova Tróia e o fim de teus males. Mas antes, para que saias vencedor dos combates que se preparam, vai ao encontro de Evandro, em Palanteu, para pedir-lhe o auxílio dos Árcades. Ele to dará, pois esse príncipe e esse povo estão em contínua guerra com os Latinos.

Ao despertar, um espantoso prodígio veio chamar-lhe a atenção. Não longe dali, o filho de Anquises percebeu, deitada na relva verdejante, uma porca branca com trinta filhotes. Reconfortado pela concretização do oráculo, Enéias equipou duas birremes e subiu o curso de múltiplos meandros do benevolente Tibre. Durante toda uma noite, as carenas pintadas do filho do irrepreensível Anquises sulcaram, sobre as águas silenciosas e tranqüilas do rio, os reflexos dos grandes bosques que sombreavam suas margens. No dia seguinte, perto de meio-dia, as duas embarcações troianas chegaram aos pés das muralhas, das torres e dos tetos do humilde Palanteu. Nesse momento, Evandro, seu filho, e seus guerreiros queimavam incenso, oferecendo, sob os muros da cidade e num bosque sagrado, um solene sacrifício a Hércules. Enéias, então, tomando nas mãos um ramo de oliveira rodeado de tiras brancas, desceu à terra e foi ao encontro de Evandro.

— Ó tu — disse ele — rei que descendes de Maia, a filha ilustre de Atlas, não tenho receio de vir implorar-te, pois que nossas famílias provêm do mesmo sangue. Dárdano, o fundador de Ílion e o pai da minha raça, era filho de Electra, ela também, ilustre filha do gigante que carrega o Céu sobre os ombros. Em nome de nossos antepassados comuns, de tua virtude e de tua fama, venho pedir-te o auxílio de tua amizade. Os Rútulos declararam guerra a nós e querem expulsar-nos da terra a que nos chamaram, para fixar nossos Penates, os oráculos dos Deuses.

Evandro, então, lembrando-se de Anquises que, outrora, vira em Arcádia, respondeu-lhe assim:

— A aliança que desejas, ó tu que acolho revendo teu pai, minha mão, há muito tempo, já selou na mão daquele de quem tens os traços. Conta comigo a partir de amanhã. Por hoje, toma parte em nossa festa, pois não é permitido procrastinar as honras que devemos aos Deuses.

Convidados por Evandro, os Troianos sentaram-se sobre bancos de relva. Enéias sentou-se num trono de bordo e mesas repletas de taças e de iguarias foram postas diante deles. Quando o apetite dos convivas estava satisfeito, o rei dos Árcades tomou a palavra e disse:

— A imponente festa que hoje celebramos é uma homenagem de reconhecimento a Hércules. Outrora, num antro, do qual podeis ainda perceber os vestígios, vivia um monstro terrível que se chamava Caco. Esse filho de Vulcano, que caminhava vomitando chamas, pregava às portas de sua morada, sempre úmidas e quentes de uma carnificina recente, as cabeças sangrentas e lívidas dos infelizes humanos que degolava. Um dia, entretanto, os Deuses tiveram piedade de nós e Hércules, o vencedor de Gérion e flagelo dos ladrões, passou por essas aragens tangendo uma manada de touros. Enquanto esse herói deixava pascer nas praias do Tibre o prêmio de sua vitória, Caco conseguiu tirar da pastagem quatro enormes touros e outras tantas novilhas, agarrou-os pela cauda e, a fim de apagar os traços de seus cascos, arrastou-os fazendo-os recuarem, para seu antro, onde os fechou. No momento, porém, em que Hércules reunia a manada para prosseguir seu caminho, os touros, deixando esses sítios contra a vontade, puseram-se a mugir e as novilhas furtadas, respondendo àquela despedida, começaram a berrar. Um furor sombrio apossou-se do grande Hércules. Tomando de seu arco e de sua clava, subiu correndo os flancos da montanha. Caco, quando o viu, fugiu para o antro, onde se entrincheirou. Por três vezes o Herói tentou levantar a pedra que fechava a caverna e por três vezes, esgotado pelo esforço, o filho de Alcmena teve que renunciar àquele trabalho impossível. Por fim, rangendo os dentes e fervendo de cólera, Hércules percebeu, por cima da caverna, um rochedo cujo cume pontiagudo inclinava-se sobre o rio. Com todo seu peso o vencedor de Gérion a ele se suspendeu e fazendo força com seus braços robustos e seu torso musculoso, conseguiu movê-lo. Então, como se a Terra houvesse se entreaberto e desvendado as moradas infernais, a caverna de Caco surgiu, inteiramente descoberta. Malgrado o fogo e a fumaça que o bandido vomitava em torrentes, Hércules atirou-se contra o monstro inumano, estrangulou-o ali mesmo, jogando para fora seu cadáver disforme. Para perpetuar nosso reconhecimento, um altar foi erguido próximo do campo em que os bois de Hércules pasceram e todos os anos vimos em coro aí celebrar nosso libertador.

Terminada a festa, o velho rei, apoiando-se em Enéias, encaminhou-se à cidade. Para fazer seu hóspede esquecer a extensão do trajeto, Evandro narrava-lhe antigas legendas. E como se aproximassem do humilde teto real, disse Evandro a Enéias:

— Eis a soleira transposta pelo glorioso Hércules; e aqui está o rústico palácio que acolheu esse Herói. Como ele, ó meu hóspede, não temas desprezar a riqueza; reveste-te da alma de um Deus e entra sem orgulho em nossa pobreza.

Após estas palavras, conduziu Enéias ao quarto de hóspedes e ofereceu-lhe, para a noite, um leito de folhagens recoberto pelo couro de um urso da Líbia. No dia seguinte, Evandro e o filho do magnânimo Anquises foram despertados pelo canto dos pássaros. Escoltado por seus cães, o rei de Palanteu quis, então, encontrar-se com Enéias. Mas, ao dirigir-se para a afastada casa de seu hóspede, deparou com ele antes de ali chegar. Com efeito, Enéias, levantado também desde a aurora, dispunha-se igualmente a ir entreter Evandro. Fiel ao seu juramento e feliz por aliar-se aos Troianos, o rei de Palanteu prometeu ao seu ilustre chefe quatrocentos cavalos comandados por seu filho, o valoroso Palas. Depois, lamentando ser muito idoso para retomar as armas, informou seu hóspede de que os Etruscos, sublevados contra o tirano Mezêncio, estariam dispostos a prestar-lhe ajuda. Mezêncio, com efeito, levava a barbárie até a atrocidade. Ligando vivos e cadáveres, com as mãos contra as mãos e bocas contra bocas, esse abominável déspota condenava os vivos a morrerem de morte lenta sob os abraços dos mortos. Cansados de tanta crueldade, os Etruscos tinham assediado o rei em seu

Prancha XXXIII Foto Anderson

NAUSICA E ULISSES
(Benouville)
Beaux-Arts

Prancha XXXIV Foto Anderson

PENÉLOPE
Vaticano

Prancha XXXV — Foto Anderson

ULISSES RECONHECIDO POR SUA AMA

(Belle)

Beaux-Arts

Prancha XXXVI

Foto Anderson

ENÉIAS CARREGANDO ANQUISES

Desenho de Le Pautre

Angers

palácio, massacrado seus cúmplices e posto fogo às suas altas propriedades. Mezêncio, todavia, conseguindo escapar à carnificina e às chamas, exilou-se na corte de Turno. Para reclamar o tirano e entregá-lo ao suplício, toda a Etrúria havia se levantado contra o rei dos Rútulos, e um numeroso exército estava somente à espera de um chefe para entrar em combate. Ouvindo essa feliz notícia, Enéias, após haver feito uma parte dos Troianos que levara consigo descer o Tibre, partiu com outros para pedir, aos Etruscos, socorro e amizade. Nesse ínterim, Vênus foi pedir a Vulcano que preparasse, para seu filho, uma armadura tão bela quanto a que, outrora, fabricara para o fervente Aquiles. Quando os Ciclopes acabaram de forjar essa armadura, a própria Vênus levou-a a Enéias. O elmo, sombreado por um penacho, parecia lançar chamas; a couraça brilhava como o Céu ao declínio do Sol e, sobre o campo decorado do broquel, Vulcano, pois que o futuro é como o passado, havia figurado todas as grandes ações que, um dia, deveriam ilustrar os Romanos. Enéias, então, sem conhecê-los ainda, colocou às espáduas a glória e os destinos da sua posteridade.

Enquanto Enéias procurava reforçar suas tropas, pedindo o auxílio ao Rei Evandro e aos Etruscos, Turno aproveitou-se da ausência do chefe dos Troianos para atacar seu acampamento. À frente de uma vanguarda de elite e seguida, de longe, pelo grosso de um exército, que avançava erguendo uma poeira trespassada pelo brilho flamejante das couraças, o rei dos Rútulos foi desafiar os sobreviventes de Tróia até quase junto aos muros de suas defesas. Mas, fiel às ordens que o filho de Anquises lhes havia dado precisamente antes de partir, os Troianos armaram-se e contentaram-se, sem abandonar seu campo, em proteger-lhe os muros, as portas e as torres. Exausto de procurar uma brecha para penetrar em suas fortes defesas, Turno julgou encontrar, incendiando sua frota, um meio seguro de forçá-los a sair. Armando-se de tochas resinosas, lançou-as sobre os vasos abrigados, ao mesmo tempo, por um dos lados do campo e por uma enseada do Tibre. A Deusa Cibele, no entanto, protegeu os navios; ela não quis que as naves, construídas com as árvores de uma floresta que, nas encostas do Ida, era-lhe consagrada, se tornassem a presa das chamas sacrílegas. Assim, em lugar de se incendiarem sob as tochas rútulas, os navios de Enéias romperam as amarras, mergulharam nas águas, como ágeis golfinhos, e reapareceram à superfície das ondas, como tantas Ninfas quantas eram suas proas. Esse prodígio não deteve Turno. Pelo contrário, ele deduziu dessa metamorfose que os Deuses fechavam aos Troianos o caminho do mar e que, em terra, pois que a Itália inteira marchava ao seu lado, seria fácil dominá-los. Nessa mesma noite, alerta e já triunfante, investiu contra o campo. Do alto de suas muralhas os Troianos viram, a partir do declínio do dia, iluminar-se em torno deles um cinturão de fogo. O medo assaltou-os. E como deliberassem a respeito das medidas a tomar em semelhante circunstância e sobre a escolha da mensagem que deveriam, a qualquer preço, enviar a Enéias, dois amigos íntimos, Niso e Euríalo, ofereceram-se com insistência para serem encarregados dessa perigosa missão. Partiram do campo através de uma porta à frente da qual os Rútulos, adormecidos e mergulhados na embriaguez, haviam cessado de manter o fogo. À proporção que penetravam nas linhas inimigas, só viam guerreiros imersos no sono e carros desatrelados. Então, não satisfeito de se atrasar a abrir caminho degolando Rútulos, Euríalo teve a má idéia de cobrir-se com um elmo de soberbo penacho e de encher os braços com despojos de cadáveres que seu gládio fizera. Com efeito, de madrugada, quando Volscente, à frente de trezentos cavaleiros latinos que levava para Turno, passou por eles, os dois mensageiros ocultaram-se. Mas o elmo de Euríalo, refletindo, na sombra, os raios indiscretos da Lua, desmascarou-os. Do meio de sua tropa, Volscente perguntou:

— Guerreiros, quem sois?

Sem nada responder, Niso e Euríalo mergulharam, correndo, em espesso bosque. Niso escapou. Quanto a Euríalo, embaraçado pelo peso do saque, foi logo alcançado pelos cavaleiros de Volscente. Niso, então, não vendo reaparecer o amigo, pôs-se a procurá-lo na floresta eriçada de urzes, voltando pelos atalhos que haviam percorrido. Desanimado por não encontrá-lo ia afastar-se quando ouviu um cavalo a galope, sinais de soldados, logo seguidos de intenso clamor. Aproximando-se, então, do local do tumulto, Niso viu Euríalo nas mãos dum inimigo que o dominava, malgrado sua resistência. Sem hesitar e obedecendo apenas ao impulso de seu coração irritado, girou seu virote e lançou-o com toda a força do braço. O dardo mortífero atingiu e matou um cavaleiro latino. Volscente, então, furioso de sentir-se às voltas com um adversário que não descobria, exclamou, apoderando-se de Euríalo:

— Pois bem! és tu que vais pagar pela morte deste bravo!

Dizendo isso, mergulhou a espada no alvo peito do jovem Troiano. Vendo isso, Niso precipitou-se sobre Volscente e plantou, de um golpe, o gládio em sua boca. O Rútulo expirou, mas seus cavaleiros vingaram-no nesse mesmo instante, retalhando o infeliz Niso. Seu cadáver caiu sobre o de Euríalo e o mesmo fim reuniu na morte aqueles que uma mesma vida havia sempre unido.

Quando o Sol trouxe a hora da batalha, os soldados de Turno, antes de acometerem, fincaram à ponta de dois chuços as cabeças dos mensageiros troianos, expondo-as aos olhares das tropas atônitas de Enéias. Rude foi o assalto empreendido pelos Rútulos a seguir. Os Troianos, porém, de há muito habituados a defender os muros e sustentar um assédio, souberam garantir seu campo e esmagar, sob uma chuva de dardos, de estacas ferradas e de blocos de rochedo, os Volscos que procuravam, unidos sob seus escudos, encher os fossos, esburacar as paliçadas e erguer escadas para escalar as torres e as muralhas. Encorajados por esse primeiro resultado, os Troianos tentaram, então, uma investida. Mas, rechaçados em desordem, fecharam as portas sem perceber que Turno havia entrado na praça. Sozinho, ele espalhou, por toda a parte, a morte e o pânico. Pouco a pouco, entretanto, os assediados recobraram ânimo e voltaram-se, como lobos acuados, contra o rei dos Rútulos. Vencido pelo número, Turno defendeu-se asperamente. Passo a passo, recuou até o Tibre; depois, sentindo-se ameaçado, lançou-se, inteiramente armado, ao rio, aí purificou-se da imundície da carnificina e foi, nadando, reunir-se ao seu exército.

Enquanto os Rútulos, com o fogo e o ferro nas mãos, ameaçavam ao mesmo tempo todas as portas do campo onde se defendiam os Troianos, Enéias chegava ao país dos Etruscos e concluía, com o Rei Tarco, que sucedera a Mezêncio, um pacto de amizade. Sem perder um instante, o valoroso aliado uniu suas forças às do príncipe troiano e trinta vasos, carregados de guerreiros com armas temíveis, desceram, em silêncio, para a embocadura do Tibre. De repente, na metade da noite e sob o brilho prateado da Lua, Enéias percebeu nas águas um cortejo de Ninfas que escoltava seu vaso. A mais eloqüente dentre elas, Cimódoce, disse então a Enéias:

— Apressa-te, filho dos Deuses, em dar ímpeto maior às tuas velas! Vê em nós teus vasos que a Deusa Cibele, para subtraí-los às tochas de Turno, transformou em Ninfas de belos cabelos. Apressa-te a chegar, pois o belicoso furor dos latinos assedia o campo em que respira e vive a juventude de Ascânio!

Enquanto falava, Cimódoce, com um gesto de mão, impeliu a popa do vaso que comandava a frota e o navio de Enéias, deslizando como uma flecha veloz, arrastou, em seu curso, as naves que o seguiam. O Sol emergia do cume dos montes quando os Troianos perceberam a frota de socorro. De pé à frente do navio que dirigia os outros, o piedoso Enéias apresentava aos seus um resplendente broquel. Imediatamente eles deram gritos de júbilo e a esperança veio reanimar-lhes a coragem. Turno, entretanto, desde que viu as águas coalhadas de carenas, correu à praia, querendo impedir o desembarque das tropas de reforço. Chegou muito tarde, pois os Etruscos, pressentindo o perigo, já haviam puxado seus navios sobre a areia. O choque foi duro e o combate sangrento. De parte a parte caíram muitos guerreiros. O próprio Palas, filho de Evandro, expirou sob os golpes de Turno. Por outro lado, Mezêncio, o desprezador dos Deuses, foi ferido por Enéias. Fora de combate e arrastando-se a passos lentos, ia ser morto pelo chefe dos Troianos, quando Lauso, seu filho, interpondo-se entre Enéias e Mezêncio, conseguiu cobrir a retirada paterna. O filho de Anquises, então, furioso ao sentir sua presa escapar-lhe, enfiou a espada no peito de Lauso. Nesse ínterim, Mezêncio, apoiado a uma árvore, estancava, com a água do Tibre, o sangue da ferida. Quando soube do trespasse de seu filho, o guerreiro, enfraquecido e mal respirando, encontrou forças para retomar as armas e voltar ao combate. Montado num cavalo, defrontou-se com Enéias, rodeou-o e cobriu o escudo do Troiano com uma floresta de dardos. O assassino de Lauso enfrentou aquela tempestade e conseguiu, pouco depois, fincar seu virote no centro das têmporas do belicoso corcel. O animal empinou, pateou o ar, desmontou Mezêncio, abatendo-se pesadamente sobre seu dono. O filho de Anquises, então, mergulhou sua curta espada naquela ímpia garganta. Quanto a Turno, Juno, para salvá-lo, fê-lo perseguir o fantasma de Enéias e levou-o para longe do campo do massacre.

A vitória dos Troianos abriu ao filho de Anquises o caminho de Lavínio. Mas antes de ir assediar a cidade, o piedoso Enéias desejou amortalhar os guerreiros caídos em batalha e transportar os restos de Palas para a cidade desolada de Palanteu. Para acompanhar o corpo do filho de Evandro, designou mil guerreiros de elite e ordenou a construção, com ramos de carvalho entrelaçados de galhos de medronheiro, de uma maca sombreada por uma abóbada de verdura. Quando o cortejo, composto de soldados que carregavam troféus ou arrastavam cativos, chegou sob os muros da cidade de Evandro, os Palatinos, seguindo antigo uso, acolheram-nos às portas da cidade agitando tochas funerárias. Aos lúgubres gritos das mães em lágrimas, o corpo de Palas, enquadrado por tropas que marchavam com a lança voltada para baixo, penetrou, finalmente, sob os muros da cidade e foi colocado próximo a uma grande fogueira. Nada mais, então, conseguiu reter Evandro, que se precipitou sobre o leito fúnebre em que repousava o filho. Longamente conservou-se a ele abraçado. Desesperado de dor, o infeliz pai só quis prolongar sua vida até ver o dia feliz em que Enéias vingasse, imolando Turno, a morte do filho.

Enquanto em Palanteu enterravam-se os despojos de Palas, mensageiros latinos, com o ramo da paz em punho, foram ao encontro de Enéias reclamar-lhe, para amortalhá-los, os corpos de seus soldados que jaziam nos campos. O filho de Anquises concedeu-lhes, piedosamente, uma trégua de doze dias. Troianos e Latinos, fraternalmente confundidos, espalharam-se, então, pelas montanhas e pelos bosques vizinhos.

Abateram e carregaram grandes árvores, construíram fogueiras e incineraram os despojos dos combatentes tombados.

Em Lavínio, entretanto, a consternação havia sucedido ao entusiasmo guerreiro. O Rei Latino, tendo convocado o conselho de anciães, propôs se doasse aos Troianos uma superfície de terra para que eles aí pudessem, à vontade, edificar uma cidade. Mas Turno recusou aceitar a paz que se projetava.

— Pode-se sem covardia — exclamava ele — dar-se por vencido quando se possui uma juventude ardente, povos que apóiam e chefes experimentados?

Discutia-se ainda, quando se soube que o exército troiano se dirigia para a cidade latina. Do alto das torres, com efeito, viam-se cavalos galopar na planície e corpos de infantaria avançar a grandes passadas através das colinas. Turno, então, confiou à rainha dos Volscos, a Amazona Camila, a tarefa de deter, com sua cavalaria, os cavalos dos Etruscos e ele próprio foi-se emboscar e dispor suas tropas nos altos de um estreito desfiladeiro por onde deveria passar a infantaria de Enéias. Camila, com o seio nu e o carcás ao ombro, lançou-se à frente de seus rápidos esquadrões. Nem a machadinha de dois gumes de que se armava seu infatigável braço, nem os dardos rápidos que escapavam de suas mãos habituadas, desde a infância, ao manejo das armas, puderam retardar a hora de sua morte. No ardor da peleja e enquanto sua coragem cobria-se de heroísmo, uma flecha mortal foi se enfiar abaixo de seu seio e saciar-se em seu sangue virginal. A morte de Camila determinou a derrota. Volscos e Rútulos foram obrigados a recuar às pressas sob os muros de Lavínio. Turno, informado do desastre dos Volscos e da morte de Camila, abandonou os altos em que se postara. Apenas o rei dos Rútulos aparecia na planície e já Enéias transpunha os desfiladeiros tornados livres. Um no calcanhar do outro, Turno e Enéias dirigiram-se para a cidade latina. Enéias seguia na poeira dos batalhões rútulos e Turno ouvia atrás de si os passos apressados dos Troianos e o resfolegar ofegante de seus rápidos cavalos. Somente a noite impediu que os dois exércitos alcançassem a decisão suprema; entrincheiraram-se um à frente do outro, sob os muros da cidade.

XXIV

A Vitória de Enéias e a Fundação de Roma

Oprimidos pela dupla derrota, os Latinos estavam desesperados. Só Turno, vendo que todos os olhos estavam voltados para ele, conservava, em seu coração inflamado de cólera, o desejo de combater. Abordou, pois, o Rei Latino:

— Ó pai, — disse-lhe ele — posto que Enéias me provoca para um combate singular, permite que eu o aceite e consente que o vencedor receba tua filha Lavínia por esposa. Por muito tempo nosso sangue correu no Tibre. Que amanhã desde a aurora, Rútulos e Troianos deixem repousar suas armas e que minha morte ou o trespasse de Enéias termine esta guerra!

No dia seguinte, quando o dia nascente dourava com sua claridade o cume das montanhas, os soldados dos dois campos mediram, sob os muros da cidade, o espaço destinado ao famoso combate e ergueram, no meio da arena, brasciros sagrados e altares de relva para os Deuses dos dois povos. Logo após, sob os olhares curiosos de uma multidão amontoada sobre as torres de Lavínio e sobre os tetos das casas, o Rei Latino, em cima de uma quadriga e com a fronte cingida por doze raios de ouro, saiu das portas e entrou na liça. Atrás e sobre um carro puxado por dois cavalos brancos, Turno, brandindo nas mãos duas azagaias armadas de grande ferro, desembocou no campo do combate. Ao mesmo tempo, mas do lado oposto, Enéias, rebrilhando inteiramente pelos fogos lançados pelo seu elmo e pelas suas armas divinas, avançou na arena, e os soldados, que haviam fincado suas compridas lanças em terra e colocado seus escudos próximo a eles, admiravam o porte imponente do augusto pai da nação romana. Vestido de branco, um sacerdote, nesse momento, levou para junto dos altares um porco de leite e uma ovelha cujo tosão ainda não havia sido tocado pelo ferro. Com o olho fixo no Oriente os reis apresentaram a farinha e o sal e espalharam sobre os altares abrasados as libações prescritas. Enéias, então, com a espada nua às mãos, jurou, pelo Sol, que se a vitória pendesse a favor de Turno, os Troianos se retirariam para a cidade de Evandro e jamais pegariam em armas contra os povos latinos. Mas se Turno fosse vencido, as duas nações concluiriam uma eterna aliança. O Rei Latino conservaria o poder. Os Latinos teriam que aceitar, a religião e os Deuses do vencedor e os Troianos poderiam ocupar Lavínio e fundá-la, reconsagrando-a. Tais foram as condições propostas por Enéias. O Rei Latino, olhando para o Céu e conservando sua direita na direção dos astros, prometeu, pelos mais sagrados juramentos, respeitar a todas elas. O sacerdote, então, degolou a vítima e regou com o sangue a chama dos altares. Tudo estava pronto para o combate singular quando um virote sacrílego, partindo das hostes latinas, foi ferir e abater um Troiano. Havendo sido, assim, rompida a paz jurada, os batalhões ofendidos apoderaram-se de suas armas e precipitaram-se sobre as tropas rútulas. O combate foi horrível. Latino, desesperado ao ver destruídos e pilhados os altares da aliança, retirou-se levando seus Deuses. O piedoso Enéias, com a cabeça descoberta e as mãos súplices, tentou, em vão, deter aquele ímpio desencadear de furor e assassínio. Quando recomendava calma e respeito à fé, uma flecha, atirada por mão desconhecida, feriu-o, sibilante. Para fazer-se curar, precisou ele retirar-se. Turno, então, vendo o filho de Anquises sair do combate, tornou a encontrar, de súbito, o fervor e o entusiasmo. Julgando-se já senhor da vitória, espalhava por todos os lados o horror e a carnificina e as rodas de seu carro, voando, esmagavam batalhões inteiros. Enquanto o rei dos Rútulos semeava, assim, a morte nas linhas troianas, a própria Vênus pensava o ferimento do filho. Desde que o sangue foi estancado no fundo da ferida, e ex-

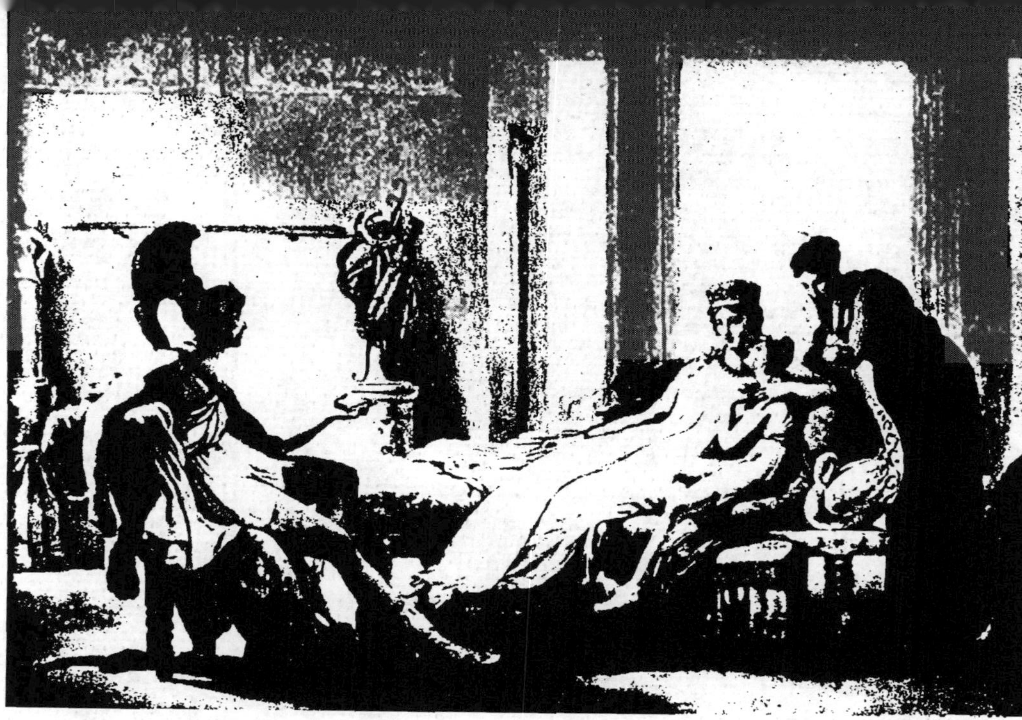

Prancha XXXVII — Foto Anderson

ENÉIAS E DIDO
(Guérin)
Mântua

Prancha XXXVIII — Foto Anderso

SIBILA DE CUMAS
Miguel Ângelo
Sistina, Roma

Prancha XXXIX

Foto Anderson

O TIBRE
Arte romana
Louvre

Prancha XL

Foto Ander

FUNDAÇÃO DE ROMA
Remo e Romulo (Rubens)

traído o dardo, cuja madeira havia-se quebrado no ferimento, o filho de Anquises tornou ao combate e, subitamente horrorizado com aquela medonha carnificina, pôs-se, aos gritos, a perseguir Turno. Desanimado, porém, de alcançá-lo, ordenou que suas tropas se preparassem para o assalto à cidade de Lavínio. Quando a rainha Amata viu o inimigo sobre os muros, julgou que Turno houvesse perdido a vida. Imaginando, então, que tudo iria ruir, fez um laço com suas vestes de púrpura e enforcou-se numa alta viga. Diante da notícia dessa morte atroz, a cidade toda encheu-se de confusão, de terror e de clamores horríveis. O barulho desse tumulto chegou até Turno que galopava na planície perseguindo fugitivos. Levantando, então, os olhos, percebeu sobre a cidade latina um turbilhão de chamas que, de andar em andar, elevava-se até aos Céus. Atônito, o rei dos Rótulos precipitou-se para os muros da cidade e, insinuando-se através dos batalhões em desordem, gritava com voz poderosa e forte:

— Rútulos! Detende-vos! E vós, Latinos, suspendei o combate! Qualquer que seja o decreto do Destino, cabe unicamente a mim sofrê-lo, compete só a mim combater!

Ouvindo Turno, Enéias abandonou os muros, transpôs todos os obstáculos e foi enfrentar seu terrível adversário. Então, assim que ao meio das tropas, que se afastaram, parando de combater, um espaço foi aberto, os dois guerreiros fizeram primeiro, um contra o outro, voar suas rápidas azagaias. Depois, abordando-se com suas cortantes espadas, desferiram, mutuamente, inúmeros golpes. Mas, durante a luta, o gládio de Turno partiu-se contra o broquel de Enéias. Obrigado a fugir e tendo, para defender-se, apenas um punhal sem lâmina, Turno, perseguido por Enéias, fez, correndo, toda a volta da liça. Finalmente, sem fôlego, o rei dos rútulos percebeu, na arena, uma baliza gigantesca. Com mãos frementes, soergueu o rochedo, mas faltaram-lhe forças para jogá-lo contra Enéias. Inquieto, então, tremendo e incerto, o gigante perdeu a esperança. Aproveitando-se dessa hesitação, e reunindo todas as suas forças, o filho de Anquises balançou seu virote e arremessou-o contra o rei dos Rútulos. Com o barulho do aríete aluindo muralhas, o dardo acertou Turno, na extremidade da coxa. O gigante abateu-se e vendo a espada de Enéias suspensa sobre sua cabeça, implorou piedade.

— Não leves mais longe teu ódio, — disse-lhe ele — o lembra-te de Anquises, que foi para ti um pai como aquele que me espera!

A estas palavras, movido pela compaixão ao pensar em Anquises, o Herói troiano sentiu pender o braço. Ia colocar a espada na bainha quando viu, nos ombros de Turno, o boldrié tauxiado de ouro do infeliz Palas.

— Ó tu, — respondeu ele, fervendo de cólera — que te enfeitas com os despojos dos meus, não posso poupar-te, e é Palas quem te mata, servindo-se de minha mão, para vingar-se em teu criminoso sangue!

Terminando estas palavras, o divino Enéias mergulhou-lhe a espada no fundo do peito. O frio da morte invadiu e retesou os membros do guerreiro e sua alma indigna escapou, gemendo, para o reino das Sombras.

A morte de Turno e a boa fé de Latino permitiram, então, a Enéias receber Lavínia em casamento, ocupar Lavínio e fundar uma cidade que se acredita seja Óstia. A guerra, no entanto, não cessara ainda. Após a morte de Enéias que, segundo dizem, desapareceu durante uma batalha às margens do Numício e no meio de súbitas trevas, seu filho continuou-a. Pouco depois do desaparecimento de seu pai, Ascânio deixou a costa insalubre em que Enéias, segundo narram, havia fundado Óstia e foi edificar, nos montes Albanos, a cidade de Alba-Longa. Doze príncipes, descendentes de sangue troiano, aí se sucederam. O último, Procas, deixou dois filhos: Numitor e Amúlio. Na qualidade de primogênito, Numitor deveria herdar o reino, mas Amúlio dele se apossou e exilou o irmão para um domínio afastado. Depois, para assegurar o trono aos seus descendentes diretos, matou o filho de Numitor e fez que sua filha Réia Sílvia entrasse para a ordem das Vestais. Sacerdotisas de Vesta, essas virgens deviam manter, no altar da Deusa, um fogo eterno. Infeliz daquela que o deixasse extinguir ou que quebrasse o voto de castidade que fizera ao dedicar-se ao serviço da augusta Vesta! As leis romanas condenavam-na a ser enterrada viva. Um dia, Sílvia fora buscar, numa fonte sagrada, a água necessária ao culto e Marte apareceu-lhe e lhe predisse uma posteridade. Tornada mãe, Sílvia foi condenada à morte e seus dois gêmeos abandonados no Tibre. Como as águas, na ocasião, estavam transbordando, seu berço, docemente levado pela correnteza até ao pé do Monte Palatino, deteve-se próximo a uma figueira selvagem, onde uma loba, atraída pelos vagidos das crianças, levou-as para a sua cova, alimentando-as com seu leite. Fáustulo, um dos pastores do rei, descobriu esse prodígio, recolheu os gêmeos e confiou-os aos bons cuidados de sua mulher, Aca Laurência, que os chamou Remo e Rômulo. Criados no monte Palatino como filhos do pastor, os filhos do Deus Marte cresceram com força e coragem. Um dia brigaram com os pastores de Numitor, cujos rebanhos passavam pelo Aventino, e Remo, surpreendido numa emboscada, foi arrastado para diante do rei, que era seu avô. Os traços do prisioneiro, sua idade, sua nobreza, impressionaram Numitor, que mandou buscar Rômulo. Fáustulo desvendou, para seu senhor, a secreta origem dos filhos da Loba. Ambos, mais tarde, deveriam auxiliar Numitor, matando Amúlio, a reconquistar a cidade de Alba-Longa. Para recompensá-los, Numitor doou-lhes toda a região que se estende entre o Tibre e o pé dos Montes Albanos. Desejosos, então, de edificar uma cidade, no mesmo local em que haviam sido tão estranhamente amamentados e salvos, Remo e Rômulo, iguais na força e na idade, disputavam a honra de dar-lhe um nome. De comum acordo, no entanto, resolveram submeter-se à decisão dos Deuses. Remo colocou-se sobre o Monte Aventino e Rômulo postou-se sobre o Monte Palatino e os dois filhos de Marte e de Sílvia esperaram que o Céu manifestasse, por qualquer sinal evidente, sua clara vontade. Pouco depois, Remo viu seis abutres planar sobre sua cabeça; mas, no mesmo instante, Rômulo viu doze. Havendo assim se manifestado os Deuses, coube a Rômulo o direito de dar seu nome à cidade nascente, de traçar-lhe os limites e de levantar-lhe os muros.

Assim foi fundada, pelos descendentes de Enéias, esta nova Tróia, esta Roma eterna que deveria ser, um dia, a senhora do mundo.

FIM

Índice Alfabético

Pallotti

Av. Plinio Brasil Milano, 2145
Fone 341 0455 P. Alegre - RS